Liberte meu Coração

OBRAS DA AUTORA PUBLICADAS PELA RECORD

Avalon High
Avalon High – A coroação: A profecia de Merlin
Cabeça de vento
Sendo Nikki
Como ser popular
Ela foi até o fim
A garota americana
Quase pronta
O garoto da casa ao lado
Garoto encontra garota
Todo garoto tem
Ídolo teen
Pegando fogo!
A rainha da fofoca
A rainha da fofoca em Nova York
Sorte ou azar?
Tamanho 42 não é gorda
Tamanho 44 também não é gorda
Tamanho não importa

Liberte meu coração (com Mia Thermopolis)
Insaciável

Série O Diário da Princesa

O diário da princesa
Princesa sob os refletores
Princesa apaixonada
Princesa à espera
Princesa de rosa-shocking
Princesa em treinamento
Princesa na balada
Princesa no limite
Princesa Mia
Princesa para sempre
Lições de princesa
O presente da princesa

Série A Mediadora

A terra das sombras
O arcano nove
Reunião
A hora mais sombria
Assombrado
Crepúsculo

Série As leis de Allie Finkle para meninas
Dia da mudança
A garota nova

Série Desaparecidos
Quando cai o raio

MIA THERMOPOLIS
MEG CABOT

Liberte meu Coração

Tradução
Fernanda Martins

2ª edição

GALERA RECORD
RIO DE JANEIRO • SÃO PAULO
2011

CIP-Brasil. Catalogação na fonte
Sindicato Nacional dos Editores de Livros, RJ.

Cabot, Meg, 1967-
C116l   Liberte meu coração / Meg Cabot; [tradução de Fernanda
2ª ed.   Martins]. ~ 2ª ed. ~ Rio de Janeiro: Galera Record, 2011.

Tradução de: Ransom my Heart
ISBN 978-85-01-08668-6

1. Literatura infantojuvenil americana. 2. Romance histórico.
I. Martins, Fernanda. II.Título.

11-059   CDD: 028.5
                                     CDU: 087.5

Título original norte-americano:
Ransom my Heart

Copyright © 2009 by Meg Cabot LLC

Todos os direitos reservados.
Proibida a reprodução, no todo ou
em parte, através de quaisquer meios.

Composição de miolo: Abreu's System

Texto revisado segundo o novo Acordo Ortográfico da Língua Portuguesa.

Direitos exclusivos de publicação em língua portuguesa somente para o Brasil adquiridos pela
EDITORA RECORD LTDA.
Rua Argentina 171 ~ Rio de Janeiro, RJ ~ 20921-380 ~ Tel.: 2585-2000
que se reserva a propriedade literária desta tradução

Impresso no Brasil

ISBN 978-85-01-08668-6

Seja um leitor preferencial Record.
Cadastre-se e receba informações sobre nossos lançamentos e nossas promoções.

Atendimento e venda direta ao leitor:
mdireto@record.com.br ou (21) 2585-2002.

Ao meu príncipe

Introdução

Como a pessoa responsável pela tarefa de narrar os altos e baixos da vida da princesa Mia Thermopolis, é com grande prazer que apresento *Liberte meu coração*. Aqueles que já conhecem os diários da princesa de Genovia (publicados em dez volumes na série O Diário da Princesa) sabem que, por muito tempo, o desejo secreto de Mia foi se tornar uma autora publicada.

Bem, esse dia finalmente chegou. *Liberte meu coração*, o romance histórico que a princesa Mia levou 21 meses (entre O Diário da Princesa volume 9, *Princesa Mia*, e O Diário da Princesa volume 10, *Princesa para sempre*) pesquisando e escrevendo foi finalmente publicado.

Neste livro, os leitores talvez encontrem personagens ou situações vagamente semelhantes à própria vida de Mia — o fato de a irmã da heroína, Mellana, ser uma talentosa fabricante de cerveja (lembre-se da infeliz primeira experiência de Mia com um simples copo de cerveja que ela bebe em *Princesa na balada*), por exemplo, ou que o cachorro da heroína chama-se Gros Louis (a tradução para o francês de Fat Louie, o nome do gato da princesa).

Tenho certeza de que a princesa não iria querer que seus leitores cometessem o engano de pensar que essas coisas têm algum significado oculto... que, por exemplo, quando criamos a personalidade do herói, Hugo, Mia estava pensando em alguém da própria vida, particularmente alguém que talvez tenha ficado distante durante muito tempo e depois voltado (tenho certeza de que a princesa ressaltaria que ela e Michael Moscovitz não estavam sequer saindo quando ela escreveu este livro. Se estão juntos atualmente, é algo que os leitores podem descobrir sozinhos em *Princesa para sempre*).

É importante acrescentar que todos os direitos autorais deste livro irão para o Greenpeace, a organização favorita da princesa. E embora Mia não vá, como uma vez sonhou, passar um ano trabalhando para o Greenpeace, tripulando um bote de borracha e protegendo baleias dos arpões, a renda gerada por este livro ajudará alguém a fazer isso.

Assim, por meio deste livro, os desejos mais sinceros de uma princesa se tornarão realidade. E não é para isso que servem os livros? Para que os leitores possam viver os próprios sonhos através de uma história?

E para as milhares de leitoras que realizaram o sonho de ser uma princesa através dos diários de Mia, com *Liberte meu coração* surge a chance de conhecer os sonhos da princesa. Espero que vocês gostem!

Meg Cabot
Janeiro de 2009

Capítulo Um

Inglaterra, 1291

O gavião estava de volta.

Finnula o viu no instante em que abriu a persiana de madeira da janela do seu quarto para ver se o xerife e seus homens já tinham partido nos cavalos. O enorme pássaro marrom de olhar maligno estava empoleirado, o mais calmo possível, no topo do telhado de sapê do galinheiro. Ele tinha matado duas das galinhas favoritas de Mellana na semana anterior e agora mirava a terceira, a que Mel chamava de Greta, enquanto a galinha malhada ciscava o chão enlameado do galinheiro em busca das migalhas que restaram da ração. Embora o gavião não se mexesse, mesmo com a chuva fria de primavera caindo constantemente sobre seu dorso, Finnula sabia que ele estava pronto para atacar.

Rápida como as gazelas premiadas do conde, Finnula pegou seu arco, que estava pendurado na cabeceira da cama, e as flechas, e mirou a ave de rapina, embora estivesse em um ângulo de visão ruim, pois as vigas de madeira do teto perto da janela que dava para o telhado eram baixas demais. Forçando a corda do velho arco para trás, Finnula concentrou-se totalmente no alvo abaixo dela: o peito arrepiado do gavião assassino de galinhas. Não escutou a irmã subindo as escadas para o quarto que já tinham dividido, nem sequer o barulho da porta raspando no chão ao se abrir.

— Finn!

A voz horrorizada de Christina assustou Finnula, e ela soltou a corda cedo demais. Com uma vibração musical, a flecha atravessou a janela, arqueando através da chuva, e fixou-se inofensivamente no sapê aos pés do gavião, fazendo o pássaro alçar voo com o susto e dar gritos agudos de indignação.

— Meu Deus, Christina! — resmungou Finnula, desfazendo a posição de arqueira e apontando um dedo acusador para o caminho feito pela flecha. — Era uma flecha perfeita, e, agora, olhe para ela! Como vou pegá-la de volta? Está presa no telhado do galinheiro!

Christina estava apoiada no batente da porta, o rosto redondo com as bochechas rosadas pelo esforço de subir as escadas estreitas. Uma das mãos no peito farto demonstrava a tentativa de recuperar o fôlego.

— Que vergonha, Finnula! — disse ela, ofegante, quando finalmente conseguiu falar. — No que você estava pensando? O xerife foi embora há menos de cinco minutos, e aqui está você, atirando em pobres pássaros inocentes de novo!

— Inocentes! — Finnula pendurou a alça de couro surrado da aljava sobre o ombro delgado. — Se você quer saber, aquele era o gavião que anda matando as galinhas de Mellana.

— Você perdeu a cabeça que o bom Senhor lhe deu, Finn? Se o xerife tivesse olhado para trás e visto a flecha voando da janela do quarto, teria dado meia-volta e prendido você aqui mesmo.

Finnula riu de forma debochada.

— Ah! Ele nunca faria isso. Imagine, prender uma donzela meiga como eu. Ele se tornaria o homem mais odiado de Shropshire na hora.

— Não. Sendo o primo do conde, não se tornaria. — No oitavo mês de gravidez, Christina não conseguia mais subir as escadas até o antigo quarto com a mesma rapidez. Acomodou-se na cama das irmãs mais novas e suspirou, os cachos ruivos que haviam escapado da touca de linho balançando. — Você não consegue raciocinar, Finn? Sua Senhoria sabe que é você quem anda invadindo a propriedade dele.

Finnula riu novamente.

— Hugo Fitzstephen não sabe de nada. Como poderia? Há dez anos que está na Terra Santa. Nunca mais ouviram falar dele desde o feriado de São Miguel Arcanjo, quando aquele intendente imundo ouviu dizer que ele tinha sido capturado pelos sarracenos.

— De verdade, Finn, você não deveria se referir aos seus superiores de forma tão rude. Reginald Laroche é *primo* do lorde Hugo, e está atuando como intendente dos estados de Fitzstephen na ausência de Sua Senhoria. Como você pode chamá-lo de imundo? Você sabe que devemos a ele o mesmo respeito que deveríamos se ele fosse nosso verdadeiro lorde. Como você pode...

— Respeito? — Finnula falava com ódio. — Quando ele começar a agir de forma respeitável, irei respeitá-lo. Enquanto isso, não me peça para chamá-lo de meu lorde. Porque nenhum lorde digno desse nome trataria seus empregados com tanto...

Christina suspirou novamente, dessa vez exasperada, e interrompeu a torrente de palavras francas da irmã:

— Muito bem, Finnula. Sei que não faz sentido discutir com você sobre esse assunto. Mas pense nisto: Reginald Laroche disse ao xerife que tem uma boa razão para acreditar que é você quem anda acabando com a caça favorita do lorde Hugo. Ele só precisa de uma simples prova, e é para a cadeia que você vai.

Finnula chutou com irritação o baú de madeira que ficava ao pé da cama. Dentro dele havia calças tipo culote e blusas que evitava preferindo trajes mais simples, como o que usava no momento, sapatos de couro marrom e uma túnica de lã bastante surrada.

— Não estou fazendo por esporte — resmungou ela. — Se Hugo Fitzstephen estivesse aqui e visse como seus empregados estão sendo maltratados pelo maldito Laroche, não seria contrário à carne que lhes forneço.

— Não é uma coisa nem outra, Finn — Christina disse, cansada. Era uma discussão antiga. Na verdade, começou no dia em que o mais velho e único irmão das meninas, Robert, pegou um arco curto e, de brincadeira, apresentou a arte do arco e flecha a Finnula, então com 4 anos. Seu primeiro tiro acertou em cheio o traseiro de sua querida ama de leite, Aggie, e, desde então, ninguém conseguira arrancar o arco das mãos da linda caçadora.

— Além disso — continuou Finnula, como se não tivesse escutado a interrupção da irmã —, o xerife não vai encontrar prova alguma. Eu nunca erro, então ele nunca vai encontrar uma de minhas flechas e descobrir que as marcas nas penas são minhas. O xerife só se preocupou em passar aqui hoje porque ele é apaixonado por Mellana.

— Finn, isso simplesmente não é verdade. O Sr. Laroche disse ao xerife De Brissac que mais um dos veados do conde desapareceu.

— Não desapareceu mesmo — disse Finnula, os cantos da boca delicadamente desenhada de repente curvando-se em um sorriso. — O veado está exatamente onde sempre esteve, na propriedade do solar Stephensgate. A única diferença é que agora está na barriga de alguns empregados do lorde Hugo.

Christina apertou os olhos para a incorrigível irmã. Passou-lhe pela cabeça, não pela primeira vez, que Finnula um dia abandonaria o modo excêntrico de se vestir, colocaria um dos vestidos de seda que foram comprados na época de seu casamento fracassado e escovaria os adoráveis cabelos ruivos em vez de mantê-los sempre amarrados numa trança. Ficaria uma mulher linda. A garota provavelmente não tinha consciência disso, e provavelmente negaria o fato se alguém tocasse no assunto, mas, na opinião de Christina, não era Mellana quem atraía o xerife à casa do moinho, mas a própria Finnula, e não apenas por seu hábito de caçar em propriedade alheia.

Christina suspirou pela terceira e última vez e, usando a cabeceira da cama como apoio para se levantar, disse:

— Bem, fiz o que pude. Robert não pode dizer que não tentei.

Finnula sorriu novamente e afagou carinhosamente os ombros da irmã.

— Pobre Christina — disse ela, docemente. — Desculpe por trazer problemas para você e para o querido Bruce. Não posso prometer que vou parar, mas prometo, de verdade, que nunca serei pega nem farei nada que possa envergonhar você perante seus novos sogros.

Christina, esquecendo-se da pose de mulher casada e importante, pois era a esposa do açougueiro da aldeia, bufou como a irmã costumava fazer.

— Esse será o dia! — Ela riu, sacudindo a cabeça. — Bem, acho que é melhor você descer e fazer essa mesma promessa na frente de Robert.

— Robert? — Finnula afastou alguns cachos de cabelos ruivos da testa branca e macia. — O que Robert está fazendo em casa a essa hora do dia? Ele não deveria estar no moinho?

— Estaria se não fosse a visita de seu maior admirador, o xerife John de Brissac. — Os olhos levemente acinzentados de Christina adquiriram um brilho diferente. — Mas isso não foi sua única distração hoje. Rosamund está aqui, e acho que ela e Robert têm algo para lhe contar.

Finnula sobressaltou-se. Diferentemente das irmãs, assuntos sobre casamento e vestidos nunca lhe interessaram muito, mas, como adorava o irmão, estava feliz por ele.

— Você não está querendo dizer que... o pai de Rosamund finalmente concordou?

Christina fez que sim com a cabeça, e a alegria que estava tentando disfarçar enquanto chamava a atenção da irmã mais nova finalmente transbordou.

— Sim! Vá agora, vá lá para baixo e dê-lhe as boas-vindas à nossa família. Ela ficou um tanto confusa com a presença de um homem armado em sua futura casa. Tive de garantir a ela que isso não é algo que aconteça com frequência.

No entanto, Finnula não estava mais ouvindo. Praticamente voando escada abaixo, onde um restrito grupo de pessoas se reunia à lareira, gritou:

— Meu Deus, Robbie! Por que você não me contou?

O pequeno grupo se dividiu, e Robert, que tinha 1,85m, disparou em direção à irmã caçula, bem mais baixa do que ele, porém um tanto mais espalhafatosa. Levantando-a em seus braços, fortes como uma rocha devido aos anos de trabalho no moinho de Sua Senhoria, Robert balançou Finnula bem no alto, na direção das vigas do teto, antes de colocá-la de volta no chão e dar em seu traseiro atrevido um bofetão que fez lágrimas lhe brotarem dos olhos.

— Que droga, Robert! — Finnula afastou-se dele, as mãos indo para trás para massagear a pele dolorida. Ele tinha batido com força suficiente para fazer um buraco nas calças de couro. — Por que você fez *isso*? — perguntou, irritada.

— Pelo veado — respondeu Robert, com uma seriedade um tanto avessa a seu típico bom humor. — Se eu precisar mentir por sua causa mais uma vez, Finn, você não vai conseguir sentar durante uma semana, é bom me escutar.

Isso estava longe de ser a celebração familiar pela qual tinha esperado. Engolindo o choro, que era mais de raiva que de dor, Finnula olhou furiosa para o irmão, tentando ignorar o rosto pequeno e perplexo da futura noiva, que pairava ao lado dele.

— Que vergonha, Robert — Finnula retrucou, furiosa. — Você não pode provar, muito menos o xerife De Brissac ou o repugnante Reginald Laroche, que fui eu quem acertou o veado. Eu *vinha* desejar a você e a Rosamund alegria e felicidades, mas agora acho que vou atrás do xerife dizer que pode muito bem me enforcar, porque está claro que não sou bem-vinda em minha própria casa.

E então virou-se em direção à porta da frente, sabendo muito bem que Robert, embora viesse tentando discipliná-la durante os anos após a morte dos pais, não suportava vê-la infeliz. Era o único irmão entre seis irmãs, e todas elas, cada uma a sua maneira, eram capazes de manipulá-lo. Porém, a mais nova, Finnula, tornara isso uma ciência. As irmãs mais velhas viam, com sorrisos que mal conseguiam esconder, a raiva do irmão amolecer sob o olhar abrasador de Finnula.

— Não podemos — Robert arriscou-se lentamente — deixar que a raiva estrague este dia especial...

— Não — Rosamund interrompeu, ainda parecendo um pouco chocada com a demonstração de masculinidade do noivo. — Não podemos.

À porta, Finnula sorriu para si mesma, mas, antes de virar-se, armou em suas feições uma expressão de arrependimento.

— Você está dizendo — murmurou — que vai me perdoar?

— Sim — disse Robert, e balançou a cabeça com seriedade, como se concedendo o cancelamento da pena de um acusado. — Mas só desta vez.

Com um grito, Finnula atirou-se mais uma vez nos braços do irmão. Em seguida, foi acompanhada por Rosamund, a filha de aparência angelical do prefeito de Stephensgate, a primeira garota que Robert cortejou e não conseguiu ter, tornando-se assim o amor de sua vida. Talvez, de forma compreensível, Rosamund tenha ficado relutante em se unir a uma família tão excêntrica quanto a do moleiro — afinal de contas, Robert tinha seis irmãs, *seis*, algo que seria considerado uma desgraça em muitas famílias, mas algo que fizera seus pais muito felizes antes de morrerem. E o pior de tudo era a irmã mais nova, que andava por aí em roupas de menino e se gabava de ter a mira mais precisa de Shropshire, apesar de, aos 17 anos, ser velha demais para tais coisas. E, claro, também havia a questão do fracasso de Finnula em um casamento...

Mas todas as outras cinco irmãs tinham uma reputação acima de qualquer suspeita. Havia a mais velha, Brynn, que, aos 25 anos, um ano mais nova que Robert, tinha um casamento feliz com o ferreiro da aldeia. Ela já tinha cinco filhos homens, todos com o corpo forte do pai e os cabelos ruivos da mãe. Depois veio Patricia, esposa do estalajadeiro da aldeia e mãe de três; e Camilla, que chorou e esperneou, se tornando uma pessoa desagradável de se conviver até que Robert concordasse com seu casamento com um vinicultor duas vezes mais velho que ela. Por fim havia a recém-casada Christina, que era muito feliz com o marido açougueiro, Bruce, e a quinta irmã, Mellana, considerada por muitos a mais bela da família e que, embora já estivesse se aproximando dos 20 anos, ainda precisava encontrar um marido.

Em resumo, não era uma família contra a qual o pai de Rosamund podia ter muitas ou fortes objeções. Na verdade, o prefeito não teria qualquer tipo de objeção, pois um jovem mais promissor que Robert Crais dificilmente seria encontrado em Stephensgate. Mas havia o pequeno problema em relação aos modos estranhamente independentes da irmã mais nova, sua flagrante rebeldia em relação às leis sobre a propriedade alheia e também o infeliz incidente entre ela e o finado conde. Como fazer vista grossa para o fato de Finnula Crais ter sido acusada, embora injustamente, de matar o próprio marido?

Mas a afeição de Rosamund por Robert era totalmente verdadeira, e, como filha única, conseguia fazer com que o pai carinhoso acabasse pensando como ela. Se Finnula era o único problema, bem, não havia nada a ser feito. A garota era jovem e se podia esperar que um dia abandonasse o amor pelos esportes e pelas calças de couro que insistia em vestir. Pelo menos tinha o bom-senso de ficar longe das principais vias públicas enquanto vestia-se assim. E, nesse meio-tempo, a benévola influência de Rosamund talvez a ajudasse a enxergar as falhas de sua personalidade.

Com as irmãs Crais, os maridos e a prole na casa do moinho celebrando ruidosamente o iminente casamento de Rosamund, talvez fosse compreensível que ninguém tenha sentido falta de uma das irmãs solteiras... pelo menos não imediatamente. Foi Finnula quem finalmente abaixou o copo de cerveja e indagou sobre o que tinha acontecido com Mellana.

No entanto, ninguém prestou atenção em Finnula, o que não era incomum, pois "Finn" não era apenas a vergonha da família, era também a contadora de histórias, cujos tremendos exageros agora impressionavam apenas seus sobrinhos mais novos. Largando o copo, ela foi procurar a irmã favorita, e encontrou-a ao lado da lareira da cozinha, chorando sobre o avental.

— Mellana! — Finnula gritou, verdadeiramente surpresa. — O que está havendo? É seu estômago novamente? Quer que eu pegue um remédio para você?

Considerando os olhos vermelhos e inchados, Mellana já estava chorando havia um bom tempo. Tida por muitos como a mais doce entre as filhas do moleiro, Mellana tinha mais admiradores do que se podia imaginar, mas nunca recebera um real pedido de casamento. Finnula não conseguia decifrar o motivo, pois ela própria já tinha recebido uma proposta, embora malfadada, e com certeza não se considerava tão bonita quanto Mellana obviamente era.

Com o rosto bonito e o corpo em forma, Mellana era a única irmã Crais que tinha escapado da maldição do cabelo ruivo. Em vez disso, tinha cachos loiro-avermelhados que moldavam o rosto em forma de coração como um véu de ouro. Os olhos não eram cinzentos como os das irmãs e do irmão, mas azul-escuros, cor de safira, que pareciam quase negros às vezes. E, por alguma razão, Mellana não tinha herdado a franqueza das irmãs. Era, ao contrário, a mais meiga das criaturas, uma cozinheira excelente e uma dona de casa que parecia se sentir melhor na companhia das galinhas, que amava, do que na dos seres humanos. Uma vez, houve rumores na aldeia de que a irmã que vinha depois da mais nova era meio doidinha. Robert e Finnula puseram um fim nisso rapidamente, um com os punhos e a outra com o arco, e agora ninguém mais falava disso — pelo menos não de forma que o mais velho e a caçula pudessem ouvir.

— Mellana, minha querida, o que houve? — Finnula curvou-se diante da irmã que mais amava, tentando afastar o adorável cabelo do rosto dela, onde mechas dos cachos dourados grudavam na umidade provocada pelas lágrimas. — Por que você não está comemorando conosco?

Mellana soluçou, mal conseguindo falar.

— Ah, Finn, se eu pudesse contar para você!

— O que você está dizendo? Mel, você pode me contar qualquer coisa, você sabe disso.

— Não isso. — Mellana balançou a cabeça com tanta força que os cabelos loiro-avermelhados chicotearam seu rosto. — Ah, Finnula, estou tão envergonhada!

— Você? — Finnula acariciou o ombro da irmã sobre o tecido sedoso da túnica. — E do que você, a criatura mais gentil do mundo, teria de se envergonhar? Não tem nada para vestir no casamento? É isso, hein, bobinha?

Mellana tentou enxugar as lágrimas com a barra da saia cor de creme.

— Como eu queria que fosse isso! Tenho medo de que você me despreze quando eu contar...

— Eu, desprezar você, Mel? — Finnula estava verdadeiramente surpresa. — Nunca! Ah, Mellana, você sabe que eu nunca...

— Estou atrasada — soltou Mellana, ofegante, e teve uma nova crise de choro.

— Você está atrasada? — Finnula, confusa, repetiu, as sobrancelhas finas unindo-se. — Você não está nada atrasada. A comemoração do noivado acabou de começar...

Vendo a cabeça de Mellana balançar rapidamente, Finnula ficou sem voz. Atrasada? Ela encarou a rebelde irmã, e o entendimento, quando veio, foi combinado com descrença. Descrença que fez com que ela não conseguisse evitar o espanto na voz rouca.

— Atrasada, Mel? — perguntou, sacudindo a irmã mais velha. — Você quer dizer... *atrasada?*

Mellana concordou com um aceno, triste. No entanto, Finnula precisava de esclarecimento. Simplesmente não conseguia acreditar no que estava ouvindo da linda e doce irmã.

— Mellana, você está dizendo que está... *carregando um bebê?*

— Si-sim — soluçou Mellana.

Finnula olhou para baixo, para a cabeleira dourada da irmã, e se esforçou para reprimir o desejo de sacudi-la. Ela amava a irmã e bateria em qualquer um que não fosse da família e ousasse zombar dela, mas, na verdade, Mellana podia ser a mais superficial das criaturas, e Finnula só estava sendo otimista demais ao acreditar que algum vagabundo tivesse se aproveitado de sua ingenuidade.

— Qual o nome dele? — perguntou Finnula, a mão inconscientemente caindo sobre o cabo da lâmina de 15 centímetros que tinha presa ao quadril.

Mellana soluçou com ainda mais força.

— O nome dele, Mel — repetiu Finnula, o tom inflexível. — O patife morre antes do anoitecer.

— Ah, sabia que não deveria ter contado para você — Mellana gemeu. — Finn, por favor, por favor, não o mate. Você não entende. Eu o amo!

Finnula soltou o cabo da adaga.

— Você o ama? De verdade, Mel? — Quando a outra garota fez que sim com a cabeça, às lágrimas, Finnula franziu a testa. — Bem, isso muda as coisas, acho. Não posso matá-lo se você o ama. Mas, então, por que as lágrimas? Se você o ama, case-se com ele.

— Você não entende — Mellana chorava. — Ah, Finn, eu não posso me casar com ele!

Os dedos voltaram para o cabo da adaga.

— Ele já é casado, não é? Tudo bem, então. Robert e eu vamos enforcá-lo antes de você poder dizer Nottingham Town. Anime-se, Mel. Será um enforcamento adorável.

— Ele não é casado — disse Mellana, fungando.

Finnula relaxou o corpo no consolo da lareira, soltando o ar com tanta força que afastou algumas mechas de cabelo ruivo da testa. Na verdade, hoje ela não estava com paciência para lidar com a irmã desmiolada. Caçar um javali selvagem era dez vezes mais fácil do que tentar entender Mellana.

— Bem, então, qual o problema, Mel? Se ele não é casado e você o ama, por que não podem se casar?

— Por causa... por causa do meu dote, Finn.

— Seu dote? — Finnula largou os dois cotovelos sobre os joelhos e grudou a testa nas palmas das mãos. — Ah, Mel. Diga-me que você não fez isso.

— Tive de fazer, Finn! Cinco casamentos em cinco anos. E eu não tinha nada para vestir. Vesti o samito azul para o casamento de Brynn, a seda lilás para o da Patricia, o veludo bordô que encomendei de Londres para o da Camilla, o linho rosa para o da Christina e o samito dourado para o seu... — Mellana levantou o rosto, a expressão consternada, lembrando-se, mesmo sendo consumida pela própria dor, de que Finnula desgostava imensamente de que mencionassem o próprio casamento. — Sinto muito, Finn. Tenho certeza de que deve parecer sem importância para você. Afinal de contas, você só dá importância a arcos e flechas, não a laços e ornamentos. Mas eu teria sido alvo de piada na aldeia se aparecesse no casamento das minhas irmãs com um vestido já usado.

Finnula achava bastante improvável que alguém em Stephensgate se lembrasse do que Mellana tinha usado no casamento das irmãs. A aldeia estava longe de ser a capital mundial da moda. No entanto, ela se controlou para não dizer isso em voz alta.

Em vez disso, Finnula disse, a cabeça ainda apoiada nas mãos:

— Você está me dizendo que gastou seu dote inteiro em vestidos, Mellana?

— Não apenas em vestidos — assegurou-lhe Mellana. — Em saias também.

Se Mellana estivesse falando com qualquer outra das irmãs, provavelmente teria recebido uma bronca por ter se comportado de maneira tão estúpida e egoísta. E, embora Finnula também achasse que Mellana tinha se comportado de forma boba — nada melhor, por exemplo, que sua amiga imbecil, Isabella Laroche, aquela criatura ridícula, cujo pai estava administrando tão mal o solar do lorde Hugo em sua ausência —, ela não conseguia deixar de sentir pena da irmã. Afinal de contas, era realmente terrível estar grávida e solteira.

Quando Finnula finalmente levantou o rosto, estava séria.

— Você faz alguma ideia — perguntou — do que Robert vai fazer quando descobrir o que você fez?

— Eu sei, Finn! Eu sei! Por que você acha que estou chorando? E Jack não tem um tostão furado.

— Jack?

— Jack Mallory. — Mellana corou, baixando os olhos. — Ele é um trovador. Você lembra, tocou o alaúde tão divinamente no casamento da Christina...

— Meu Deus — murmurou Finnula, fechando os olhos, horrorizada. — Um *trovador*? Você engravidou de um *trovador*?

— Sim. Viu? É por isso que não podemos nos casar, não sem meu dote, porque tudo o que Jack possui é a rabeca e algumas bolas de malabarismo. Ah, e sua mula, Kate. Você sabe que Robert nunca vai permitir que eu me case com um homem que não possui sequer uma muda de roupa, muito menos uma casa onde possamos morar...

Finnula suspirou, desejando de verdade que tivesse sido uma das outras irmãs a encontrar Mellana chorando à beira da lareira. Brynn teria ficado compadecida, Patricia, gritado, Camilla, dado risada, e Christina, suspirado, mas todas seriam capazes de lidar com a situação melhor que Finn. Finnula, nada sentimental, não fazia a mínima ideia do que significava amar loucamente alguém, como Mellana parecia amar Jack Mallory. No geral, Finnula pensava estar em vantagem. Pelo que podia observar, estar apaixonada parecia um tanto doloroso.

Ela disse:

— Bem, em vez de ficar aí chorando por algo que já está feito, por que você não junta o dinheiro que ganhou fazendo cerveja? — Ela fez uma pausa, percebendo que Mellana balançava vigorosamente a cabeça. — O que foi?

Os longos cílios de Mellana tremulavam, úmidos.

—Vo-você não percebe? Eu gastei!

—Você gastou *tudo*? — A voz de Finnula ficou esganiçada. — Mas havia mais de cinquenta!

—Eu precisava de escovas novas — sussurrou Mellana, lacrimosa. — E fitas para os cabelos. E aquele vendedor ambulante passou aqui outro dia, vendendo os cintos mais lindos do mundo: eram de ouro de verdade...

Finnula mal conseguia evitar gritar com a irmã, e assim o fez, com toda vontade, apesar do olhar de reprovação que recebeu.

—Você gastou *todo* o dinheiro que ganhou esse inverno em quinquilharias? Ah, Mellana, como pôde? O dinheiro era para comprar malte e lúpulo para o lote do verão!

—Eu sei — disse Mellana, fungando. — Eu sei! Mas uma donzela não pode estar o tempo inteiro pensando em cerveja!

Finnula ficou de queixo caído. A irmã era um pouco tola, é verdade, mas, com certeza, essa foi a coisa mais estúpida que uma mulher já tinha feito na história de Shropshire. Fazia um tempo que Mellana tinha um negócio pequeno, porém muito rentável, no porão da cozinha. A cerveja dela era considerada por muitos a melhor de Shropshire. Donos de estalagens de regiões vizinhas consideravam valer a pena a viagem até Stephensgate para comprar um barril ou dois da deliciosa cerveja da senhorita. Mas sem capital para comprar ingredientes, os dias de Mellana como fabricante de cerveja estavam contados.

—Uma donzela? — repetiu Finnula amargamente. — Uma donzela? Mas você não é mais uma donzela, Mellana, é? Você vai ter um filho. Como pretende sustentá-lo? Não pode esperar viver para sempre com Robert aqui, na casa do moinho. Ele logo vai se casar e, embora Rosamund seja a mais doce das mulheres, não vai tolerar por muito tempo uma cunhada dependente que não tem o bom-senso que Deus deu a uma galinha, quanto mais uma criança sem pai.

Finnula instantaneamente se arrependeu das palavras duras quando Mellana caiu novamente no choro. Em meio a soluços, a garota sufocou o pranto e disse:

— Ah! E quem é você para falar, Finnula Crais! Você, que foi casada por exatamente uma noite antes de voltar para cá...

— Viúva — ressaltou Finnula, recusando-se a ser manipulada pelas lágrimas da irmã. — Lembra, Mellana? Voltei viúva. Meu marido morreu na noite de núpcias.

— Ah — Mellana arfou. — Não foi conveniente, considerando o quanto você o odiava?

Finnula sentiu que estava ficando vermelha, mas, antes que pudesse irromper da cozinha em um acesso de raiva, como pretendia, Mellana agarrou seu pulso e suplicou-lhe, a expressão pesarosa:

— Ah, Finn, me perdoe! Não deveria ter dito isso. Arrependo-me com toda a sinceridade. Sei que a culpa não foi sua. Claro que não foi. Por favor, por favor, não vá. Preciso tanto da sua ajuda. Você é tão inteligente, e eu sou tão burra. Por favor, você não pode ficar mais um pouco e me ouvir? Isabella me disse uma forma de eu talvez conseguir o dinheiro de volta, uma maneira que tenho quase certeza de que funcionaria... mas... mas sou muito tímida para tentar.

Finnula ouvia a irmã apenas parcialmente. No outro cômodo, o marido de Camilla tinha provavelmente pegado seu alaúde, pois de repente a melodia de uma canção alegre chegou à cozinha. Acima da música, Finnula podia ouvir perfeitamente o irmão as chamando. Droga! Em um segundo ele estaria na cozinha, e Mellana era a pior mentirosa do mundo. A verdade viria à tona e não haveria mais celebração. Haveria, muito provavelmente, um assassinato. Finnula esperava que Jack Mallory e a maldita mula estivessem bem longe de Stephensgate.

Mellana de repente aprumou-se, os olhos azuis arregalados.

— Mas *você* podia, Finn! *Você* não é tímida. *Você* não tem medo de nada. E não seria nada diferente de encurralar cervos e raposas. Tenho certeza!

— E o que seria isso? — Finnula, sentada ao lado da lareira com os cotovelos sobre os joelhos, olhou para a expressão repentinamente transformada da irmã. Os vestígios das lágrimas e os olhos inchados tinham ido embora. Agora, os olhos azuis profundos estavam cintilantes, e os lábios vermelhos estavam entreabertos de animação.

— Ah, diga que você vai me ajudar, Finn! — Mellana agarrou uma das mãos da irmã, a mão que tinha os dedos bastante calosos de puxar a corda do arco. — Diga que você vai me ajudar!

Finnula, meio distraída pelo medo que tinha da ira do irmão, disse com impaciência:

— É claro que vou ajudar se puder, Mellana. Mas não sei como você vai sair dessa, realmente não sei.

— Confie em mim. Promete?

— Prometo. Agora, vamos nos juntar aos outros, Mel. Estão nos chamando. Não queremos que suspeitem de nada.

— Oh, obrigada, Finn!

Subitamente alegre, Mellana abraçou a irmã com força.

— Eu *sabia* que você me ajudaria se eu pedisse. Você sempre foi boa para mim. Não me importo com o que as pessoas falam sobre você, não acho você nem um pouco esquisita. E com suas habilidades de caçadora, tenho certeza de que vai capturar o homem mais rico de Shropshire!

Finnula olhou para a irmã, curiosa.

— Do que você está falando, Mel?

Surpresa por Finnula não ter entendido, Mellana explicou-lhe. E precisou de mais lágrimas da parte de Mellana antes que Finnula começasse a sequer considerar honrar a promessa que tinha feito em um momento de distração.

Capítulo Dois

Hugo Fitzstephen podia ter passado os últimos dez anos na Terra Santa lutando pela posse de Jerusalém, mas isso não significava que ele próprio era um santo. Longe disso. Como pôde ser claramente demonstrado pelo fato de ele ter dormido com a esposa de um estalajadeiro e depois ter se recusado a pagar a indenização, como ditavam as regras, por ter se metido "sem querer" entre os dois.

Hugo seguiu para as Cruzadas, a única escolha para o segundo filho do conde. A outra opção era o monastério, onde prontamente recusou-se a entrar, embora o maior desejo da mãe fosse que ele buscasse ligação com o Senhor. Mas Hugo preferiu buscar ligação com as mulheres, e encontrou inúmeras no Reino de Jerusalém. As mulheres do Acre, da Jordânia a Damasco, onde Hugo tinha passado a maior parte da década em que ficou longe da Inglaterra, tinham o curioso hábito de raspar as partes mais íntimas do corpo, o que por si só foi incentivo suficiente para que Hugo continuasse por lá.

É claro, ser capturado no Acre pela armada muçulmana não tinha sido parte do plano, e, quando o resgate foi pago pela Coroa, Hugo estava particularmente desgostoso com a assim chamada Terra Santa e com as Cruzadas de forma geral. Naquela época, soube da morte do irmão mais velho, seguida pela estranhíssima morte do pai, o que fez de Hugo o sétimo conde de Stephensgate. Decidiu também que deveria voltar para casa e desfrutar o novo título.

Mas até agora não tinha tido muita sorte. Ainda não tinha vislumbrado as pastagens verdes de Shropshire e já estava metido em encrenca novamente. Dessa vez, não eram os sarracenos que o perseguiam, mas o marido de uma loira de seios particularmente fartos com quem havia flertado em Londres. No entanto, "flertado" não era a palavra que o marido empregava para o que tinha acontecido, e exigia uma pequena fortuna em troca dessa "humilhação". Hugo suspeitava que esse marido e essa mulher formavam uma equipe, ela seduzindo cavaleiros afortunados e ele "pegando" os dois juntos para então exigir uma recompensa por ter tido seus sentimentos feridos. Bem, Hugo não daria ao homem tal satisfação.

Agora, Hugo e seu escudeiro estavam sendo forçados a pegar estradas secundárias e trilhas de ovelhas até Stephensgate, evitando as estradas principais por medo de serem violentamente atacados pelo estalajadeiro e seus comparsas. Não que Hugo tivesse medo de lutar; mas nos últimos dez anos tinha lutado o suficiente para toda a vida, e queria apenas se aposentar no solar e usufruir o que considerava, aos 25 anos, sua velhice.

Evitando hospedagens e vilarejos, onde os maridos traídos podiam pegá-los desprevenidos, Hugo e seu escudeiro dormiam ao relento. Felizmente, a primavera estava amena, exceto por uns temporais ocasionais, e, de qualquer forma, Hugo preferia dormir ao ar livre a dormir nas hospedarias que a maior parte das aldeias oferecia. Os quartos escuros e apertados que uma pessoa tinha de dividir com sua montaria, a cama infestada de piolhos, o pão velho e a cerveja de má qualidade servida no café da manhã — não, dê-lhe um fardo de feno com cheiro agradável e sua capa, que será conforto o bastante.

É claro que Peter, seu escudeiro, acostumado aos confortos de Londres — onde Hugo o adquirira quando soube do falecimento do companheiro de guerra que criava o garoto — reclamava severamente dos maus-tratos, e cada noite ao relento parecia-lhe uma afronta pessoal. Acostumado às ruas movimentadas e nebulosas de Londres, o garoto estava aterrorizado com a escuridão do interior da Inglaterra, com medo de que pudessem ser atacados a qualquer momento por lobos ou, pior, por ladrões de estrada. Reconhecendo de onde realmente vinham suas reclamações — medo disfarçado de forma um tanto inadequada pela insolência —, Hugo as aguentava, mas sentia que logo chegaria o momento em que o garoto levaria a surra de que urgentemente precisava.

Pelas suas estimativas, estavam a dois dias de Stephensgate quando decidiu que poderia arriscar passar na pequena aldeia de Leesbury para comprar mantimentos. Estava mais preocupado com a montaria do que com ele mesmo. Skinner, um cavalo de guerra bem treinado, tinha passado com ele bons e maus bocados e merecia mais do que pasto dia após dia. Porém, Hugo tinha de admitir certo desejo por um bom pão e queijo ingleses, tudo isso acompanhado da gloriosa bebida que era tão escassa em Jerusalém: cerveja. E não havia outra maneira de conseguir grãos e cerveja a não ser se aventurando em uma aldeia.

Peter estava fora de si de tanta alegria com a perspectiva de retornar à "civilização", como ele chamava o lugar no qual fora criado, mas, quando de fato colocou os olhos em Leesbury, Hugo duvidou sinceramente de que Peter tivesse ficado impressionado. Depois de instruir com firmeza que o escudeiro não deveria se referir a ele em público como "meu lorde", Hugo guiou seu excepcionalmente pequeno séquito pelos portões da aldeia rumo ao primeiro estabelecimento que parecia um pouco respeitável.

Instruindo o garoto da estrebaria para que as montarias recebessem o melhor feno disponível e colocando uma moeda de ouro em sua mão para que o pedido fosse atendido, Hugo acenou para Peter, e os dois entraram no Raposa e Lebre. Com quase 2 metros de altura, Hugo era um homem anormalmente grande, e não apenas teve de abaixar a cabeça ao passar pela porta como também teve de passar de lado, por conta de seus ombros largos, para seguir pela passagem estreita. Sua presença, embora formidável, não causou reação na clientela embriagada que havia dentro do lugar, muitos dos quais também pareciam ter passado algumas noites ao relento.

Com o dono do estabelecimento, no entanto, a história foi bem diferente. A pele curtida e o rosto barbudo de Hugo revelavam que ele tinha estado na Terra Santa, e, como o proprietário do Raposa e Lebre sabia muito bem, nenhum homem voltava da Terra Santa de bolsos vazios. Não voltavam com relíquias de santos ou supostos fragmentos da Cruz... não, ícones religiosos não chamavam a atenção de qualquer homem sensato. Eram os diamantes, os rubis, as esmeraldas, as safiras, as pérolas, o ouro e a prata, o lápis-lazúli e a turquesa, o espólio dos bizantinos, de que se podia quase sentir o cheiro em um homem recém-chegado das Cruzadas, que atraíram imediatamente o dono do estabelecimento para o lado de Hugo.

— Boa-tarde, senhor — proclamou o proprietário corpulento. — Não quer se sentar aqui nesta mesa e se refrescar com uma caneca da maravilhosa cerveja de minha cunhada?

— Com prazer — respondeu Hugo, e indicou que Peter deveria sentar-se de frente para ele.

Peter acomodou-se com satisfação numa cadeira de madeira e sentiu que estava finalmente sendo tratado como o escudeiro de um conde rico e poderoso. A bajulação conferida pelo proprietário pareceu-lhe apenas apropriada, e ele começou a comer com entusiasmo a refeição colocada à sua frente: a fatia grossa de pão recém-saído do forno, os queijos deliciosamente cremosos e levemente picantes, as frutas frescas, as vasilhas fumegantes de ensopado. Enquanto comia, olhou ao redor do estabelecimento lotado, como seu mestre havia feito assim que entraram, mas não viu nada que pudesse alarmá-los. No geral, a clientela parecia rude, mas não intratável. Sugando o colarinho de cerveja da caneca que foi colocada à sua frente, Peter recostou-se na cadeira e se preparou para ser adulado.

Hugo, no entanto, não relaxou. Acostumado às batalhas, sabia que uma das artimanhas do inimigo era tranquilizar o adversário com uma falsa sensação de segurança e depois atacar. Bebendo a cerveja que o estalajadeiro tinha insistido que tomasse, ele admitiu para si mesmo com relutância que era realmente a melhor cerveja que bebia havia muito tempo, mas seus olhos não deixavam de mirar os rostos das pessoas sentadas a sua volta nem perdiam a porta de vista.

Foi assim que viu a criatura que apareceu à porta logo depois da chegada dos dois. A princípio, ele tomou a pequena figura por um garoto. Certamente, mulher nenhuma seria tão insolente a ponto de vestir calças de couro justas. Mas ele logo concluiu que era exatamente isso. Uma mulher, e jovem, aliás, com o rosto angelical e um amontoado de cabelos ruivos amarrados para trás em uma trança bagunçada e solta, que passava com uma cintura impressionantemente fina e com um também surpreendente traseiro em forma de coração, perfeitamente visível graças às calças justas. A garota não usava touca nem túnica. Vestia uma camisa branca de linho delicado, um tanto opaca, e preso às costas havia, espantosamente, um arco curto dentro de uma aljava.

Se havia mais alguém perplexo com essa aparição, não deu sinal. Na verdade, o estalajadeiro cumprimentou-a tão naturalmente quanto cumprimentaria uma irmã. Foi casual, ofereceu-lhe um assento e entregou-lhe uma caneca de cerveja. E, de fato, a visão dessa charmosa mulher — podemos dizer facilmente linda — em roupas de garoto não causou qualquer comentário além de alguns breves cumprimentos. Olhando para Peter, Hugo percebeu que pelo menos seu escudeiro estava apreciando de forma adequada essa presença de trança ruiva.

— Mate-me — murmurou o garoto, olhando admirado sobre a borda da caneca — se isso não for uma *donzela*.

— E, além de donzela, extraordinariamente bela. — Hugo balançou a cabeça, aliviado por Peter estar tão surpreso quanto ele. Dez anos atrás, quando deixara a Inglaterra, mulheres não perambulavam por aí em roupas de homem e, com certeza, não frequentavam estalagens desacompanhadas. Mas as coisas por aqui não mudaram tão drasticamente quanto Hugo a princípio pensou.

Então, a garota devia ser uma pessoa excêntrica, com os modos estranhos aceitos por seus familiares. Talvez tivesse algum parentesco com o estalajadeiro. Os dois estavam ocupados numa conversa sociável que parecia centrada na sorte de alguém chamado Robert. Depois de um minuto ou dois, o proprietário apontou para Hugo e disse algo bem baixinho, o que fez com que a garota virasse o rosto em sua direção.

Ele de repente viu-se examinado por um olhar tão penetrante que incrivelmente o fez sentir um calor no rosto. As mulheres de Acre, embora raspassem as partes íntimas, eram modestas demais para olhar um estranho nos olhos, e ele não estava acostumado a um escrutínio tão direto. Para sua sorte, sua barba loira cerrada estava escondendo as bochechas coradas.

Tão rapidamente quanto foi apontado, foi deixado de lado, e o olhar agitado da garota afastou-se dele e foi na direção de Peter, que engasgou com a cerveja quando se percebeu sendo observado. Em seguida, o maldito proprietário se aproximou, desejando saber se eles precisavam de mais alguma coisa.

— Não existe nada à altura dos homens que lutam na guerra justa — foi como ele colocou, deixando perfeitamente claro que sabia que Hugo estava vindo da Guerra Santa. — Se houver alguma coisa que eu possa trazer para vocês, qualquer coisa, é só me chamar.

Agarrando o braço do homem antes que ele pudesse se afastar, Hugo puxou-o para que o ouvido do proprietário ficasse na altura de seus lábios.

— Quem é a donzela em roupas de garoto? — perguntou ele no tom mais grave possível, um tom que não tolerava desobediência.

O estalajadeiro ficou surpreso.

— Finn? — Ele olhou de relance a garota, que felizmente estava olhando para o outro lado. — Você está falando de Finnula? Meu irmão, estalajadeiro em Stephensgate, é casado com a irmã dela. *Todos* conhecem a Bela Finn.

Como se para provar o que falava, uma mulher idosa — que estava encolhida ao lado do fogo apesar do bom tempo que fazia do lado de fora — levantou-se e puxou a manga da camisa branca de linho da garota. Com habilidade graciosa, a donzela chamada Finnula mirou na velha, que gargalhou de alegria segurando a flecha e depois voltou para perto do fogo.

— Viu aquilo? — disse o proprietário, alegre. — Como eu disse, todos conhecem Finnula Crais, a filha do moleiro. A melhor pontaria de Shropshire.

Não foi uma resposta nem um pouco satisfatória, mas Hugo entregou uma moeda por ela; não fazia diferença. Afastando-se aos tropeços e massageando a parte do braço onde Hugo o tinha agarrado com seu punho de ferro, o estalajadeiro sentiu o peso da moeda na mão e hesitou. Era uma moeda de ouro maciço, o tipo de moeda que não via havia... bem, que *nunca* tinha visto. Como um homem embriagado, ele passou pela mesa de uns retardatários que estavam ali perto e quase tropeçou em suas pernas esticadas. Quando um deles, rudemente vestido, gritou reclamando, o estalajadeiro endireitou o corpo e se desculpou, mostrando-lhes a moeda. Os dois beberrões assobiaram, mas foi a garota, percebendo a barganha, quem direcionou mais uma vez o olhar intenso e direto para Hugo.

Peter chutou-o sob a mesa.

— Olhe aquilo — cochichou o escudeiro. — É a segunda vez que ela me olha assim. Acho que gostou de mim!

— Levante-se — Hugo disse com severidade. — Estamos indo.

— O quê? Mas acabamos de chegar!

— Estamos indo — disse Hugo novamente. — Já atraímos muita atenção.

Resmungando, Peter enfiou pedaços de pão e de queijo em seus bolsos, depois bebeu de um só gole o que restava da cerveja. Hugo jogou algumas moedas sobre a mesa sem se preocupar em olhar o valor delas, depois pegou seu manto e caminhou para fora do lugar, decidido a não olhar para a garota novamente.

Porém, o mais longe que chegou foi à porta, quando uma voz grossa o chamou.

— Ei, senhor? Acho que esqueceu alguma coisa.

Hugo não precisou se virar. Tinha escutado o breve tumulto e, supondo que fosse apenas o estalajadeiro correndo para pegar as moedas que ele tinha deixado sobre a mesa, o ignorou. No entanto, depois ficou claro que o responsável por todo aquele tumulto não tinha sido o proprietário do Raposa e Lebre.

Aprumando o corpo, os olhos estreitando-se perigosamente, Hugo posicionou uma das mãos sobre o cabo da espada e disse, ainda sem se virar:

— Solte o rapaz.

Atrás dele, os dois bêbados degoladores riram por entre os dentes.

— Soltá-lo, senhor? Sim, vamos soltá-lo. Por um preço.

Suspirando, Hugo virou-se. Estava cansado de violência, cansado demais. Não queria matar os dois arruaceiros que tinham pegado seu escudeiro. No passado, teria rasgado suas gargantas e depois dado risada. Mas agora não. Tinha visto tantas mortes desnecessárias durante as Cruzadas que não conseguia matar sequer uma traça sem se arrepender.

Mas isso não significava que deixaria de degolar alguém se fosse forçado a isso.

Os dois homens, que antes estavam sentados na mesa ao lado da de Hugo, agora estavam de pé, embora sem equilíbrio, e o maior tinha uma arma pesada apertada contra o pescoço do jovem Peter. Peter, de sua parte, estava lutando contra a chave de braço; o rosto jovial tinha adquirido um tom vermelho pouco comum. Fora pego completamente desprevenido e, por causa disso, sofreria tanto nas mãos destes arruaceiros quanto mais tarde nas mãos de Hugo.

— Não se preocupe comigo, senhor — disse Peter, sufocado, as mãos finas em volta do braço robusto que o estrangulava. — Vá embora, salve-se. Não valho...

— Diabos! — resmungou Hugo, revirando os olhos.

— Dick — gritou o proprietário, furioso —, deixe o homem. Não quero briga no meu estabelecimento.

— Se o camarada aqui liberar a bolsa — escarneceu o homem menor, que parecia ser conhecido como Dick —, não haverá briga, Simon. Chamaremos isso de um negócio justo, não é, Timmy?

O gigante vociferou, sacudindo Peter.

— É.

Nesse momento, três ações aconteceram simultaneamente. A primeira foi com Peter, que, de repente, descobriu que tinha fibra ou, pelo menos, *dentes*, os quais afundou no braço de Timmy. Timmy berrou e largou o garoto no exato momento em que Dick, tentando mostrar para Hugo a seriedade da situação, deu uma estocada no escudeiro com a ponta de seu canivete afiado. Hugo, testemunhando o brilho da lâmina, desembainhou a espada e lançou-se sobre o maldito Dick, mas acabou tropeçando em Simon, o estalajadeiro, que tinha decidido correr para pegar o ouro que Hugo tinha deixado sobre a mesa, num esforço para não perdê-lo no meio da disputa.

O estalajadeiro devia ter ficado quieto. Hugo, numa tentativa desesperada de não matar alguma alma inocente com sua lâmina, bateu com o ombro pesado na mesa, despedaçando-a e lançando as moedas pelo estabelecimento. Estirado no chão, Hugo viu-se apertando os olhos para as vigas do teto, sem fôlego. A próxima coisa que viu foi o cara de fuinha do Dick atacando e pressionando os dois joelhos sarnentos sobre a espada de Hugo antes de levantar a própria arma. Os olhos pequenos de roedor de Dick brilharam de ambição quando a lâmina encostou no pescoço de Hugo, percebendo a inesperada desvantagem do homem maior.

— Que ótimo salto — Dick parabenizou-o com um sorriso que revelou uma boca cheia de dentes podres. — Agora me passe essas moedas.

De canto de olho, Hugo viu que Timmy tinha pegado Peter novamente e que estava arrancando tufos de cabelo da cabeça do garoto como indenização por tê-lo mordido. Peter esperneava enquanto os clientes dispersavam em quatro direções, com exceção do estalajadeiro, que ainda estava pelo chão procurando o dinheiro.

Hugo suspirou. Ainda havia a adaga na bota da perna esquerda, enfiada ali para ocasiões como essas. Ele passaria a lâmina pela garganta de Dick antes que o ladrão pudesse murmurar adeus, embora Hugo não gostasse muito da ideia de sujar o manto de sangue. Deus, ele estava cansado de morte.

— Muito bem — Hugo suspirou novamente, fingindo estar se entregando. — Pegue.

Mas no momento em que a mão de Dick foi pegar a bolsa no cinto de Hugo, algo passou zunindo por um lado do rosto do degolador e enterrou-se na manga da jaqueta de Dick, prendendo o braço ao chão, exatamente entre as pernas de Hugo. Hugo atirou a mão para trás no tempo exato de evitar ser atingido.

Olhando em descrença para o longo torso, Hugo viu que a flecha de ponta violeta tinha se enterrado no piso de madeira, deixando de acertar não apenas a mão, como também seu tesouro mais precioso, por meros 5 centímetros. O braço de Dick estava preso na perna de Hugo, e o susto com a proximidade que o projétil ficou de partir sua mão ao meio fez o degolador lastimar-se.

Hugo olhou para cima no exato momento em que a garota que o proprietário do lugar chamou de Finn preparava-se para lançar sua flecha nas costas largas de Timmy. Dessa vez, ela advertiu calmamente a vítima:

— Largue o garoto ou vou acabar com você.

O gigante congelou. Depois, girando lentamente, enquanto Peter retorcia-se em seus braços, Timmy olhou para Finn e depois para seu comparsa, encurralado sobre Hugo e o chão.

— Deus. — O homem engoliu em seco. — Não atire, moça. Dick e eu não pretendíamos...

Ele soltou Peter, que saiu cambaleante, segurando a cabeça e gemendo, um pouco mais alto que o necessário na opinião de Hugo.

A garota de cabelos ruivos abaixou o arco e se aproximou de Hugo, o rosto adorável com um ar despreocupado, como se tivesse acabado de sair do banho. Ela ignorou Dick, apesar do choramingo e dos gemidos, olhou de relance para Hugo, curvou-se, envolveu os dedos delgados na flecha e calmamente arrancou-a da madeira onde tinha sido encravada.

Como estava bem perto, Hugo não pôde deixar de observá-la, e assim o fez, impassível, absorvendo a pele branca e lisa, o tom rosado dos lábios e do rosto, os cílios longos e peculiarmente escuros, a fragrância floral. Ele não era de ficar estupefato na presença de uma mulher — na verdade, longe disso —, mas lhe era humanamente impossível dizer alguma coisa para essa donzela, mesmo quando a mão dela estava a um centímetro da sua...

— Ah — disse a garota, finalmente arrancando a flecha intacta do chão. Ela examinou a ponta criticamente, passando o polegar para ver se estava afiada. Pelo sorriso que despontou no rosto, revelando dentes brancos reluzentes, ela estava aparentemente satisfeita com o resultado. — Olhe, veja só — disse a si mesma. — Tinha certeza de que esta ficaria imprestável.

Assim que ficou livre, o desafortunado Dick levantou-se com dificuldade, falando um palavrão atrás do outro e sacudindo o braço que tinha ficado preso ao chão.

— Maldita cadela — berrou ele. — Por que você fez isso? Só estávamos nos divertindo um pouco. Não é, Timmy? Só uma diversãozinha com o nobre cavaleiro.

Mas Finnula não estava ouvindo. Enfiou a flecha de volta na aljava e, calmamente e com um último e compreensivo olhar para Hugo, saiu porta afora.

Hugo levantou-se imediatamente, esquivando-se do estalajadeiro que ainda estava de quatro no chão procurando as moedas, do furioso Dick e dos destroços da mesa que tinha quebrado. Mas, embora tenha chegado à porta talvez um ou dois segundos depois da garota, ela já tinha desaparecido, tão de repente quanto aparecera. Olhou de um lado para o outro das ruas de pedra em busca de algum sinal da garota, mas não viu qualquer rastro.

Estava blasfemando para si mesmo quando Peter se aproximou, ofegante.

— O senhor viu aquilo? — perguntou o garoto agitadamente. — Eu nunca na minha vida vi alguém manejar um arco daquele jeito. Ela levantou aquela coisa como se fizesse parte do braço dela. O senhor viu?

Hugo, que ainda procurava a garota no meio da rua movimentada, resmungou ameaçadoramente em resposta. O garoto ou não o escutou, ou imprudentemente decidiu continuar com o assunto apesar da advertência de seu senhor.

— Acho que salvou nossas vidas, meu senhor. Por que acha que ela se preocuparia com isso? Uma dama pequena como aquela, acho que éramos nós que deveríamos salvá-la, não é verdade, meu senhor? Mas foi justamente ela quem nos tirou das mãos daquele bandido... — Depois, em um tom diferente: — Meu lorde, por que está assim? Algum problema?

Hugo agitou-se. Qual era o problema? Quem era essa tal de Finnula Crais que o tinha deixado tão nervoso com um único olhar? Centenas de mulheres olharam para ele na vida, e ele nunca tinha reagido assim antes. Não, levava-as para a cama com naturalidade e prazer, e tudo o que tinha era um momento de distração. O que havia com aquela ruivinha astuta e ridiculamente vestida que o fizera ir atrás dela como um gato atrás de uma gata no cio?

— Venha, meu lorde — gritou Peter, agitado. — Ela não pode ter ido longe. Deixe-me correr atrás dela...

Hugo agarrou o garoto pelo braço, quase levantando-o do chão.

— Você não vai fazer nada disso. Vá buscar os cavalos. Vamos sair deste lugar agora.

Peter bateu com as botas no chão. Já tinha esquecido o susto que o gigante tinha lhe dado e estava ansioso para trocar galanteios com a pequena e atrevida donzela de calças de couro. Um tipo de donzela que mesmo ele, acostumado a todo tipo de mulher que havia em Londres, de dançarinas quase nuas a princesas de sangue azul, nunca tinha visto antes. Mas a garota tinha fugido, e seu senhor, em um ataque de grosseria, não o deixou procurá-la.

— Não seria difícil encontrá-la — resmungou Peter. — Uma moça de tranças com certeza chama a atenção por onde passa. Aposto que conseguiríamos encontrá-la em menos de uma hora. E devemos nossas vidas a ela, meu senhor. Ou pelo menos uma bolsa de...

A única resposta de Hugo foi um novo resmungo.

— O que o aflige, meu lorde? — perguntou Peter, imprudentemente. Ele não conseguia, de jeito nenhum, imaginar por que Sua Senhoria não queria procurar por sua salvadora. — O senhor acha que a donzela é uma feiticeira, e é por isso que está fugindo dela com tanto desassossego?

Hugo olhou furioso para o impertinente jovem, o olhar tão penetrante quanto o da donzela, e, embora os olhos de Hugo fossem castanhos furta-cor, neste exato momento brilhavam como ouro de tanta fúria.

— Não — retrucou ele, dando longos passos em direção aos estábulos públicos. — Mas ela demonstrou interesse demais em nós, um cavaleiro andante retornando das Cruzadas e seu escudeiro inexperiente.

— É — concordou Peter prontamente. — E eu estava apreciando demasiadamente esse interesse.

— Pude perceber. — O tom de Hugo era zombeteiro, embora o humor na voz não se refletisse nas feições sérias. — Mas que interesse qualquer um de nós poderia exercer sobre uma donzela tão graciosa, uma donzela que certamente já é a pretendida de algum ferreiro da cidade ou de algum cavaleiro local?

Peter gostaria de ter respondido que ele, quase que obviamente, despertaria o interesse romântico de qualquer donzela, por mais adorável que fosse, mas não gostava de parecer pretensioso. Tinha quase certeza de que fora ele, não o seu lorde, que despertara o interesse da donzela de tranças ruivas. Por que uma garota se interessaria por um barbudo com provavelmente o dobro de sua idade e com roupas um tanto desleixadas, apesar da fortuna e da posição? Peter, por sua vez, usava um colar de ouro reluzente no pescoço e uma valiosa túnica de veludo, que, mesmo não sendo exatamente adequada para dormir ao relento, indicava claramente seu elevado nível na cavalaria real. O que importava se esses dois itens lhes foram comprados por seu novo senhor? A garota não precisava saber.

Mas agora seu senhor estava falando novamente, com aquela voz grossa e retumbante que Peter ao mesmo tempo invejava e temia.

— Não quero que chamemos atenção indevida — explicou Hugo, em um tom que esperava não parecer condescendente Maldito súdito que se deixara derrubar por aquele sabre e o deixara responsável por esse fedelho! — Embora qualquer esperança em relação a isso tenha sido destruída por aqueles homens. Mas é melhor deixarmos a garota em paz, pois não existe atenção pior que a de um pai ou a de um irmão de uma donzela virgem.

— Ah! — disse Peter astutamente. — Como a dançarina com quem o senhor saiu em Londres duas semanas atrás? Aquela que chamou o cafetão quando o senhor...

Hugo olhou furioso para o garoto, os olhos cintilando de impaciência.

— Não. Não como ela, garoto — ele resmungou, mas não explicou por quê. Em vez disso, novamente mandou Peter buscar os cavalos.

Enquanto esperava na rua de pedra, os olhos castanhos em alerta para tentar avistar a ruiva, todos os pensamentos de Hugo ficaram concentrados nas nádegas da encantadora Finnula. Como a garota aprendera a usar um arco daquele jeito? E por que se dera ao trabalho de salvá-lo? As mulheres certamente mudaram desde a última vez em que estivera na Inglaterra. Agora, não apenas andavam por aí em roupas de garoto, como penduravam uma aljava nas costas e atiravam em salteadores quando bem queriam. No entanto, Hugo pensou, Deus sabia que qualquer mulher vestida daquele jeito precisava se defender... mais precisamente de homens como Hugo.

Esforçando-se ao máximo para levar a mente a um plano mais elevado, Hugo tentou não pensar nas nádegas de Finnula Crais, mas no solar Stephensgate e em todo o trabalho que lhe seria necessário para consertar o que o pai, sem dúvida alguma, tinha irremediavelmente deixado aos pedaços, como era seu insensato costume. Ainda assim, aqueles olhos acinzentados o atormentavam, mesmo depois de ter montado no corcel e o guiado adiante. Se ele tivesse olhado para trás mais uma vez, teria visto exatamente aqueles mesmos olhos abrindo um verdadeiro buraco em suas costas enquanto Finnula fazia um rápido cálculo mental.

Capítulo Três

Finnula sabia o que tinha de fazer. Tinha escolhido a vítima, evitado que fosse pega por outro e agora prepararia a armadilha. Mas começaria a tarefa com o coração apertado — não por pena de sua presa, mas por raiva de si mesma... e, embora relutante em admitir, de Mellana.

Sabia que nunca deveria ter concordado com aquela missão ridícula. Se Robert ouvisse falar disso, e era possível que isso acontecesse, faria mesmo um buraco na parte de trás de suas calças de couro, como sempre ameaçava... ou, pelo menos, iria atrás dela com esse intuito. Finnula não era uma ordenhadeira qualquer, alguém que podia agir com tal capricho sem ser censurada pela família. Embora não tivesse título ou terras, a família Crais operava o moinho do conde de Stephensgate havia muitas gerações e era uma das famílias mais respeitadas da comunidade. Uma filha de Phillip e Helene Crais fazer parte de algo tão... *vulgar* era impensável. Ora, o que as pessoas achariam?

A insistência de Mellana para o fato de que todas as "donzelas de Stephensgate" estavam sequestrando homens para comprar ingredientes para fazer cerveja quase não era um conforto. Finnula não tinha a menor afeição pelas moças de Stephensgate, que pareciam ter pouco na cabeça além de uma coleção de laçarotes de cabelo e maridos. E, é claro, havia a pequena questão da Igreja, que expressamente desaprovava a prática, um fato que Finnula tinha ressaltado para Mellana naquele dia na cozinha.

— Mellana, você perdeu o juízo — declarara Finnula, com rancor. — O fato de Stephensgate inteira praticar algo tão pagão não significa nada para mim.

— *Não* é uma prática pagã — Mellana proferiu, arrogante. — Isabella Laroche fez isso dezenas de vezes, e ela...

— Isabella Laroche é uma desmiolada, uma idiota. — A paciência de Finnula estava se esgotando. — Não ouse negar isso, Mellana. Ela levantaria a saia para qualquer um de calças. Meu Deus, ela *me* confundiu com um garoto diversas vezes e me convidou para ir ao solar beber um copo de cerveja. É claro que uma mulher como ela não pensaria em outra coisa a não ser sequestrar um homem e pedir um resgate. Mas você sabe tanto quanto eu que, durante o último sermão, o padre Edward criticou a prática com muita veemência.

— E você sabe tão bem quanto eu que o padre Edward busca prazer na aldeia com a Fat Maude — Mellana sibilou.

Finnula concordou com o fato, dando de ombros, inconformada. Não sabia que Mellana estava ciente de assuntos como esse, e desejou saber quem havia contado tal coisa à garota. A maldita Isabella, sem dúvida. Que o padre era um hipócrita, Finnula seria a primeira a concordar. Mas, no geral, era um bom homem, fazia o que podia pela pobre paróquia e pelo solar, que tinha ficado abandonado por mais de um ano. Vendo que nenhum de seus argumentos tinha peso para a repentinamente obstinada irmã, Finnula aceitou seu destino de mau grado.

— Tudo bem — disse ela, descontente. — Vou capturar um homem para você e trazê-lo aqui, então você pode prendê-lo por um resgate e usar o maldito ouro que conseguir por ele para comprar levedo, um dote ou qualquer outra coisa. Só não deixe Robert saber, Mellana, eu imploro. — Finnula sacudiu a cabeça. — Ele vai matar nós duas.

Mellana, cujos olhos de safira brilhavam de alegria pela vitória, decidiu tratar a irmã mais nova de forma generosa:

— Ah, você está exagerando. Robert ama você mais que todas as irmãs, querida Finn. Ele deixa que você o faça de capacho.

— Você não o viu depois da visita do xerife. — Suspirando, Finnula olhou para as mãos, as quais, apesar dos dedos calejados, eram um tanto delgadas e belas. — Estou bastante acostumada a encurralar animais estúpidos, Mellana. Mas como vou armar uma cilada para pegar um homem?

Depois de conseguir o que queria, Mellana perdeu o interesse pelos detalhes da questão.

— Ai, Deus, não sei — declarou ela, ajeitando os cabelos para que pudesse se juntar ao resto da família na comemoração que estava havendo no cômodo ao lado. — Só tenha certeza de que ele não seja de Stephensgate.

— *O quê?* — Finnula olhou para a irmã, os olhos grandes e cinzentos cheios de aflição. — Não pode ser de Stephensgate? Você quer que eu sequestre um *estranho*?

— Bem, é claro. Isabella já pediu resgate por todos os homens daqui pelo menos uma vez. E de Shrewbury e Dorchester também. A família deles não pagará uma segunda vez. A prática perde o charme se usada em excesso...

Finnula praguejou soltando alguns de seus mais finos adjetivos, e Mellana, genuinamente chocada, ficou ofendida, deixando a irmã caçula olhando furiosa para a lajotas do chão.

Sequestrar um estranho, Finnula queixou-se para si mesma. Teria de viajar uma distância de dois dias para a aldeia mais próxima. Visitava Leesbury com frequência, é claro, visto que suas incursões em propriedade alheia às vezes a levavam naquela direção, e o cunhado de Patricia, Simon, tinha uma estalagem por lá e não era mesquinho com sua cerveja. Mas ela não tinha muita esperança de que os residentes daquele lugar um pouco mais cosmopolita achassem a prática de sequestro de homens divertida. O padre daquela paróquia não era nem um pouco liberal como o da sua, e provavelmente ficaria furioso com o que em Stephensgate e em Dorchester era considerado um costume divertido.

Mas quando Finnula viu a moeda de ouro que o viajante tinha deixado para Simon no Raposa e Lebre, percebeu que tinha encontrado a vítima ideal. Obviamente, não era de Leesbury. O homem alto, além de dinheiro, tinha um súdito e, como descobriu logo depois de uma pequena investigação, um elegante corcel como montaria. Aqui estava um homem bem-sucedido na vida.

Que ela suscitara no homem um interesse igual ao que ele tinha suscitado nela, Finnula imediatamente percebeu, embora soubesse que por razões completamente diferentes das suas. Finnula não se considerava nem um pouco bonita. Não, Mellana, com o corpo voluptuoso e os cachos dourados, era a mais bonita da família.

Mas Finnula não podia deixar de notar que nos últimos tempos atraía com cada vez mais frequência os olhares masculinos, e isso lhe causava bastante desconforto. Na verdade, a mudança que a passagem de uma jovem magricela para uma adulta graciosa tinha trazido em sua aparência era sua principal fonte de irritação. Afinal de contas, era ela que tinha causado o desastre que foi seu breve casamento e tinha provado ser um obstáculo durante a caça: era constantemente surpreendida por homens casados e bem-intencionados. Diziam que ela não deveria andar por aí de calças e que deveria estar manejando uma agulha, não um arco.

Mas, por outro lado, a atração que exercia sobre o sexo oposto provara-se por vezes útil. Bastou jogar charme para o xerife e ele fez vista grossa às várias violações da lei de propriedade privada. E não havia um comerciante da aldeia que não pagasse com mais generosidade do que nunca pela caça obtida legalmente, e depois ainda se gabava para os clientes de que a caça tinha sido abatida por ninguém menos que a Bela Finn. Como Diana e Ártemis, as caçadoras pagãs da mitologia, a reputação de Finnula de uma adorável arqueira ajudava mais do que prejudicava seu empenho para alimentar os famintos de Stephensgate.

E, é claro, agora que estava metida nesse negócio de caçar homens, pretendia usar sua cativante beleza como isca.

Que o estranho alto e barbudo pudesse talvez não se sentir atraído por ela jamais lhe passou pela cabeça. Ela vira o jeito como os olhos dele a penetraram quando ela entrou na estalagem. Havia fome em seu olhar, embora também tenha visto precaução. Em relação a esta última, não muita, visto que tinha entrado naquela enrascada com aqueles dois ladrões. No entanto, talvez tenha aprendido com o erro: quando seguira o passo acelerado de Hugo, ela percebeu com satisfação que ele evitava as vias públicas principais.

Sua precaução, entretanto, foi sua ruína, porque, ao seguir pela trilha de ovelhas em vez de pela estrada, foi levado exatamente para o território onde ela mais caçava, os montes que circundavam Stephensgate e, em particular, os domínios do conde.

Quando o homem alto e seu garoto partiram de Leesbury com tanta pressa, sem saber acrescentaram mais um membro ao bando. Finnula seguiu-os a uma distância segura, mantendo-se sob o abrigo das árvores e cavalgando a trote lento. A montaria de Finnula era uma égua comum que possuía desde criança, mas tão bem treinada quanto o corcel de qualquer cavaleiro. A égua, a qual Finnula nomeara Violeta em um momento inocente da imaginação de 10 anos, aprendera a caminhar silenciosamente sobre as plantas rasteiras da floresta e a ficar imóvel como uma pedra enquanto a dona estava em busca de uma presa. Ela também sabia marchar de volta à casa do moinho quando Finnula a posicionava na direção certa e dava-lhe uma chicotada na anca. Em geral, as duas formavam uma equipe formidável, trabalhando juntas como parceiras no crime.

Finnula olhou para a dupla de viajantes com muito interesse, apreendendo o maior número possível de detalhes sobre eles. O homem, o que ela buscava, se vestira com cuidado para revelar o mínimo possível sobre si mesmo. Como, por exemplo, a barba grossa castanho-clara que lhe escondia as feições, o manto sem ornamentos, a túnica comum e as calças simples que não revelavam o tamanho da bolsa que carregava sob o cinto. Não havia, porém, como disfarçar a altura, que era impressionante. Era provavelmente mais alto que Robert, que tinha quase 2 metros.

O garoto, no entanto, estava longe de ser um desafio. De estatura mediana, macaqueava seu superior vestindo-se com exagero. Usava uma túnica de veludo e meias de cor chamativa. Definitivamente se beneficiaria de uma armadilha no topo de uma árvore, ela pensou. Mas o homem... O homem exigiria mais sutileza.

Diferentemente de muitos caçadores que conhecia, era a perseguição, não o ato de matar, de que Finnula mais gostava. Só matava a caça na qual atirava porque sabia de famílias que não tinham comida sobre a mesa. O bom Senhor considerou apropriado dar-lhe uma mira precisa e um braço firme, então se sentia na obrigação de ver aqueles desafortunados bem-alimentados.

Mas não gostava de matar, e só fazia isso quando estritamente necessário. Aproximar-se silenciosamente das presas fazia muito mais seu estilo, e encurralá-las em armadilhas não letais era ainda mais prazeroso. Que ela sempre soltava os animais que capturava, poucas pessoas sabiam, e estavam ainda menos cientes da quantidade de animais que Finnula soltava quando os encontrava na armadilha dos outros. Desgostava particularmente das cruéis armadilhas de metal que o lenhador do conde armava para caçar lobos e, sempre que encontrava uma, rapidamente a enterrava onde sabia que o velho Tom nunca mais a encontraria.

Mas havia muitas vantagens em caçar, em ficar à espreita, e, embora nunca tivesse admitido para Mellana, Finnula achava que talvez houvesse uma chance de gostar de perseguir essa presa em particular. Era muito mais interessante caçar um oponente com alguma inteligência, não um animal estúpido. É claro, ele era um homem, o que automaticamente o fazia intelectualmente inferior a ela. Finnula nunca encontrara um homem cujas faculdades mentais rivalizassem com as suas — e isso incluía seu falecido marido. Mas, ainda assim, seria um desafio válido para Bela Finn, e foi com um coração feliz e acelerado que ela seguiu os passos de Hugo.

No entanto, quando ficou evidente que o estranho parecia conhecer o interior e que estava indo na direção de Stephensgate, ela percebeu, com desânimo, o que teria de fazer. Estava relutante, visto que da última vez as consequências tinham sido terríveis. Mas, se não agisse logo, perderia a presa, e quem saberia dizer quando acharia outra tão promissora? Não podia desapontar Mellana, não depois de já ter prometido. Finnula agora era um ano mais velha e mais esperta. E dessa vez estaria no controle. Estaria esperando por ele, preparada.

Encurtando as rédeas de Violeta, a fez seguir na direção do viajante e seu súdito e, apressadamente, mas com o cuidado de quem é experiente, fez os preparativos.

Capítulo Quatro

Hugo não sabia ao certo por quanto tempo mais conseguiria tolerar os incessantes resmungos de seu escudeiro. Primeiramente, por causa da garota da estalagem e, agora, pelo fato de seu cavalo não ter a mesma força que o de Hugo e, por isso, precisar de um descanso. O próprio Hugo tinha escolhido a montaria de Peter e sabia que o animal era tão robusto quanto o dele, embora não tão bem treinado. Não, era *Peter* quem queria descansar, embora passasse do meio-dia, o tempo estivesse bom e estivessem cavalgando por apenas algumas horas. O que Hugo tinha feito na vida para merecer o tormento que esse jovem resmungão o estava fazendo passar? O garoto não podia manter a boca fechada e deixá-los cavalgar em paz?

— Meu lorde — chamou o garoto, de alguma distância atrás de Hugo. — Meu lorde, espere. Não comemos nada desde que saímos de Leesbury. Estou quase desmaiando de fome.

Hugo revirou os olhos. O apetite do garoto, assim como seu amor por falar, era insaciável.

— Tem pão e bacon na sua bolsa — resmungou Hugo, no seu tom mais ameaçador. — Coma isso por enquanto. — Era de se esperar que a boca do jovem ficasse ocupada demais para conversas. Ou talvez ele morresse engasgado, Hugo considerou, animando-se um pouco.

Mas estavam finalmente entrando em terreno familiar, e Hugo não conseguiu ficar irritado por muito tempo. Ali era o bosque onde tinha caçado seu primeiro veado vinte anos antes, ali o arvoredo onde tinha deitado com Fat Maude pela primeira vez havia uns dez anos. Havia ainda uns dois dias de cavalgada até o solar, mas eram dois dias de território tão familiar quanto a palma da sua mão. Ah! Era estranhamente bom estar em casa depois de uma década de viagens completamente sem sentido.

Quando chegaram à curva na trilha de ovelhas que levava à formação rochosa que assomava sobre a cachoeira de Saint Elias, Hugo hesitou. A cachoeira era um lugar irresistível para um mergulho. Passaram muitos verões de sua infância caçando nas colinas, onde Hugo e o irmão se banharam, aprenderam a nadar embaixo d'água e a saltar das rochas sobre a cachoeira.

Não sendo mais administrada pela igreja — Saint Elias deixara de ter esse privilégio havia uns cinquenta anos, quando a água do lugar não conseguiu curar um único leproso —, a cachoeira fora coberta pela vegetação e tornou-se arrebatadoramente bonita em seu isolamento. Flores selvagens cresciam nas fendas do desfiladeiro, e os galhos das árvores que cresciam retorcidos em meio às rochas roçavam na superfície da água. Era um lugar perfeito para nadar depois de uma viagem quente e poeirenta — e era exatamente isso que Hugo decidiu que precisava fazer para recarregar as energias.

É claro que Peter tinha outras ideias.

— Nadar? — repetiu ele, incrédulo, quando Hugo comunicou seu plano. — O quê, *eu*? Fui nascido e criado em Londres, não se esqueça disso, meu lorde. O que eu sei sobre natação? Não seria capaz de dar uma braçada para salvar a minha vida!

— Que feliz coincidência — murmurou Hugo de forma quase audível.

— Estou falando sério, meu lorde. Será um prazer lavar os cavalos enquanto o senhor nada, mas não *me* verá saltando na água. Além disso, o que eu iria querer com um monte de água de cachoeira gelada? Acabamos de chegar ao mês de maio, senhor, não de julho. Há um frio intenso bem distinto no ar.

Isso não era verdade, mas Hugo não estava em condições de discutir. Descendo da sela, agarrou o freio da montaria e guiou o cavalo em direção à primeira proeminência rochosa que assomava acima da cachoeira, para que assim pudesse olhá-la por inteiro e ver se tinha mudado desde a última vez que a vira, dez anos antes. Deixou o garoto resmungando às suas costas e entrou na grama verde e fresca que margeava a trilha de ovelhas, na solidão silenciosa da floresta.

Ali, a luz radiante do sol da tarde penetrava pelas copas das árvores em feixes dourados. O chão da floresta estava salpicado pela luz do sol e fresco com o aroma da folhagem seca sobre o solo, e Hugo respirou fundo. Fazia muitos anos que não sentia o perfume de uma boa turfa inglesa.

Desatento aos galhos e às plantas estalando sob as solas das botas largas, Hugo seguiu em frente, ouvindo apenas os pássaros chamando uns aos outros das copas das árvores, o ruído das águas da cachoeira e o repentino grito do escudeiro às suas costas. Ele parou por um momento, perguntando-se o que atormentava o garoto, mas concluiu que só podia ser mais uma de suas reclamações sem sentido. Revirando os olhos novamente, Hugo caminhou em direção ao afloramento que contemplava o desfiladeiro da cachoeira e ficou de pé sobre as rochas, olhando para baixo.

Com exceção das árvores, que pareciam mais altas e mais retorcidas do que nunca, a primavera era basicamente a mesma desde que a vira pela última vez. A água abaixo estava tão transparente quanto o ar ao redor, verde em meio à luz dourada que jorrava dos lençóis de folhas acima. A superfície da água, que parecia vidro, era perturbada apenas pela queda de água que vinha das rochas sobre as quais ele pisava. A cachoeira de Saint Elias jorrava do subsolo e borbulhava através das fendas no desfiladeiro rochoso, formando uma espuma branca que caía na piscina metros abaixo.

A água mais doce e fresca que se pode imaginar; para sentir seu verdadeiro valor, era preciso pegá-la direto da fonte, antes que atingisse a piscina abaixo. Hugo e o irmão passavam horas deitados exatamente na mesma proeminência onde agora estava de pé, esticavam os braços por baixo do rochedo e enchiam o odre de água fresca.

Olhando o odre praticamente vazio na sela de seu cavalo, Hugo decidiu repetir a prática da infância e o pegou, derramando a água velha em um canteiro de violetas brancas. Voltando para o afloramento, deitou-se de corpo inteiro na pedra aquecida pelo sol e esticou um braço longo com o odre na mão para pegar a água borbulhante direto de sua fonte musgosa.

Quando estava ocupado com essa tarefa, um brilho colorido, bem diferente dos verdes e dourados da floresta à sua volta, chamou a sua atenção. Ele olhou para o desfiladeiro... e ficou imóvel.

Era a garota da estalagem.

Reconheceu-a imediatamente, embora agora não estivesse usando nem as calças nem a blusa branca de linho. Na verdade, a pele cor de marfim da garota cintilava sob a luz da tarde, o corpo languidamente esticado à margem de pedras do lago. Nua, os gloriosos cabelos ruivos soltos, parecia tão delicada quanto uma fada das águas: os seios atrevidos não eram maiores que o tamanho perfeito para a mão de um homem; as coxas esbeltas, longas e brancas, uniam-se em uma penugem sedosa que ecoava o tom da cortina de cachos que caía sobre os ombros delgados; a cintura era tão fina que as mãos de Hugo fechariam em volta dela, os dedos unindo-se; os quadris eram brancos e magros e, como já tinha notado na estalagem, as nádegas tinham a nítida forma de um coração.

Ele observou tudo isso no momento em que ela hesitava à margem do rio, primeiro esticando o corpo, depois prendendo aquele longo manto de cabelos em um nó no topo da cabeça. Em seguida, com a graça de um boto, mergulhou na água cristalina.

Foi quando Hugo percebeu que prendia a respiração de tão preocupado que estava em não acabar com a magia do momento. Deitado como estava, não havia possibilidade de a garota vê-lo, mas tinha ficado imóvel do mesmo jeito, com medo de fazer algo que alertasse a donzela sobre sua presença e a fizesse fugir.

Tinha quase certeza de que ela fugiria caso ele revelasse sua presença. Ele prontamente comparou-a aos animais selvagens que viviam ali à volta, especialmente às raposas vermelhas e assustadiças que habitavam as tocas no limite da floresta. A mulher tinha algo de raposa em seu jeito, selvagem e astuta, mas estranhamente acanhada. Como qualquer donzela virtuosa, não receberia de bom grado quem se intrometesse em seu banho e, certamente, correria ao primeiro sinal de estar sendo observada.

Hugo olhava fixamente para a adorável aparição que nadava lá em baixo. Os pensamentos estavam desordenados. O mais insistente entre eles era a pergunta, *quem era ela?*, embora já soubesse a resposta. Finnula Crais, a filha do moleiro. Havia uma família com esse nome nas terras do pai, Hugo lembrou-se. Então essa deve ser uma de suas descendentes. Mas o que havia com esse moleiro que deixava uma donzela indefesa vagueando por aí sozinha e vestida de forma tão provocativa — ou completamente despida, como era o caso nesse momento?

Assim que Hugo chegasse ao solar Stephensgate, falaria com o moleiro para garantir que a donzela fosse mais bem protegida no futuro. O homem não tinha conhecimento da gentalha que passava pela estrada nesses últimos tempos, dos salteadores, dos degoladores e dos ladrões de jovens moças como a que estava abaixo dele? É claro, a garota tinha mais que provado sua coragem lá na estalagem, mas Hugo sabia que a maioria dos criminosos não era nem de perto tão estúpida quanto Dick e Timmy. A garota não teria durado um segundo em Londres, e era um milagre ainda não ter acontecido um desastre com ela aqui em Shropshire.

Hugo estava tão concentrado em seus pensamentos que, por um momento, não percebeu que a donzela tinha saído de sua visão. Onde as águas da cachoeira caíam, a piscina formada abaixo estava fora de seu campo de visão, pois era bloqueada pelo afloramento de rocha onde ele estava. Concluiu que a garota tinha mergulhado, talvez para lavar os cabelos, que ele percebeu que ela mantinha acima da água. Uma cabeleira tão volumosa levaria horas para secar, e talvez preferisse limpá-la na água fresca da fonte do que em um lago ligeiramente mais turvo.

Hugo esperou, antecipando prazerosamente o reaparecimento da garota. Perguntou a si mesmo se o mais cortês a fazer seria ir embora, sem chamar a atenção para sua presença. Depois encontraria com ela novamente na estrada, como que por acaso, e lhe ofereceria companhia até Stephensgate.

Quando estava decidindo que faria isso, mas não sem um último vislumbre daquela forma bela e elegante, escutou um som suave, depois algo muito fino em seu pescoço e alguém muito leve sentado nas suas costas.

Hugo precisou se esforçar para controlar seus instintos defensivos. Tinha sido soldado durante dez anos, e os sentidos estavam afiados para os mais puros mecanismos de luta. Se estava participando de uma briga de bar ou dando fim aos sarracenos, seu instinto era primeiro lutar, depois questionar.

Mas nunca tinha sentido um braço tão magro em volta do pescoço nem coxas tão leves montadas em suas costas. Nem sua cabeça fora puxada para trás contra uma almofada tão tentadoramente macia. Quando a cortina de cabelos ruivos caiu sobre ele, acariciando seu rosto e enchendo seus sentidos com uma leve fragrância de rosas, ficou satisfeito por não ter levantado os braços e arremessado a bela adversária sobre a cabeça lá para baixo no lago, onde ela indubitavelmente teria aberto o crânio nas pedras.

— Fique totalmente imóvel — advertiu sua captora, e Hugo, apreciando o calor das coxas dela, mais precisamente a maciez da cavidade entre os seios, onde ela mantinha firmemente presa a parte de trás de sua cabeça, ficou feliz em fazer-lhe esse favor. — Estou com uma faca no seu pescoço — informou-lhe a donzela com uma voz de garoto —, mas não vou usá-la, a não ser que seja preciso. Se você fizer o que eu disser, não vai se ferir. Entendeu?

Hugo sentiu que deveria demonstrar algum sinal de resistência, embora não quisesse, em hipótese alguma, machucar a garota. Então, tentou tirar os braços de onde estavam pendurados, ainda segurando o odre sob a cascata de água. Mas a força da natureza que estava montada nas suas costas não admitiria uma coisa dessas, e cravou um lindo pé descalço sobre seu antebraço, surpreendendo-o a ponto de fazê-lo deixar o odre cair na água lá embaixo.

— Solte! — ordenou ela em uma voz imperiosa. — Eu disse para não se mexer!

Hugo, admirando a curva do pé delgado, a única parte da garota que ele realmente conseguia enxergar, com exceção da nuvem de cabelos que envelopava os dois, decidiu que agora deveria se desculpar. A garota tinha toda a razão de estar irritada; inocentemente, ela tinha vindo à cachoeira para se banhar, não para ser espiada. E embora estivesse gostando bastante da sensação do corpo atraente dela contra o dele, não estava gostando daquela raiva. Era melhor acalmar a moça espirituosa e vê-la de volta na estrada para Stephensgate, onde podia garantir que ela não montaria nas costas de outro homem e que assim não se meteria em encrenca.

— Honestamente, peço-lhe perdão, senhorita — começou ele, em um tom que esperava ser de arrependimento, apesar de ser difícil para ele falar sem rir. — Vi a senhorita por acaso, em seu momento mais íntimo e, por isso, devo pedir perdão...

— Tomei você por ingênuo, mas não por completamente estúpido — foi a surpreendente resposta da garota. Hugo ficou espantado ao perceber que a voz dela estava tão cheia de divertimento quanto a dele. — Eu *deixei* você me ver, é claro — explicou ela. Rápida como um raio, a faca deixou seu pescoço, e a donzela agarrou os dois pulsos de Hugo e os prendeu nas costas antes mesmo que ele pudesse saber o que estava acontecendo. — Agora, você é meu prisioneiro — disse Finnula Crais, evidentemente satisfeita pelo trabalho bem-feito. — Para ganhar liberdade, vai ter de pagar por ela. E de forma generosa.

Capítulo Cinco

Hugo mal conseguia acreditar no que estava ouvindo.
— O quê? — perguntou rispidamente.
— Você me escutou. Você é meu prisioneiro.
Depois de dizer isso, ela tirou o braço do pescoço dele, e Hugo viu que ela se afastava. Um segundo depois, sua espada, ainda na bainha, foi tirada do cinto, seguida pela adaga que ele acreditava estar tão bem escondida na bota. Em seguida, o leve peso da garota retornou quando ela novamente sentou-se nas costas largas de Hugo.
— E o garoto também, se isso lhe interessa — informou-lhe em um tom casual. — É meu prisioneiro, quero dizer. Ele pisou sobre uma das minhas armadilhas de árvore uns quinze minutos atrás. Fiquei surpresa por você não ter escutado os berros. Ele é bastante temperamental. Você é muito mais fácil.
Hugo digeriu o pequeno elogio, o tempo inteiro consciente do calor das coxas da garota, do leve peso em suas costas, do perfume suave, feminilidade pura e simples. Ela saíra do lago e tinha subido até onde ele estava por uma trilha escondida nas pedras. Em algum

lugar no meio do caminho vestiu as calças e enfiou a blusa branca de linho — ele tinha sentido o tecido macio contra o rosto, onde pensou estar sentindo uma pele lisa. Então não lhe faltava modéstia — mas que modos eram esses para uma mulher?

Que tipo de mundo era este onde estava? Quando, em nome de Deus, donzelas tinham começado a usar calças de couro, a capturar homens adultos e prendê-los para pedir um resgate? Estava longe da Inglaterra fazia muito tempo, ele percebeu, mas era possível que tanta coisa tivesse mudado durante esses anos? Porque, dez anos antes, adoráveis donzelas coravam ao *falar* com um estranho. Não tiravam a roupa na frente de um e depois pulavam em suas costas e seguravam uma faca em seu pescoço.

Em seguida, ocorreu-lhe um terrível pensamento, e ele o deixou escapar antes mesmo de ter tempo para pensar.

— Aqueles homens na estalagem. Você trabalha com eles?

A garota bufou ironicamente.

— Dick e Timmy? Com certeza, não. Uma dupla mais estúpida nunca existiu. Mas eu não podia deixar que tivessem o que eu mesma queria.

— Você está querendo dizer — Hugo começou, lentamente — que você... que aquilo tudo foi por um propósito?

— Claro — a garota disse, um pouco surpresa. — Vi você na estalagem e decidi que daria um bom refém. Não estou certa do que fazer com seu garoto. Ele incomoda um pouco, você não acha? Mas vamos pensar em alguma coisa.

Hugo estava deitado sob ela, mal conseguindo acreditar em sua sorte. Havia sido perseguido por um grande número de mulheres, mulheres mais bonitas que Finnula Crais, mulheres com mais sofisticação e conhecimento geral, mas nenhuma o tinha atraído tão imediatamente. E ela destemidamente anunciou que o queria por dinheiro e que não recorreria a seduções e estratagemas para consegui-lo. O jogo dela era o da abdução, pura e simples, e Hugo estava tão surpreso que quase riu alto.

Todas as outras mulheres que tinha conhecido, tanto no sentido literal quanto no bíblico, tinham um único objetivo em mente: tornar-se a castelã do solar Stephensgate. Hugo não tinha nada contra a instituição do casamento, mas nunca tinha encontrado uma mulher com quem sentisse que queria passar o resto da vida. E aqui estava uma garota que afirmara, claramente, que tudo o que queria dele era dinheiro. Era como se uma rajada de ar fresco da Inglaterra tivesse soprado nele, renovando sua fé nas mulheres.

— Então, serei seu refém — disse Hugo para as pedras abaixo dele. — E o que a deixa tão certa de que posso pagar pelo resgate?

— Acha que sou imbecil? Vi a moeda que deixou para Simon lá no Raposa e Lebre. Você não deveria ser tão exibido com seu espólio. Você tem sorte de ter sido eu a interceptá-lo, e não alguns amigos do Dick e do Timmy. Eles têm amigos bastante detestáveis. Você poderia ter ficado seriamente machucado.

Hugo sorriu para si mesmo. E ele preocupado com os problemas que a garota poderia encontrar no caminho até Stephensgate. Nunca suspeitou que ela compartilhasse as mesmas preocupações em relação a ele.

— Ei, do que você está rindo? — perguntou a garota, e, para seu arrependimento, desceu de suas costas e espetou, nada gentilmente, a lateral do corpo dele com um dedo do pé afiado. — Sente-se. Agora. E pare de rir. Não tem nada de engraçado no fato de eu estar sequestrando você. Sei que não pareço com alguém que faria isso, mas acho que provei lá no Raposa e Lebre que realmente tenho a melhor pontaria da aldeia inteira. E agradeço se você se lembrar disso.

Sentando-se, Hugo encontrou as mãos bem amarradas às suas costas. Certamente a garota não ignoraria nada sobre como atar nós. O laço não era apertado a ponto de prender a circulação nem solto demais para que pudesse se desfazer.

Erguendo os olhos, ele viu a linda sequestradora afastando-se um pouco dele, de joelhos, o rosto pálido como o de uma fada, aureolado por uma grande quantidade de cachos ruivos, um cabelo tão longo que as pontas enroscavam entre as violetas abaixo dos joelhos. A blusa de linho estava dobrada e grudada em alguns lugares do corpo ainda úmido, e os mamilos rosados estavam totalmente visíveis através do tecido fino.

Levantando uma sobrancelha, Hugo percebeu que a garota estava completamente alheia aos efeitos devastadores que sua aparência exercia sobre ele. Ou, pelo menos, acreditando que somente nua tornava-se uma charmosa distração.

— Bem — disse ela, com uma voz rouca que não continha um traço de sedução —, como vamos nos ver bastante pelos próximos dias, suponho que devo me apresentar. Meu nome é Finnula Crais.

Ele não conseguiu segurar o sorriso, embora tentasse esconder o divertimento mantendo um canto da boca para baixo, em um gesto de desaprovação.

— E seu pai sabe que você anda pelo campo amarrando homens inocentes e pedindo recompensa pela liberdade deles, Finnula Crais?

— Com certeza, não — respondeu ela rapidamente. — Meu pai está morto.

O canto da boca que antes sorria caiu, acompanhando o outro em uma carranca.

— Morreu? Então, quem cuida de você?

— Eu mesma — disse ela, bastante orgulhosa. Depois, fazendo uma careta levemente cômica, completou a afirmação: — Bem, meu irmão mais velho, Robert, tenta cuidar de mim, eu acho. Mas somos seis...

— Seis o quê?

— Seis irmãs. E não é fácil para ele...

— Meu Deus — ele exclamou. — Você está dizendo que existem mais seis de você em casa?

— Claro que não. Sou a mais nova. Quatro já estão casadas, e a quinta, Mellana, gostaria de se casar, mas... — Nesse momento, as sobrancelhas castanhas, como pássaros voando no céu pálido da testa dela, uniram-se em uma careta. — Olhe — disse Finnula, com uma voz grossa de desaprovação —, você não pode querer me fazer falar. Eu sou a interrogadora aqui. Agora, me diga quem é você.

Hugo teve de pensar por um momento. Havia grandes chances de que, ao lhe contar a verdade, ela o soltasse imediatamente, amedrontada. Afinal de contas, a família dela devia a vida ao conde de Stephensgate. Teria de ser uma pirralha muito mal-agradecida — e estúpida — para prender o próprio lorde em troca de um resgate. Não, ele não arriscaria dizer-lhe a verdade agora. Estava muito ansioso para ser refém de uma carcereira tão linda.

— Meu Deus — praguejou Finnula, com alguma impaciência. — Só perguntei seu nome. Se você está aí sentado pensando em alguma grande mentira para me dizer, é melhor pensar duas vezes. Mentiras vão apenas impedir sua volta à liberdade.

— Hugh Fitzwilliam — disse imediatamente, complementando com a informação de que era filho de um cavaleiro que morava em um solar perto de Caterbury, uma aldeia logo depois de Stephensgate.

Finnula balançava a cabeça sabiamente, como se tivesse previsto exatamente isso.

— E você está voltando das Cruzadas — disse, colocando a mão no queixo para indicar que nesta parte do país somente quem voltava das Cruzadas usava barba. Hugo pretendia se barbear, mas a disputa por causa da esposa do estalajadeiro o mantivera muito ocupado. — Você foi preso por lá?

Ele assentiu com a cabeça.

— Em Acre. Por mais de um ano.

Se ele esperava que seu tom de voz aflito fosse conquistar a simpatia da garota, ficou desapontado. Ela não parecia possuir nenhum sentimento que ele normalmente esperava em uma mulher, a compaixão inclusive.

— Bem — disse ela, animada —, tenho certeza de que será um prazer para sua esposa pagar seu resgate, ainda mais agora que você está tão perto de casa. E não precisa ter medo, não vou cobrar um preço alto demais.

Hugo sorriu.

— Mas eu não tenho esposa.

A garota deu de ombros.

— Seu pai, então.

— Morto.

Finnula pareceu tão desanimada que ele teve vontade de rir. Tinha tido todo esse trabalho para sequestrá-lo, e ele não tinha ninguém para pagar pelo resgate.

— Bem, o que vou fazer com você então? — perguntou ela, a aspereza evidente. — Não posso ficar para sempre andando por aí com um gigante cabeça-dura como você pendurado na barra da minha saia. Deve haver *alguém* que pague pela sua liberdade. Pense. Não há *ninguém* que possa querer ver você novamente?

Hugo olhou para ela, zangado. Não apreciou muito ser chamado de "gigante cabeça-dura". Não soava muito cortês, e ele estava acostumado a receber elogios de mulheres — muitos, na verdade. E o que ela queria dizer com "pendurado na barra da minha saia"? Ela soava como se estivesse sobrecarregada com algum tipo de inválido e retardado, e não o sétimo conde de Stephensgate, um homem muito bonito e viril.

— Sinto muito por desapontá-la, madame — ele disse com firmeza, e porque não queria que ela pensasse que ele era um joão-ninguém, acrescentou cuidadosamente: — Na verdade, antes de eu partir para a Terra Santa, um primo meu foi instruído a pagar qualquer resgate que fosse pedido por mim...

— Ah, que bom então — disse Finnula, animando-se. — Ótimo!

E recompensou-o com um sorriso tão caloroso que ele esqueceu completamente a irritação. Estava tão distraído que nem sequer escutou o barulho de alguém pisando em galhos ali por perto, o que advertia a presença de um intruso. Quando percebeu já era tarde demais.

Do nada, o corpo do escudeiro arremessou-se com violência. Peter colidiu contra Finnula com uma força surpreendente, fazendo a garota ficar esparramada sob o peso vastamente superior dele. Apertando o corpo delgado de Finnula contra o chão da floresta, Peter gritou:

— Corra, meu lorde! Essa é a sua chance!

Hugo nunca tinha sentido a fúria o consumir tanto. Isso era hora de o palerma de seu escudeiro tentar provar sua coragem, e ainda por cima contra uma garota indefesa? Hugo soltou um urro que assustou os pássaros das copas das árvores e fez as orelhas da própria montaria irem para trás, encostando-se à nobre cabeça. Peter tirou o rosto de cima do corpo estirado da garota, que estava embaixo dele, os olhos fechados, e teve a elegância de parecer envergonhado.

— Largue a garota! — vociferou Hugo, esforçando-se para ficar de pé, o que não era tarefa fácil, ele percebeu, quando se está com as mãos amarradas nas costas. — Seu idiota ignorante! Você a fez desmaiar!

Peter olhou para a forma pálida e frouxa que estava sob ele e mordeu o lábio inferior.

— Sinto muito, senhor — começou ele, seriamente. — Mas achei que o senhor estivesse realmente em apuros. Pisei em uma armadilha lá atrás, que me pendurou em um galho a quase 1,5m do chão, e acabei de conseguir me soltar, então pensei...

— E você pensou que eu estivesse correndo um perigo mortal com essa garota que está aí embaixo de você? Saia de cima dela, eu já disse!

Peter saiu de cima de Finnula desajeitadamente, e Hugo caiu de joelhos ao lado dela, examinando ansiosamente o rosto pálido. Não conseguia ver sinais evidentes de ferimento, e nenhuma pedra onde ela pudesse ter batido a cabeça, então concluiu que devia ter sido apenas um desmaio do qual ela logo despertaria.

— Vá encher seu odre com a água lá da cachoeira — ordenou Hugo bruscamente para o escudeiro — e umedeça o rosto dela. Você estará em perigo se ela não acordar logo, vai pagar com esse seu crânio que não vale nada.

Nervoso por causa da raiva no tom de voz de seu senhor, Peter obedeceu às instruções ao pé da letra, encheu o odre e umedeceu levemente os lábios e o rosto da moça com a água fresca. Saint Elias pode ter perdido a aprovação da Igreja por não ter curado nenhum leproso, mas, ao toque rejuvenescedor da água da fonte na pele da donzela, os cílios tremularam e a cor começou a voltar ao rosto.

— Mas eu não entendo. — Peter preocupou-se, ajoelhado ao lado da garota. Vi que suas mãos estavam atadas, e eu tropecei na sua espada e na sua faca, que estavam no chão. Achei que aqueles homens da estalagem nos tivessem seguido e que ela fosse da gangue deles.

— Não — Hugo resmungou. — Ela me capturou sozinha e com toda a honestidade. — Vou honrar o pedido dela por um resgate.

— Resgate! — Peter olhou para a bela forma desmoronada abaixo dele e balançou a cabeça, admirado. — Não me diga! Ouvi falar disso, mas nunca imaginei que fosse verdade...

— Ouviu falar do quê? — perguntou Hugo sem paciência. — Diga-me agora, seu pestinha chorão, ou eu vou...

— Ouvi dizer em Londres — continuou Peter rapidamente — que donzelas do interior estavam capturando homens e mantendo-os presos em troca de dinheiro para comprar ingredientes para fazer cerveja...

— Cerveja! — Hugo repetiu, alto o suficiente para fazer Finnula gemer ao escutar a palavra, como se ela provocasse uma lembrança desagradável.

— Sim, senhor — disse Peter em voz mais baixa, balançando a cabeça. — Cerveja que vendem, para pagar pelos casamentos, como uma espécie de dote...

— Nunca ouvi falar de nada tão ridículo — declarou Hugo. Realmente, seu país estava caminhando para a ruína se essas práticas estavam acontecendo com frequência.

— Bem — Peter disse —, não consigo pensar em outra razão pela qual uma donzela arriscaria a vida capturando homens estranhos e pedindo resgate.

— Ela não estava arriscando a vida até *você* chegar — Hugo declarou, de forma acusativa. — Eu não teria encostado a mão nela, e tenho certeza de que ela sabia disso.

— Mesmo assim, não vejo...

— Não, não vê. Agora, ouça antes que ela acorde completamente, e ouça bem. Você vai para Stephensgate sozinho, e espere por notícias minhas lá. Diga ao meu intendente que me atrasei, mas que vou chegar logo. E sob nenhuma circunstância o xerife deve ser avisado, ou qualquer absurdo do tipo. — Hugo parou de falar quando Finnula ficou totalmente consciente. Piscou para ele, meio tonta, os olhos grandes e cinzentos bastante confusos.

Então, repentinamente, ela ficou de pé, descalça como antes, e saltou nas costas de um Hugo assustado, envolvendo o pescoço dele com o braço delgado, uma pequena adaga de caça mirando o pescoço. Hugo era tão alto que, ajoelhado, ficava apenas uma cabeça mais baixo do que ela. Assim, era como se pudesse sentir o corpo inteiro dela pressionado contra as costas dele, do palpitar instável do coração sob os seios redondos comprimidos sobre os ombros largos dele ao tremor dos braços e das pernas conforme olhava Peter do topo da cabeça de Hugo.

— Sabia que deveria ter procurado por uma faca nas suas botas — disse ela irritadamente para o escudeiro, cujo rosto inteiro estava ficando cor de ferrugem. — Achei que você fosse burro demais para ter uma sobressalente, mas você tinha e conseguiu se libertar, não foi?

Peter, pela primeira vez desde que estava com Hugo, estava de fato sem palavras. Ele assentiu com a cabeça, sem nada dizer.

— Imaginei. — O braço de Finnula apertou o pescoço de Hugo, mas ele achou que ela tivesse feito aquilo inconscientemente, como se puxando o senhor para mais perto dela pudesse manter o criado acuado. — Bem, não se aproxime mais, ou não terei outra escolha a não ser cortá-lo.

Era uma mentira óbvia, na qual ninguém que olhasse para aquele rosto angelical acreditaria, mas Peter lembrou-se dos homens da estalagem e ficou imóvel. Além disso, seu senhor lhe dera instruções e ele não faria nada além de obedecê-las. Nunca mais arriscaria provocar a cólera de Sua Senhoria.

— Fa-farei como... disser — Peter gaguejou, de forma um tanto incoerente. — Sinto muito por... por ter machucado a senhorita. Não está... não há nada errado?

Finnula apertou ainda mais o braço em volta do pescoço de Hugo, que pensou que fosse ser estrangulado pela força que ela fazia. Na verdade, a garota não sabia a força que tinha, consideravelmente maior do que se imaginaria ao olhar para ela.

— Você é o escudeiro do Sr. Hugh? — perguntou ela, e Peter, embora confuso pela mudança de título e nome, assentiu com a cabeça.

— Ótimo. Então, vá até... — Ela fez uma pausa, os lábios não muito longe do ouvido de Hugo, e virou o rosto em direção ao seu prisioneiro. — De onde o senhor disse que é?

— Você sabe onde é, garoto — disse Hugo para apressar as coisas. — Vá lá, agora...

— E diga a eles — Finnula apressou-se em acrescentar, quando pareceu que Peter estava pronto para disparar da clareira — que serão contatados sobre a questão do resgate do senhor deles. E o Sr. Hugh correrá perigo se você entrar em contato com o xerife De Brissac — ela preocupou-se em lhe informar. — Porque ele não vai tolerar nenhum absurdo, e tem coisas mais importantes a fazer do que se incomodar com um assunto tão trivial quanto esse.

Hugo ouviu a última parte com interesse. Foi dito com uma ênfase diferente, que indicava que a donzela já tinha tido problemas com o xerife e queria evitar mais conflitos. Hugo desejou saber quantos outros homens Finnula Crais já havia sequestrado... Considerando a pouca idade e a óbvia inexperiência, não muitos, Hugo pensou. Então, em que outro tipo de confusão que envolvia o xerife do condado ela havia se metido?

— Sim, madame — Peter disse, retirando-se com bastante pressa. — Vou cuidar para que ninguém entre em contato com o xerife, não se preocupe.

— Então, vá — disse Finnula, fazendo um sinal com a adaga. Peter quase levou um tombo na pressa de cumprir as ordens dela.

Finnula não se mexeu das costas de Hugo até que o garoto estivesse bem longe e os últimos sons dos cascos do cavalo não pudessem mais ser ouvidos acima do barulho da cachoeira. Em seguida, retirou o braço do pescoço de Hugo, mas não deu a volta para encará-lo.

Ele escutou um suspiro e, ao virar a cabeça, viu que ela tinha se sentado para descansar no afloramento de rocha onde ele próprio tinha se deitado e a observado. Ela ficou encolhida ali, com os cotovelos apoiados nas pernas e o rosto nas mãos, coberta pela cabeleira comprida e ruiva. Não era mais a espirituosa Diana, a deusa grega da caça, que o tinha amarrado como um bezerro, mas uma pequena e indefesa donzela que tinha sido exigida além das suas forças nos últimos minutos.

Hugo, ainda ajoelhado e com as mãos presas às costas, começou a ter receios sobre toda a situação. Maldito garoto! Nunca o perdoaria por fazer a cabeça da garota bater daquele jeito, e o castigaria de forma adequada quando finalmente chegassem a Stephensgate.

— O que a perturba, Srta. Crais? — perguntou ele gentilmente. — Há alguma coisa que eu possa fazer?

Ela olhou para ele, o rosto contraído de dor.

— Nada — ela disse de forma resoluta, como uma criança orgulhosa demais para dizer que está com dor. — Vai passar.

Hugo então soube que ela estava gravemente ferida. Uma garota tão teimosa jamais admitiria que estava com dor se não fosse a maior de todas.

— Mostre para mim — ele disse.

— Não. — Ela sacudiu a cabeça firmemente, o cabelo ruivo balançando freneticamente em volta dos ombros delgados. — Já disse, não é nada. Venha, temos de ir andando para chegar ao nosso destino antes de escurecer. Não é seguro andar por estas colinas depois do pôr do sol.

Ela começou a se levantar, mas a dor desfigurou sua adorável fisionomia, e Hugo perdeu toda a paciência e gritou com ela como quando disciplinava seu escudeiro.

— Garota tola, você está machucada. Solte-me e deixe que eu examine seus ferimentos. Não vou fugir de você, não depois de me capturar com toda a honestidade. Vou participar de seu jogo até o fim, amarrado ou não. Agora, solte-me!

Ela gritou de volta, como se fosse sua esposa de longa data:

— Não grite comigo! Não sou sua serva para quem você pode dizer o que quiser. Sou eu quem grita aqui, não *você*!

Surpreendido por sua considerável disposição, Hugo apertou os olhos. Nunca tinha encontrado uma mulher que ficasse tão completamente insensível à sua ira. Ele percebeu que ela era imune ao medo e refletiu, impotente, perguntando-se como poderia proceder. Era inútil tentar intimidá-la, muito menos seduzi-la. Seria ela influenciada pela lógica?

Um pouco impaciente, Hugo respondeu:

— Em volta do meu pescoço, você vai encontrar um cordão de seda. Arranque-o.

Ela encarou-o com os olhos arregalados, como se ele tivesse ficado louco.

— Não farei nada disso.

— Arranque-o, estou dizendo. Presa nele há uma pedra preciosa bruta muito mais valiosa que qualquer resgate. Ganhei da filha do sultão do Egito.

— E sem dúvida está contaminada com algum veneno estrangeiro abominável, com o qual você espera me matar — disse ela, demonstrando desprezo.

— Você é tão estúpida quanto aquele meu escudeiro mimado? Não tem nada disso. Arranque-o, estou dizendo!

Percebendo que ela hesitava, pois olhava para ele com suspeita, como se ele fosse o cara de fuinha do Dick, ele berrou, tão ameaçadoramente que sua montaria empinou.

— Agora

— Não me diga — ela berrou de volta, tão alto quanto ele — o que tenho de fazer! Se você não parar de gritar comigo, vou amordaçá-lo!

Hugo estava tão irritado que achou que a frustração por si só fosse arrebentar os nós que prendiam suas mãos. Então, exatamente quando ele pensou que fosse se machucar — para não mencionar a jovem senhorita intratável que o capturara —, ela levantou-se de onde estava sentada, estremecendo de dor, caminhou em direção a ele e fez o que ele ordenou. Arrancou debaixo da blusa dele o cordão preto a respeito do qual ele estava falando. A esmeralda grande e bruta caiu pesada em suas mãos, e ela a olhou fixamente, maravilhada, os lábios úmidos afastando-se.

— É sua — disse Hugo, percebendo que estava ofegante pelo esforço que fazia para não dar um golpe na cabeça de Finnula. — Até que meu resgate seja pago, em todo o caso. Pegue, Finnula. Se eu fugir, você pode ficar com ela e fazer o que quiser. Isso paga — ele acrescentou de má vontade — uma grande quantidade de levedo e malte.

As sobrancelhas dela levantaram quase até o contorno do couro cabeludo, de tão surpresa que ficou por ele ter descoberto a verdadeira razão do sequestro.

— Como você sabia...?

— Desate-me.

— Mas...

— Desate-me. Agora.

Sem tirar os olhos grandes e cinzentos do rosto dele, ela cuidadosamente colocou o cordão de seda, onde a gema estava pendurada, em volta do pescoço longo e delgado. Depois pegou a faca que tinha embainhado no cinto da fina cintura e, curvando-se tão próxima dele que ele pôde novamente sentir seu frescor, cortou com facilidade a corda que amarrava os pulsos de Hugo. Livre, ele levantou-se, ficando completamente ereto, e olhou para ela. Finnula, cuja altura mal passava dos ombros de Hugo, olhava para ele impassível, um raro evento para Hugo, que gerava tanto medo quanto admiração no coração da maioria das mulheres que conhecera. Talvez o irmão dela só tivesse se preocupado com que ela levasse uma vida protegida, sem nunca saber sobre a crueldade da qual os homens são capazes, ele pensou. Garoto inocente! Era melhor a garota saber a verdade: que a maioria dos homens não tinha interesses sinceros.

— Mostre-me onde dói — disse ele, tentando manter a voz calma. Havia algo em relação à proximidade dela, e ela estava muito próxima, o que lhe causava bastante desconforto. Ele não sabia se queria surrá-la ou beijá-la.

Sem dizer uma palavra, ela voltou a se sentar no afloramento de rocha e levantou a blusa branca de linho até o início da curva do seio direito, revelando um machucado que já estava ficando roxo. Hugo apoiou-se sobre um joelho para examiná-lo, depois esticou uma das mãos na tentativa de tocar a pele sensível. Quando Finnula afastou-se com a expressão claramente desafiadora, antes mesmo de ele tocá-la, ele olhou dentro dos imensos olhos dela e perguntou educadamente:

— Posso?

Ela tinha a expressão debochada.

— O que *você* sabe — ela perguntou — sobre cuidar de machucados?

— Que outra escolha você tem? — ele perguntou com rispidez.

— Não vejo nenhuma de suas irmãs por perto, e você?

Prendendo o lábio inferior carnudo entre os dentes brancos e parelhos, Finnula negou com a cabeça, fechando os olhos contra a dor antecipada — ou talvez, Hugo considerou, contra a humilhação de ser tocada por ele.

Cuidadosamente, ele posicionou a mão no machucado, sentindo a pele mais lisa que já tinha encontrado, macia como seda, mas quente como uma testa febril. Ela tinha pouquíssima gordura nos músculos bem definidos pelas cavalgadas e pela caça. As costelas projetavam-se levemente sob os pequenos seios, e a que apalpava estava certamente machucada pela pancada de Peter, embora muito provavelmente não estivesse quebrada. Hugo tinha uma longa experiência com ferimentos por ter passado tantos anos no campo de batalha, e era bem versado na arte da medicina.

Mas, em todo esse tempo, nunca tivera uma paciente tão graciosa.

Esperando que a voz não demonstrasse nenhum sinal do desejo que sentia ao tocar a pele nua e sedosa de Finnula, ele perguntou:

— Dói quando você respira?

Mantendo o rosto completamente virado para o outro lado, o que fazia com que ele visse somente a curva de seu queixo, ela disse:

— Um pouco. É a minha costela?

— É.

— Está quebrada?

— Acho que não — disse ele, esforçando-se para manter a voz baixa. — Machucada, com certeza. Mas um machucado tão leve certamente não é nada para uma mulher com sua energia.

O olhar cinzento virou-se na direção dele, e os cílios estreitaram-se de forma suspeita.

— Você está debochando de mim?

— Eu, ousar debochar de uma caçadora maravilhosa como você? De jeito nenhum!

As maçãs do rosto dela, que estavam pálidas, ficaram coradas de um rosa forte.

— Você vai se arrepender de fazer pouco caso de meus talentos de caçadora quando eu jantar hoje à noite um coelho assado e deixar você ir à procura de comida sozinho.

— Ah, mas é responsabilidade do sequestrador garantir que o prisioneiro seja bem-alimentado. — Vendo que ela erguera as sobrancelhas, ele acrescentou, para ver como ela reagiria: — E que durma melhor ainda.

Ela olhou para ele com apenas um vestígio de sorriso no rosto.

— Ah, o senhor vai dormir bem — ela assegurou-lhe. — Com os cavalos.

Hugo sorriu de volta, gostando do temperamento dela.

— Se a senhorita me permitir, vou atar seu machucado.

Ela inclinou a cabeça suntuosamente como resposta, tão orgulhosa quanto a princesa que tinha dado a Hugo a gema que agora Finnula usava em volta do pescoço, e talvez mais merecedora. Afinal de contas, a filha do sultão possuía grande beleza... mas não a habilidade com um arco e flecha.

Rasgando do forro de sua capa um pedaço largo de tecido, que era cetim e não irritaria sua pele delicada, ele a faria inspirar fundo e enrolaria a atadura improvisada em volta da estreita costela. Seria o suficiente, ele concluiu. Agora só tinha de convencê-la a tomar algo para a dor.

— Eu tenho essência de papoula em um de meus alforjes — ele começou sem preâmbulos. — Algumas gotas ajudarão a diminuir a dor. Você tomaria?

Ela olhou para ele de olhos semicerrados, visivelmente já se sentindo melhor.

— Você me considera algum tipo de idiota? Sei de uma mulher que tomou isso e não se lembrou de mais nada do que fez nas 24 horas seguintes, embora a aldeia inteira a tenha visto saltando em direção ao poço.

Por mais tentador que pudesse parecer, Hugo já se sentia responsável por aquele machucado. Também não seria estigmatizado como o espoliador dela. Não podia se esquecer do irmão.

— Não... — ele falou suavemente — eu não a deixaria tomar tanto. Só um pouco, para a dor.

Ela desconfiava dele, com certeza, mas que outra escolha a garota tinha tão longe de casa e com tanta dor? Hugo sentiu uma repentina e quase esmagadora raiva do irmão desnaturado, que tomava conta tão mal de suas mulheres, que permitia que Finnula perambulasse pelo interior usando calças de couro, completamente indefesa. Faria mais do que ter uma conversa com Robert Crais quando voltasse para o solar. Talvez também o fizesse passar um tempinho na prisão.

De repente, Finnula rendeu-se, dizendo que tomaria o remédio, e que, ao fazer isso, "o faria calar a boca". Engolindo uma reprimenda, Hugo apressou-se até sua montaria para pegar o frasco no qual guardava o líquido fétido. Ela torceu o nariz com o cheiro e em seguida, finalmente, permitiu que pingasse duas gotas em sua língua rosa e pontuda. Ela engoliu, parecendo nada impressionada, e depois, com muita urgência, insistiu para que seguissem caminho.

— Porque — ela disse com a voz rouca — o sol está baixando rapidamente e ainda temos um longo caminho pela frente se quisermos chegar a Stephensgate amanhã antes do anoitecer.

— E o que — Hugo quis saber, olhando para ela com seriedade — tem em Stephensgate?

— É lá que eu moro — ela gritou, como se ele fosse o homem mais estúpido a ter andado sobre a Terra. — Tenho de entregar você para Mellana.

— Mellana? E quem é essa tal de Mellana que tem meu destino nas mãos assim de forma tão casual?

— Mellana é uma de minhas irmãs. Prometi que capturaria um homem para que ela pedisse um resgate.

Hugo não ficou nem um pouco incomodado ao ouvir isso.

— Você está querendo dizer que não é você quem pretende pedir meu resgate?

Ela fez uma careta de desgosto, enrugando o pequeno nariz de um jeito quase caricato.

— Claro que não! — falou ela como se ele a tivesse ofendido só por ter pensado aquilo. — Quando preciso de dinheiro, tenho maneiras mais sensatas de consegui-lo.

Ao ver o olhar francamente questionador de Hugo, ela deu de ombros, depois gemeu quando o gesto fez doer a costela machucada.

— Simplesmente mato um ou dois cervos e vendo na estalagem local. Eles sempre têm demanda para carne de veado, e as florestas do conde de Stephensgate estão cheias deles. — Ela olhou para ele, os olhos arregalados por causa da indiscrição. — Não — ela acrescentou, falando como uma criança recitando a lição — que eu mate a caça do conde. Isso seria ilegal. Caçar em propriedade alheia é muito errado.

De repente, as razões por trás da relutância em se encontrar com o xerife local tornaram-se bastante claras para Hugo. Mas ele não queria deixá-la irritada, não agora, e então fingiu não ter escutado esse descuido e apenas disse:

— Você deve amar muito sua irmã Mellana para ter esse trabalho todo por causa dela.

— Ah — Finnula respondeu, uma sombra escurecendo os olhos.

— Todo mundo a ama. Mellana é a mais linda da família. — Hugo achou extremamente difícil de acreditar nessa parte, porque, embora a beleza de Finnula pudesse não ser aparente para todos, era difícil de ser superada. — Não é nem um pouco parecida comigo. Não saberia como puxar a corda de um arco para salvar a própria vida, é extremamente tímida. Ou pelo menos era antes de conhecer aquele maldito menestrel.

— Perdão?

Como resposta, Finnula apenas suspirou.

— Mas ela faz a melhor cerveja que você já tomou na vida.

Hugo riu alto com essa afirmação. Do lado dele, Finnula lançou-lhe um olhar magoado, insistindo:

— Você não vai mais rir quando experimentar a cerveja. Mellana tem um verdadeiro talento quando se trata de fazer a bebida.

— E eu vou experimentar a cerveja dela? — Hugo quis saber.

Ela foi maliciosa:

— Vou querer ter certeza de que você experimente uma caneca ou duas antes de Mel soltar você.

Hugo sorriu para o rosto franco abaixo do seu. Ela era totalmente prática e, embora recentemente restituída, estava de bom humor, bem diferente de qualquer outra mulher que já tinha conhecido.

— E é para ela que você está me sequestrando?

— Ah, sim. — Finnula fez um gesto com a mão, demonstrando irritação. — Prometi para ela, sabe, em um momento de fraqueza. Fiquei distraída com toda a agitação em torno do casamento de Robert.

— Seu irmão vai se casar? — Hugo desejou saber se isso era desculpa suficiente para a lamentável negligência do garoto em relação ao bem-estar da irmã mais nova, e concluiu que não era.

— Com toda a certeza, e com a filha do prefeito. Será o casamento do ano. É claro, se tornará um funeral se Robert descobrir sobre aquele maldito menestrel.

— É a segunda vez que você fala sobre essa pessoa desafortunada. O que o camarada fez para merecer tanta desaprovação?

Ela franziu a testa.

— Não importa. O que importa é que fiz uma promessa para Mellana antes de saber o que ela queria que eu fizesse, e agora estou comprometida, e você também. Espero que não se importe demais. Eu *jamais* — confessou ela com seriedade, virando os olhos acinzentados maravilhosos na direção dele — teria machucado você com minha faca. Foi tudo um show. Acho que fiz um trabalho admirável assustando você e seu escudeiro, não acha?

Hugo sorriu, considerando-a jovem e inocente demais. Falava de forma muito confiante com ele, mesmo sem conhecê-lo. Mas depois lhe ocorreu que talvez ela soubesse um pouco mais do que deixava transparecer. Ela sabia que ele viria para a cachoeira, e sabia que viria até o afloramento e a veria se banhando. Mas como?

Quando ele perguntou, ela deu de ombros e de repente pareceu preocupada e ocupou-se em calçar as botas, que tinha buscado de trás de uma moita de violetas.

— Sabia que você tinha familiaridade com a região pelo caminho que estava fazendo — ela confessou relutantemente. — Todo mundo que já esteve nesta área conhece a cachoeira, e ninguém que já tenha vindo à cachoeira resistiria a voltar. E, além disso... Bem, você me lembra um pouco alguém, e eu o conheci exatamente do mesmo jeito que encontrei você, só não foi com a ponta de uma faca.

Mas essa referência dúbia não seria mais bem explorada, não importava o quanto ele insistisse. Finalmente, em uma tentativa óbvia de desviá-.o daquela linha de questionamento, ela insistiu que seguissem caminho, pois, caso não andassem logo, complicações de grande importância aconteceriam e que, por favor, ele se virasse para que ela pudesse atar as mãos dele novamente.

Hugo olhou para ela sem acreditar.

— Pensei que tivéssemos chegado a um acordo em relação a isso. Cuidei do seu machucado e você me desamarrou.

— Mas não posso arriscar que você fuja quando eu virar as costas — ela declarou com firmeza. — Como um soldado de guerra, você certamente entende.

Hugo encarou-a, incapaz de imaginar um argumento razoável frente a uma lógica dessas. Então, de repente, o argumento lhe veio. Ela era leve e ficaria muito bem sentada na sela na frente dele. Ele não poderia fugir com ela sentada ali.

Ele fez essa sugestão e, embora ela a tenha rejeitado a princípio, ele sabia que seria apenas a primeira reação. Finnula Crais era uma jovem que apreciava as coisas feitas do seu jeito e que parecia insistir imensamente em ver as mãos dele amarradas. Hugo tinha certeza de que ela considerava isso uma maneira de evitar que ele fugisse ou de garantir que aquelas mesmas mãos não vagueassem por onde não deviam. Apesar do exibicionismo mais cedo na cachoeira, Finnula era uma pessoa com uma grande e inconveniente modéstia, um traço um tanto surpreendente para uma sequestradora, Hugo pensou.

Finalmente, ela cedeu, mas só depois de mais uns resmungos sobre como deveria ter amordaçado desde o início e como nunca na vida tinha encontrado um cavaleiro tão tagarela.

— Você vai ficar o tempo todo brigando, praguejando e jogando conversa fora? —perguntou ela, da mesma forma mal-humorada que Peter, enquanto colocava a espada e a adaga nos alforjes da montaria.

— Com certeza, não — Hugo declarou. — Um cavaleiro é o exemplo da virtude. Seu único objetivo é a justiça pelo bem do reino.

— Hunf — Finnula riu com desdém. — Eu nunca vi um cavaleiro assim.

— É uma pena. Conheci homens assim — mentiu Hugo —, e apreciei horas de conversas enriquecedoras à mesa deles. — Geralmente enquanto dançarinas balançavam os seios à sua frente, verdade seja dita, mas não havia razão para ela precisar saber disso.

Finnula riu novamente com desdém.

— Já passei horas à mesa de um lorde e só o que ouvi foram arrotos. E ele era um *conde*.

Hugo encarou-a com curiosidade.

— O que você estava fazendo à mesa com um conde?

— Não importa — Finnula disse, franzindo as sobrancelhas. — Você tem o hábito irritante de querer arrancar informações de mim. Eu juro, nunca vi um cavaleiro tão tagarela.

— E eu — Hugo opôs-se, olhando em desaprovação para Finnula, que enfiava dentro das calças a barra da blusa grande demais para seu tamanho — nunca na minha vida vi um comportamento tão impróprio para uma moça.

Finnula apenas sorriu, colocou um pé delicado no estribo e acomodou-se habilmente na sela, aparentemente não se importando com a costela machucada.

— Bem — ela disse, impaciente, olhando para ele. — Você vem ou não?

Hugo olhou para a égua da garota.

— E a sua égua? Devemos prender o freio dela ao Skinner?

— Com certeza, não — Finnula disse com escárnio. — Violeta nos segue.

Hugo ergueu uma única sobrancelha.

— Violeta? — ele repetiu, com um sorriso irônico.

— Sim, o nome dela é Violeta, e eu apreciaria que você tirasse esse sorriso irônico do rosto. Ela é tão bem treinada quanto qualquer corcel, e tem um temperamento bem melhor. Tenho-a desde criança, e não a trocaria por nada.

Hugo sorriu para a indignação sincera na voz de Finnula.

— Desde criança, é? — Hugo deu risada. — E o que você é agora, diga-me? Você tem a aparência de quem fez 16 anos há menos de uma semana.

Quando Finnula apertou os lábios em uma linha fina, obviamente determinada a não permitir que ele a incitasse a perder o controle, de forma arrogante atirou os cabelos longos para trás dos ombros, fazendo-o sorrir novamente. Ela era uma pequena força da natureza, essa Finnula Crais, e ele enfrentaria grandes dificuldades para manter as mãos longe dela. No fim das contas, talvez devesse ter permitido que ela o amarrasse novamente.

Sorrindo, Hugo acomodou-se na sela atrás da garota indignada e começou a esticar os braços em volta da cintura dela para pegar as rédeas, mas levou um belo tapa nas costas das mãos por ter feito isso.

— Eu seguro as rédeas — Finnula informou-lhe em poucas palavras. Na verdade, ela já estava com a guia de couro nas mãos cobertas por luvas. — Não faz sentido você segurar. Você sequer sabe o caminho.

Hugo deu de ombros e posicionou as mãos nos quadris da garota, apreciando a sensação aveludada das calças de couro em seus dedos.

Desta vez, ele recebeu uma cotovelada no diafragma por essa falha.

— Meu Deus, mulher — ele praguejou, apertando a cintura. — Para que isso?

— Se você não consegue ficar com as mãos quietas, vou amarrá-las atrás das suas costas, juro.

Finnula tinha virado para trás para encará-lo e, ao fazer isso, o traseiro atrevido dela encostou na parte da frente das calças de Hugo, causando uma reação tão imediata e inesperada que Hugo ficou momentaneamente perplexo. Movendo-se para que ela não percebesse, Hugo perguntou-se sobre a espontaneidade da reação do corpo dele ao sentir o dela. O que havia de errado com ele? A garota era atraente, tudo bem, mas parecia que cada poro de seu corpo estava implorando o toque dela. Não era assim que costumava reagir a uma mulher bonita. Normalmente, tinha controle sobre si mesmo, e esse autocontrole era o que trazia as mulheres aos seus braços. Nenhuma mulher suportava ser ignorada, e era esse o truque para atraí-las. Ignore-a, e ela virá até você.

Mas como podia ignorar esta garota quando cada fibra de seu corpo estava contorcendo-se para juntar-se a ela? Como podia ignorá-la quando a leve fragrância dos cabelos cacheados e volumosos estava constantemente em suas narinas, a lembrança das coxas delgadas presas em volta de sua cintura constantemente em sua cabeça? E ele não achava que faria diferença se estivessem sentados sobre a mesma sela ou à mesa de uma taverna, distantes vinte léguas um do outro; Finnula Crais, como uma lasca de madeira, entrara sob sua pele com uma velocidade notável, e tirá-la, ele percebeu, não seria fácil.

Balançando a cabeça, ciente de que aqueles olhos cinzentos estavam curiosamente fixados nele, ele cerrou os dentes e tentou se acalmar. Ele não podia deixar que ela tivesse conhecimento do efeito devastador que tinha sobre ele.

Mas era tarde demais. Os cílios negros abaixaram sobre os olhos, e Finnula perguntou desconfiada, olhando fixamente para o cinto dele:

— O que é isso?

— O quê? — perguntou ele de forma arrogante.

— Isso — ela disse, e não havia como se confundir em relação ao que ela estava se referindo quando ela aproximou o quadril e lançou um olhar acusador para a expressão mortificada de Hugo. — É o cabo de uma faca? Você tem uma arma sob o cinto e não me disse?

A garota estava falando sério? Ele podia perceber, pela feição zangada que a boca tinha formado, que ela honestamente não fazia ideia do que havia sob as calças de um homem. Novamente, ele teve um ataque de raiva em relação a Robert Crais por deixar esta criança perambular pelo interior sendo tão inocente. Certamente, uma daquelas irmãs casadas deveria lhe ter contado sobre os fatos da vida, e, no entanto, ela parecia verdadeiramente incomodada por ele não lhe ter entregado sua arma mais poderosa.

Hugo não estava totalmente certo de como proceder. Não tinha qualquer experiência com virgens. E esta estava armada. O simples pensamento do que ela poderia fazer quando ele desembainhasse o objeto duro sobre o qual ela estava fazendo tanto estardalhaço o fez suar frio. Ela parecia não sentir remorso algum ao empunhar aquela lâmina que tinha na cintura.

— Não é o cabo de uma faca — Hugo disse finalmente, incapaz de evitar que a dignidade ferida ficasse evidente no seu tom de voz. Afinal de contas, era consideravelmente maior que o cabo de uma faca.

— E, então, o que é? — Finnula perguntou. — Não consigo ficar confortável com essa coisa cutucando as minhas costas.

Hugo abriu a boca para responder, hesitando por estar incerto de como colocar em palavras o que queria dizer, e ficou aliviado ao saber que não seria preciso explicação adicional. De repente, o rosto de Finnula ficou vermelho. Os olhos dela ficaram arregalados e o queixo caiu. Sim, uma das cinco irmãs *tinha* lhe falado sobre os fatos da vida. Essa, no entanto, parecia ser a primeira vez que se deparava com uma situação que requeria que ela colocasse a informação em prática.

Desviando rapidamente os olhos, Finnula agarrou as rédeas do cavalo, exclamando um horrorizado "Oh!".

O desconforto de Hugo começava a se dissipar, mas a graça que estava achando de como o fato tinha desconcertado Finnula crescia conforme as bochechas da garota ficavam com um tom de vermelho cada vez mais forte.

— Sinto muito, mas é uma reação natural à sua proximidade, madame — disse ele, divertindo-se com a mortificação de Finnula.

— Talvez não tenha visto uma reação tão forte em nenhum de seus prisioneiros anteriores.

Finnula estava falando com a voz tão baixa que ele teve de curvar o corpo para conseguir escutar sua resposta.

— Nunca fiz isso antes — sussurrou ela. — Você é o primeiro homem que eu... eu nunca... — Ela ficou sem voz, obviamente frustrada. — Ah, droga — ela praguejou e chutou os flancos do cavalo de Hugo com violência. — Apenas guarde para você ou eu... vou cortá-lo fora!

Sorrindo, Hugo ajeitou-se na sela, satisfeito com o rumo que o dia estava tomando. Quem pensaria, quando ele acordou esta manhã sobre um monte de feno, com palha no meio do cabelo e orvalho nas roupas, que à noite ele seria o prisioneiro de uma sequestradora tão atraente?

Ficava admirado ao pensar que, durante todos aqueles anos, antes de ter partido da Inglaterra, ele cavalgava perto do moinho do pai e não dava a mínima para a possibilidade de, sob aquele telhado de sapê, haver uma distração tão agradável quanto Finnula Crais. Ele desfrutaria muito mais a volta para casa, algo que jamais imaginara, graças a essa Valkíria na sela à sua frente, ignorando-o tão obstinadamente.

Ele riu para si mesmo, com prazer, sem dar importância sobre se a garota o consideraria louco.

Capítulo Seis

O cavaleiro intratável parecia estar se *divertindo* de verdade, e isso a enfurecia.

Não que esperasse aterrorizar seu prisioneiro, mas como uma caçadora habilidosa — e totalmente armada —, esperava um pouco de respeito.

Mas a implicância constante do Sr. Hugh provava que ele realmente não a considerava uma ameaça séria.

Ela não sentia que estava no controle da situação, embora fosse *ela* quem estivesse com a adaga. Sua autoridade lhe fora usurpada, primeiramente quando aquele escudeiro cabeça de ervilha a nocauteou e depois quando teve de desamarrar o Sr. Hugh para que ele pudesse cuidar de seu ferimento.

Talvez este tenha sido o erro fatal: não desarmar o escudeiro quando teve oportunidade. Mas tinha ficado com pena dele, berrando, pendurado, os braços golpeando o ar. Certamente nunca imaginaria que ele teria o bom-senso de esconder uma faca na bota, muito menos de conseguir se soltar. Era uma queda de dois metros ou mais.

Mas ele escapara, e ela teve de pagar por sua falta de prudência. Quando apertou de leve a costela machucada e viu que a dor era tolerável, Finnula achou que deveria agradecer a Saint Elias por ter-lhe dado um prisioneiro com um toque tão delicado. Esse Sr. Hugh, apesar do enorme tamanho e uma quantidade alarmante de cabelo no rosto, a tinha surpreendido com a gentileza, examinando sua costela machucada com dedos reconfortantes. Aquele breve vislumbre da verdadeira natureza dele, o lado que não estava armado de cinismo, foi iluminado.

No entanto, ela trocaria, a qualquer hora, toda essa sensibilidade por um prisioneiro mais civilizado e menos amoroso.

Hugh não tinha medo nenhum dela, mas não era isso que a incomodava. Havia algo no modo examinador dos olhos castanhos do cavaleiro que a devassavam a cada relance, um jeito levemente irônico na curva dos lábios, meio escondidos sob aquele emaranhado de barba, que a enervava e a deixava tímida. Finnula normalmente não era uma garota acanhada e não conseguia entender o que o Sr. Hugh estava fazendo para que se sentisse daquele jeito. Ela ressentia-se por isso. Profundamente.

Mas, apesar de o plano não ter transcorrido conforme o programado, Finnula tinha de se contentar com o fato de ter um prisioneiro de verdade para levar para Mellana. Sim, ele era sarcástico e petulante demais para o gosto de Finnula. Mas daria um bom resgate, o suficiente para refazer o dote da irmã e, de qualquer forma, era isso o que importava. Não tinha de gostar dele. Só precisava levá-lo. Intacto.

É claro, a parte mais difícil era controlar-se para não acertá-lo em cheio. Merecia ser colocado no lugar dele imediatamente, devasso odioso. Imagine, encostar aquela... *coisa* nela daquele jeito! A simples lembrança fazia as bochechas de Finnula pegarem fogo. Como aturaria um comportamento desses por dois dias e duas noites? Ele corria o risco de ficar amarrado feito um coelho e ser levado no pescoço de Violeta se não se cuidasse.

Já estavam cavalgando por quase duas horas, a maior parte do tempo em silêncio, exceto quando Hugo fez perguntas investigativas sobre sua família e sua vida pessoal, as quais Finnula recusou-se a responder, muito para o divertimento dele. O sol já se punha lentamente, o que indicava que estava na hora de encontrar um abrigo para a noite; então Finnula apressou a montaria de Hugo, a qual considerava um animal realmente fino, muito mais fácil de governar do que o dono. A campina por onde cavalgavam em direção a uma manjedoura já estava ficando lilás com o crepúsculo.

— É a acomodação onde vamos passar a noite? — perguntou Hugo, um tom inconfundivelmente esperançoso em sua voz.

Finnula suspirou, cansada. Não estava nada ansiosa para passar a noite ao lado deste cavaleiro desastrado.

— É — disse ela, tentando manter um tom ameaçador na voz. — Conheço o fazendeiro que cuida destas terras, e ele me deu permissão para passar a noite aqui sempre que precisar.

— Generoso da parte dele — disse Hugo, gentilmente. Finnula apertou os lábios.

— Em troca, mantenho seus bosques livres dos lobos — disse ela, sem gostar do tom insinuante dele. Atrás dela, escutou o prisioneiro rir.

— Só falei — Hugo insistiu — que era generoso da parte dele.

— Eu escutei o que você disse — Finnula respondeu rapidamente. — Desça do cavalo.

Hugo olhou ao redor do campo, já coberto de sombra e ficando frio agora que o sol já se escondia debaixo da copa das árvores, no horizonte.

— O quê, aqui? — perguntou ele.

— Sim, aqui. — Finnula esperou que ele estivesse no chão antes de levantar uma perna para descer do cavalo na pastagem ao lado dele. Novamente, a altura imponente dele a desconcertou, e ela foi até Violeta balançando a cabeça, perguntando-se sobre o fato de os gigantes ainda andarem sobre a terra.

Tirando a bolsa da sela de sua égua, Finnula puxou um pedaço comprido de corda e virou-se na direção do enorme cavaleiro.

— Por favor, sente-se aqui na base da manjedoura. Vou prender você.

Hugo encarou-a sem compreender, os olhos verdes brilhando sob a luz enfraquecida do anoitecer.

— Do que você está falando? — perguntou ele, um sorriso curvando os cantos dos generosos lábios.

Finnula pisou no chão com um pé impaciente.

— Tenho de acender uma fogueira e buscar alguma coisa para comermos, e não posso fazer tudo isso e ainda ficar de olho em você.

Ele entendeu. Hugo jogou a cabeça castanha para trás e deu uma risada.

— Então você pretende me prender a uma manjedoura. Ah, que engraçado.

Finnula olhou furiosa para ele.

— Não tem nada de engraçado. O que vai impedir que você fuja enquanto eu estiver caçando?

— Se você não sabe, certamente não vai ser eu quem vai dizer — Hugo declarou, ainda dando risada. Quando Finnula apertou os olhos, ele levantou as duas mãos, as palmas de frente para ela. — Não, não me olhe assim, sua menina insensível. Juro que não vou sair daqui. Você está com a minha esmeralda, esqueceu?

Os dedos de Finnula foram até a pedra pesada que usava no pescoço. Tinha praticamente se esquecido dela de tão confortavelmente que se acomodava entre seus seios. É claro que ele não tentaria fugir, não enquanto algo tão valioso ainda estivesse em sua posse.

No entanto, não havia nada que o impedisse de chegar sorrateiramente ao lado dela e puxá-la à força, mas ela achava que, se ele tivesse a intenção de fazer isso, já teria feito. Deus sabe que ele poderia muito bem ter fugido depois que o escudeiro a deixou sem sentidos. Não, por mais que não gostasse de admitir, o Sr. Hugh Fitzwilliam tinha aparentemente *alguma* honra. Ele era do tipo que fazia as coisas até o fim, mesmo que fosse apenas pelo prazer de rir um pouco mais.

— Vou acender a fogueira — Hugo se ofereceu de forma sensata — enquanto você pega alguma coisa para comermos. Estou realmente ansioso para ver essa sua maravilhosa habilidade de caçadora sobre a qual tanto ouvi falar.

Finnula olhou para a corda que estava em suas mãos. Queria *tanto* amarrá-lo e amordaçá-lo, e assim passar horas agradáveis alheia à presença dele. Aquela presença agressivamente masculina era desagradável. Mas não tinha outro jeito. Teria de aturá-lo por mais outras 48 horas. Quarenta e oito horas não eram nada. Se tivesse sorte, passaria no mínimo 16 delas dormindo.

Como se conseguisse dormir na presença de um homem desses.

Dando de ombros, Finnula voltou para o lado de Violeta e guardou a corda, pegando o arco e flecha da sela. Tentou não prestar atenção para o fato de poder sentir os olhos de seu prisioneiro perfurando-a o tempo todo em que estava de costas. O que era aquilo, ela desejou saber, que constantemente levava os olhos dele para ela? Não era possível que ele ainda se sentisse atraído por ela, mesmo depois de ela passar quase a tarde inteira sendo desagradável com ele.

Mas ele não tinha sequer a educação de desviar o olhar quando ela o pegava olhando fixamente para os cabelos dela. Olhando para ele de forma desafiadora, Finnula trançou rapidamente os cachos emaranhados de cabelos ruivos e jogou a trança sobre os ombros, fora do alcance da visão dele.

Hugo apenas sorriu de forma afetada, como se a obstinação dela fosse um charme. Ela o olhou por mais um tempo, furiosa.

— Espero que você goste de coelho — disse ela, irritada. — Porque é só isso que vai ter para o jantar.

Hugo acenou com a cabeça como se ela tivesse dito que prepararia um javali ao molho de cogumelos. Com raiva, Finnula virou-se e começou a caminhar em direção ao bosque mais próximo, resmungando para si mesma. O que havia com esse homem irritante que não parava de provocá-la? Normalmente, seu humor era dos mais constantes. Normalmente, não se incomodava quando as pessoas sorriam ironicamente para ela: Isabella Laroche ria dela quase sempre e ela nunca ficou nem um pouco irritada. Mas alguma coisa no fato de ser o objeto de diversão desse homem era realmente muito irritante.

Aproximar-se em silêncio de uma lebre particularmente astuta à meia-luz acalmava um pouco Finnula. Ela ignorou várias fêmeas por medo de deixar os filhotes sem mãe, e, em vez disso, buscou um macho. Desfrutou um pouco, apreciando o tempo longe do prisioneiro devasso e deixando a presa escapar várias vezes antes de finalmente encerrar a caçada dando uma flechada exatamente na cabeça da lebre. Ela nunca saberia o que lhe aconteceu.

Depois de tirar habilmente a pele do animal com a faca, Finnula lavou as mãos em um córrego que havia ali por perto, onde também parou para encher o odre de água. Quando retornou à manjedoura, achando que talvez fosse descobrir que o Sr. Hugh tinha escapado, levando os risinhos e insinuações com ele, descobriu que ele tinha conseguido fazer fogo e que, além disso, tinha um pote de alguma coisa borbulhando agitadamente sobre ele.

Hugo tirou os olhos da pequena caldeira, do qual emanava um inconfundível aroma de cebolinha. O sol tinha se posto e, exceto pelo brilho do fogo que ele acendera, a campina estava inteiramente às escuras. A luz do fogo fazia o maxilar dele, difícil de ser distinguido sob a barba cerrada, ficar ainda mais protuberante, e Finnula percebeu, com um leve sentimento de decepção, que, na verdade, era possível dizer que o prisioneiro era bonito.

Irracionalmente, essa descoberta a irritava.

— Vejo que você mexeu nos meus pertences durante minha ausência — disse ela friamente.

Hugo deu de ombros, salgando a sopa com uma pitada do saco de condimentos que Finnula guardava no alforje.

— Temos de conhecer os inimigos, é o que sempre digo. — Ele sorriu, extremamente despreocupado com a irritação dela. — Você tem um bom estoque de temperos e vegetais. Joguei alguns nabos e cebolinhas aqui. Não se importa, certo? Achei que se acrescentássemos os ossos do coelho e deixássemos a panela cozinhando em fogo brando durante a noite, teríamos uma sopa gostosa e consistente pela manhã.

Finnula tentou esconder a surpresa. Aqui estava um homem, um *homem*, que sabia cozinhar? Porque Robert não sabia diferenciar um nabo de uma pastinaca. A curiosidade foi mais forte do que a antipatia que tinha por ele, e Finnula perguntou, bestificada:

— Onde você aprendeu a cozinhar?

— Ah — Hugo suspirou, mexendo a mistura com um galho que tinha tirado de uma árvore. — Nem sempre era seguro comer a comida local do Egito. Vi muito mais homens caírem doentes por terem comido carne rançosa do que por uma espada. Aprendemos a fazer nosso próprio jantar, cozinhando-o em nossos capacetes, na maioria das vezes. — Ele deu risada ao lembrar-se disso. — É claro, também podia ser perigoso quando alguém esquecia que o jantar da noite anterior ainda estava no capacete e o colocava na cabeça antes de olhar a parte de dentro.

Finnula não conseguiu evitar a risada quando o viu fazer uma careta.

Ele sorriu para ela, depois baixou o olhar para a lebre, que ela tinha espetado num galho limpo.

— Ah, o prato principal. — Levantando-se completamente, o cavaleiro aproximou-se dela, toda a atenção voltada para o coelho que ela havia matado. Ele curvou-se para pegar o espeto da mão dela, examinando-o de perto, depois ergueu o olhar de forma avaliativa.

— Um tiro perfeito — disse ele, com uma admiração evidente na voz. — Você fez isso com aquele arco curto?

Finnula colocou o dedo no arco curvado, extraordinariamente satisfeita com o elogio, embora tivesse sido pequeno. O que havia com ela?

— Sim — ela disse, tirando a aljava do ombro e mostrando para ele. — Só preciso disso. Um arco longo é coisa demais. Além disso, não preciso perfurar armaduras.

Hugo puxou o arco experimentalmente.

— Muito bem esculpido. Você que fez?
— Sim. — Surpreendentemente, Finnula sentiu o rosto ficar corado. A consideração dele agradou-a bem mais do que deveria. Que diferença fazia se ele se importava com ela ou não? Ele era apenas um cavaleiro, e, por sinal, não muito cortês. Não significava nada para ela.

É claro, uma coisa era ser admirada pela aparência, pois não se podia controlar, outra era receber um elogio acerca de uma habilidade. Finnula tinha infinitamente mais orgulho das suas habilidades de caçadora do que de sua aparência.

Falando apressadamente para esconder a vergonha, Finnula mostrou um corte que fizera em cada uma das flechas e que, segundo ela, aumentava a curva do voo.

— Mas — Hugo disse, examinando a ponta violeta do projétil —, embora aumente a projeção do tiro, também faz com que suas flechas sejam bem incomuns.

Finnula deu de ombros, sem entender imediatamente o significado do que ele tinha dito.

— Ah, sim, mas parece funcionar.

— E o xerife De Brissac ainda não aprendeu a identificar o seu trabalho manual?

O entendimento veio à tona. Subitamente desconfortável com a mudança de rumo da conversa, Finnula pegou o coldre da mão dele e voltou a atenção para o jantar.

— Vou esfregar algumas boas ervas neste camarada — disse ela, propositalmente mudando de assunto. — Se tivermos sorte, ficará pronto em meia hora.

Hugo deu risada.

— Entendi. Seus problemas com o xerife não são da minha conta?

Finnula ajoelhou-se ao lado do fogo e dedicadamente começou a passar uma camada de ervas na caça. Manteve os olhos na sua tarefa, torcendo para que o brilho vermelho do fogo escondesse o rosto corado.

— Não tenho problemas com o xerife — disse ela, indiferente. Depois, lançando um breve olhar na direção do cavaleiro, murmurou —, pelo menos nenhum que ele possa provar.

Hugo juntou-se a ela no chão duro, as articulações estalando em protesto quando abaixou o corpo enorme na grama. Ele sentou-se longe dela o suficiente para que as coxas não se tocassem, mas perto o bastante para que a chance de tal contato ocorrer fosse uma possibilidade perceptível. Finnula olhou para ele, nervosa, enquanto segurava o coelho para assar sobre as chamas, mas tudo o que ele fez foi curvar-se, os ombros largos de repente bloqueando toda a luz do fogo para mexer a sopa.

— Entendo — disse o prisioneiro, a voz grave sem mudar o tom. — Mas tudo de que o homem precisa é uma única flecha.

— Não deixo minhas flechas por aí — disse Finnula casualmente.

— Mas, certamente, de vez em quando você deve errar...

Finnula torceu o nariz.

— Não erro.

— Impossível acertar o alvo *sempre*, nem toda vez...

Isso a ofendeu.

— Eu acerto — falou ela asperamente. — Você acha isso porque o fato de eu ser mulher faz com que falte alguma coisa em minhas habilidades de caçadora? Vou provar para você que tenho a melhor mira de Shropshire Tenho uma ponta de flecha de ouro em casa que ganhei na feira de Dorchester para provar a você.

— Só estou dizendo que todo mundo erra uma vez ou outra.

— Eu nunca erro. Atiro para matar, não para aleijar. — Finnula olhou para ele de forma ressentida, esquecendo-se de girar o espeto de carne. — Não tem ninguém por aí perambulando pelas terras do conde com minhas flechas nas ancas. No que eu miro, mato.

Pareceu-lhe que o Sr. Hugh foi de repente tomado por um grande interesse na sopa. Ele salpicou nela algumas pitadas das mesmas ervas que Finnula tinha esfregado na lebre.

— E esse conde é aquele cuja propriedade você vem invadindo para caçar...

Tarde demais, Finnula percebeu o erro, e rapidamente mordeu o lábio inferior. *Quando* aprenderia a manter a boca fechada? Na verdade, esse cavaleiro tinha a facilidade de arrancar-lhe informações como a mais astuta das fofoqueiras da aldeia.

— Não disse que estava caçando em propriedade alheia — Finnula resmungou.

— Não? — A voz grave de Hugo retumbou com a graça que achava de tudo isso. — Achei que você tivesse falado que isso era a raiz dos seus problemas com o xerife De Brissac.

Franzindo a testa, Finnula girou o espeto. À medida que o aroma da sopa e da carne começava a preencher o ar, ela percebeu que estava com fome. Não comia nada desde que estivera na estalagem de Leesbury.

— Não é exatamente isso — explicou ela de forma relutante. — A caça que eu mato, na verdade, nunca sai dos domínios do conde.

— O que você está dizendo? — O olhar que ele lançou para ela foi desconfortavelmente penetrante. À luz do fogo, os olhos mutáveis de Hugo ficaram amarelo-âmbar. — O que, em nome de Deus, você faz com ela?

A intensidade do olhar dele era enervante, e Finnula abaixou os olhos, a garganta de repente seca. Com a mão livre, remexeu no odre pendurado na cintura dela, mas Hugo entregou-lhe o seu.

— Experimente este — ele disse de forma breve.

Finnula levou o odre aos lábios, somente para afastá-lo um segundo depois, sentindo os lábios pegarem fogo. Engasgada, ela virou um olhar acusador na direção do prisioneiro.

— Você está tentando me envenenar? — ela perguntou quando conseguiu encontrar voz.

Hugo teve a gentileza de parecer envergonhado.

— Desculpe. É só cerveja, embora eu admita que um pouco forte. Pensei que, como irmã de alguém que faz cerveja, você estaria acostumada às excentricidades da fermentação.

— Sim, mas eu achei que você estivesse me oferecendo água. Além disso, isso não é cerveja. É leite de dragão. Você comprou em Londres, aposto!

Hugo inclinou a cabeça.

— Admito que sim.

— Foi o que achei. Quem quer que tenha vendido essa coisa para você deixou fermentar por muito tempo, e agora está tão forte que é capaz de levantar um defunto.

Irritada por ele tê-la visto engasgar-se com a cerveja, Finnula deu um longo gole no líquido ofensivo, só para provar que não era uma donzela covarde. Embora os olhos tenham se enchido de água, ela conseguiu tomar vários goles, devolvendo o odre ao companheiro com um sorriso acompanhado por lágrimas.

— Muito obrigada — disse ela, rouca.

Hugo pegou o odre e disse:

— A caça do conde. O que você faz com ela, se não a remove dos domínios dele?

Homem provocador. Finnula apertou os olhos para si mesma. Ele não mudava de assunto. Por mais que ela tentasse, não havia jeito. Teria de lhe contar. Só tinha a si mesma para culpar por ter levantado as suspeitas dele.

— Você tem que entender que o conde, o falecido conde, lorde Geoffrey, morreu mais de um ano atrás e deixou a propriedade nas mãos do intendente.

— Esse lorde Geoffrey não tinha um herdeiro? — Hugo não ousou olhar para ela. Manteve o olhar na carne que assava no espeto.

— Ah, sim, há um herdeiro — Finnula bufou, desgostosa. — Mas não está em lugar algum onde possa ser achado. Foi capturado vagabundeando pela Terra Santa, nada diferente de você...

— Vagabundeando? — repetiu Hugo a meia-voz, mas Finnula o escutou mesmo assim.

— Sim, ora, não se pode chamar de outra coisa, pode? Uma exposição mais deprimente da estupidez masculina, eu nunca vi. — Ela lançou-lhe um olhar dissimulado. — Por acaso, você o conheceu? O filho do lorde Geoffrey, quero dizer, o conde de Stephensgate.

Hugo apontou para a carne.

— É melhor virar o espeto. Está queimando. — Depois de Finnula girar o espeto, ele disse: — Então, como o lorde não pode ser localizado, o estado está sem um conde faz um ano?

— Um pouco mais. E o intendente, um tal de Reginald Laroche, primo de lorde Geoffrey, e a preciosa filha estão morando no solar. — Finnula estava quase acrescentando *e uma dupla mais refinada de porcos egoístas você nunca viu,* mas se segurou, lembrando-se de que o prisioneiro não era um estranho em Shropshire e poderia muito bem conhecer Reginald Laroche.

Mas, aparentemente, a relação que ele tinha era inexistente ou passageira, porque ele perguntou, com curiosidade:

— Esse Laroche não está exercendo suas funções de forma satisfatória, é isso?

Finnula girou a carne, curvando os ombros de forma desconfortável. Sabia que não deveria reclamar de seus superiores, mas, de alguma maneira, embora fosse apenas a filha do moleiro, não conseguia evitar o pensamento de que poderia cuidar melhor da propriedade do lorde Hugo do que o maldito Reginald Laroche.

Ela sentiu o cotovelo do prisioneiro na lateral de seu corpo. Ele tocou na costela sensível de Finnula, que deu um grito involuntário, fazendo o cavaleiro olhar para ela, as sobrancelhas grossas e loiras levantadas de surpresa.

— Só queria oferecer mais um gole — disse ele, mostrando o odre de cerveja. — Esqueci a sua costela. Sinto muito. Ainda está doendo?

Finnula olhou para o odre de couro.

— Sim. Mas nada que mais um ou dois goles deste leite de dragão não cure.

Rindo, Hugo entregou-lhe o odre, e Finnula deu mais uns goles antes de devolvê-lo e enxugar os lábios com as costas da mão.

A cerveja era verdadeiramente terrível, mas aquecia o interior do corpo ao mesmo tempo que o fogo aquecia a parte externa.

Na verdade, apesar do machucado, Finnula se sentia bem. A noite silenciosa era como um cobertor em volta deles, as estrelas cintilavam friamente acima, e o jantar cozinhava aromaticamente. O companheiro não a estava mais irritando tanto. Parecia ter adotado um comportamento menos desagradável e não fazia gracinhas havia mais de uma hora. Talvez pudesse começar a gostar de verdade da companhia dele antes do fim da viagem...

— Então esse Laroche — insistiu Hugo, como se a conversa anterior não tivesse sido interrompida.

— Ah — Finnula suspirou. Ela concluiu que o fato de ela ter falado mal do parente do conde não tinha tido importância. Embora houvesse uma pequena chance de Isabella, que tinha a imprudente habilidade de farejar um solteiro elegível a léguas de distância, já ter encontrado uma maneira de armar um encontro com o cavaleiro, era improvável que o Sr. Hugh tivesse encontrado o pai dela.

— Reginald Laroche parece achar que as tarefas necessárias ao solar Stephensgate devem ser quase duas vezes as que eram quando o lorde Geoffrey estava vivo — Finnula explicou. — Então, em vez de trabalhar três dias nos campos de Sua Senhoria e quatro nos próprios, os camponeses são forçados a trabalhar seis dias para Laroche, ficando apenas com um para eles. Mas isso não é nada comparado aos impostos que Laroche instituiu. Não acho certo, você acha?

Hugo olhava para ela atentamente, os olhos castanhos novamente amarelos sob a luz do fogo. Ela teve de balançar o espeto de carne sobre as chamas para chamar a atenção dele.

— Você acha isso certo?

Ele desviou o olhar do rosto dela e olhou para o coelho assado.

— Não, não é — disse ele e, pegando o espeto das mãos de Finnula, começou a assoprar a carne extremamente quente. — Os impostos — disse ele com a respiração entrecortada, os olhos no rosto barbudo brilhando como as estrelas. — Ele aumentou os impostos, é isso?

Finnula não estava certa de que gostava de carne assoprada por alguém que não fosse ela, mas deu de ombros graciosamente e contentou-se com outro gole do odre do prisioneiro. Estava realmente sentindo-se bem melhor.

— Sim, ele triplicou os impostos, e isso, somado aos três dias de trabalho extra, bem, trouxe um pouco de indignação da parte dos servos. — Ela aceitou o pedaço de coelho que Hugo passou para ela e, segurando-o com as duas mãos, deu uma mordida esfomeada. — Hummmm — disse ela, embora a carne ainda estivesse quente demais para que comesse de forma confortável. — Está gostoso.

— Os servos não reclamaram para ninguém? — perguntou Hugo, a boca cheia de coelho assado também.

— Ah, sim, ao xerife De Brissac. Ele é um bom homem — admitiu ela de má vontade —, por mais que queira me prender, mas não há nada que ele possa fazer. Reginald Laroche tinha lorde Geoffrey nas mãos antes mesmo de o velho morrer. Ele vai herdar o solar se lorde Hugo nunca mais voltar da Terra Santa, e espero que Deus nos ajude então.

Finnula limpou a boca com as costas da mão e olhou para o companheiro, mas se arrependeu. O cavaleiro tinha pedacinhos de carne de coelho na barba. Ela supôs que ele não pudesse evitar, pois a barba era grossa demais. No entanto, era um tanto deselegante, e ela não conseguia entender por que ele não tinha feito a barba ao chegar à Inglaterra. Talvez, ela pensou, com a imaginação hiperativa trabalhando a todo vapor, ele tivesse um queixo pequeno e precisasse da barba para equilibrar o rosto.

O prisioneiro, porém, parecia alheio ao estado dos seus pelos faciais.

— Então, o que você está me dizendo — começou, cutucando-a com um dedo como ênfase — é que Laroche está, aos poucos, matando de fome o povo de Stephensgate?

— Bem, os servos, sim — Finnula emendou. — Meu irmão e outros libertos da aldeia não estão tão mal. Os camponeses que trabalham para Sua Senhoria são os que mais sofrem...

Hugo tinha parado de mastigar e olhava para ela com tanta atenção que Finnula começou a se sentir desconfortável novamente. Havia algo familiar nos olhos dele, mas não conseguia de jeito nenhum se lembrar do que era. Ela raramente visitava Caterbury, mas achava possível ter encontrado com algum parente dele por lá. Ou talvez algum tio ou primo tenha passado em Stephensgate para provar a bebida de Mellana. Era realmente famosa, e, no domingo livre, que acontece todo mês de outubro, o único dia em que era permitido vender cerveja legalmente sem licença, o moinho ficava lotado de homens que percorriam quilômetros só para provar a cerveja.

— Então você tem matado a caça do conde — disse Hugo lentamente, a voz um estrondo, como um trovão distante —, e dado a carne para os servos para que não morram de fome.

Os olhos de Finnula arregalaram-se e ela quase se engasgou com o pedaço de coelho que tinha engolido.

— O quê? — gritou ela, dando um murro no peito e depois se arrependendo quando sentiu a costela doer. — O que você disse?

— Não se finja de inocente para mim, pequena donzela. — O trovão de sua voz não estava mais tão distante. — É por isso que você pode dizer com sinceridade que a caça não sai dos domínios do conde. Estão todas forrando os estômagos dos camponeses que trabalham na terra.

Finnula deu mais um gole na cerveja, somente para facilitar a digestão da lebre levemente fibrosa. Não tinha certeza, mas parecia-lhe que o Sr. Hugh estava contrariado com alguma coisa. Como não parecia muito inteligente ter um homem grande como esse zangado com ela, ela piscou muito, como tinha visto Isabella Laroche fazer inúmeras vezes quando era pega pelo olhar de desaprovação do pai.

— Se eu não tivesse feito isso — disse Finnula de forma meiga —, teriam morrido de fome no inverno. Foi muito frio...

— Diabos e danação!

A abrupta exclamação de Hugo espantou tanto Finnula que ela quase deixou cair no fogo metade da carcaça do coelho que estava roendo. Ela observou, admirada, o prisioneiro fazer exatamente isso. Ele atirou a carne ao chão e depois se levantou. Deu vários passos na escuridão da campina e segundos depois voltou com os punhos cerrados ao lado do corpo.

Não conseguia entender por que um homem que era um estranho para Stephensgate ficaria tão perturbado por causa dos maus-tratos dos servos, e então concluiu que a raiva dirigia-se a ela, pelo flagrante desrespeito às leis. As penas por esse desrespeito eram um tanto severas; os que fossem pegos caçando ilegalmente nos domínios do conde podiam perder uma das mãos ou uma perna, e não era incomum ter de pagar pelo crime com a própria vida.

Finnula começou a se arrepender instantaneamente de ter aberto a boca sobre suas atividades de caçadora para um estranho. Até onde sabia, ele também podia ser algum agente enviado pelo rei para investigar o misterioso desaparecimento da caça na floresta de Fitzstephen. Por que o rei teria algum interesse na floresta de Fitzstephen, ela não fazia ideia, mas certamente essa era a única explicação para o estranho comportamento do Sr. Hugh. Se é que Hugh era o seu nome.

Finnula não sabia como agir. Achava que uma garota como Isabella teria começado a chorar, usando as lágrimas como arma contra a raiva desse homem enorme, e, se conseguisse, fingiria arrependimento. Mas ela *não* estava arrependida do que havia feito, e não podia agir como se estivesse.

Assim, ela simplesmente colocou o que havia restado do jantar na caldeira pendurado sobre o fogo, pois o apetite tinha ido embora abruptamente, e esperou em silêncio o enorme homem desabafar a raiva, balançando a cabeça para o inevitável, mas murmurando de forma raivosa entre dentes.

Mas quando a cascata de acusações não veio, Finnula começou a ficar inquieta e olhou para Hugo apenas uma vez antes de abaixar os olhos. Ele estava a alguns metros, os braços cruzados sobre o peito largo, o olhar castanho inescrutável, mas definitivamente fixo nela. Finnula achou que talvez fosse inteligente oferecer o menor alvo possível para a raiva dele, então, apesar do desconforto que a costela lhe causava, levantou as pernas ao peito e envolveu-as com os braços, apoiando o queixo sobre os joelhos, e ficou olhando revoltada para as chamas.

Quando Hugo finalmente falou, o trovão tinha se afastado completamente da voz. Em vez disso, parecia cansado, e Finnula concluiu que para um homem da idade dele isso não era tão incomum. Afinal de contas, ele tivera um longo dia.

— Por que você fez isso?

Finnula ficou surpresa com a pergunta. Por mais que Robert brigasse com ela por caçar em propriedade alheia, ele nunca tinha se dado ao trabalho de perguntar por que fazia aquilo. O fato de esse estranho fazer essa pergunta era realmente bastante esquisito.

Ela olhou para ele, esticando o pescoço para ver seu rosto, mas sua face estava na escuridão, já que estava longe demais do fogo.

— Eu já contei — disse ela. — Se nada fosse feito, não teriam atravessado o inverno. Não havia comida suficiente em suas despensas, e com o aumento dos impostos feito por Laroche...

— Mas por que você?

Finnula franziu a testa, desviando o olhar dele e voltando-o para o fogo. Certamente não podia contar toda a verdade, mas, de qualquer forma, podia contar parte dela.

— Deus me deu um dom. — Ela deu de ombros. — Seria um pecado não usá-lo. Era isso que minha mãe costumava dizer pelo menos. — Quando ele não disse nada, ela concluiu que ele não estava satisfeito com a explicação, mas era tudo o que estava disposta a dizer. Levantou o queixo bruscamente, decidida a não pronunciar outra palavra.

— Você arrisca a sua vida — disse Hugo lentamente — por servos.

Esquecendo-se de sua decisão de ficar em silêncio, Finnula o corrigiu de forma concisa:

— Para você, talvez, eles sejam servos. Para mim, são amigos, pessoas que conheço desde que nasci, são quase uma família. Se o lorde não se importa com eles, eu me importo. É o que deve ser feito.

Quando ele não reagiu ao que ela disse, Finnula afastou uma mecha solta de cabelo que tinha caído sobre um dos olhos e olhou furiosa para ele. Mas ele ainda estava de pé na escuridão, e ela não estava nem um pouco certa de que ele estivesse olhando na sua direção.

— Você não pode provar nada, sabe — disse ela com uma indignação descuidada. — Muito menos o xerife De Brissac, que também não pode produzir um fiapo de prova contra mim. Pergunte a qualquer um dos servos do lorde Geoffrey. Não dirão uma palavra. Então, você pode voltar ao rei Edward e dizer-lhe que, se existe uma ladra na floresta de Fitzstephen, não pode prendê-la por falta de provas.

Ela tremia quando terminou o discurso, mas não de medo. Meu Deus, não era de admirar que ele tivesse sido sequestrado de forma tão tranquila! Ele estava incitando-a a fazer-lhe uma confissão, e tinha conseguido, até certo ponto. Mas ainda não tinha nenhuma prova.

— Do que, em nome de Deus, você está falando? — perguntou Hugo, marchando com as botas enormes de volta à fogueira. Ele sentou-se ao lado dela, pegou o odre do lugar onde ela o tinha colocado, apoiado contra o pé da manjedoura, tirou a tampa e deu alguns goles ruidosos.

Quando ele afastou o frasco dos lábios, ouviu-se um estalido, e Hugo, em seguida, limpou a boca com a manga da blusa. Os olhos estavam verdes agora, Finnula percebeu. A frequência com que os olhos dele mudavam de cor era desconcertante.

Finnula lançou um olhar zangado para ele, esperando intimidá-lo com a íris cinza, infelizmente imutável.

— Sei quem você é.

Hugo foi pego de surpresa. Por vários segundos, simplesmente encarou-a, a boca movendo-se estranhamente, até que finalmente disse, em uma voz que estava excessivamente cordial:

— Quem eu sou? Do que você está falando?

— Não faça joguinhos comigo — falou Finnula rispidamente. Ele parecia achar graça em vez de estar alarmado pela ira dela, mas ela não permitiria que isso a impedisse de proferir o discurso que ele tanto merecia. — Acho vergonhoso você se aproveitar de mim desse jeito. Afinal de contas, sou apenas uma donzela inocente. Você deveria se envergonhar.

Hugo deu uma risada sincera.

— Donzela você pode ser, Finnula Crais, mas tenho sérias reservas no que diz respeito à sua inocência. Por exemplo, seu método de me distrair na cachoeira de Saint Elias.

O rosto de Finnula ficou quente com a lembrança, mas ela recusou-se a ser distraída pela vergonha.

— Não é uma coisa nem outra. Quando meu irmão descobrir, pode ter certeza de que ele irá reclamar com o rei sobre seus maus-tratos em relação a minha pessoa.

— *Meus* maus-tratos em relação a *você*? — As sobrancelhas douradas de Hugo inclinaram-se em descrença. — Não fui *eu* quem foi amarrado, como você tão delicadamente colocou, como um porco? Não foi a *minha* vida que foi ameaçada com a ponta de uma faca?

— Como pode estar tão indignado quando é você o covarde e o mentiroso, não consigo entender. Não entendo como você consegue dormir à noite. — Olhando-o com os olhos semicerrados, ela sibilou: — Homens como você não valem mais que os vermes que se arrastam sob os nossos pés neste exato momento.

Hugo olhou para baixo, esperando ver o terreno coberto de animais rastejantes da noite.

— Sinto muito, senhorita — começou ele cuidadosamente —, se fiz algo que a tenha ofendido.

— Ofender-me! — Finnula deu uma risada sem graça. — Ah, me prender será uma ofensa, com certeza. Uma ofensa contra tudo o que é sagrado nesta terra.

— *Prender* você? — O espanto do Sr. Hugh, que Finnula tinha certeza de que era fingido, foi tão convincente que ela quase acreditou nele. — Por que eu *prenderia você*?

— Ah — ela gritou, levantando-se de súbito à custa de dores agudas na costela. — E você ainda continua a se fazer de desentendido! — Ela o cutucou com um dedo impaciente. — Você não é um agente do rei, mandado aqui para me encontrar?

Para sua surpresa, o prisioneiro atirou a cabeça acastanhada para trás e soltou uma risada, longa e alta. Essa reação foi tão inesperada que, por um momento, Finnula não conseguiu fazer nada além de encará-lo, boquiaberta. Ele continuou a rir por alguns minutos, tão alto que Finnula, que apreciava uma boa piada mas detestava imensamente ser o alvo de uma, ficou impaciente.

— Não é nada engraçado — insistiu ela.

Mas Hugo não conseguia parar de rir. Em um acesso de irritação, Finnula cruzou os poucos metros de gramado que os separavam até ficar ao lado dele, as mãos nos quadris, os olhos fuzilando-o tão ardentemente quanto as chamas do fogo.

— Sim, está certo — disse ela rispidamente. — Ria o quanto quiser. Vamos ver se você vai achar divertido quando meu irmão colocar as mãos em você. Ele tem punhos grandes como sacos de farinha, sabe, e não vai achar nada gentil você me levar de volta à casa do moinho em algemas.

Isso só foi útil para fazer o cavaleiro com juba de leão rir ainda mais. Finnula bateu o pé no chão impacientemente.

— Também tenho cunhados, quatro, e Bruce é o açougueiro da aldeia. Os braços dele são mais grossos que troncos de árvores.

Antes de perceber o que estava acontecendo, um dos braços do Sr. Hugh, que, embora não fosse mais grosso que troncos de árvore, estavam entre os mais longos e mais musculosos que ela já tinha visto, envolveu as pernas dela. No segundo seguinte, ele a tinha atingido com força na parte de trás dos joelhos, dobrando-os, enquanto a outra mão fechou-se em volta do pulso dela e levantou-a no colo. Finnula não conseguiu abafar o grito de surpresa.

Mas antes de ter tempo para recobrar-se da vergonhosa acrobacia, antes de ter a chance de notar que o colo dele não era o lugar mais desagradável onde já estivera, pois era, entre outras coisas, bastante quente, embora duro e desconfortável em alguns lugares, Finnula levantou a cabeça para reclamar sobre o tratamento rude...

...e viu seu protesto silenciado por um par de lábios muito determinados.

Finnula já tinha sido beijada antes, era verdade, mas os poucos homens que haviam tentado se arrependeram, visto que ela era tão rápida com os pulsos quanto com o arco. No entanto, havia algo em relação a esses lábios em particular, pressionados tão intensamente contra os dela, que não lhe causou nenhum rancor. Ao contrário, na verdade, o que ela sentiu mal podia ser descrito, era completamente diferente. Mas era definitivamente agradável, disso tinha certeza. Não conseguiu nem mesmo morder o cavaleiro audacioso de tanto que gostou do carinho dele.

O prisioneiro beijava de forma excelente, a boca movia-se sobre a dela de um jeito levemente inquisitivo — em hipótese alguma experimental, mas como se estivesse fazendo uma pergunta para a qual somente ela, Finnula, tinha a resposta. Agora, nada havia de questionador em suas maneiras; ele tinha lançado a primeira pedra e percebido que as defesas de Finnula estavam recolhidas. Ele atacou, sem demonstrar piedade.

Foi então que Finnula se deu conta, com a força de um soco, que este beijo era algo fora do comum e que talvez não estivesse tanto no controle da situação quanto gostaria de estar. Embora lutasse contra o golpe repentino e entorpecente que se abatera sobre seus sentidos, ela não conseguia mais livrar-se desse encanto hipnótico, assim como ele não conseguiria romper o nó com o qual ela o tinha amarrado antes. Ela ficou com os braços completamente frouxos, como se estivesse se derretendo, excetos pelas mãos, que quase por conta própria envolveram aquele pescoço moreno, entrelaçando-se nos cabelos surpreendentemente macios, uma parte do quais estava enfiada sob o capuz da capa dele. O que era aquilo, ela perguntou-se, em relação ao toque da boca de um homem na de uma mulher parecer ter uma correlação direta com uma muito repentina e notável sensação retesando-se entre suas pernas?

Mesmo em seu estado de intensa excitação, Finnula não estava alheia ao fato de que o prisioneiro parecia estar passando por um desconforto semelhante. Podia sentir aquela parte dele, que, mais cedo, ela, de forma tão tola, tinha confundido com o cabo de uma faca, pressionando a maciez de seus quadris de forma urgente. Ele soltou um gemido, que foi abafado pela boca de Finnula, quando ela passou as mãos em volta do pescoço dele, e agora, conforme o desejo por ela aquecia-se nas calças dele, os braços fortes apertavam-se possessivamente em volta dela. Dedos calosos a acariciavam através do fino material da blusa, e ela percebeu que estavam inexoravelmente próximos de seus seios. Se ela o deixasse tocá-la *ali*, com essa sensação estranha que estava experimentando entre as pernas, estaria perdida, com certeza.

E ela *precisava* detê-lo, porque não era Isabella Laroche, imoral o suficiente para aproveitar sem arrependimento a luxuriosa atenção de homens que não amava ou com quem não tinha intenção alguma de se casar. Ela era Finnula Crais e tinha uma reputação a zelar.

Reconhecidamente, essa reputação não era exemplar, mas *era* tudo o que tinha. Além disso, não queria acabar na mesma situação em que Mellana, por quem, em primeiro lugar, estava tendo todo esse trabalho...

E então aqueles dedos fortes, mas incrivelmente suaves, fecharam-se sobre um dos seios, cujo mamilo já estava duro como uma pedra contra o calor da palma da mão dele.

Tirando a boca da dele e posicionando uma das mãos controladoras contra o peito largo de Hugo, Finnula observou-o, acusadora, e ficou alarmada com o que viu ali. Não era aquele sorriso sarcástico ou aqueles olhos castanhos implicantes com os quais tinha ficado tão acostumada, mas uma boca cheia de desejo e olhos verdes repletos de... de quê? Finnula não conseguia nomear o que via dentro daquelas órbitas, mas a assustava tanto quanto a instigava.

Tinha de colocar um ponto final nessa loucura antes que as coisas fossem longe demais.

— Você perdeu a razão? — perguntou ela entre lábios dormentes pela pressão esmagadora daquele beijo. — Solte-me imediatamente.

Hugo ergueu a cabeça, a expressão entorpecida como se tivesse acabado de acordar. Piscando para a garota em seus braços, ele deu toda a indicação de que tinha escutado, mas a mão, que continuava apoiada no seio de Finnula, se fechou mais, como se não tivesse intenção de soltá-lo. Quando ele falou, foi com uma voz rouca, mas em bom tom:

— Eu realmente acho que não foi a razão que perdi, donzela Crais, mas meu coração — pronunciou ele com uma voz áspera.

Finnula reagiu tomando fôlego. Na opinião dela, ele parecia um homem que não tinha perdido nada mais sério do que o juízo.

— Você acha que sou tola? — ela perguntou. — Que vou ficar extasiada por suas lindas palavras e implorar para você me tomar em seus braços? — Ela riu com sarcasmo. — De jeito nenhum!

— Vai ser uma longa noite — Hugo suspirou. — Longa e fria. Pense no conforto que encontraríamos um nos braços do outro...

Finnula ergueu-se e, com o punho, desferiu um golpe sonoro no meio da testa do cavaleiro, fazendo com que a cabeça dele batesse contra o pé da grade da manjedoura. Hugo largou-a, surpreso, e Finnula levantou-se, tomando uma distância segura caso ele decidisse vingar o crânio dolorido.

— Não me faça ter de machucar você — gritou Finnula, estendendo um dedo de advertência quando Hugo levantou cambaleante, usando a grade de madeira da manjedoura como apoio para uma das mãos e segurando a cabeça com a outra. — Prometi a seu escudeiro que devolveria você em perfeito estado se seu resgate fosse pago integralmente, e seria terrivelmente vergonhoso se tivesse de entregar uma mercadoria danificada...

Hugo simplesmente encarou-a, o desejo em seu rosto já ausente, os olhos mais uma vez de um âmbar dissimulado.

— Lembre-me — murmurou ele — de nunca mais mexer com uma virgem.

Finnula bufou de forma afetada.

— A culpa é inteiramente sua. Nunca dei margem para seus avanços.

— Como não? O que foi aquilo na cachoeira então?

— Foi uma armadilha.

— Sim, sim. — Ele fez um gesto com a mão, concordando. — Uma isca para a besta ignorante. Bem, e eu certamente caí nela, não foi? Tenho de admitir que fico um pouco surpreso que você, uma pessoa que parece valorizar tanto a honestidade, tenha se submetido a um artifício tão feminino...

Finnula bateu com o pé no pasto macio.

— Eu já *disse*. Minha irmã...

— Sim, sim, sim. — Ele revirou os olhos. — Sua irmã precisa do dinheiro. E por que ela precisa tanto desse dinheiro? Ficou grávida?

Quando Finnula foi deixada sem fala por ele ter adivinhado tão facilmente o que ela estava tentando esconder e somente encarou-o, Hugo jogou a cabeça para trás e riu alegremente.

— Então é isso! — ele gritou de alegria. — A linda Mellana tem o rosto de um anjo, mas a pureza de uma rameira.

Finnula deu uma meia dúzia de passos irritados na direção dele.

— Retire o que disse! — ordenou ela. — Como você ousa?

— E isso também explica suas referências dissimuladas àquele desafortunado trovador. Então ele seria o pai? Ora, não é de admirar que a linda Mellana precise tanto de dinheiro. Seu irmão Robert sabe? Aposto que não...

Finnula estava tão furiosa que mal conseguiu evitar se atirar em cima dele e estrangular seu grosso e maldito pescoço. Mas a lembrança de como tinha sido difícil livrar-se dos braços dele na última vez a impediu.

— Mellana não é uma rameira — Finnula teve de se satisfazer sibilando essa frase. — Aquele maldito trovador a enganou!

— Ah? Enganou-a fazendo com que perdesse a virgindade? Queria conhecer esse trovador para talvez aprender essa artimanha que faz donzelas virgens tão liberalmente fazer-lhe esse favor. Há certa donzela que conheço que se beneficiaria com tal artimanha...

Finnula pensou em lançar uma faca no peito dele, mas isso lhe pareceu um pouco extremo demais. Assassinato, mesmo desse covarde, só faria com que fosse enforcada.

Mas não conseguiria aturar a companhia desse homem por mais 24 horas. Ele era vil, manipulador, devasso, e nada a deixaria mais feliz que nunca mais ter de colocar os olhos nesse rosto barbudo novamente...

— Aqui — gritou ela, enfiando a mão na blusa e pegando o cordão onde estava pendurada a esmeralda de Hugo. Ela arrancou a pedra pesada do pescoço e atirou-a, com uma precisão perfeita, no pasto aos pés dele. — Pegue essa maldita coisa de volta. Eu liberto você! Você não é mais meu prisioneiro. Pegue seu cavalo e vá embora. Não quero ver você de novo!

Finnula deu meia-volta, quase soluçando de tanta irritação, e ficou orgulhosamente satisfeita quando viu decepção no rosto dele. Foi para o lado de Violeta, onde abriu o alforje à procura de sua capa. Enquanto estava lá, percebeu que a faca e a espada dele ainda estavam amarradas à sela, então começou a desfazer os nós que as prendiam para que pudesse atirá-las para o miserável cavaleiro.

Ela escutou-o chamar seu nome, numa voz diferente da que estava acostumada, mas ela não se virou. Em vez disso, gritou alto o bastante para fazer as orelhas de Violeta irem para trás.

— Já disse. Você está livre! Vá embora! Ver você me deixa enjoada!

Um minuto depois, Hugo estava falando com ela com uma voz tão suave que parecia estar apenas a alguns centímetros de distância.

— Finnula. Vire-se.

— Não — declarou Finnula calorosamente. Primeiro ela deixou a espada, depois a adaga cair no chão, e apreciou a exclamação de desespero que ele fez à medida que cada lâmina finamente esculpida retinia na pastagem.

Agarrando a capa forrada de pelo contra o peito, como se a vestimenta grossa fosse proteção contra a raiva do cavaleiro, ela declarou, olhando para a sua sela:

— Quero que você vá embora e me deixe sozinha.

— Não posso fazer isso — disse o Sr. Hugh.

Não havia dúvida de que ele estava exatamente atrás dela agora. Ela podia sentir a respiração na nuca, onde sua trança caía sobre o ombro, e o calor que emanava do corpo dele aquecia suas costas.

— O que você quer dizer com não poder fazer isso? — Respirando fundo, Finnula virou-se para encará-lo, um pouco surpresa ao descobrir que ele realmente estava atrás dela, e mais próximo do que ela tinha suspeitado. Literalmente, a alguns centímetros. Com as costas para o fogo, as feições dele estavam indecifráveis, e Finnula mordeu o lábio inferior. Ah, ela tinha sido uma tola, uma tola cega e maldita por ter concordado em fazer isso. Quando chegasse à sua casa, daria um tapa na pateta da Mellana, grávida ou não.

— Não posso deixar você sozinha aqui no meio do nada — disse Hugo, com uma dignidade disfarçada. — Você não sabe que existem degoladores e ladrões de estrada por todo o interior procurando donzelas inocentes como você para atacar?

Finnula bufou com desdém.

— Como Timmy e Dick? Deixe que tentem. Eu adoraria uma nova chance de poder esbarrar com aqueles dois...

— Pior que aqueles dois. Acredite, Finnula, você teve sorte até agora.

— Sorte? — perguntou ela explosivamente, sem acreditar. — De ter tido de aturar uma pessoa como *você*? Não mesmo!

Hugo continuou como se ela não o tivesse interrompido:

— Não conseguiria me perdoar se soubesse que algo de ruim aconteceu com você. Afinal de contas, eu *sou* um cavaleiro. — O sorriso de desagrado, de lábios levemente curvados, voltou ao rosto quando ele acrescentou: — É meu dever proteger os inocentes e suponho que isso significa proteger você, apesar de sua excelente mira.

Finnula olhou para baixo, na esperança de ele não vê-la corar, apesar de a luz do fogo estar totalmente em seu rosto. Por que, meu Deus, por que o mínimo elogio vindo da parte dele a fazia corar como uma ordenhadeira?

— Desculpe-me por ter chamado sua irmã de rameira — continuou Hugo, seriamente, em sua voz grave. — Por favor, perdoe-me. Foi inoportuno. Agora, como estou viajando na mesma direção que você, não vejo por que, prisioneiro ou não, não cavalgarmos juntos. Prometo não tocar em você. Você vai ter de perdoar meu lapso momentâneo. Mas você fica muito atraente quando está indignada.

Sem mais uma palavra, ele colocou outra vez a pesada esmeralda em volta do pescoço dela, deixando o pingente bater entre os seios. Finnula olhou para a pedra, que cintilava à luz do fogo.

O que, em nome de Deus, ela deveria fazer *agora*? Como se livraria dele? Ele era como um garoto que ela tinha conhecido havia muitos e muitos anos, que a tinha seguido durante dias até ela finalmente não ter outra escolha a não ser a de pular em cima dele e esfregar o rosto dele na terra até ele prometer deixá-la em paz.

Mas ela *nunca* tinha conseguido controlar o Sr. Hugh Fitzwilliam. Pelo menos, não fisicamente. Tentou ser desagradável, fez ameaças violentas, tinha até mesmo declinado um convite para dividir a cama com ele, mesmo que de palha. Mas nada tinha funcionado. O que afastaria o homem?

— Vejo você amanhã de manhã — disse Hugo, interrompendo os pensamentos revoltosos de Finnula. Ele a deixou e foi ajoelhar-se ao lado da caldeira fervente que estava pendurada no espeto que ele tinha improvisado. — Prepare-se para dormir.

Finnula simplesmente encarou-o, estarrecida. Ela o tinha soltado e, no entanto, ele não ia embora! Que tipo de homem era esse? Um teimoso, em todo caso. Teria de pensar bastante num jeito de se livrar dele. Talvez, se ela se levantasse bem cedo, conseguisse simplesmente escapulir e estar longe antes de ele acordar. Sim, esse plano era excelente! Poderia estar a léguas antes mesmo de ele se mexer!

Mas assim teria fracassado em sua missão. Esse pensamento a deixava alerta, mesmo bocejando pelo cansaço que sabia estar sentindo. Se conseguisse se livrar desse cavaleiro grudento, quem, em nome de Saint Elias, ela iria fazer seu prisioneiro? Não, por mais que não quisesse admitir, precisava desse cavaleiro. Ela olhou para Hugo com raiva, enquanto ele, aparentemente alheio à antipatia dela, colocava sal na sopa. Meu Deus, como ele a irritava! Teimoso, homem teimoso!

Não ocorreu a Finnula que o prisioneiro fosse tão teimoso quanto a sequestradora. Em vez de seguir o conselho dele e se preparar para dormir, ela foi silenciosamente para trás da manjedoura e escalou-a, afundando até a altura do joelho no feno macio. Daquela altura, podia observá-lo, e ela fez isso durante um tempo, desejando saber que tipo de cavaleiro era esse que às vezes conseguia ser tão gentil e, no entanto, tinha uma aparência tão desleixada. Certamente não seria tão feio se fizesse a barba. Deveria estar se escondendo de alguma coisa — ou de alguém — para deixar o rosto coberto de pelos desse jeito.

Depois de alguns minutos refletindo sobre isso, Finnula achou que ficaria mais confortável deitada, e apoiou-se de lado, tomando cuidado com a costela machucada; o feno embaixo do corpo era maleável e perfumado. Talvez, ela pensou enquanto olhava o Sr. Hugh mexer a sopa, ele estivesse escapando de alguma história de amor infeliz. Talvez a esmeralda tenha *realmente* sido dada pela filha do sultão, como uma prova de amor. Muito provavelmente o pai dela não tinha permitido que os dois se casassem, pois eram de religiões diferentes. Desejou saber se o Sr. Hugh tinha tentado escapar com a princesa e se o sultão tinha encontrado os amantes e arrastado os dois de volta ao palácio para serem enforcados. O Sr. Hugh deve ter escapado com vida por pouco. Não era de admirar que ele se opusesse tanto a ter as mãos amarradas atrás das costas. Talvez lhe trouxesse de volta lembranças dolorosas da masmorra do sultão.

Tocando a esmeralda, Finnula deitou-se de costas para contemplar o céu repleto de estrelas. Brilhavam como a esmeralda, mas a luz era fria, e, quando olhava para a joia em volta do pescoço, via uma espécie de fogo em seu centro, nada diferente do fogo que viu nos olhos do prisioneiro quando olhou para ele depois que se beijaram. Os olhos do Sr. Hugh queimavam assim depois de beijar qualquer mulher ou esse fogo era para ela, e somente para ela?

Virando o rosto, ela divisou o prisioneiro através das ripas da grade da manjedoura. Ele ainda estava ocupado com a sopa, sem virar os olhos verdes na direção dela. O fogo banhava seu rosto com uma luz amarela, acentuando a força do maxilar, a inclinação do nariz aquilino, as linhas sensuais dos lábios carnudos. Era aflitivo lembrar-se das sensações que aqueles lábios provocaram nela quando a beijaram. Olhando para ele, era impossível imaginar que seria capaz de deixar uma mulher tão sensata como ela atordoada de desejo. *Ela* com certeza não imaginou que isso fosse possível. Caso contrário, teria capturado uma presa completamente diferente.

Finnula não estava nem um pouco confiante de que seria capaz de recusar as investidas dele uma segunda vez. Não, ela daria um fim nisso.

Esse pensamento era encorajador, e ela se concentrou nele com contentamento, até que, apesar de todo o esforço contrário, o sono apoderou-se dela.

No entanto, a última imagem que viu antes de apagar foi a de seu prisioneiro, ajoelhado, pensativo, ao lado do fogo. Não conseguia se livrar dessa lembrança, que parecia gravada em suas pálpebras. Que vergonha!

Capítulo Sete

Lorde Hugo Fitzstephen, o sétimo conde de Stephensgate, olhou para a garota aninhada ao lado dele e perguntou-se como diabos tinha se envolvido nesse jogo ridículo.

Em Jerusalém, tinha estado em várias ciladas, muitas delas perigosas, outras completamente obscenas.

Mas não conseguia se lembrar de algum dia ter lidado com uma virgem antes. Os problemas de todo tipo que essa apresentava ameaçavam dominá-lo, de várias formas.

Uma razão era o fato de que quando acordou alguns minutos antes, na manjedoura onde tinha entrado na noite anterior, com cuidado para não incomodar Finnula, que dormia profundamente, ele percebeu que a garota tinha rolado durante a noite e se aconchegado ao lado dele para se aquecer. As nádegas curvilíneas estavam pressionadas contra as calças de Hugo, as costas moldadas ao peito dele e o queixo macio apoiado sobre o braço esticado. Era como se o pequeno corpo tivesse sido criado especialmente para se encaixar nas reentrâncias de Hugo. Ela dormia ao seu lado tão confortavelmente, e tão profundamente, que parecia uma esposa de longa data.

Por mais que apreciasse a sensação do corpo dela perto do seu, Hugo não estaria sendo honesto se dissesse que estava confortável. O problema parecia ser o fato de ele estar apreciando um pouco *demais* a proximidade de Finnula. Aquela sua parte que desejava acima de tudo o toque dela estava mais firme do que em qualquer manhã de sua memória recente, e estava ansioso para se aliviar.

Mas, na noite passada, Finnula Crais tinha deixado perfeitamente claro que tal alívio não seria encontrado ao seu lado. Hugo sabia que não era uma questão de não desejá-lo. Ele era bem versado na arte da sedução e tinha sentido desejo nos lábios dela. Finnula era uma mulher com um profundo reservatório de paixão, embora ainda não explorado.

Mas, muito provavelmente por causa do que tinha acontecido com a conivente Mellana, explorar aquelas profundidades não era uma opção.

No entanto, se ela continuasse a se aconchegar nele desse jeito, essa opção *teria* de ser explorada, porque ele não estava nem um pouco certo de mais quantas manhãs como essa conseguiria aguentar. Talvez quando chegassem a Stephensgate no dia seguinte pudesse buscar alívio com uma das prostitutas da aldeia. Fat Maude ainda estaria trabalhando?, ele desejou saber. Certamente estaria aposentada e alguém mais jovem deve tê-la substituído.

Mas espere. Não. Ele era o lorde do solar agora, e condes não buscavam prazer com as prostitutas da aldeia. Seu pai certamente tinha companheiras, mas com certeza não as dividia com o resto dos homens de Stephensgate. Não, era isso. Hugo teria de encontrar uma amante, mas essa tarefa certamente seria problemática. Amantes requeriam casas próprias, pois eram geralmente exigentes e, assim, desagradáveis de se conviver por longos períodos tempo. Era preciso dar-lhes bonitos presentes, joias e dinheiro. Mas isso não era problema, visto que Hugo tinha muito dos dois.

O que ele não tinha era tempo. Se o que Finnula dissera para ela noite passada fora verdade, e ele não conseguia imaginar Finnula dizendo menos que a mais pura verdade, o solar Stephensgate fora deixado pelo pai em um estado lamentável, e piorado desde a morte do homem devido à sua imprudente escolha de um intendente. Hugo conhecia o primo Reginald Laroche muito bem, e podia facilmente imaginar que o homem estivesse roubando os fundos do Estado. Um pouco para ele mesmo, outro pouco para o prefeito da aldeia, para que fizesse vista grossa. Logo Laroche teria um generoso pote de ouro para se aposentar assim que o último herdeiro de Sua Senhoria retornasse.

No entanto, o fato de o homem deixar os servos mortos de fome estava além da compreensão de Hugo. As famílias que trabalhavam havia décadas nos campos do solar Stephensgate mereciam um tratamento melhor que o que o pai de Hugo sempre lhes oferecera, os impostos sendo um dos mais altos de Shropshire. Mas ter os impostos que já eram ridiculamente altos aumentados ainda mais por um homem que queria apenas encher os próprios bolsos... bem, Reginald Laroche teria de dar algumas explicações quando Hugo voltasse para casa, e grande parte dessas explicações seria dada na prisão.

A última coisa que Hugo queria fazer era voltar para casa e vê-la como um lugar de desavença. Mas, se era para ser assim, ele enfrentaria o problema.

Ter uma amante teria necessariamente de esperar até que todas essas outras questões fossem resolvidas. Seria muito mais simples, Hugo suspirou olhando para a companheira adormecida, se Finnula Crais não fosse tão pudica e estivesse um pouco mais disposta a se livrar daquelas calças de couro tentadoramente justas...

Um pingo grosso de chuva caiu do céu plúmbeo, que, havia muito tempo, tinha ficado granulado pela aurora e depois sido coberto pelas nuvens, atingindo a exata lateral do nobre nariz de Finnula. Ela acordou assustada, uma das mãos voando para o rosto, a outra envolvendo o cabo da faca.

Hugo ficou completamente imóvel, rezando para que ela não percebesse o volume em suas calças, e quando aqueles olhos arregalados viraram-se para ele, repletos de sono e surpresa, ele botou seu sorriso mais cínico no rosto.

— Bom-dia — disse ele com satisfação, a voz o mais grave possível. — Espero que você tenha dormido bem. Estava quente o bastante?

O olhar de Finnula desviou do rosto para o corpo dele, e depois para o próprio corpo. Surpresa, ela ergueu olhos acusadores, as sobrancelhas finas curvadas e os lábios franzidos em uma carranca.

— Não olhe para mim — disse Hugo, levantando rapidamente as duas mãos, uma das quais presa pela cabeça dela, que ainda estava apoiada contra as curvas de seu bíceps. — Não tenho nada a ver com isso.

Com um gemido abafado de fúria, Finnula sentou-se, uma torrente de palavras desagradáveis pairando sobre a língua, Hugo tinha certeza.

Mas, antes que ela pudesse se livrar da primeira blasfêmia, o rosto ficou pálido, e ela botou a mão na costela.

Hugo ficou instantaneamente pesaroso. Estava bastante ciente de que seu escudeiro a tinha machucado e de que sua tolerância para dor era notável. Por mais divertido que fosse implicar com ela, Hugo preferia uma companheira de discussão que não estivesse contorcendo-se de dor.

— Está doendo? — perguntou ele gentilmente, depois repreendeu a si mesmo pela pergunta. Claro que estava doendo.

Finnula olhou para ele, os olhos cintilantes de fúria quase da mesma cor do céu cinzento.

— Ah, não — disse ela, obviamente mentindo. — Estou bem.

— Deixe-me ver.

Ela sacudiu a cabeça, a palha caindo dos longos cabelos ruivos, que durante a noite tinham desmanchado a trança na qual estavam presos.

— Não — disse ela. — Já disse, estou bem...

Mas Hugo era insistente. Já tinha visto muitos homens ignorarem pequenos ferimentos que depois infeccionaram e acabaram com suas vidas, quando deveriam ter cicatrizado sem maiores problemas.

— Vou ver — disse Hugo, agarrando com dedos de aço o antebraço macio de Finnula. Felizmente, no espaço apertado da manjedoura, não havia muita chance de ela escapar. E, de qualquer maneira, o corpo imponente de Hugo ocupava a maior parte do espaço disponível, e ela não tinha escolha além de ceder, embora tenha feito com a má vontade que Hugo já estava esperando.

— Tudo bem — disse ela bruscamente, tirando a aba de sua camisa de linho de dentro das calças. — Você pode olhar, mas não toque.

— Não me esqueci do nosso acordo — disse Hugo brandamente, erguendo uma única sobrancelha.

Ele manteve o olhar cuidadosamente desviado enquanto ela desenrolava a atadura de seda sob os seios. Ele ficou aliviado quando viu que seu desconforto estava diminuindo, principalmente porque ela não estava mais com o corpo encostado no dele. Ainda estava longe do conforto de que precisava, mas pelo menos a necessidade não era mais tão crucial. Não queria, porém, passar por tentações semelhantes, e encarou as nuvens escuras e tempestuosas até que Finnula educadamente limpasse a garganta.

Finnula, com o rosto virado de lado de forma pedante, levantou a blusa e revelou um ferimento esverdeado e preto exatamente abaixo da curva de seu seio pequeno e redondo. Hugo curvou-se para examinar o machucado e viu, com satisfação, que a beirada do machucado estava ficando amarelada, o que significava que estava melhorando. Podia ser doloroso, mas não fatal.

Levantando o corpo, Hugo disse gentilmente:

— Está melhorando. Deixe-me colocar a atadura novamente, e vou dar-lhe mais algumas gotas da essência de papoula.

— Melhorando? — repetiu Finnula, a voz rouca totalmente descrente. — Mas está doendo muito mais do que ontem!

— Sim, mas *parece* muito melhor. — Amarrando as tiras do forro de sua capa em volta da fina caixa torácica, Hugo ficou levemente admirado com o fato de ela ter finalmente admitido sentir algum desconforto. — Além disso, ontem você se colocou em uma provação e tanto, cavalgando, caçando, me rejeitando...

Finnula virou o rosto na direção dele, o suficiente para encará-lo, furiosa, com o canto de seus olhos expressivos.

— Não entendo por que você ainda está aqui.

Nem o próprio Hugo entendia, mas ele tentou explicar com um gracejo despreocupado:

— Já disse. Sou um cavaleiro. É meu dever não deixar que se aproveitem de donzelas.

Finnula bufou, exatamente como ele previu.

— Exceto por você, certo?

Hugo ignorou o que ela disse, dando um laço na atadura e sentando-se para admirar o jeito como seu trabalho tinha empurrado aqueles seios empinados na sua direção.

— Agora, café da manhã — disse ele, sentindo-se muito satisfeito, embora não totalmente, e o motivo era óbvio. — Vamos ver como nossa sopa se comportou durante a noite.

Ele desceu da manjedoura, depois se virou para esticar os braços para ela. Como deveria ter previsto, ela ignorou-o, descendo sem a ajuda dele. Em seguida, assim que as botas dela encostaram-se no chão, Finnula estava longe, pisando firme na direção do bosque mais próximo. Hugo curvou-se para provar a sopa. O fogo tinha apagado durante a noite, mas as brasas ainda brilhavam calorosamente, e Hugo aproximou as mãos, contente com o alívio do frio da manhã. A promessa era de um dia nublado e, a não ser que o leve chuvisco parasse, ficariam ensopados até o anoitecer.

A sopa estava melhor do que Hugo esperava. A adição da carcaça do coelho de Finnula engrossou-a e conferiu-lhe um sabor marcante que não teria se contivesse apenas vegetais. As ervas dos alforjes dela, no entanto, eram o que fazia a diferença. Embora fosse frustradamente casta, Finnula parecia ser tão acostumada a viajar quanto ele, carregando provisões como essas que, embora pequenas, podiam fazer a diferença em uma refeição preparada durante uma viagem.

Ele tinha ficado surpreso com o número e a variedade de provisões que tinha encontrado nos alforjes de Finnula no dia anterior, de ervas secas a escova e pente, de flechas sobressalentes a vestes amassadas do mais macio linho. Tudo que ela possuía tinha cheiro de rosas, e ele encontrou diversos botões secos no fundo dos seus alforjes de couro, o que explicava o fato. O contraste entre a garota que podia acertar com uma flecha o olho de uma lebre a cinquenta passos e a donzela que guardava rosas secas nos alforjes para manter as vestes com um perfume agradável fez Hugo sacudir a cabeça de espanto.

Quando Finnula regressou, Hugo viu que ela tinha se lavado no córrego, tirado a palha dos cabelos e molhado o rosto. A juba ruiva e comprida estava solta, balançando sobre os ombros estreitos. A leve garoa já tinha se acumulado nos cachos volumosos, cada gota brilhando como um diamante. As bochechas estavam coradas pelo frio da manhã, e ela tinha colocado a capa sobre os ombros para proteger-se.

O frescor de Finnula fez Hugo desejar saber que tipo de aspecto tinha, com a barba e os cabelos tão descuidados. Em algum momento teria de fazer alguma coisa em relação à sua aparência, visto que ocasionalmente pegava Finnula olhando para ele com consternação, uma reação com a qual não estava nada acostumado. Normalmente, sua aparência atraía olhares de admiração de mulheres atraentes, não lábios apertados.

— Aqui — Hugo disse secamente quando Finnula aproximou-se. Ele colocou nas mãos dela a tigela de sopa quente, uma colher de madeira, que tinha pegado no próprio alforje, e o frasco de xarope de papoula. Ela esforçou-se para não derramar o vidro inteiro, olhando para ele como se tivesse ficado doida. — Duas gotas — advertiu ele enquanto caminhava na direção do córrego. — Nada mais.

Um vislumbre do próprio reflexo no córrego revelou o que ele suspeitava. Parecia um velho ermitão enlouquecido. Apesar do fato de não haver sinal de fios brancos nos cabelos dourados, parecia ter uns dez anos a mais do que tinha. Mas não havia nada que pudesse fazer em relação a isso agora. Não podia se barbear sob a chuva, embora tivesse feito o melhor que podia para escovar a barba e os cabelos na altura dos ombros. Não sabia por que isso tinha importância nem o que essa excêntrica filha do moleiro achava dele, exceto que ela o atraía como nenhuma mulher o atraíra antes. Frutas proibidas eram sempre as melhores; pelo menos foi assim que lhe ensinaram.

Quando ele voltou para a manjedoura, Finnula olhou para ele, a colher na boca. Se ela percebeu a tentativa que ele fizera de se arrumar, o rosto não demonstrou. Em vez disso, ela disse, indicando a tigela:

— Está gostoso. Quer um pouco?

Hugo aceitou, e pegou a tigela e a colher da mão dela, agachando-se sob o pequeno abrigo que a manjedoura fornecia para proteger-se da garoa.

— O dia está horrível — ele anunciou entre colheradas do caldo. — O que você me diz de encontrarmos uma estalagem e ficarmos na frente de uma boa lareira?

Finnula tomava as gotas do analgésico, a língua estava esticada para pegar o líquido vermelho. Depois de engolir e fazer várias caretas dramáticas para demonstrar como o gosto era ruim, ela disse, com o nariz enrugado:

— Digo não.

— Assim? Sem nem considerar a possibilidade?

— Eu considerei. — Finnula deu de ombros. — E rejeitei a ideia. Tenho de estar em Dorchester até o anoitecer.

— Por quê? — Hugo perguntou. — Por que a pressa? A barriga de Mellana já está aparente?

Ela lançou-lhe um olhar rabugento. E devolveu-lhe o frasco.

— Não. Não é nada disso. Mas se eu me demorar muito, Robert pode suspeitar de alguma coisa...

— Suspeitar do quê? — Hugo levantou uma sobrancelha. — Parece-me que a irmã de quem se deveria suspeitar alguma coisa é a que está em casa, esperando na frente da lareira.

— Sim — admitiu Finnula, com uma amargura surpreendente.
— Robert nunca deu muita atenção a Mellana. É *comigo* que ele está sempre preocupado. Mellana nunca dá trabalho para ninguém. É a mim que o xerife está sempre ameaçando prender.

— Se Robert tivesse prestado mais atenção em Mellana, talvez ela não estivesse na situação em que está agora.

Finnula olhou para ele com apreço, como se ele fosse um surdo-mudo que tivesse de repente começado a falar.

— Sim — disse ela. — Isso pode muito bem ser verdade. — Então suspirou, tirando dos olhos uma mecha de cabelos molhados de chuva. — Mas, seja como for, tenho de chegar a Dorchester no máximo até hoje e assim conseguir estar em Stephensgate amanhã. Melhor eu ir andando.

— *Eu?* — ele repetiu. — Melhor *eu* ir andando? Você não está esquecendo ninguém?

Ela virou o rosto e olhou para ele sarcasticamente.

— Não, não estou. Você não vem comigo.

— O que você está querendo dizer? — Hugo sentiu-se emocionalmente ferido. — Ainda sou seu prisioneiro, não sou?

— Não é. Libertei você a noite passada, lembra-se?

Ele ficou absurdamente desapontado. Esperava que ela tivesse se esquecido da noite passada.

— Mas e Mellana? — ele rapidamente perguntou. — Como ela vai juntar dinheiro para conseguir comprar malte e levedo sem meu resgate?

Finnula olhou furiosa para ele, depois se abaixou e, para surpresa de Hugo, pegou a tigela das mãos dele. Parece que a discussão tinha terminado, mas ele não estava certo de quem tinha ganhado. Sem mais uma palavra, ela virou-se e caminhou até o córrego. Ele supôs que ela considerava isso uma troca de tarefas — ele fazia a sopa e ela lavava a tigela. No entanto, a domesticidade do gesto comoveu-o, porque Finnula não era alguém que ele podia imaginar realizando tarefas domésticas como uma boa esposa. O que aconteceria com ela?, ele desejou saber. Afinal de contas, ela estava em idade para se casar. Não podia esperar encontrar um marido que aprovasse as caçadas, as calças de couro e as longas viagens pelo interior. A não ser que ela casasse com um homem rico o bastante para não precisar que a esposa fizesse as tarefas domésticas.

Alguém como ele, por exemplo.

Balançando a cabeça, o que lançou no ar um fino espirro de água de chuva, Hugo repreendeu-se. No que estava pensando? Não podia, não *iria* se casar com Finnula Crais. Casar-se com a filha do moleiro? O pai se reviraria no túmulo. Não, Hugo iria se casar com uma viúva rica e acrescentar a Stephensgate fortuna e propriedade. A única coisa que Finnula Crais podia dar-lhe eram crianças, que inevitavelmente teriam a cabeça cor de cenoura, e carne para o jantar todas as noites.

Quando, porém, ela retornou do córrego, Hugo não conseguiu evitar oferecer-lhe as mãos para que ela as atasse, na esperança de que fosse fazê-lo prisioneiro mais uma vez, uma oferta para a qual Finnula torceu o nariz. Em seguida, ela negou a sugestão de que andassem na mesma sela, como tinham feito no dia anterior, para que melhor se protegessem do frio e da chuva. Ela ressaltou, com muito sarcasmo, que ele não era mais seu prisioneiro e que então ela não precisava evitar que ele fugisse. Na verdade, ele estava livre para cavalgar para onde quisesse, e lhe desejou tudo de bom.

Hugo sabia que era absurdo, mas estava se sentindo humilhado. Estivera ansioso para dividir novamente a sela com ela. Ela era uma companhia agradável quando não estava dando cascudos na sua cabeça. A contrariedade dela em relação a ele era um alívio das atenções interesseiras que normalmente recebia das mulheres que conhecia.

— O que eu não entendo — disse Hugo quando terminaram de limpar o local do acampamento e estavam montados em seus cavalos e afastando-se da manjedoura — é como você vai dar a assistência financeira que ela está precisando agora se me soltar.

Finnula estava curvada sob a gola de pele de sua capa, estreitando os olhos contra a garoa. Ela parecia estar ignorando-o completamente, exceto quando ele se enfiou diretamente na sua linha de visão.

— Meu Deus — ela praguejou, não tinha certeza se para ele, para a chuva ou para os próprios pensamentos. — Não sei. Acho que vou ter de encontrar outra pessoa.

— Outra pessoa? — Hugo guiou Skinner para mais perto do flanco da égua, incerto de que a havia escutado corretamente. — Você disse que vai ter de encontrar outra pessoa?

— Sim. — O perfil dela, o que ele conseguia enxergar acima da gola de pelo da capa, estava soturno. — Embora eu não saiba onde encontrarei outro prisioneiro tão promissor quanto você. Isabella Laroche aparentemente já capturou pelo menos uma vez todos os homens das cercanias. Acho que suas famílias não pagarão uma segunda vez. Pelo menos, não um resgate generoso.

Hugo avançou o corcel para mais perto da cabeça de Violeta.

— Quem você está considerando? Porque eu gostaria de dar uma sugestão.

— O quê? — Ela olhou para ele, e as sobrancelhas delgadas ergueram-se de forma questionadora. — Isso pode ser interessante. E qual seria a sua sugestão?

— Não use a mesma isca que você usou comigo. Você tem uma reputação a zelar, você sabe. Não pode ficar por aí permitindo que toda a população masculina de Shropshire veja você nua. Terá dificuldades para encontrar um marido quando chegar o momento de se casar.

Ele não apreciou o sorriso que ela rapidamente prendeu.

— Ah? Então, esse é o seu conselho?

— Sim. E sugiro um homem mais jovem que eu.

— Ah — disse ela sabiamente. — Você achou o papel de refém rigoroso demais para um homem de idade avançada como a sua, não achou?

— Com certeza, não — retrucou Hugo, ofendido. — Só quis dizer que pode ser mais fácil lidar com um homem mais jovem, e ter menos chances de causar problema para você.

— Menos chances de fazer investidas, você quer dizer?

— Não disse isso.

— Não precisou. Sua preocupação comigo é comovente, Sr. Hugh. De verdade. Mas acho que sou capaz de fazer minha própria seleção no que diz respeito a futuros reféns.

— Se eu puder ser de alguma serventia, não hesite em pedir.

— Obrigada, mas acredito que essa tarefa seja por tradição um problema puramente feminino. Sua ajuda não será necessária.

Ele não ficou convencido com o tom com que Finnula o dispensou.

— Se você permitir, ofereceria com prazer meu escudeiro, Peter, para ser seu próximo refém.

Ela olhou para ele com os olhos arregalados e caiu na gargalhada. Hugo encarou-a, sem conseguir ver algo de engraçado na oferta que ele havia feito.

— O que há de errado com Peter? — perguntou ele. — Ele está sob meus cuidados. Pagarei com prazer qualquer resgate que você peça por ele.

— É muito difícil que eu tenha certeza disso — disse ela entre risadas. — Porque seu escudeiro é ainda mais cansativo que você! Teria de mantê-lo amarrado e amordaçado só para evitar matá-lo. E eu sinceramente duvido que alguém, incluindo você, pagaria alguma coisa para tê-lo de volta.

Hugo não gostou muito de ter sido chamado de cansativo.

— Além disso — Finnula continuou, alheia à raiva dele —, foi o seu Peter quem me machucou. Dificilmente o sequestraria. Da próxima vez, pode me matar. Cavalheirismo é uma coisa que o senhor ainda não ensinou ao seu escudeiro.

— Então, quem você vai sequestrar? — perguntou Hugo, irritado. — Algum ferreiro de braço musculoso que vai ficar tão encantado com você que vai provavelmente segui-la como um cachorrinho mesmo depois de ter sido libertado?

Hugo ficou aliviado quando ela não ressaltou que, na verdade, ele estava fazendo exatamente isso.

— E o que haveria de tão errado nisso? — ela perguntou.

— Se é assim que você se vê, eu acho que não tem nada de errado nisso. Não imagino você como a esposa de um ferreiro de peito musculoso, mas se é esse o futuro que você escolheu, não posso tentar impedi-la.

Finnula deu risada, e o ruído estridente arrepiou Hugo de cima a baixo.

— Estou procurando um refém, não um marido — lembrou-o, com um sorriso condescendente de enfurecer. Dando um chutinho com os calcanhares nos flancos de Violeta, ela trotou alguns metros à frente de Hugo e de sua montaria, as patas da égua impressionantemente firmes no caminho enlameado. — Além disso — disse ela alegremente, olhando para trás —, você não deveria falar tão desdenhosamente dos ferreiros. Eles realizam muitas funções vitais para a comunidade. Ficaria honrada em me casar com um ferreiro.

Hugo revirou os olhos ironicamente, imitando-a.

— "Ficaria honrada em me casar com um ferreiro" — murmurou ele, alto o bastante para ela escutar. — Vamos ver como você vai ficar honrada quando estiver com seu décimo terceiro fedelho e seu marido ferreiro estiver chegando da taberna local fedendo a cerveja e mandando você preparar o jantar. Ah, sim, então vamos ver como a bela Finnula ficará honrada.

Quando Finnula não virou o rosto, ele não conseguiu evitar acrescentar:

— Mas o fedor de cerveja não deverá incomodar suas narinas sensíveis porque é provavelmente um cheiro com o qual você está extraordinariamente acostumada. Sua irmã é uma donzela que faz cerveja. Ou deveria dizer matrona que faz cerveja?

Finnula deu outro chute em Violeta e de repente estava se afastando em um ritmo que, na chuva e na lama, provavelmente não era prudente. Hugo instigou o corcel a acompanhá-las, o cavalo mais corpulento e menos confiante em seus passos no mau tempo. Só alguns minutos depois, olhando para trás e vendo que ele ainda a seguia, Finnula fez sua montaria diminuir o passo. Quando Hugo a alcançou, estava sem fôlego e ressentido.

— Isso que você fez foi estúpido — ele acusou-a, com a respiração entrecortada. — No que estava pensando para colocar sua égua em perigo desse jeito? Ela podia ter escorregado e quebrado uma pata.

Finnula não disse nada. Ela tinha colocado o capuz sobre a cabeça para proteger o cabelo da chuva, então ele só conseguia enxergar a ponta de seu nariz afilado.

— Não está falando comigo, certo? — observou Hugo, tirando a água da chuva da testa. — Acertei em cheio, não acertei, quando chamei a sua irmã de matrona?

Finnula virou os olhos furiosos na direção dele.

— Por que você não me deixa em paz? — perguntou ela. — Por que você fica por perto, me insultando e implicando comigo? Eu lhe dei liberdade, disse para você ir embora. Por que você insiste em me atormentar?

— Uma razão é o fato de você ainda estar com a minha esmeralda. A outra é que eu gostaria de saber por que você insiste em acreditar numa mentira — ele atacou.

Ela voltou a atenção para a estrada enlameada que havia adiante.

— Não sei do que você está falando — ela disse.

— Dessa sua irmã Mellana. Ela está usando você.

Finnula tirou dos olhos uma mecha de cabelo ensopado de chuva.

— Não está — ela disse de forma arrogante. — Não consigo nem imaginar o que você está dizendo.

— Você sabe exatamente o que estou dizendo. Você é inteligente demais, Finnula, para não saber. Ela enganou você para embarcar nessa missão ridícula. Foi *ela* quem ficou grávida, e, no entanto, é você quem está cavalgando sob frio e chuva com um homem estranho enquanto ela está segura e confortável. E você ainda diz que ela não está usando você? — Ele deu uma risada seca.

Finnula olhou para ele, furiosa.

— Ela é minha irmã — disse ela entre dentes que estavam quase, mas não ainda, começando a bater por causa do frio do inverno. — Irmãs fazem coisas umas pelas outras. Você não entenderia.

— Acho que eu entendo muito bem. Eu tive um irmão, sabe.

Isso lhe chamou a atenção. Ela piscou para ele.

— Teve?

— Tive. Um irmão mais velho. Ele era o herdeiro do meu pai. Tudo o que queria ele tinha. Mas eu era o filho mais novo. Esperavam que eu entrasse para a Igreja.

A crise de riso de Finnula foi tão explosiva que a montaria de Hugo colocou as orelhas para trás e relinchou de forma questionadora. Quando a garota tinha se acalmado o suficiente, Hugo continuou:

— Sim, por mais surpreendente que isso possa parecer para você, Finnula, o maior desejo da minha mãe era que eu me tornasse um monge.

Ele percebeu que Finnula estava rindo com tanta intensidade que chegava a verter lágrimas dos olhos.

— Você! — ela disse em meio à risada. — Um monge! Ah, Deus, tenha piedade!

— Engraçado, não? — A boca dele curvou-se de forma sarcástica. Hugo pegou as rédeas de Skinner com uma das mãos nervosas. — Mas essa era a intenção dela. Implorei para que ela reconsiderasse, e para meu pai também, mas eles não me escutavam. Eu deveria ser um monge, e eles não financiariam nenhuma outra carreira, muito menos a minha ambição de me tornar um soldado.

— Bem, mas isso é errado. Se você quisesse ser um soldado, eles deveriam deixar que você fosse. Afinal de contas, é a sua vida — Finnula disse, da forma mais calorosa que já tinha falado com ele, Hugo concluiu em pensamento.

— Exatamente o que eu pensava. Então, recorri a meu irmão, que naquela época já era um homem maduro, e pedi que intercedesse por mim e explicasse para nossos pais que me era impossível fazer os votos. E você sabe o que ele fez?

Finnula negou com a cabeça, uma gota de chuva caindo da ponta do nariz.

— Ele contratou uma dupla de salteadores para entrar sorrateiramente no meu quarto tarde da noite e me raptar para o monastério local.

Finnula arfou.

— Não, não pode ser!

— Foi assim. Quando dominei os dois, eles me disseram. Empacotei meus poucos pertences e fui para Londres naquela mesma noite. E nunca mais voltei para casa desde então.

Finnula ficou com a expressão pensativa.

— Seu irmão cometeu um erro lamentável, mas que bom que você está deixando o passado de lado e fazendo as pazes com ele agora.

— Não estou fazendo as pazes com ele — Hugo disse. — Ele está morto.

— Ah.

— Estão todos mortos. Minha mãe e minha irmã morreram de uma febre alguns anos atrás, e meu pai morreu ano passado.

Finnula disse, em voz baixa:

— Então agora você está sozinho.

— Sim. E sou herdeiro, apesar dos maiores esforços do meu irmão. Então, não venha me dizer que irmãos são incapazes de fazer mal uns aos outros. Sua irmã está usando você, e você está permitindo que ela faça isso.

Finnula estava olhando fixamente para as próprias mãos, nas quais tinha colocado um par de luvas justas de couro. Ela parecia estar tão aflita, tão infeliz e com tanto frio que Hugo ficou arrependido de ter falado com ela de forma tão ríspida.

— O que houve com o dote da sua irmã? — perguntou ele, esperando que seu tom de voz fosse mais gentil.

— Ela gastou — disse Finnula de forma pesarosa. — Em vestidos e quinquilharias. Acho que é verdade o fato de Robert não cuidar dela com o cuidado que deveria.

Irmão Robert, Hugo pensou, *é um idiota que deveria se juntar a Reginald Laroche na prisão quando eu voltar para o solar.*

— Mas — disse Finnula, olhando para ele com olhos tão grandes quanto a esmeralda que ainda usava entre os seios —, me usando ou não, Mellana é minha irmã e tenho de ajudá-la, se puder. — Ela deu de ombros. — E eu posso, então vou ajudar.

Hugo encarou-a. Ela parecia tão pequena montada na sua égua malhada, engolida por uma capa grande demais para seu tamanho e os cabelos ruivos colados na cabeça. Deixava-o surpreendido o fato de uma pessoa tão pequena ser capaz de conter a paixão que ele tinha sentido quando a beijara na noite passada, mas estava lá, tudo bem, e ele não permitiria que outro homem tivesse acesso a isso.

— Não vejo por que você não pode continuar me mantendo como seu prisioneiro — ele disse, a voz cuidadosamente sem entonação. — Acho que fui um bom prisioneiro.

Ela olhou para ele, e o sorriso lançado por ela foi tão iluminado que, embora breve, o fascinou.

— É — ela disse, voltando os olhos para a estrada com um franzir de olhos pensativos. — Às vezes, sim.

— Nunca tentei fugir, tentei? Poderia facilmente ter dominado você e, no entanto, me contive.

— *Na maior* parte do tempo — ela corrigiu-o.

— E eu particularmente não me lembro de você ter *se importado* com a vez em que dominei você.

Novamente, aquele sorriso, que dessa vez não foi direcionado a ele, mas foi acompanhado por um rosto corado. Com uma relutância aparente, ela disse, olhando para as mãos:

— Acho que como você não vai me deixar em paz...

— Meu senso de cavalheirismo não vai permitir — ele disse rapidamente. — Acompanho você até a porta de casa.

Ela estremeceu como se aquilo fosse algo de que estivesse com medo.

— Tudo bem. — Ela suspirou. — Acho que como já estamos viajando na mesma direção...

— Caterbury fica apenas a meio dia de viagem de Stephensgate — ele salientou.

— Acho que faz todo o sentido.

— E vai lhe poupar um bom tempo. Sem falar no fato de que se você fosse se despir nesse tempo, poderia muito bem pegar um resfriado.

— Tudo bem. — Ela deu risada. — Vou manter você meu prisioneiro então. Mas você tem que prometer não ser tão... *irritante*... dessa vez.

— Nunca tive intenção alguma de ser *irritante* — ele disse, com um sorriso dissimulado. Ele sabia o que ela estava querendo dizer com irritante. — Só estava sendo eu mesmo.

Ela suspirou profundamente.

— Era disso que eu tinha medo.

— Se faz com que você se sinta melhor, pode amarrar meus pulsos — Hugo se ofereceu, levantando as duas mãos. — Só não vou poder guiar Skinner, então você vai ter que cavalgar comigo...

— Não — Finnula riu. — Isso não será necessário, tenho certeza.

Hugo deu de ombros como se não fizesse diferença para ele, de um jeito ou de outro, mas não podia deixar de ficar satisfeito com os desenrolar dos acontecimentos. Levou quase duas horas, mas finalmente estava diluindo a raiva que ela sentia dele. Uma mulher que não conseguia ficar com raiva de um homem por mais de duas horas era de fato uma rara descoberta.

Havia algo de muito errado. Normalmente, se uma mulher não demonstrasse nenhum interesse por ele — e isso, embora raro, já tinha acontecido uma ou duas vezes no passado de Hugo —, ele prontamente também perdia totalmente o interesse por ela. Mas essa garota, com os olhos grandes e cinzentos e uma faca afiada, intrigava-o tanto quanto o frustrava. Ele tinha tido uma oportunidade perfeita para deixá-la e, no entanto, tinha ficado. Por que a possibilidade de ela fazer outro homem de prisioneiro o irritava de forma tão irracional? Normalmente não era um homem ciumento. No passado já compartilhara mulheres com outros homens com satisfação. Por que a possibilidade de dividir essa o incomodava tanto, quando, para começar, ela nem sequer era dele?

Teria muito tempo para refletir sobre esses assuntos, visto que a lama na estrada estava funda e a chuva às vezes caía com força no rosto deles. Estavam lentos, e mesmo Finnula estando determinada a chegar a Dorchester antes do anoitecer, começou a olhar com ansiedade pelas espirais de fumaça que saíam das chaminés das pequenas fazendas pelas quais passavam.

Quando estavam passando por um campo sendo preparado por um arado puxado a boi, uma voz surgiu no meio do sussurro constante da chuva, e Finnula puxou as rédeas da égua e olhou ao redor, assustada.

—Vossa Senhoria!

Hugo viu que Finnula estava imóvel sobre a sela, os olhos tão arregalados que parecia uma estátua. Ele virou o rosto e viu que o homem que operava o arado estava vindo apressado até eles com o carro de boi em meio à lama pesada. O homem abanava o chapéu.

—Vossa Senhoria!

O fazendeiro vigoroso andava com dificuldade pela estrada e, levando o chapéu ao peito, olhou para Finnula. Era um homem jovem, Hugo percebeu, não mais de 20 anos, e embora as roupas estivessem enlameadas, o que não era de admirar com um tempo desses, eram de boa qualidade, nem puídas nem muito remendadas.

— Achei que fosse a senhora — exclamou o fazendeiro, lançando um grande sorriso para uma Finnula que parecia surpresa. — Eu disse para o Evan aqui: Evan, não é que é a dona Finnula, a Bela Finnula, passando por aqui?

O espanto de Finnula tinha diminuído o suficiente para que ela conseguisse sorrir graciosamente para o fazendeiro e seu assistente, que não conseguia levantar o rosto, de tão envergonhado que estava.

— Um bom dia para você, Matthew Fairchild — disse Finnula, com uma graciosidade que nunca tinha demonstrado para Hugo.

— E para você também, Evan. Está um tempo terrível para o arado.

— E para cavalgar também — lembrou o fazendeiro Fairchild, segurando o freio de Violeta como um homem que sabia que podia fazer isso. Hugo olhou furioso. — Eu disse para Evan, se for a dona Finnula passando por aqui, Mavis vai me matar se eu não a convidar para entrar e comer alguma coisa.

Embora o sotaque do homem deixasse Hugo muito confuso, Finnula parecia entendê-lo perfeitamente. Ela já tinha começado a dizer não para o convite — porque era isso que parecia ser —, embora o lavrador ainda não tivesse acabado de falar.

— Ah, Matthew, é de fato muito gentil da sua parte nos convidar, mas tenho de estar em Dorchester antes do pôr do sol.

— Que sol? — disse Matthew entre risos. — Vai ter tempo de sobra. Entrem, venham se aquecer e beber um copo.

— Um copo? — Hugo perguntou, pois lhe pareceu promissor.

— Sim, um copo da sidra da minha esposa Mavis. É a melhor que tem. E, como eu disse, ela não vai gostar de saber que passaram por aqui e não entraram para ver o pequeno.

Finnula, ensopada até os ossos, olhou com desânimo para a estrada a sua frente, e Hugo pôde imaginá-la fazendo os cálculos necessários para determinar por quanto tempo poderiam ficar e se teriam de partir muito de imediato. Depois suspirou, embora estivesse com um sorriso radiante no rosto.

— Obrigada, Matthew — disse ela. — O Sr. Hugh e eu ficaríamos muito honrados em nos juntar a você e Mavis.

Matthew riu de alegria e, batendo de leve com o chapéu na cabeça de Evan, disse:

— Corra e vá dizer a sua senhora que ela vai ter visita e diga que é a dona Finnula. Só vou levar Goliath para o estábulo. A senhora sabe o caminho, não sabe?

— Sei, sim — disse Finnula com um sorriso. Ela fez Violeta virar o corpo com um leve puxão no freio e seguiu em direção a um caminho de terra que saía da estrada principal e que parecia ser feito somente de lama.

Hugo seguiu-a com Skinner, um sorriso torto na boca.

— Vossa Senhoria? — ele não conseguiu se segurar. — Ah! Vossa Senhoria, desculpe incomodá-la, mas tem alguma coisa que não me contou?

Os lábios de Finnula, ele viu quando Skinner alcançou a égua da garota, tinham se fechado em uma expressão séria.

— Cuide do que é da sua conta, *senhor* — ela sugeriu com um sorriso de desprezo.

Hugo não se sentiu atingido pelo desdém dela.

— Se eu soubesse que estava viajando com uma pessoa nobre, teria insistido para que você me acomodasse em uma hospedaria em vez de em uma manjedoura.

— Usam esse tratamento como uma cortesia — ela disse com um suspiro, mantendo os olhos na lama pela qual Violeta caminhava altivamente. — Já pedi que não me chamassem assim, mas eles insistem. É realmente uma bobagem. Mas Matthew é muito gentil.

— Esse Matthew parece conhecer você muito bem — Hugo disse, e surpreendeu-se com a impaciência de seu tom de voz. — *Ele* já foi um de seus prisioneiros?

Finnula olhou para ele furiosa; a raiva do olhar poderia ter aquecido as mãos de Hugo.

— Já disse que você foi o único homem que eu...

— Então, o que esse Matthew tem a ver com você? Um pretendente fervoroso, pelo que parece. — O tom dele era áspero, e Finnula levantou as sobrancelhas. Xingando a si mesmo, ele se perguntava *por que* não conseguia parecer desinteressado no que dizia respeito a essa garota? Ele amenizou a acusação acrescentando de forma delicada: — Quero dizer, se você não se importa de eu estar perguntando.

Finnula sacudiu a cabeça.

— Para um cavaleiro, você tem uma imaginação bastante fértil. Matthew é um homem livre, um fazendeiro que trabalha naquele pedaço de terra que você viu da beira da estrada. Ano passado, se apaixonou pela filha de um dos servos do conde de Stephensgate, Mavis Poole. Quando pediu a mão dela em casamento, Laroche exigiu que uma indenização ridiculamente alta fosse paga para que ele a liberasse dos serviços do conde.

— Deixe-me adivinhar o resto — disse Hugo levantando uma das mãos. — Você juntou a quantia necessária vendendo a carne que caça ilegalmente nos domínios do conde.

Finnula desviou o olhar arrogantemente.

— Eu não sei do que você está falando — ela disse em tom de desprezo.

— Ha! — Hugo bufou descontente. — Não é de admirar que eles a tratem por Vossa Senhoria. Você fez mais por eles que qualquer castelã que o solar Stephensgate jamais viu...

Finnula o ignorou.

— Mavis deu à luz seu primeiro filho não faz muito tempo. Teria sido falta de educação passar por aqui sem parar para conhecê-lo.

Hugo balançou a cabeça. Os talentos dessa garota não tinham fim? Ela fazia Hugo se lembrar das histórias que a babá lhe tinha contado quando criança sobre o lendário e fora da lei Robin de Loxley. Essa criminosa em particular não tinha apenas uma mira perfeita e ajudava os pobres. Também era, aparentemente, uma casamenteira. E tudo isso encerrado em um corpo deliciosamente delgado e finalizado por aquele impressionante volume de cabelos ruivos.

Hugo ficou surpreso quando a casa dos Fairchild apareceu adiante. Em vez do casebre rústico que tinha imaginado, viu um chalé alegre com um teto de sapê e um jardim extenso, circundado pelos três lados por pinheiros altos. A fumaça espiralava-se promissoramente da chaminé e o cheio forte de pão assando fez o estômago de Hugo roncar em antecipação. Fazia muito tempo que tinham tomado a sopa de coelho, e estava faminto.

Matthew Fairchild, o homem livre, aparentemente estava se saindo muito bem. Tinha até mesmo uma construção, separada da casa, onde guardava o gado, uma raridade na comunidade dos lavradores. Normalmente, um lavrador e sua família dividiam o mesmo espaço com porcos e ovelhas.

Finnula desceu da montaria e guiou Hugo ao pequeno estábulo pelo lamaçal no qual o jardim tinha se transformado. Assim que chegaram ao insuficiente abrigo fornecido pelo lugar, escovaram as montarias em silêncio. Encheram a gamela de alimento e certificaram-se de que os cavalos tinham água fresca para beber. Somente quando as montarias estavam confortáveis Finnula tirou a capa encharcada dos ombros e sacudiu-a, lançando uma cascata de água na direção de Hugo.

Levantando um braço para se proteger do banho inesperado, Hugo resmungou:

— Olhe eu aqui! — Quando Finnula sorriu afetadamente, ele abaixou o braço e olhou furioso para ela. — Você fez de propósito.

— Eu? — Os olhos acinzentados de Finnula arregalaram-se, fingindo inocência. — Você é meu prisioneiro, lembra? Posso tratar você do jeito que eu quiser. E você olhou para mim como um homem necessitado de água.

— Vou mostrar para você quem precisa de água — Hugo declarou e saiu correndo atrás dela, mas ela era rápida demais. Abaixando a cabeça, Finnula saiu correndo na chuva em direção à porta da frente do chalé, onde ficou esperando Hugo de braços cruzados e rindo da tentativa desajeitada de segui-la, pois os pés grandes lutavam contra a lama pegajosa do jardim.

Talvez por ter escutado toda a balbúrdia do lado de fora, a dona da casa abriu a porta e exclamou:

— Sra. Finnula!

Não mais velha que a própria Finnula, Mavis Fairchild era uma mulher bochechuda e tinha cabelos e olhos escuros e uma expressão alegre. Ela abriu os braços rechonchudos para Finnula, que parecia espantada, e abraçou-a com força.

— Ah! É tão bom ver a senhora, e num dia tão cinza e úmido. Ah, mas a senhora está toda molhada. Entre, a senhora tem que entrar e se secar.

Avistando Hugo andando apressado na direção da porta, a Sra. Fairchild parou, a expressão revelando claramente quão pouco respeitável Hugo parecia com seus cabelos desgrenhados, a barba por fazer e as botas e a capa enlameadas.

— Sra. Fairchild — Finnula disse, com um sorriso afetado que Hugo não pôde deixar de perceber. — Este é o Sr. Hugh Fitzwilliam, de Caterbury. Ele voltou há pouco tempo da prisão no Acre.

O rosto de Mavis Fairchild iluminou-se.

— Ah! Um cavaleiro voltando da Terra Santa! Bem, isso explica tudo.

Hugo estava na chuva, olhando para as duas mulheres que o olhavam pesarosamente da entrada da casa protegida da chuva. Mavis Fairchild mordeu o lábio inferior e disse:

— Bem, se a senhora limpá-lo um pouco, talvez não fique tão ruim assim. — Finnula pareceu em dúvida. — Quero dizer, ele é terrivelmente grande, mas, com um corte de cabelo e sem essas roupas horríveis, talvez possa parecer apresentável.

Finnula franziu o nariz.

— Você é uma mulher generosa, Mavis.

A Sra. Fairchild sussurrou, alto o bastante para as palavras serem perfeitamente audíveis para Hugo.

— Ele é tão simplório que fica embaixo da chuva desse jeito?

Finnula suspirou.

— Acho que sim.

Hugo sentiu-se ofendido. Jogando os ombros largos para trás, ele limpou a garganta.

— Sra. Fairchild — disse ele em seu tom mais impressivo. — Não sou nem simplório, nem impolido. Eu poderia entrar na sua casa e esquentar-me perto do fogo, como seu marido sugeriu?

Os olhos de Mavis Fairchild se arregalaram.

— É claro, senhor. — Ela abriu caminho, e uma Finnula risonha passou por ela e entrou no chalé.

Hugo seguiu-a, acenando educadamente para a anfitriã quando passou por ela. Ele teve de abaixar a cabeça para entrar no chalé, mas, quando levantou o corpo, viu que a casa era organizada e mais próspera do que havia esperado. A casa dos Fairchild tinha piso de madeira, uma raridade em Shropshire, e era dividida em duas pequenas salas, o espaço comum no qual Hugo estava de pé e o que provavelmente era um quarto além dele. Possuíam até mesmo alguns móveis de madeira, incluindo uma sólida mesa, sobre a qual vários pães esfriavam.

O fogo da lareira estava alto e agitado, e Finnula foi imediatamente para a frente dele, onde abriu a capa molhada, tirou as luvas encharcadas e esquentou as mãos diante das chamas tremeluzentes. Não parecia haver muita esperança para o resto do corpo; as calças de couro estavam molhadas e exalavam o cheiro que só o couro molhado produzia, e a camisa de linho branca estava molhada e grudada em sua pele.

Na verdade, era uma visão apetitosa, e, quando Hugo juntou-se a ela perto do fogo para aquecer as mãos, não conseguiu evitar lançar-lhe olhares furtivos. Viajar com uma mulher estava provando-se muito mais interessante do que Hugo jamais teria imaginado.

— Tomem, vocês devem estar congelados até os ossos.

Mavis Fairchild colocou canecas fumegantes nas mãos deles, e, quando Hugo levou a sua ao lábio, encontrou a prometida sidra, quente e temperada com cravo. Ele sugou o líquido com vontade e sentiu o interior do corpo se aquecer imediatamente.

Finnula foi um pouco mais educada. Agradeceu à dona da casa antes de experimentar a bebida quente e temperada e perguntou sobre a saúde do bebê. Isso gerou uma sucessão de palavreados animados da parte da rechonchuda Sra. Fairchild, que Hugo quase não conseguia acompanhar. No entanto, quando ela curvou-se ao lado de um berço rústico de madeira que havia perto da lareira e que Hugo não tinha notado anteriormente, concluiu que ela estava falando poeticamente do primogênito. Apenas um olhar disse-lhe que a criança em questão era grande e saudável, exatamente a que qualquer um desejaria como herdeiro, e ele imediatamente perdeu o interesse. Em vez disso, olhou para a linda sequestradora.

À luz laranja do fogo, o cabelo de Finnula brilhava lustrosamente, e quando ela se curvou para examinar o bebê, Hugo foi premiado com uma excelente visão de seu traseiro em forma de coração. As calças de couro podem ter-se provado inapropriadas para a chuva, mas eram de fato muito encantadoras numa mulher das proporções de Finnula, as quais, na opinião de Hugo, eram as proporções exatas que uma mulher deveria ter: delgada na cintura, grande nos quadris, e, se os seios não eram tão volumosos quanto as nádegas, não importava muito, pois Hugo tinha visto que o que ela tinha acima era perfeitamente adequado ao seu gosto.

A entrada abrupta do fazendeiro e do desconcertado Evan interrompeu a contemplação reverencial de Hugo, mas apressou o início de uma refeição. Saídos do nada, potes de queijos cremosos e frascos de picles acompanhados por pães crocantes ainda quentes provaram ser um lanche melhor do que Hugo havia esperado receber.

Sentado perto da lareira com o sempre silencioso Evan e seu chefe, o jovem Matthew, falavam sobre as condições da lavoura e sua esperança para um verão frutífero. Hugo quase não escutou uma palavra que o lavrador pronunciou, porque toda a sua atenção estava voltada para uma única coisa. E essa coisa estava do outro lado da sala, paparicando um bebê gordinho e escutando a conversa agradável da esposa do fazendeiro.

Finnula estava parecendo se sentir em casa com essas pessoas, e não houve mudança em seu jeito casual que marcasse o fato de ela estar conversando com pessoas que estavam alguns degraus abaixo de sua própria classe social. Pelo que Hugo podia lembrar, a família Crais era composta por homens livres já fazia muito tempo. Foram libertos da servidão por um conde de Stephensgate, um dos antepassados de Hugo, aparentemente agradecido por algum ato de bravura que o tataravô de Finnula tinha realizado.

O que mais chamava a atenção de Hugo era o respeito que Matthew e a esposa tinham por essa jovem. Mas ele achava que o casal lhe devia a atual e inegável felicidade. Por mais que isso a deixasse desconfortável, ele achava engraçado quando a chamavam de Vossa Senhoria, e as várias vezes em que seus olhares se cruzaram, ele piscou para ela. Finnula apenas reprimia um sorriso e desviava os olhos.

Quando a Sra. Fairchild começou a insistir para que tomassem um terceiro "copo" — e Hugo já estava começando a ficar com um sono agradável depois dos dois primeiros —, Finnula levantou-se e educadamente rejeitou a oferta, insistindo que eles tinham de partir. O cabelo dela tinha secado e formado uma auréola volumosa e cacheada em volta da cabeça e sobre os ombros, indubitavelmente devido à umidade do ar, e Hugo não pôde deixar de admirar a curva delgada que o pescoço formava onde a gola da camisa se abria. Ocasionalmente, a camisa abria a ponto de revelar uma visão tentadora dos seus seios.

Olhares rápidos na direção de Matthew e de seu assistente asseguraram a Hugo que ele era o único homem presente que tinha notado o agradável fenômeno.

Embora Matthew e a esposa os tivessem convidado para que passassem a noite com eles, insistindo que estava chovendo demais para viajarem e que Dorchester era muito distante para chegarem antes do cair da noite, Finnula não seria desviada do plano original. Mesmo os olhares demorados de Hugo para a lareira não a fariam mudar de ideia, e eles partiram em meio a exclamações de que voltassem sem demora.

— E da próxima vez traga um pouco da cerveja da sua irmã Mellana — brincou Matthew, e Finnula alegremente assegurou-lhe que faria isso.

Hugo ficou extraordinariamente contente com o fato de atravessar o campo lamacento em direção ao galpão, fora da visão dos anfitriões, antes de agarrar o braço de Finnula e virá-la na sua direção.

— O quê? — perguntou ela, levantando as pestanas volumosas e olhando para ele com espanto. Mas antes que ela pudesse proferir outro som, Hugo levou os lábios na direção dos dela.

Ele sentiu o corpo dela tenso, mas, quando ela tentou afastar-se, duas coisas para evitar sua fuga aconteceram simultaneamente. A primeira foi o fato de ela esbarrar no flanco sólido de Violeta. Mastigando placidamente um pasto, a égua simplesmente olhou para eles, demonstrando que não se moveria dali. A segunda foi o fato de Hugo envolvê-la com os braços, tirando-a um pouco do chão enquanto enfiava a língua na sua boca...

Finnula soltou um protesto que foi rapidamente abafado pela boca dele... mas o protesto pareceu ter vida breve. Ou Finnula era uma mulher que apreciava um bom beijo ou gostava dele, pelo menos um pouco. Porque um segundo depois que a boca dele uniu-se à dela, a cabeça caiu nos braços dele e os lábios se abriram como um botão de flor. Ele sentiu que ela estava relaxando e que as mãos que antes tentavam empurrá-lo de repente envolveram o pescoço dele para trazê-lo mais para perto.

Quando Hugo sentiu a língua dela mover-se hesitantemente, ele perdeu o cuidadoso controle. De repente, estava beijando Finnula com ainda mais urgência, as mãos acariciando as laterais do corpo dela, passando pelos quadris até agarrar aquelas nádegas cobertas pelo couro das calças e levantá-la para que se encaixasse perfeitamente no corpo dele.

Os seios firmes estavam imprensados contra o peito dele, as coxas fecharam-se com força em volta dos quadris de Hugo, que moldava Finnula a seu corpo, beijando-lhe o rosto, os cílios, o pescoço. A reação sensual que ele tinha evocado nela o surpreendia e o excitava ao mesmo tempo, e quando ela segurou o rosto dele entre as duas mãos e salpicou-o de beijos, ele gemeu, tanto pela doçura do gesto quanto pelo fato de poder sentir o calor entre as pernas dela aquecendo ainda mais o próprio desejo.

Segurando-a com um dos braços, ele abriu a gola da camisa dela e colocou a mão sobre o coração, sentindo o botão enrijecido de um mamilo na palma da mão, envolvido pelo volume sedoso do seio. Finnula soltou mais um ruído, dessa vez um suspiro tão profundo que Hugo não conseguiu reprimir um gemido de desejo. Hugo olhou para uma pilha de feno, espessa o bastante para se deitarem...

...e quando se virou viu o insensato Evan à porta do celeiro, de queixo caído, os olhos que os encaravam vermelhos como fogo.

Finnula deu um grito sufocado e acotovelou Hugo com força, no diafragma. Resmungando, ele largou-a para colocar a mão na barriga, e Finnula apressou-se em fechar a camisa.

— A se-senhora esqueceu as lu-luvas — gaguejou Evan, segurando as luvas de cavalgar de Finnula. — A do-dona man-mandou eu trazer...

Finnula disparou na direção de Evan e arrancou as luvas de sua mão.

— Agradeça a ela por mim, por favor, Evan — disse ela com uma voz ofegante. — Foi um prazer ver você novamente.

— Sim — disse Evan, e lançou um último e curioso olhar na direção de Hugo antes de virar-se e sair andando pela chuva.

— Meu Deus — resmungou Finnula assim que ele ficou fora do alcance da visão. Ela enterrou o rosto ardente na crina de Violeta. — O que você fez?

Hugo apertou suavemente as mãos na barriga.

— Acho que você me machucou — disse ele.

Finnula tirou a cabeça do pescoço de Violeta, a expressão consternada.

— Ele vai dizer alguma coisa! Evan vai contar para Matthew e depois Matthew vai contar para um dos meus cunhados, que vão contar para Robert, e eu nunca vou saber aonde essa história vai parar!

Hugo olhou para ela com desejo. O cabelo dela estava totalmente desgrenhado, a blusa metade dentro das calças e metade fora. Havia marcas vermelhas nas bochechas.

Ela parecia, em outras palavras, uma mulher que precisava ser atirada no feno e amada por inteiro.

E era exatamente isso que Hugo queria desesperadamente fazer. Mas o milagre que a fizera ficar maleável em seus braços tinha acabado, e agora ela tinha a expressão de quem logo lhe daria um soco na goela dele, não a de quem o beijaria. Ajeitando a sela de Violeta, ela irradiava hostilidade, como se Evan tivesse pegado os dois fazendo algo consideravelmente mais sério do que simplesmente se beijando.

Hugo suspirou. De repente foi melhor que o garoto os tenha interrompido. O estábulo de um cavalo não era um lugar apropriado para a arte da sedução. Não, uma mulher delicada como Finnula Crais merecia um lugar melhor que uma cama de feno para perder a virgindade. Se Hugo pudesse fazer o que desejava, levaria Finnula para a cama dele no solar Stephensgate. Era uma cama grande e de dossel, com um colchão macio de penas de ganso apoiado sobre uma rede de cordas trançadas.

Como ele queria que já estivessem em Stephensgate! Mais que tudo no mundo, queria passar esse dia frio e úmido na cama com essa mulher, saboreando cada centímetro do seu corpo, explorando-a, sentindo seu cheiro...

Mas ela se tornara casta novamente, e agora estava ocupada amarrando a capa e colocando as luvas.

Num repentino ataque de fúria, Hugo levantou um pé e chutou a porta do celeiro.

Finnula olhou para ele, assustada. Os olhos arregalaram-se quando viu a tábua que Hugo tinha arrebentado. Ele também ficou um pouco surpreso, e afastou-se desejando saber o que o tinha possuído.

— Por que diabos você fez isso? — ela perguntou, a boca formando uma expressão zangada. — Não é culpa de Fairchild.

Hugo enfiou a mão no bolso da capa e pegou uma moeda.

— Olhe — disse ele grosseiramente, arremessando a moeda de ouro na gamela de água para os animais. — Isso paga um celeiro inteiramente novo. Está satisfeita?

Olhando de modo feroz para ele, Finnula subiu na sela da montaria.

— O senhor fica grande demais para suas calças — disse ela de forma arrogante.

Hugo olhou furioso quando ela passou por ele.

— Esse é exatamente o problema — sibilou ele, dando um puxão frustrado nas calças.

Capítulo Oito

Durante o resto do dia, Finnula fez o máximo que pôde para ignorar o companheiro de viagem. Não era uma tarefa simples.

Parecia que o Sr. Hugh estava determinado a ser um constante incômodo. Não parava de atravessar o caminho de Violeta com sua montaria, fazendo a égua se assustar e relinchar. Ou então roçava o joelho no de Finnula e depois vinha com desculpas fingidas ou, pior ainda, implicantes.

Ela não sabia o que tinha feito para receber os olhares furiosos que o pegava lançando sob o capuz. Ele estava zangado porque ela lhe tinha dado uma cotovelada? Tinha sido uma reação puramente instintiva. Assim como beijá-lo. Em toda a sua vida, Finnula nunca tinha conhecido um homem que conseguisse lhe provocar esse tipo de reação física. Parecia que o desejo de bater nele era o mesmo de beijá-lo, embora tenha descoberto que beijá-lo era infinitamente mais prazeroso...

E, no entanto, estranhamente, não era tanto assim.

Seu rosto ficava quente quando se lembrava do abraço dele no celeiro de Matthew Fairchild. O que Mavis pensaria quando Evan lhe contasse? Porque Finnula tinha certeza de que contaria. Mavis era uma mulher gentil, mas certamente ficaria chocada, quase tão chocada quanto a própria Finnula estava. Ora, ela tinha colocado a língua dentro da boca de um homem! O fato de o Sr. Hugh parecer gostar que ela estivesse lá não importava! O Sr. Hugh parecia gostar de várias coisas que não eram nem um pouco apropriadas. A mão dele esteve em seu seio, e Finnula a *queria* lá! Mavis Fairchild certamente nunca entenderia. Bem, talvez, sim.

Mas Robert, nunca, nunca entenderia.

E, conhecendo Mavis, ela provavelmente concluiria que Finnula estava apaixonada por esse cavaleiro maltrapilho, uma conclusão que não poderia estar mais equivocada. Como poderia estar apaixonada por uma pessoa tão mal-humorada e mal-educada? E com certeza era velho o bastante para ser seu pai e rude o bastante para ser seu irmão. O homem por quem se apaixonaria certamente não sonharia em acariciá-la em um celeiro. O homem por quem se apaixonaria a cortejaria adequadamente, com poesia, flores e presentinhos, como fitas de cabelo. Não que Finnula usasse fitas nos cabelos.

Mas essa não era a questão.

Não, ela não estava apaixonada pelo Sr. Hugh Fitzwilliam, embora tivesse de admitir que o admirava fisicamente. Não o rosto dele — Deus, não. Não conseguia distinguir uma feição de outra, de tanto cabelo que o cobria.

Mas ele tinha olhos muito bonitos, ela concluiu, embora estivessem sempre mudando de cor. Quando ele tinha piscado para ela no chalé dos Fairchild, os olhos estavam levemente verdes, cheios de alegria e afabilidade. Ela tinha gostado do comportamento dele. Ouviu as histórias chatas de Matthew sobre a fazenda com tanta paciência e admirou Geoffrey Fairchild tão decididamente e foi tão gentil com todo mundo, incluindo ela, para variar um pouco.

E se Finnula fosse ser estritamente honesta consigo mesma, tinha de admitir que gostava um pouco de estar nos braços dele. Ele usava uma blusa de lã justa sob a túnica, e os músculos dos braços ficavam totalmente visíveis sob as mangas. Os bíceps, ela havia notado naquela manhã quando acordou com o rosto apoiado sobre um, eram do tamanho da galinha cinza pintalgada de Mellana. Um homem de idade tão avançada ter músculos tão bem desenvolvidos... Bem, Finnula tinha de admirá-lo por isso.

As pernas dele não eram de varapau, algo que tinha notado em alguns homens. Não podia suportar um homem que parecia um varapau ou que tinha as pernas tortas dentro das calças. As pernas do Sr. Hugh eram duras como troncos de árvores, bem formadas e, sendo tão longas, surpreendentemente graciosas. Mesmo quando estava lutando contra o jardim enlameado dos Fairchild, percebeu que ele não era nem um pouco desajeitado. Achava que isso se devia ao fato de ele ser um soldado. Não podia ser desastrado, pois isso podia ter provocado sua morte.

Não, o Sr. Hugh Fitzwilliam era um belo homem, um homem que qualquer mulher ficaria orgulhosa de chamar de marido. Bem qualquer mulher, exceto Finnula.

Por que ela reagira daquela maneira ao beijo dele, nunca saberia. De alguma forma, pareceu-lhe certo corresponder ao beijo e, depois, quando ele a ergueu contra o corpo, bem, aquilo também lhe pareceu certo. Só Deus sabia o que teria acontecido se Evan não os tivesse interrompido. Foi assim que Mellana ficou grávida?, Finnula desejou saber. Jack Mallory tinha começado a beijar sua irmã e ninguém os tinha interrompido? Finnula não podia mais condenar a irmã por insensatez, pois estava começando a entender muito bem como era difícil resistir à tentação.

Olhando furtivamente para o prisioneiro ofendido, Finnula viu que ele estava fazendo cara feia novamente. Ele estava num estado totalmente lastimável, molhado até os ossos. Ela tinha certeza de que também estava com a aparência péssima. Todo o calor que tinham recuperado na frente da lareira dos Fairchild já tinha ido embora, e ela mal conseguia suportar o cheiro de umidade que vinha da própria roupa.

Não tinha parado de chover o dia todo, o sol não mostrou as caras por detrás das nuvens uma única vez. Embora maio fosse o mês do sol e das flores, Finnula supôs que as flores não cresceriam sem uma boa chuva. Agora que a noite estava caindo, tinha ficado ainda mais frio e parecia difícil acreditar que o inverno tinha ficado para trás.

Armando um sorriso animado que os olhos não acompanharam, Finnula gritou por cima do ruído constante da chuva:

— Vamos parar, Sr. Hugh, e procurar abrigo para a noite? Conheço um alpendre de pastor não muito longe daqui.

Hugo soltou uma gargalhada mal-humorada.

— Alpendre de pastor? — disse ele explosivamente. — O que você acha que eu sou? Não vou parar até chegar a Dorchester. E lá vou alugar um quarto numa estalagem.

Finnula sentiu que estava começando a ficar irritada, mas tentou se acalmar. *Afinal de contas, é apenas um homem*, ela disse a si mesma. *Não consegue evitar ser do contra o tempo todo.*

— Não podemos ficar numa estalagem — ponderou Finnula, gentilmente. — Não tenho um tostão para pagar o quarto.

— Eu pago pelo maldito quarto — Hugo declarou.

Finnula olhou para ele, depois deu de ombros.

— Fico com os cavalos.

— Claro que você não vai ficar com os cavalos — Hugo explodiu. — Vai ficar na estalagem comigo, como uma mulher decente e devota, não como algum tipo de Diana louca.

Finnula sentiu o rosto ficando quente, mas, se de indignação ou de vergonha, não tinha certeza. Decidiu considerar isso uma raiva indiferente, e agiu de acordo.

— Não vou dividir um quarto com você, Sr. Hugh — ela declarou. — Prefiro dormir com os cavalos.

Hugo lançou-lhe um olhar surpreendentemente alegre para alguém que havia tão pouco tempo olhava funestamente na direção dela.

— Quartos separados, então, mas não se esqueça de trancar a porta. Com os tipos de vagabundos que se escondem nas estalagens ultimamente, não acredito que você vá ficar mais segura sozinha do que comigo. E eu não consigo entender por que dividiria com prazer um alpendre de pastor e não um quarto confortável.

— Não em Dorchester, onde todo mundo me conhece! — O homem era estúpido? — Você pode achar que não tenho uma reputação a zelar, mas tenho, e, se dividisse o quarto de uma estalagem com um cavaleiro andante, ela ficaria manchada para sempre.

O companheiro de viagem riu para si mesmo, o bom humor misteriosamente restabelecido.

— Quartos separados então, como eu disse. Deus do céu, mas mulheres virgens conseguem ser cansativas.

Finnula fez Violeta trotar, mas o cavaleiro odioso a seguiu, completamente alheio à mensagem.

— Não me importo com onde vamos ficar — informou-lhe Hugo. — Desde que eu me livre dessas roupas molhadas e tome um banho quente.

Finnula olhou para ele através da escuridão.

— Banhos têm um custo extra — ela não conseguiu evitar lembrar-lhe isso.

— Acho que posso pagar por ele. — Hugo, embora um veterano experiente, parecia estar ficando mais delicado com a idade. — Estou cansado de chuva e mais ainda de lama. Tinha me esquecido de como a Inglaterra pode ser lamacenta na primavera.

Finnula achou melhor ficar quieta depois disso, caso contrário, seria o alvo da torrente de xingamentos que o cavaleiro de rosto curtido estava resmungando entre os dentes.

Felizmente, só estavam a uma légua ou duas de Dorchester. Logo a estrada desolada pela qual viajavam ficou mais movimentada, e, apesar da chuva, moradores andavam apressados em seus afazeres Havia a missa para ir, o jantar para preparar, os amigos com quem fofocar. A chuva não abrandou quando passaram pelos portões da próspera aldeia, mas mesmo assim Finnula ficou animada. A perspectiva de uma comida quente e de uma cama macia era muito agradável, e ela não se importava com o fato de que um homem estranho pagaria por tudo. Achava que depois da vergonha que ele a havia feito passar nos Fairchild, o Sr. Hugh lhe devia, no mínimo, um bom jantar.

Suas esperanças, no entanto, caíram por terra. Logo depois de Hugo entrar na Fogo e Lebre, deixando Finnula segurando os cavalos, ele saiu novamente, a expressão desanimada.

— Eles não têm dois quartos livres — avisou ele a Finnula sem rodeio. — Só um.

Finnula, que ainda segurava as rédeas dos cavalos, começou a guiá-los de volta aos estábulos, a chuva golpeando seus ombros.

— Tenha uma boa noite de descanso — respondeu ela, olhando para trás. — Vou dar lembranças para as pulgas.

— Finnula!

Hugo patinou pelas pedras do chão para conseguir alcançá-la, colocando uma das mãos pesadas sobre o braço dela e fazendo-a dar meia-volta para encará-lo de um jeito parecido com o de mais cedo no celeiro dos Fairchild. Mas dessa vez Finnula não achou que ele fosse beijá-la.

— Finnula, ouça-me. — Os olhos dele, ela percebeu sob a luz fraca da tocha que havia sobre a porta do estábulo, estavam novamente verdes. — Não existe razão para não podermos dividir o mesmo quarto. Não vou colocar a mão em você. Dou a minha palavra.

— Rá! — Finnula, que ainda segurava as rédeas dos cavalos, puxou o braço da mão dele. — Você me deu sua palavra antes, lembra? Não, fico muito mais segura dormindo com Violeta. Ela pode não ter um cheiro muito bom, mas pelo menos não está interessada no que tenho dentro das calças.

Andando com passos firmes pelo quintal, Finnula abriu as portas do estábulo, puxando os cavalos para baias vizinhas. Estava começando a desencilhá-los quando viu que o Sr. Hugh a tinha seguido para dentro do celeiro mal-iluminado. Temendo uma cena como a que tinha acontecido na última vez em que estiveram juntos em um celeiro, Finnula buscou um pano e começou a secar as costas de Violeta raivosamente, mantendo a égua como uma barreira de proteção entre ela e o homem.

— Finnula — disse o cavaleiro, apoiando-se à porta do estábulo.
— Você está sendo ridícula.
— Não estou — ela falou asperamente.
— Está. Ouça. Seus dentes estão batendo.
— Não estão.
— Estão. E o que foi aquele espirro que acabei de ouvir?
Rebeldemente, Finnula limpou o nariz com a manga de sua blusa, antes de curvar-se para escovar as patas dianteiras da égua.
— Não espirrei — mentiu Finnula, por entre dentes batendo e com dor na costela machucada.
— Você pode ficar com a cama. Eu durmo no chão.
Finnula bufou.
— Tudo bem, então perto da lareira. Finnula, não vou deixar você dormir no estábulo. Meu cavalheirismo não vai permitir.
— Então me deixe ficar no quarto sozinha — Finnula olhou para ele para ver como receberia a sugestão, e viu humor acendendo em seu rosto.
— O quê? — Ele deu risada. — Eu pago o quarto para você e passo a noite na companhia de cavalos? Não, obrigado. Meu cavalheirismo não chega a *esse* ponto.
— Então, minha resposta continua sendo não. — Finnula ocupou-se em encher a gamela com o pasto que havia dentro de um balde pendurado em um pino.
— Do que você tem medo? — perguntou ele com uma voz grave que fez a espinha de Finnula se arrepiar. Depois, novamente, ela

estava congelando, a água fria da chuva pingava do cabelo e escorria nas costas da capa, o que podia facilmente explicar o arrepio que tinha sentido.

— Do que eu tenho medo? Em primeiro lugar, do meu irmão Robert.

Ele não pareceu ter escutado a resposta que estava esperando.

— O que seu irmão Robert tem a ver com isso? — ele perguntou.

— Tudo — Finnula estava se preparando para desencilhar o corcel de Hugo, mas, com um gesto impaciente, ele mesmo cuidou das necessidades de sua montaria. Finnula, cujos dentes, apesar de ter negado, estavam realmente batendo, recuou para a porta do estábulo na qual ele estivera apoiado. — Se Robert souber que passei a noite com um homem, nunca mais me deixará sair de casa. Ou, pelo menos, *tentará* não deixar.

Hugo usou o mesmo pano que ela tinha usado para passar na sua montaria.

— Mas você passou a última noite com um homem — ele lembrou Finnula com os olhos semicerrados.

— Sim, mas quem vai saber disso? Aqui em Dorchester sou muito conhecida. Vendi minha caça para esta estalagem mesmo.

Hugo lançou-lhe um olhar sério sobre o flanco do corcel.

— A caça do conde?

Finnula não conseguiu evitar ficar corada.

— Sim, de vez em quando. A questão é que se alguém contar a Robert, ele vai fazer da minha vida um inferno. Ele logo vai se casar e... levou muito tempo para fazer a garota aceitar, e se eu fizer *mais* alguma coisa para aborrecê-lo ou aos pais dela... bem, não quero deixá-lo nervoso nem tão cedo.

Hugo resmungou alguma coisa. Finnula não conseguiu saber o quê, mas quando perguntou o que ele tinha dito, ele lançou-lhe um olhar enigmático e perguntou, a voz sem inflexão:

— É só disso que você tem medo? De Robert descobrir?

Finnula levantou o queixo bravamente.

— Sim — mentiu ela. — Do que mais eu teria medo?

— De mim, por exemplo — ele disse sem entonação, mas Finnula viu seus olhos desviarem da comida do cavalo, os olhos verdes prendendo-a com a intensidade do brilho que tinham, e ela soube que sua resposta importava talvez mais do que qualquer coisa que ela tivesse dito naquela noite. Ela não conseguia olhar para ele.

Ela estava com medo dele? Sim, com certeza, mas não da maneira que ele imaginava. Não estava com medo de que ele fosse machucá-la ou assustada por ele talvez tentar seduzi-la. Tinha certeza absoluta de que ele tentaria a última opção e igualmente certa de que, se quisesse, podia fazê-lo parar. E esse era o problema: não tinha absoluta certeza de que queria fazê-lo parar. E depois, onde ela estaria? Metida na mesma confusão que Mellana.

Olhando para os dedos cobertos pela luva, Finnula deu de ombros e mentiu com o máximo de presunção que conseguiu reunir.

— Você? Você não me assusta nem um pouco.

— Que bom — disse Hugo, e de repente saiu da baia do seu cavalo e foi até onde ela estava apoiada. Colocando cada mão de um lado da parede na altura da cintura dela, ele segurou o batente da porta do estábulo onde ela estava, encurralando-a entre os seus braços, mas sem tocar nela. Nem um centímetro.

— Porque acho que sei de uma maneira em que nós dois podemos dormir relativamente aquecidos e confortáveis, sem arriscar sua reputação ou sem seu irmão descobrir — ele continuou, a respiração quente.

Finnula tentou parecer indiferente, como se a proximidade dele não a afetasse nem um pouco, embora tivesse que levantar o queixo em um ângulo considerável para conseguir olhá-lo.

— Hã? — Felizmente, a voz dela não estava trêmula. Era melhor, ela decidiu, encurtar as palavras enquanto ele estava tão perto.

— Sim, é bem simples. — Ele sorriu para ela, e ela notou que os dentes dele eram totalmente parelhos e bem brancos. Dentes muito belos para ficarem escondidos sob aquele emaranhado de barba.

— Todo mundo na Fogo e Lebre conhece Finnula Crais — ele disse. — Mas ninguém aqui me conhece. E ninguém aqui conhece minha esposa.

Finnula encarou-o, a boca de repente seca.

— *Esposa?* — ela repetiu.

— Sim, minha esposa.

Sem entender o riso forçado que ele estava dando para ela, Finnula continuou a olhar, sentindo de repente uma ridícula vontade de chorar.

— Ma-mas — ela gaguejou. — Mas, quando eu perguntei para você ontem lá na cachoeira, você disse que não tinha esposa...

— E não tenho — Hugo disse, o riso forçado tornando-se um sorriso maravilhoso. — Mas os proprietários e clientes da Fogo e Lebre não sabem, sabem?

Finnula não conseguia parar de olhá-lo. Não conseguia decidir se ele tinha finalmente chegado à beira da loucura ou se era ela quem estava sendo incrivelmente estúpida. Ele deve ter percebido a falta de compreensão da parte dela, porque tirou as mãos da porta do estábulo e colocou-as sobre os seus ombros.

— Você entende, Finnula? — perguntou ele, ainda com aquele sorriso torto. Quando ela fez que não com a cabeça, não confiando nas próprias palavras, ele tirou a mão dela e foi até o murinho onde ela havia colocado a sela de Violeta. — Aqui — ele disse. — Deixe-me mostrar para você.

E, sem mais uma palavra, ele abriu os alforjes, primeiramente tirando a escova e os alfinetes, e depois o vestido sobressalente que sempre carregava com ela.

— O pessoal da Fogo e Lebre conhece a Bela Finn em suas calças de couro e tranças — Hugo disse, sacudindo a saia com vigor para que os piores vincos desaparecessem. — Mas, se eu não estiver errado, nunca viram a minha esposa, a senhora... — ele fez uma pausa.

— Senhora o quê?

Então ela compreendeu, e foi rápida ao levantar as duas mãos.

— Não — foi tudo o que disse.

— Por que não? — Hugo olhou para o vestido em suas mãos. — Se estão acostumados a ver você de calças, nunca reconhecerão você nisso. Com os cabelos presos e um capuz na cabeça, vão achar que você é a modesta esposa do Sr. Hugh Fitzwilliam.

— Eu disse não — Finnula lembrou. — Quantas vezes terei de repetir isso até você entender? Não, não, não.

Hugo balançou um dedo para ela.

— Achei que você tivesse dito que não tem medo de mim.

Finnula levantou o queixo novamente.

— Não tenho, mas...

— Achei que você tivesse dito que a única coisa de que tinha medo era de seu irmão Robert descobrir.

— Disse, mas...

— Talvez — disse Hugo, olhando pesarosamente para o vestido cor de creme — a Bela Finn não seja tão corajosa quanto fui levado a acreditar.

— Sou — insistiu Finnula. — É que...

— O quê? — Aqueles olhos verdes estavam sobre ela, implicantes. Uma das sobrancelhas escuras levantou ceticamente, e Finnula percebeu, com um sentimento de apreensão, que tinha perdido.

— Ah, *tudo bem* — respondeu ela com impaciência, caminhando na direção de Hugo e arrancando a roupa das mãos dele. — Mas espere lá fora enquanto eu me troco.

— Vou fazer melhor que isso — Hugo declarou, concedendo-lhe um gracioso sorriso que ela não achou que merecia. — Vou reservar o quarto e o banho para nós dois. Daqui a pouco volto para acompanhá-la, senhora... humm... — Ele olhou para ela, a sobrancelha erguendo-se mais de implicância do que de dúvida, e disse: — Bem, eu penso nisso na volta.

— Agora, saia — ordenou Finnula, e ele obedeceu com uma risada.

Sozinha no estábulo, havendo somente os cavalos e uma vaca solitária para vê-la se despir, Finnula suspirou. Como tinha se metido nessa situação, não conseguia entender. Aqui estava ela, a Bela Finnula, tirando a blusa e as calças ensopadas para colocar um vestido que não usava desde... — bem, ela não gostava de se lembrar da última vez que o tinha colocado — e se fazer de esposa de um estranho. Tudo isso para que pudesse passar a noite na estalagem com esse mesmo estranho...

Era demais. Essa era de longe a aventura mais complicada que já tinha encontrado. Era culpa de Mellana. Depois consertou a conclusão e, em vez da irmã, culpou Jack Mallory. Se Jack Mallory não tivesse seduzido a irmã inocente e a engravidado, Finnula não estaria se despindo em um estábulo e preparando-se para passar a noite com um homem que mal conhecia.

Não que realmente fosse passar a noite com ele. Passaria a noite no mesmo quarto que ele, mas certamente não dividiriam a mesma cama. Se chegasse a esse ponto, ela dormiria numa cadeira. Ou perto da lareira, como ele tinha sugerido. Oh, não, se tinha aprendido alguma coisa nos últimos dias era que a pior coisa do mundo era estar na posição de Mellana, solteira e grávida. Quase tão ruim quanto estar *casada* e grávida, pensou enquanto tirava as calças.

Não que Finnula tivesse algo contra a instituição do casamento. Mas quando Hugo tinha implicado com ela sobre ter um marido ferreiro, não estava muito enganado na imagem que fez sobre a felicidade doméstica: a mulher gorda por causa de outra gravidez e o marido bêbado exigindo o jantar. A maioria dos casamentos, Finnula pensou, acabava se tornando não muito diferente daquela imagem, excetuando-se talvez o casamento das próprias irmãs. Mas as irmãs eram todas inteligentes e tinham escolhido maridos que podiam maltratar. Finnula achava que não poderia respeitar um homem que se deixasse maltratar.

Mas a alternativa de se casar com um homem que podia maltratá-la era igualmente pouco atraente.

E como poderia cavalgar e caçar com uma criança durante meses na barriga? Não seria possível. E o que faria durante esses nove meses? Não sabia costurar e odiava trabalhos domésticos. Sabia cozinhar um pouco, mas gostava infinitamente mais de caçar o bicho para que o preparassem.

Não, era melhor evitar essa situação toda, ela concluiu.

De pé no estábulo, apenas com as botas e a atadura, pois não usava nada por baixo da blusa e das calças, ela passou o vestido macio pela cabeça e contorceu-se dentro da roupa estreita. As mangas eram justas e compridas até o meio da palma da mão, a cintura era mais apertada para seguir as curvas de sua feminilidade. A saia era tão longa que tinha de segurá-la para evitar que a barra arrastasse na lama do estábulo. Mas, quando teve de usar as duas mãos para arrumar os cabelos, recorreu a um nó, que amarrou na altura dos joelhos com a aba da saia.

O cabelo estava um desastre, molhado e embaraçado. Finnula acabou desistindo dele, retorcendo-o e amontoando os cachos encharcados no topo da cabeça e enfiando neles, de qualquer jeito, grampos de madeira. Ela não tinha espelho, assim não podia julgar o resultado do novo penteado. Mas, quando Hugo voltou para o estábulo, alguns minutos depois, a melodia animada que estava assobiando morreu rapidamente nos lábios quando a viu, o que a fez concluir que realmente devia estar muito feia.

Quando se virou rapidamente com a entrada dele, as mãos foram instintivamente para o lugar onde haveria, se tivesse, um cinto de couro trançado ou uma corrente de metal. Mas como o vestido era simples, de linho cor de marfim e sem qualquer tipo de ornamento, exceto pela esmeralda no cordão preto que ainda estava em seu pescoço, teve de se satisfazer em alisar o tecido amassado sobre a barriga lisa.

Estava frio no estábulo, embora mais quente que do lado de fora, e, sem a capa, Finnula arrepiou-se, principalmente na nuca, completamente nua agora. Estava ciente, mesmo antes de o olhar de Hugo ir naquela direção, que seus mamilos estavam rebeldes, tinham ficado completamente eriçados de nervoso e por causa do frio intenso. O linho fino não fazia nada para escondê-los, a parte de cima justa e feita para se moldar sobre todos os seus atributos chamava total atenção de qualquer um que olhasse para ela.

Finnula agradeceria se seus atributos estivessem um pouco mais cobertos, porque o olhar de Hugo era atrevido, e um calor espalhou-se pelo rosto antes de se mexer para pegar a capa em busca da escassa proteção que a lã úmida podia lhe oferecer contra aquele olhar penetrante.

Mas Hugo, recuperando-se do que o tinha afligido um instante antes, foi mais rápido, tirando a própria capa e colocando-a gentilmente sobre os ombros dela.

— A minha está um pouco mais seca — disse ele, como forma de se explicar pelo gesto de cavalheiro. Hugo teve de limpar a garganta, pois alguma coisa parecia ter ficado momentaneamente presa ali.

Finnula agarrou a roupa pesada com uma das mãos de forma agradecida, segurando a barra do vestido com a outra. A capa do Sr. Hugh estava de fato mais seca que a sua, o forro de pele mais grosso e mais abundante que o da sua capa desgastada. Hugo dobrou a capa dela sobre um dos braços e ofereceu o outro para ela, do mesmo jeito que Finnula tinha visto cortesãos na feira de Dorchester oferecerem para as damas.

— Se me permite — disse ele, e, embora Finnula tenha procurado, não viu vestígio de ironia nas suas feições.

Desconfortável com essa mudança de atitude do Sr. Hugh em relação a ela, Finnula colocou a mão sobre o braço dele, mas lançou-lhe um olhar desconfiado quando o fez. Ele pareceu não notar. Em vez disso, ergueu as bolsas sobre os ombros e guiou-a pelas muitas pilhas de estrume que cobriam o chão do estábulo, levando-a de volta à chuva pelo pátio que dava na estalagem.

Finnula já tinha estado na sala principal da Fogo e Lebre tantas vezes que não saberia contá-las, mas só quando entrou ali de braços dados com um cavaleiro viu pela primeira vez um burburinho apoderar-se da multidão que havia na sala. Todos os seus velhos amigos estavam lá, inclusive o estalajadeiro, o Sr. Pitt, operando a torneira dos barris de cerveja, assim como a maioria dos homens com os quais tinha uma vez bebido num sábado, num ato desafiador. Até mesmo as prostitutas da aldeia, Mary Alice e Kate, estavam apoiadas no balcão, olhando-a com uma hostilidade visível. Normalmente, tratavam Finnula com uma naturalidade amigável. O que tinha acontecido para fazer com que aquele companheirismo virasse antipatia?

O que tinha acontecido era que ninguém a reconheceu. Nunca tinham visto Finnula de vestido, e com o rosto encapuzado, parecia, como o Sr. Hugh garantiu-lhe, a jovem e modesta esposa de um cavaleiro rico. Ela tinha duvidado dele, achando que seus amigos a reconheceriam em qualquer circunstância, mas viu que ele estava certo. Não havia a menor possibilidade de suspeitarem de que era a Bela Finnula sob aquele capuz e, consequentemente, ninguém a reconheceu.

A Sra. Pitt, esposa do proprietário, foi a primeira a quebrar o encanto que a presença de Finnula parecia ter lançado sobre todos. A mulher imponente saiu apressada dos fundos da estalagem, onde, pela aparência enfarinhada do avental e das mãos, parecia enrolar massa. Tirando mechas soltas de cabelo escuro do rosto redondo, curvou-se para cumprimentar Finnula.

— Ah, minha senhora, entre, por favor, saia dessa chuva horrorosa.

A Sra. Pitt, que sempre desaprovara totalmente as calças de couro de Finnula e que uma vez ameaçou queimá-las se um dia tivesse a oportunidade, foi toda solícita e preocupada com o bem-estar da jovem esposa do cavaleiro rico:

— Tem um banho quente esperando pela senhora no meu próprio quarto. Seu marido disse que a senhora iria querer um bom banho depois da chuva que os atingiu na estrada, e não a culpo por isso. O que a senhora precisa é de um bom banho e de uma comida quente e gostosa, e depois cama. O jantar está no fogo. Vou levá-lo ao quarto de vocês para que possam apreciá-lo na frente da lareira do quarto depois do banho.

Finnula, com o capuz da capa do Sr. Hugh cobrindo o rosto a ponto de mal conseguir ver aonde estava indo, inclinou o rosto para que pudesse lançar um olhar funesto na direção dele, mas ele apenas sorriu e disse:

— A Sra. Fitzwilliam fica muito agradecida por sua atenção e gentileza, Sra. Pitt. A senhora terá de desculpá-la se parecer um pouco silenciosa, mas somos recém-casados, sabe, e ela é bastante tímida.

— Pobrezinha — a Sra. Pitt falou carinhosamente, acariciando o ombro de Finnula. Uma vez, ela a chamou de criação de Satã por ter feito uma trilha de sangue de cervo no chão recém-esfregado da cozinha. Engraçado agora ser uma pobrezinha, quando anteriormente era a filha do diabo.

— Venha comigo. Não, não tenha medo, Sr. Hugh, ela está em boas mãos. Tem água quente esperando pelo senhor lá em cima também. — Pegando a mão fria e magra de Finnula, a Sra. Pitt começou a conduzi-la por um corredor, para uma seção privada da estalagem. — Vou devolvê-la para o senhor rapidamente, aquecida e cheirosa.

Na história inteira da Fogo e Lebre, Finnula não conseguia imaginar que já tivesse havido uma ocasião em que os Pitt prepararam dois banhos na mesma noite, e ela gostaria de saber quanto exatamente o Sr. Hugh tinha sido forçado a pagar para receber esse tipo de atenção servil.

Ela foi conduzida pela esposa do estalajadeiro, que ainda não tinha parado de falar, para um quarto com um visual aconchegante, no centro do qual havia sido colocada uma banheira de madeira rústica. Então aquilo era seu banho luxuoso, ela percebeu. Mas depois de examinar mais de perto, viu que a água estava limpa e bem quente, e que a banheira era funda o bastante para ela mergulhar o corpo até o pescoço. No fim das contas, talvez fosse realmente ser um banho luxuoso. Ela concluiu que era o próprio banho da Sra. Pitt, pois não havia como uma quantidade tão grande de água ter sido aquecida tão rapidamente.

— Tem óleo perfumado para a senhora, e sabão e toalhas limpas para que se seque, e muita água. Não se preocupe em lavar os cabelos. Peggy está vindo com mais dois baldes. A senhora vai querer minha ajuda com essas roupas molhadas, não vai?

Mas quando a Sra. Pitt começou a puxar sua capa, Finnula balançou a cabeça e afastou-se, o coração palpitando com força no peito. Imagine só o que a velha mulher diria quando descobrisse que foi para Finnula Crais que tinha sacrificado o próprio banho!

— Ah — falou a Sra. Pitt com um brilho nos olhos. — A senhora é tímida. Então, seu marido não estava exagerando, não é, pobrezinha? Bem, deixe para lá. Eu também era tímida nos meus primeiros meses de casamento. Não deixei meu marido me ver nua por mais de duas semanas. Mas no seu caso é uma grande besteira, minha senhora, pois qualquer um pode ver que é bonita como a chama de uma vela. Ah, aqui está Peggy com o resto da água.

Uma jovem que Finnula não reconhecia entrou apressada no quarto, o rosto sem graça, muito sério, enquanto carregava mais dois baldes de água quente. Deixou-os ao lado da banheira e, curvando-se para cumprimentar Finnula de forma desajeitada, a criada saiu, para aparente aprovação da Sra. Pitt.

— Bem, então é isso, se a senhora consegue fazer tudo sozinha. — A Sra. Pitt indicou uma barra na porta do quarto. — Ninguém entra aqui nesta parte de trás da casa, mas, só para garantir, coloque a barra no lugar depois que eu sair. Ninguém vai incomodá-la. Eles são bastante rudes, mas têm bom coração. A maioria deles.

Finnula pronunciou em voz baixa algumas palavras de agradecimento, que pareceram satisfazer muito bem a Sra. Pitt, pois a mulher deu um sorriso radiante quando saiu. A Sra. Pitt não␣sorria com muita frequência, e Finnula concluiu que estava contente porque a clientela da Fogo e Lebre estava aumentando de nível. Se continuassem assim, os Pitt logo estariam recebendo a realeza!

Assim que a proprietária saiu, Finnula colocou a tranca no lugar e jogou o capuz para trás com um suspiro aliviado. Tanto estardalhaço por causa de um banho e de uma cama! Se fosse por ela, estaria dormindo sob um alpendre, usando a sela como travesseiro e a chuva para se lavar.

No entanto, ela pensou quando entrou na água quente, tinha de admitir que o Sr. Hugh estava certo. Isso era bem mais civilizado. E, se a pessoa tinha dinheiro, por que não? Finnula desejou saber quanto dinheiro precisamente o Sr. Hugh tinha em sua posse. Parecia ser uma quantia bem majestosa para um simples cavaleiro. Por outro lado, ele era herdeiro de algum tipo de propriedade, ou foi nisso que a história que contou sobre o irmão a levou a acreditar. E esteve na Terra Santa por bastante tempo. O padre da paróquia de Finnula contara, em suas congregações, histórias de tesouros encontrados no Egito e em terras ao redor, de túmulos cheios de ouro e joias. Não estava nada certa de que agora acreditava na história que ele tinha contado sobre a esmeralda que lhe tinha dado ser um presente da filha de um sultão. Tinha quase certeza de que, se ela fosse a filha de um sultão, poderia facilmente encontrar alguém mais atraente que o Sr. Hugh Fitzwilliam para quem doar uma joia tão valiosa. No entanto, se ele já a tivesse beijado, Finnula podia entender como a princesa pode ter sido atraída por ele...

Embora fosse delicioso ficar simplesmente submersa numa banheira de madeira, a água rapidamente esfriou, apesar do fogo resplandecente da lareira a alguns metros. Além disso, Finnula estava com fome e ansiosa para beber um pouco da cerveja de Mellana, que sabia que a Fogo e Lebre estocava. Passando rapidamente a esponja e o sabão pelo corpo, ela se lavou, esfregou todo o cabelo, depois enxaguou com a água dos baldes que Peggy tinha trazido.

Secando-se com as toalhas de linho que a Sra. Pitt lhe deixou, Finnula começou a se sentir um ser humano novamente. Não conseguia colocar a atadura sozinha, mas, depois de examinar-se, viu que o machucado estava melhorando, a ferida não estava mais tão rosada e a pele não estava mais tão sensível ao toque. Colocou o vestido novamente e estava enrolando os cabelos molhados numa das toalhas de linho, fazendo uma espécie de turbante, quando ouviu uma tímida batida na porta.

Em vez de perguntar quem era, pois estava receosa de que a pessoa pudesse reconhecer sua voz, levantou a barra e abriu uma fresta de alguns centímetros, mantendo a faca de caça, que segurava na mão direita, fora de visão.

Mas era apenas Peggy, que a cumprimentou nervosamente e disse:

— Minha patroa disse para eu ver se a senhora está precisando de alguma coisa.

Finnula assentiu com a cabeça, sentindo o turbante desmontar. Peggy viu também e disse, animando-se um pouco:

— Eu poderia escovar seus cabelos se estiver precisando. A patroa diz que tenho muito talento com a escova.

Como Peggy não a conhecia, isso parecia uma concessão bastante inofensiva, e Finnula fez sinal para que a garota entrasse no quarto, depois colocou a barra na porta.

Peggy era tão boa quanto tinha dito. Sentou-se para trabalhar nos cabelos de Finnula com o foco e a concentração de um ferreiro, e, embora não fosse delicada, conseguiu domar os cachos molhados, desfazendo todos os nós e finalmente formando uma longa trança com uma mecha volumosa de cabelos caída nas costas de Finnula.

— Pronto — falou Peggy, a satisfação por um trabalho bem-feito evidente.

E ela levantou-se da cama na qual estavam sentadas e foi até o baú da Sra. Pitt, de onde tirou um pequeno e pontudo pedaço de vidro que apresentou para Finnula em um tom casual.

— É um espelho — explicou-lhe com reverência caso Finnula não soubesse o que fazer com ele. — Custa uma *fortuna*. É o único na aldeia inteira.

Finnula só raramente via o próprio reflexo. Esperava estar assustadora com o cabelo molhado puxado para trás com tanto capricho, mas viu no vidro escuro que alguns cachos já tinham secado e algumas mechas já estavam enrolando em volta da testa e das orelhas, enquadrando o rosto em forma de coração e conferindo-lhe uma aparência mais leve do que a que estava acostumada. Finnula balançou a cabeça e devolveu o espelho para a garota, que o colocou novamente no lugar de honra no baú da Sra. Pitt, depois voltou e disse:

— A patroa disse para eu levar a senhora para o seu quarto agora.

Finnula quase deu risada da expressão séria da garota, mas em vez disso, agradeceu, reconhecendo que a criança estava tentando desesperadamente agradá-la. Pegando a capa do Sr. Hugh, Finnula colocou o capuz sobre a cabeça e seguiu a garota até uma escada que havia nos fundos, onde ruídos de risadas e conversas de homem vinham da taberna.

Peggy parou em frente a uma porta no fim do corredor e bateu timidamente. Uma voz grossa vociferou para que esperasse um instante, e Finnula achou engraçado pensar que tinham interrompido o Sr. Hugh em um momento de privacidade no urinol.

Mas, quando a porta foi aberta um segundo ou dois depois, percebeu que de fato não foi o Sr. Hugh que tinham interrompido, mas um homem muito mais jovem e mais bonito.

Parcialmente vestido, o estranho recém-barbeado olhou para ela com os inconfundíveis olhos âmbar-esverdeados, mas com o rosto de alguém totalmente diferente. O maxilar quadrado e forte era tudo o que um cavaleiro deveria ter, o queixo largo e dividido. A boca lhe era familiar, mas atraente demais para ser a do Sr. Hugh, os lábios carnudos e sensuais. Eram lábios que prometiam coisas, coisas que Finnula só agora começou a entender. Aqueles eram os mesmos lábios, ela desejou saber, que havia apenas algumas horas tinham agarrado os dela com tanta determinação? Não, não era possível...

Ele tinha um pescoço marcado por tendões grossos, e um peito largo e musculoso vivamente coberto por pelos castanhos que se afilavam sobre a barriga lisa antes de alargar-se novamente conforme se aproximava dos laços frouxamente amarrados das calças. Mas foi para os braços dele que Finnula não conseguiu parar de olhar. Nus, eram dourados, como os olhos, como os cabelos soltos e longos, mas tão vigorosos e musculosos que pareciam ser capazes de levantar o mais pesado dos arcos, e de atirar com ele também.

Mas esse era o rosto e o corpo de um homem anos mais jovem que o Sr. Hugh! Ora, esse homem, com certeza, não era mais velho que o irmão de Finnula, Robert, que com apenas 26 anos era considerado um grande partido para um casamento. E esse homem era bonito, de tirar o fôlego. Um espécime masculino magnífico, um homem que teria feito Isabella Laroche ficar fraca só de pensar em passar a noite com ele. Na verdade, a visão dele fez Finnula cambalear para trás até bater na parede, onde se apoiou firmemente com dedos úmidos, a respiração de repente fraca.

— Sinto muito — murmurou ela debilmente, incapaz de desviar os olhos dos braços do estranho, que ela não conseguiu evitar imaginar envoltos em seu próprio corpo. — Acho que batemos no quarto errado.

— Não — insistiu Peggy de forma truculenta. — Esse é o quarto certo. A patroa me disse...

— Não — disse Finnula, sentindo a cor subir no rosto. — Não, deve haver algum engano...

O lindo e jovem desconhecido olhou para a servente e sorriu, mas não havia nada de engraçado no gesto.

— Vê o que acontece? — Era a voz do Sr. Hugh, mas saindo de um homem que não era o Sr. Hugh, assim como Finnula também não era Finnula. — Um homem se barbeia e a própria esposa não o reconhece. Entre, querida.

Esticando um daqueles braços longos e bem delineados, o estranho pegou Finnula pelo pulso e desencostou-a da parede, impulsionando-a do corredor em direção ao seu abraço. Confusa, Finnula levantou as duas mãos e encontrou-as pressionadas contra os grossos pelos do peito e os músculos quentes.

Esticando o pescoço, ela olhou para o que eram os inconfundíveis olhos do Sr. Hugh.

— Oi, amor — disse ele, os olhos dourados cintilando maliciosamente. — Toda arrumada agora, não é?

O atordoamento de Finnula foi rapidamente substituído por uma emoção completamente diferente. Medo. Antes estava preocupada em talvez não conseguir resistir ao Sr. Hugh se ele tentasse seduzi-la. Agora, a preocupação tornou-se completo alarme quando inalou o perfume pouco familiar de homem limpo, quando sentiu a sensação desconhecida de pele recém-barbeada sob os dedos, ouviu a rápida respiração dele quando os bicos dos seus seios acidentalmente roçaram o peito aveludado.

Isso. Ela ia escapar, enquanto ainda era capaz.

Em pânico, Finnula retesou o corpo, preparando-se para se afastar e seguir Peggy escada abaixo com uma desculpa pouco convincente de ter esquecido alguma coisa. E então, assim que chegasse aos estábulos, encilharia Violeta e seguiria para casa, com chuva ou sem chuva.

Mas uma parte de seu pânico deve ter irradiado para o Sr. Hugh, porque ele segurou seus braços com mais força e puxou-a para ainda mais perto dele. O queixo dela ficou colado no peito nu, os olhos a apenas centímetros de um mamilo liso e marrom, um pouco escondido sob os pelos. Essa visão causou-lhe ainda mais pânico, mas, embora ela lutasse para se livrar dele, ele mantinha-se firme, falando calmamente com Peggy, como se não houvesse uma mulher um tanto selvagem em seus braços.

— Muito obrigado pela gentileza, minha querida — disse ele, colocando uma moeda na palma da mão da garota. — Minha esposa precisa de muito cuidado.

Peggy concordou, olhando pesarosamente para a esposa que tentava se livrar dele.

— A patroa disse que ela vai conseguir passar por isso — assegurou-lhe Peggy, e o cavaleiro agradeceu-lhe novamente, tão educadamente como se estivesse se dirigindo a uma rainha.

Assim que a garota estava fora do alcance da audição, Hugo curvou-se e sussurrou no ouvido de Finnula:

— O que diabos há com você? Quase estragou tudo.

Finnula não conseguia pensar em nada além de escapar do toque do peito nu dele, e, com outro movimento frenético, ela estava livre, deixando-o segurando apenas a própria capa.

Mas de algum jeito ela acabou do lado errado da porta! Em vez de estar no corredor, onde poderia ter escapado, estava dentro do quarto! E lá pôde ver tudo com bastante clareza. As armadilhas da sedução já tinham sido montadas.

Um fogo bramia na lareira, enquanto uma pequena mesa, posta para dois, aquecia-se em seu brilho. Uma pele grossa de urso cobria o chão, e a cama, larga o bastante para três pessoas, tinha uma pilha alta de travesseiros de pena e acolchoados. Velas de cera dispendiosas conferiam um ar romântico ao lugar, uma vez que não eram necessárias com o forte brilho do fogo. Além disso, o quarto estava repleto do aroma de carne assada, que chiava numa vasilha coberta sobre a mesa. Virando-se, ela viu suas calças e sua blusa penduradas em um pino perto da lareira, o que deixava o lugar aconchegante, sem corresponder ao que sabia que inevitavelmente aconteceria ali dentro.

— O que deu em você? — perguntou Hugo, fechando a porta e colocando a barra no lugar. Finnula soube que o tilintar da tranca de metal foi o barulho que selou o seu destino. — Você parecia assustada como um gato lá fora — resmungou, indo até a cama na qual havia uma blusa branca de linho. — Qual o problema? A Sra. Pitt reconheceu você?

Ele passou a roupa pela cabeça, e Finnula pôde tentadoramente ver de relance os pelos grossos e dourados que havia sob os braços dele. A pele ali não era tão morena quanto a do resto do corpo, e parecia tão sedosa quanto o forro da capa dele.

Abruptamente, os joelhos de Finnula bambearam, e ela sentou-se ao lado da lareira.

Com a cabeça aparecendo através da gola da camisa, Hugo olhou para ela, os cabelos loiros longos em um emaranhado úmido em volta do lindo rosto.

— Está tudo bem com você, Finnula? Está com dor nas costelas novamente? Nunca vi você tão quieta — comentou ele, examinando-a com ar de quem se divertia. Caminhando em direção à mesa, ele levantou uma caneca e passou para ela. Ela pegou sem pensar, esperando que ele não notaase que seus dedos tremiam. — Isso deve soltar um pouco a sua língua — ele disse, com uma desenvoltura jovial. — Dessa vez, não é leite de dragão, mas algo que chamam de cerveja da Mel. Da sua irmã Mellana, estou certo?

Finnula levou a caneca de madeira aos lábios e experimentou a cerveja. Era de Mellana, isso mesmo. Só a sensação dela em sua boca a deixava mais à vontade. Pelo menos *alguma coisa* neste quarto lhe era familiar.

— Acho que deu tudo certo, não foi? — Hugo deu um sorriso irônico, sentando-se num dos bancos que a Sra. Pitt tinha colocado em volta da mesa e servindo-se de um pão crocante. — Não suspeitaram de nada. Eu disse que não iriam. Você não se parece em nada com a Bela Finn. Na verdade, você fica muito bem-arrumada, considerando o todo.

Ela encarou-o como uma coruja.

— Considerando o quê? — Ela ficou surpresa ao perceber que sua voz estava bastante firme.

— Bem — Hugo disse, limpando a garganta. — Considerando o que tínhamos em mãos, eu quis dizer. Um vestido amassado, uma escova e um pente, e olhe para você. A dama de um cavalheiro. Você se passaria facilmente pela esposa de um conde, para qualquer um...

Finnula quase deixou a caneca cair. Ele *sabia*? Como *poderia* saber?

Mas não, ele não estava prestando a mínima atenção nela, apenas pegou o pote de queijo no centro da mesa, alheia ao seu nervosismo.

— Você está com fome? — perguntou ele, levantando as tampas e examinando as travessas. — Porque tem muita comida aqui. Isso aqui parece carne de veado. Um dos seus, presumo eu. E tem cenouras caramelizadas e nabos assados, e muito pão, e isso parece pastinaca, e...

— Por que você fez a barba? — interrompeu Finnula, mantendo o volume da voz baixo para esconder o medo.

Ele olhou para ela, e Finnula desejou ter ficado de boca fechada. Ela não ficava nem um pouco confortável com aquele olhar cintilante, e aquela curva irônica nos lábios sensuais também não a acalmava.

— Por que eu me barbeei? Porque estava cansado de parecer um ermitão louco. Por quê? Você não gosta de mim assim?

Finnula deu um longo gole na cerveja.

— Você está concluindo — disse ela, com um pouco da rispidez anterior, depois que engoliu — que eu gostava de você antes.

— Verdade — concordou Hugo, dando uma risadinha. Ele espetou um nabo com sua faca e partiu-o em dois. — Mas realmente tive a sensação de você ter gostado de mim lá no celeiro da fazenda dos Fairchild.

Finnula corou com intensidade, e ficou feliz pelo calor da lareira disfarçar sua cor forte.

— Achei que você fosse bem mais velho — foi tudo o que disse em resposta.

Ela deu de ombros e esticou-se para pegar a cenoura caramelizada.

— Você *está* desapontada. — Hugo colocou ruidosamente sua caneca sobre a mesa e olhou para ela incredulamente do outro lado da mesa. — Deus me ajude, você gostava de mim antes, com barba e tudo!

Finnula, tomando cuidado para não olhá-lo, balançou a cabeça.

— Não, você fica muito bem sem barba — disse educadamente.

O que não acrescentou foi que, sem barba, ele parecia alguém de quem manteria uma distância razoável quando estava procurando por um refém. Não se podia sequestrar alguém tão perigosamente bonito. Não, um sequestro desse tipo pode trazer todo tipo de complicações. Na verdade, já tinha trazido. Olhe para a situação na qual se encontrava agora! Estava jantando — dividindo o mesmo quarto de estalagem — com um homem tão bonito que a fazia ter vontade de saltar a mesa e devorá-lo. Isso tinha sido uma pequena preocupação antes, mas agora... *agora* ela tinha de segurar a caneca de cerveja com força para evitar fazer isso.

— Que droga — disse Hugo, e ela sabia que não estava interpretando mal a expressão pesarosa no rosto dele. — Você gostava mais de mim de barba. — Depois, animando-se, ele deu de ombros. — Vou deixar crescer novamente.

Finnula ergueu as sobrancelhas.

— Não acho que nos veremos muito depois que você pagar o resgate — disse ela suavemente.

Ele encarou-a.

— Entendo — disse ele de um jeito ofendido.

— Quer dizer, raramente vou para o norte até Caterbury — apressou-se em explicar, fazendo uma pausa para servir-se do ensopado da Sra. Pitt, que sabia que não pararia de comer. — E eu não acredito que você vá ter muito tempo para viajar até Stephensgate, tendo de cuidar da propriedade do seu pai.

— Não — disse Hugo desanimado. — Acho que você está certa.

Finnula não conseguia entender o que o afligia. Ele realmente achava que poderiam ser *amigos* depois disso? Ora, ela tinha um bom número de amigos homens, mas nenhum deles era como *ele*. Não era possível ser amiga de um homem tão bonito. Não conseguiria se concentrar em nada, exceto no fato de querer muito beijá-lo. Ele estava completamente alheio ao efeito que sua beleza provocava nela ou era burro como uma porta.

— Acho — disse Hugo, bebendo um longo gole de cerveja — que você vai casar com seu ferreiro, então.

Foi a vez de Finnula encará-lo.

— Que ferreiro?

— O ferreiro da aldeia. Aquele com quem você vai ter 13 filhos.

— Ah — Finnula disse. — O bêbado que vai me mandar fazer o jantar e bater em mim se eu não prepará-lo imediatamente? Não, não acho que vou me casar com o ferreiro. Já tentei uma vez, sabe.

Ela teve a satisfação de vê-lo deixar a faca cair. Pelo menos, tinha conseguido chocá-lo tanto quanto ele a tinha chocado.

— Você tentou o quê? — ele perguntou, curvando-se para pegar a faca.

— O casamento. — Finnula tomou mais um gole da cerveja. No passado, ela não gostava muito de conversar sobre isso, mas nunca antes tinha tido de manter um companheiro de conversa tão lindo a distância.

Hugo encarou-a, os olhos âmbar, pelo que podia se lembrar, pela primeira vez ficando castanho-escuros.

— Você já foi casada? — perguntou ele lentamente.

Ela assentiu com a cabeça, o coração na boca. Deus, ela odiava esse assunto. Mas achava que devia a verdade a ele.

— Brevemente.

— Não acredito — disse ele ironicamente. — Isso é uma maquinação, uma invenção da sua parte apenas para me irritar.

— Como eu queria que fosse uma invenção — disse Finnula. Ela apoiou um cotovelo no tampo da mesa e colocou o queixo na mão. — Infelizmente, foi muito real.

— Não entendo — declarou Hugo irritadamente, curvando-se até que seu rosto ficasse a apenas alguns centímetros do dela. — Quantos anos você tem?

Ela levantou as sobrancelhas.

— Quase 18. E o que isso tem a ver com o que estamos falando?

Ele pareceu preocupado.

— Por quanto tempo você ficou casada?

— Por um dia.

Ele soltou uma risada estrondosa e curvou-se para trás.

— Bem que eu achei. O que aconteceu? O irmão Robert forçou a anulação quando descobriu?

Ela fez uma cara feia.

— Não, nada disso.

— Então, onde está seu marido? Com certeza, nenhum homem que tenha conseguido ganhar a Bela Finn iria querer deixá-la escapar.

Finnula franziu a testa.
— Bem, esse deixou. Ele morreu.
— Morreu? — Hugo sentou-se de forma ereta, os olhos âmbar novamente presos aos dela tão inexoravelmente quanto uma planta espinhenta. — Como assim, ele morreu?
— Simplesmente morreu, é isso. Como você deve imaginar, não foi uma experiência nada agradável. Então, não tentarei novamente.
— Tentar o que novamente? Casamento? — A voz de Hugo, assim como a expressão, era incrédula. — Nunca mais?
— Não, nunca. — Logo depois de dizer isso, ela deu uma colherada no seu ensopado e viu que estava delicioso, e acompanhou-o com mais um gole da cerveja de Mellana. De repente, ela pareceu ter recobrado o apetite e comeu vorazmente, ciente de que o cavaleiro a observava, mas tentou ignorá-lo. Não era fácil.
— Estranho — refletiu Hugo, depois de um silêncio considerável. — Nunca teria considerado as calças de couro o luto de uma viúva.
— Por que eu deveria estar de luto por ele? — perguntou ela de forma indignada, experimentando um pedaço de queijo. — Eu não o amava.
Hugo deixou escapar alguma coisa que pareceu um assovio.
— Parece que não! Quem era esse infeliz que morreu no dia do casamento e com uma mulher que não o amava?
— Não era um ferreiro — admitiu ela.
— Imaginei. Então, foi um casamento arranjado?
— Se você está perguntando se pude dar a minha opinião, não. Não pude, obviamente. Por que me casaria com alguém que não amava?
Ele olhou para o teto.
— As pessoas casam por razões que nada têm a ver com amor, Finnula.
— Ah, é claro. Pessoas como você. — Quando ela percebeu a expressão ofendida, apressou-se em explicar: — Quero dizer, proprietários de terras. Vocês casam por dinheiro ou propriedade. Mas pessoas como eu e minhas irmãs e meu irmão, nós casamos por amor.

— E você acha que nunca vai se apaixonar, Finnula? — A pergunta suave foi acompanhada por um sorriso de uma compaixão tão gentil que, por um momento, Finnula ficou sem ar. Como esse homem, que a tinha irritado e importunado tanto durante dois dias seguidos, de repente podia fazê-la suspirar com um único olhar, fazê-la corar com uma simples palavra? O olhar dela moveu-se para as mãos em volta da caneca de cerveja, e ela lembrou-se da sensação daqueles dedos fortes e calosos na sua pele.

Era possível estar apaixonada por *ele*? Quando ele não a estava enlouquecendo de desejo, estava enfurecendo-a com suas palavras. Temia o toque dele porque o desejava e sabia que não seria capaz de resistir novamente se ele a beijasse. Era o homem mais irritante que já tinha visto, um implicante incurável, mas também a fazia rir. Isso era amor?

Ela devolveu a pergunta para quem a tinha feito.

— E você? — perguntou. — Algum dia vai se casar?

— Com toda certeza — disse ele. — É meu dever dar continuidade à linhagem Fitz... william.

— E você vai se casar por amor? — provocou Finnula. — Ou por dinheiro?

— Ainda não estou muito certo. — O olhar dele brilhava. — Realmente acho que tenho dinheiro o bastante, você não acha?

— Você realmente parece desperdiçá-lo bastante — concordou Finnula.

— Sim, é um péssimo hábito que tenho. Quando vejo alguma coisa que quero, sei que vou gastar qualquer quantia para poder tê-la. — Ele levantou a jarra que continha a cerveja. — Mais cerveja da Mel?

Finnula aceitou com um aceno de cabeça, oferecendo sua caneca. Agora que tinha comido alguma coisa, se sentia mais relaxada. Estava ficando lentamente acostumada com a nova aparência do Sr. Hugh, e não lhe parecia mais tão ameaçadora. Ter conversado com ele tinha ajudado. Ainda era o mesmo homem irritante de sempre, porém, com um rosto mais bonito.

Hugo serviu-a do resto da cerveja, e ela soprou o colarinho espumoso enquanto observava Hugo comer o que ainda havia no prato. Ele tinha comido menos que ela, e tinha o dobro do seu tamanho. Ela gostaria de saber o que o atormentava.

— O que você achou? — perguntou ela, indicando a cerveja.

Hugo sorriu, embora o sorriso não tenha atingido seus olhos.

— Uma bebida, em geral, muito fina. Não forte demais. Fico honrado por ser sequestrado para que seja feito mais dela.

Finnula deu uma risadinha, mas se segurou, percebendo que não deveria ter bebido tanto de estômago vazio.

— Como está a sua costela? — perguntou Hugo.

Finnula sorriu para ele sonolentamente.

— Bem — ela disse.

— Você quer que eu a enfaixe novamente antes de irmos para a cama?

Antes de irmos para a cama. Como aquilo soava doméstico! Como se fossem casados havia muito tempo, indo para a cama juntos todas as noites.

— Não, obrigada — disse Finnula, e ela não conseguia pensar no jeito íntimo com que os dedos investigavam a pele dela sem corar. Ela tinha ficado tantas vezes corada nessa noite que ele devia achar que seu rosto carregava sempre o tom vermelho.

— Finnula — disse ele, mas, quando ela olhou para o rosto dele, este estava indecifrável. Ele desviou o olhar rapidamente. — Deixe para lá.

Ele levantou-se, e as pernas do banco rasparam no chão.

— A Sra. Pitt disse para deixarmos as louças no corredor.

— Ah — disse Finnula, colocando a caneca sobre a mesa. — Deixe-me fazer isso.

— Não, eu faço — disse o Sr. Hugh, de forma um pouco mal-humorada, ela achou.

O cavaleiro loiro recolheu as louças e carregou-as, chacoalhando, até a porta, onde se curvou para empilhá-las no corredor. Ele fez várias viagens, sem dizer mais uma palavra para ela. Finnula desejou saber o que tinha feito para ofendê-lo. Talvez não devesse ter-lhe contado sobre seu casamento fracassado. Era um assunto sobre o qual sempre odiava falar. O fato de tê-lo trazido à tona com ele a surpreendeu. Ele parecia ter um talento para fazê-la falar de assuntos que normalmente preferia que fossem esquecidos. Talvez essa fosse uma das razões que a faziam gostar dele. Tinha a sensação de que podia dizer qualquer coisa para ele, por mais assombrosa que fosse, que ele não pensaria mal dela.

Mas obviamente ela fizera alguma coisa para irritá-lo, porque ele estava empenhado em evitar olhar para ela. Bem, se ele queria ficar de mau humor, ela não o impediria. Dando de ombros, Finnula saiu da frente da lareira e foi até a cama, apertando experimentalmente o colchão de penas. Não conseguia dormir numa cama macia demais. Essa parecia dura, mas não desconfortável. Finnula sentiu que tinham tido sorte de terem encontrado um quarto livre numa noite tão horrível, mesmo que tivessem de dividi-lo.

Havia uma única janela no quarto, muito parecida com a de seu quarto na casa do moinho, embora menor. Essa tinha um vidro ondulado e caro, contra a qual a chuva e o vento do lado de fora batiam. Na única vidraça que não estava lascada, Finnula podia ver seu reflexo, uma garota magra em um vestido cor de creme com uma grande pedra verde pendurada no pescoço. O cabelo vermelho formava uma trança única que atravessava o ombro direito. Ela parecia, mesmo a seus próprios olhos, pequena e lamentavelmente indefesa. Isso, no entanto, era apenas uma distorção do vidro, porque Finnula sabia que estava longe de ser indefesa.

Quando a porta se fechou e a tranca voltou para o lugar, Finnula não se mexeu e ficou observando o reflexo do Sr. Hugh. Não ficou completamente surpresa quando o viu caminhar na sua direção. Com o coração palpitante, ela virou-se para encará-lo. Sabia o que estava prestes a acontecer.

Também sabia que não tinha a intenção de impedir que isso acontecesse. Deus a ajude — ela agora entendia exatamente por que Mellana tinha agido de forma tão estúpida com aquele trovador idiota.

E, ainda assim, parecia não haver absolutamente nada que pudesse impedi-la de fazer exatamente a mesma coisa com esse tipo de homem irritantemente lindo de morrer... mas um tipo de cavaleiro frustrante, que *faria* a coisa certa com ela, mesmo que isso significasse distraí-la.

— Finnula — disse ele novamente, e dessa vez reconheceu o desejo na voz dele. Combinava com o que ela sentia no próprio coração, no palpitar das veias que pulsavam —, eu sei que dei minha palavra que não tocaria em você, mas...

Finnula não estava completamente certa de como tudo chegou a acontecer. Pareceu-lhe que num minuto ela estava de pé olhando para ele, perguntando-se se ele pararia de falar e simplesmente *faria*, pelo amor de Deus...

...e no outro estava nos braços dele. Ela não sabia quem tinha se mexido primeiro, ela ou ele.

Mas de repente seus braços estavam em volta do pescoço dele, puxando a sua cabeça na direção de seu corpo, os dedos emaranhados no cabelo macio de Hugo, os lábios já abertos para recebê-lo.

Aqueles braços fortes e bronzeados, os que tinha desejado tanto ter em volta dela, a aprisionaram, prendendo-a tão perto do seu peito largo que ela mal conseguia respirar. Não que ela fosse poder recuperar o fôlego, pois ele a beijava tão intensamente, com tanta urgência, como se a qualquer momento ela fosse ser arrancada dele. Ele parecia estar com medo de que fossem ser interrompidos novamente. Mas Finnula percebeu, com uma satisfação que certamente deixaria o irmão chocado, que ainda tinham a noite toda pela frente. Consequentemente, ela prolongou o beijo, conduzindo uma lenta exploração daqueles braços que tanto admirava. Ora, eles realmente tinham cada centímetro tão perfeito quanto ela imaginara.

Abruptamente, Hugo ergueu a cabeça e olhou para ela com olhos que tinham ficado de um verde ainda mais intenso que o da esmeralda em volta do pescoço de Finnula. Ela estava ofegante, o peito subindo e descendo rapidamente, a cor intensa sobre as bochechas do rosto. Ela viu a interrogação no olhar dele e entendeu muito bem. Ele não sabia que ela já tinha tomado uma decisão, que tinha sido irrevogavelmente tomada no segundo em que o tinha visto sem aquela barba, e seu coração — ou, de qualquer maneira, algo muito parecido com seu coração — estava perdido para sempre.

Bem, talvez sua decisão tenha sido tomada no segundo em que aquela tranca foi colocada no lugar. Qual era a diferença? Eram estranhos em um lugar estranho — bem, estranho o suficiente. Ninguém nunca saberia disso. Não era hora para seu senso de cavalheirismo estranhamente fora de lugar.

— Não *agora* — ela resmungou, sabendo muito bem por que ele tinha parado de beijá-la e o que seu olhar questionador sugeria. — Meu Deus, homem, é tarde demais para isso.

O que quer que Hugo tenha planejado dizer, a exclamação impaciente de Finnula silenciou-o para sempre em relação ao assunto. Com o corpo dela apoiado novamente em seus braços, Hugo salpicou de beijos o rosto e a pele macia sob as orelhas, a boca traçando uma linha escaldante do início do pescoço à gola do vestido. Finnula, ainda ansiosa pelo gosto dos lábios dele nos dela, puxou o rosto dele novamente em direção ao dela, depois arfou quando os dedos dele fecharam-se em um dos seios firmes.

A sensação da boca dele devorando-a e das mãos em seus seios excitados ameaçava dominá-la. Era exatamente como tinha suspeitado que fosse ser... só que muito mais. O quarto parecia balançar ao seu redor como se tivesse bebido demais da cerveja de Mellana, e Hugo permanecia a única coisa fixa e sólida dentro de sua linha de visão. Ela prendeu-se a ele, querendo alguma coisa... e só estava começando a saber o que isso era.

Em seguida, quando o joelho dele posicionou-se no meio de suas pernas fracas e ela sentiu a coxa firme dele no lugar onde as pernas se uniam, a sensação que atravessou seu corpo foi algo que nunca tinha sentido antes.

De repente, ela entendeu. *Tudo*.

E depois disso só viu as mãos dele sob seu vestido, e ele a levantou no ar. Finnula deu um grito instintivo quando sua cabeça aproximou-se das vigas de madeira do teto, depois gemeu quando a boca de Hugo pressionou-se calorosamente contra um de seus mamilos, acariciando-o com a língua através do linho do vestido. Rindo, ela olhou para ele, admirando o rosto barbeado por esse novo ângulo, depois se sentiu culpada por ter dado risada. Com certeza, o que estavam prestes a fazer não era engraçado...

E, em seguida, de repente, ele jogou-a na cama, onde ela quicou por alguns segundos antes de ele juntar-se a ela, livre da camisa e das calças.

Finnula parou de rir imediatamente. Já tinha visto homens nus antes — ela e as irmãs tinham feito sua parte espiando o lago da aldeia —, mas nunca um homem tão incrivelmente bem-feito quanto Hugh Fitzwilliam de Caterbury. Todo bronzeado do sol egípcio, a pele esticava-se sobre músculos rígidos, danificada apenas por algumas marcas de machucados, havia muito tempo cicatrizados, mas com uma péssima aparência. Os pelos dourados que cobriam seu peito e seus braços também cobriam as pernas, e um trecho de pelos grossos que se aninhavam entre as pernas dele, onde...

Finnula levantou rapidamente o olhar, os lábios se abrindo. Mas Hugo não iria dar-lhe chance para reconsiderar. Levantando a saia do vestido até acima dos joelhos, ele tirou as botas dela com um puxão rápido e preciso. Mas Finnula não seria distraída. Levantando-se pelos cotovelos, ela disse:

— Talvez...

Mas Hugo estava com um de seus pés nus na mão e tinha começado a beijar sua curva delicada. Finnula arfou e tentou puxar o pé da mão dele, assustada com a intensidade do que sentia e com a reação instantânea do seu corpo.

Mas Hugo parou de beijar a sola de seu pé somente para fazer uma trilha calorosa de beijos na perna dela, a língua marcando com fogo as batatas da perna, a parte de trás dos joelhos e o meio das pernas...

Foi nesse momento que Finnula deitou sobre o travesseiro, certa de que ele não pararia. Isso com certeza já tinha ido longe demais. Mas, em vez de parar, Hugo segurou um lado da cintura dela, puxando-a para que ela se sentasse, e, em um único e experiente movimento, passou o vestido sobre a cabeça dela, deixando-a nua para seu olhar — nada além de um pingente de esmeralda — e para seu toque.

Finnula instantaneamente tentou cobrir-se com as mãos por questões de modéstia, esquecendo-se de que ele já a tinha visto despida lá na cachoeira e de que, em primeiro lugar, tudo isso tinha sido ideia dela. Mas Hugo continuou segurando a cintura dela e, um segundo depois, aquele peso masculino estava pressionando-a contra a cama, tornando a fuga impossível. Novamente, as pernas fortes dele apertavam a macia fenda que havia entre suas pernas e, novamente, ela sentiu uma onda de desejo por todo o corpo. Em resposta, ela arqueou-se instintivamente contra ele, e pareceu-lhe que apenas uns segundos depois, em vez da coxa, era a cabeça aveludada de seu pênis que a pressionava.

Inicialmente, Finnula pensou, baseada na sua primeira opinião sobre o assunto, que incorporar a extensão de Hugo fosse ser uma tarefa árdua. Mas agora percebia que não estava se importando com isso... o desejo sobrepujava quaisquer ansiedade e inibição.

Quanto a Hugo, ele pareceu alheio à hesitação inicial de Finnula. Com a boca quente na sua, deslizou suavemente para dentro dela. Finnula arfou, reconhecendo que talvez isso não fosse ser tão fácil quanto estava imaginando... até que, escutando a rápida inspiração dela, ele recuou um pouco e olhou para a incerteza dela, e ela percebeu que, na verdade, estava errada. *Podia* recebê-lo por inteiro sem ser rasgada ao meio... e também a dor da perda da virgindade — que aparentemente tinha sido perdida havia muito tempo, sem dúvida alguma no dorso de Violeta — tinha sido imensamente exagerada pelas irmãs. Agora, apenas sentia-se completamente preenchida por ele, e a necessidade de alívio era a maior preocupação de Finnula.

Mas Hugo parecia não saber disso.

— Finnula? — perguntou ele, incerto, louco para continuar, mas não sem ter absoluta certeza de quais eram os sentimentos dela em relação àquilo; embora realmente esperasse que ela estivesse disposta. — Você está...

Em vez de responder verbalmente, ela arqueou o corpo na direção do dele, silenciando-o com os lábios e informando-lhe seu desejo. E Hugo, com um gemido que pareceu ser de triunfo, embora fosse difícil de dizer, pois foi abafado pela boca de Finnula, penetrou-a profundamente.

Ela alcançou o clímax quase que imediatamente, gritando na boca dele conforme ondas e mais ondas de prazer lançavam-se sobre ela. O clímax dele chegou apenas alguns segundos depois. Com o coração palpitante e a respiração ofegante, suas primeiras palavras foram de preocupação quando perguntou com a voz rouca:

— Machuquei você, Finnula?

— Se você me machucou? — repetiu ela, ainda tonta. — Devo dizer que não.

A cabeça relaxou de alívio, até encostar-se no ombro delgado dela. Finnula não sabia por quanto tempo ficaram deitados assim, mas o fogo morreu e se transformou em um brilho avermelhado, e todas as velas tinham queimado até o fim quando Hugo finalmente levantou a cabeça e beijou-a novamente, dessa vez com suavidade.

— Você mudou de ideia no último minuto, não mudou? — foi sua observação inesperada.

Finnula esticou-se para tirar alguns fiapos longos de cabelos loiros dos olhos dele.

— Só por um segundo. — Ela fez uma pausa, envergonhada. — Era uma situação aterrorizante — continuou de forma vaga. — Não acreditava que pudesse ser feito, ou que, se pudesse, eu sobreviveria depois de fazer. Mas sobrevivi — ela deu de ombros —, e gostei.

— Você é uma mulher estranha, Finnula Crais — disse Hugo, um dedo traçando lentamente círculos em volta do ombro dela, lançando tremores para o braço inteiro. — Teimosa de tantas maneiras, com suas calças de couro, sua caça ilegal e seu temperamento. Mas, por baixo de tudo isso, tão gentil e solidária...

Finnula suspirou. Ele era muito pesado, e, agora que o desejo havia sido saciado e que não estava mais apoiada pela paixão, seu peso não podia mais aguentar o dele. Ela apertou um dedo no quadril nu de Hugo.

— Sai — disse ela, e Hugo amavelmente saiu de cima dela, mas, envolvendo um braço moreno em volta de sua cintura, trouxe-a para perto dele, até que o corpo dela ficasse encostado na curva do seu, as costas no seu peito, o braço sob o queixo dela. Ele soltou um suspiro de satisfação que ela não tinha entendido até ver uma mancha cor-de-rosa bem fraquinha no colchão.

— Oh, não! — gritou ela com desânimo, levantando-se por um cotovelo. — A Sra. Pitt não vai gostar nada disso.

Hugo puxou-a para si novamente e examinou a mancha acima do ombro dela com alguma surpresa. Aparentemente, aquilo não tinha sido a fonte de seu bom humor.

— Explique para mim novamente — perguntou ele, uma sobrancelha castanha levantada. — Como uma viúva pode ser virgem?

— Já disse para você — falou ela, sonolenta. — Só fui casada por um dia. Meu marido morreu antes. Bem, antes.

— Que homem desafortunado — murmurou Hugo, apertando os lábios no lugar abaixo de sua orelha que fazia seus dedos do pé se curvarem de prazer. — Não se preocupe com a Sra. Pitt e com os lençóis. Vou deixar uma moeda para ela como recompensa.

Finnula sorriu novamente, os olhos sendo forçados a se fechar. O último pensamento consciente antes de o sono dominá-la foi que era estranho como seus corpos se encaixavam tão bem, o dela e o do Sr. Hugh. Era quase como se tivessem sido feitos um para o outro.

Capítulo Nove

Na manhã seguinte, Hugo achou engraçado quando Finnula acordou lentamente a seu lado, ficou tensa e tentou se afastar, como se nada tivesse mudado entre os dois. Segurando seu braço, puxou-a de volta para a cama, e ela começou a dar risadinhas e foi cedendo assim que ele a fez se lembrar do prazer que o corpo dele era capaz de lhe dar.

Hugo tinha certeza de que nunca tinha encontrado uma mulher tão apaixonada na cama quanto Finnula Crais, que dava e recebia em iguais proporções. Era tão audaciosa quanto a mais vulgar das prostitutas e, no entanto, gentil como a virgem inexperiente que era antes de Hugo roubar-lhe a inocência. Mas ela parecia não se arrepender das horas que tinham passado juntos. Na verdade, quando olhou para ele agora, com aqueles olhos enevoados, eles pareciam repletos de satisfação, como se tivessem descoberto a melhor de todas as brincadeiras.

Ao olhar para a pele branca de Finnula, que chegava a ficar transparente à luz do sol da manhã que entrava através da única janela do quarto, Hugo não conseguiu pensar em nada além de fazer amor com ela novamente. Estava exatamente como quando tinha acordado na manhã anterior, a única diferença era que hoje podia ir ao encontro do seu desejo. E ele fez isso, imediatamente, jurando para si mesmo que era um prazer que sentiria todas as manhãs, pelo maior tempo possível.

Passando a mão entre as pernas delgadas de Finnula, Hugo abaixou o rosto para colar os lábios nos dela. Ela retesou o corpo ante a pressão dos dedos dele, como ele sabia que ela faria, então derreteu-se contra eles um minuto depois, quando a outra mão moveu-se para acariciar os pequenos seios de Finnula. Guiando-a com as mãos, Hugo fez com que ela montasse nele, e, quando a estreiteza sedosa fechou-se em volta dele, revestindo-o com seu calor, foi a vez de ele se retorcer.

A trança que Peggy tinha feito nos cabelos dela na noite anterior já tinha desmanchado durante o ato de amor e agora todos aqueles gloriosos cachos avermelhados caíam em volta do rosto e dos ombros, formando uma cortina com um perfume delicioso em volta dos dois conforme se movimentavam juntos. Hugo observou o rosto lindo de Finnula quando ela alcançou mais uma vez o clímax, e segurou seus quadris delgados, penetrando cada vez mais fundo, até que finalmente acompanhou-a em um prazer irracional.

Dessa vez foi ela quem soltou o corpo sobre ele, que a envolveu em seus braços, maravilhando-se com a beleza de ossos delicados e desejando saber como uma dama tão pequenina era capaz de suscitar esse desejo violento dentro dele. Ele sentia como se nunca fosse ter o desejo por ela saciado, e esse era um pensamento muito sério.

Afinal de contas, ele não era Hugh Fitzwilliam, um simples cavaleiro de Caterbury. Era Hugo, conde de Stephensgate, e esta garota era a filha do seu moleiro. Finnula Crais, embora não soubesse disso, era sua vassala, e ele tinha o dever feudal de proteger e alimentar seus vassalos.

É verdade, seu pai tinha abusado desse mesmo povo que tinha jurado proteger, mas Hugo não era o pai e consertaria todos os erros cometidos por lorde Geoffrey assim que chegasse a Stephensgate.

No entanto, isso não mudava o fato de que tinha deflorado essa menina, um ato que a deixava sem condições de se casar com qualquer outro homem.

Não que Hugo fosse permitir que esse casamento acontecesse.

Não, Finnula Crais e seu destino eram sua responsabilidade agora, e sua única preocupação era como faria para que abandonasse as calças de couro. Ficava muito charmosa com elas, mas certamente não permitiria que a esposa andasse por aí vestida de garoto para que um homem qualquer olhasse para ela com desejo. Não, teria de começar a usar vestidos, como o que tinha usado na noite anterior, aquele que tinha se agarrado às curvas dela de forma tão tentadora.

Finnula esticou-se feito um gato sobre o corpo dele e disse:

— Se quisermos chegar a Stephensgate antes do anoitecer, temos de ir embora logo.

Hugo sorriu e deu uma palmada nas nádegas nuas de Finnula.

— Ainda sou seu prisioneiro, certo?

— Não aja como se nada tivesse acontecido. — Ela desceu do corpo dele, apoiando a cabeça sobre seu peito nu, e olhou para sua fonte de prazer, agora relaxada sobre a coxa de Hugo. — Acho que agora entendo Mellana um pouco melhor — disse Finnula de forma pensativa.

Hugo olhou para os cílios compridos e a boca pequena e expressiva de Finnula.

— Você está falando sobre o fato de como ela ficou grávida?

— Sim. Antes não conseguia entender como ela pôde fazer uma coisa dessas, mas agora vejo como deve ter acontecido. Quer dizer, se Jack Mallory a tiver agradado tanto quanto você me agradou.

Por um instante, Hugo ficou tentado a lhe dizer a verdade sobre sua identidade. Afinal de contas, Finnula agora podia estar tão grávida quanto a irmã, e Hugo queria deixá-la segura de que, se fosse esse o caso, não precisava se preocupar com o destino da criança. Mas, de alguma maneira, achou que a revelação de que ele era o conde de

Stephensgate poderia estragar o que estava sendo uma das manhãs mais agradáveis que tinha na lembrança.

E então permaneceu em silêncio, observando Finnula se levantar e começar a caminhar pelo quarto, tão despreocupada com a nudez quanto tinha estado na cachoeira.

Eles se lavaram e se vestiram, e Finnula colocou seu disfarce de esposa mais uma vez, desta vez sendo mais difícil devido aos frequentes carinhos de Hugo. Vê-la de vestido o deixava inegavelmente louco de desejo novamente, e o que teria levado apenas alguns minutos levou mais de uma hora. Quando saíram de Dorchester, Finnula cavalgando sentada de lado na sela por causa da saia do vestido, o sol estava alto no sudoeste, todas as nuvens do dia anterior desaparecidas, o céu um vasto dossel azul.

Finnula conversou amavelmente sobre a sorte que tiveram por ninguém tê-la reconhecido. Também por não terem reconhecido sua montaria. Aparentemente, Violeta era tão conhecida quanto a própria Finnula, mas Hugo só a escutava parcialmente. Em vez disso, admirava a maneira como a luz do sol ressaltava as mechas douradas dos cachos de Finnula. Hugo pegou-se admirando a esmeralda entre os seios dela, brilhando sob os raios de sol, aninhada tão confortavelmente onde uma hora antes ele tinha apoiado o rosto.

Tais pensamentos, ele disse a si mesmo, eram sentimentais e nauseantes, e não conseguia entender por que estava no mundo da lua por causa desta garota, quando já a tinha levado para a cama. Normalmente se curava de qualquer admiração por uma mulher no momento em que terminava de fazer amor com ela, mas sua afeição por esta parecia aumentar a cada hora que passava. Fazer amor com ela só tinha acrescentado combustível a seus sentimentos. Estava realmente num estado deplorável, e ele sabia, com o coração apertado, que só havia uma cura para isso.

Já tinham cavalgado por algum tempo até que Finnula reclamou de uma câimbra na perna e insistiu em que parassem para que pudesse colocar as calças. Hugo revirou os olhos, desejando ter queimado aquela roupa de couro na estalagem enquanto ela dormia, mas a visão das nádegas nuas de Finnula sob a luz do sol o fez se esquecer de sua desaprovação, e ele desceu do cavalo e juntou-se a ela na pequena moita onde ela tinha se escondido para trocar de roupa.

Fazer amor ao ar livre nunca tinha sido muito prazeroso para Hugo, pois suas companhias tinham invariavelmente reclamado de bainhas sujas e do chão duro. Mas Finnula não pareceu se preocupar com nada disso assim que ele conseguiu excitá-la a um ponto em que não importava o que havia debaixo deles. A princípio, ela ficou relutante, então ele tocou o meio de suas pernas e ela pareceu se derreter para ele, tornando-se tão maleável quanto um gatinho. Era um dado interessante que Hugo pretendia não esquecer em ocasiões futuras. Seria uma ferramenta conveniente de usar, pensou, para acalmar sua ira quando ele revelasse a verdadeira identidade.

Depois dessa breve pausa fazendo amor na floresta, Finnula, de repente carinhosa, concordou com a sugestão que ele fez de que ela cavalgasse na sela na frente dele, assim ficariam sentados juntos até que entrassem em Stephensgate algumas horas depois.

Finnula ocupou-se em apontar as divisas da propriedade, orgulhosamente exibindo a aldeia e a propriedade à sua volta, e Hugo, que não via seu lar havia mais de dez anos, apreciou o passeio. A aldeia parecia menor do que quando a deixara, ao invés de maior, os chalés menores e as pessoas mais velhas — muito mais velhas. Ficou chocado quando Finnula contou-lhe, descrevendo o padre da paróquia de forma não muito respeitosa, o fato de Fat Maude, com quem Hugo aprendeu tudo o que sabia sobre a arte de satisfazer uma mulher, ainda estar conduzindo seu negócio no chalé do outro lado da aldeia.

Mas ficou ainda mais chocado quando fizeram uma curva e se aproximaram do moinho, situado próximo ao suave curso do rio e parecendo muito como era dez anos atrás, quando Hugo passava por ele sem pensar nem um pouco em seus moradores, um dos quais ele agora tinha montado bem intimamente na mesma sela que ele. Reunidos no jardim em frente a uma casa simples de dois andares, havia um grupo de homens e montarias, inclusive, ele soube quando Finnula retesou o corpo à sua frente e sussurrou, o xerife.

— Ah, não — resmungou Finnula, afundando o rosto nas mãos.

— E todos os meus cunhados. O que acham que eu fiz *agora*?

Hugo manteve as mãos bem apertadas na cintura dela, guiando Skinner com firmeza em direção à casa e ao grupo de homens amontoados do lado de fora. Eles também pareciam um bando de valentões, cada um maior que o outro, e todos apontando e olhando furiosos para eles.

— O que quer que achem, sei que você é inocente — disse ele, tentando evitar que a voz revelasse que na verdade estava se divertindo. — Faz três dias que você está comigo. A não ser que seja algo que você tenha feito antes de partir.

Mas a confiança de Hugo foi quebrada por um grito estrondoso. Um homem separou-se do grupo e veio correndo na direção deles. Hugo reconheceu-o por causa dos cabelos bem ruivos e a expressão furiosa. O irmão Robert. Não havia dúvida quanto a isso.

— Finnula!

O homem era surpreendentemente alto, quase tão alto, Hugo concluiu calmamente, quanto ele. Ele era forte também, tinha os ombros musculosos dos anos carregando sacos de trigo e farinha. Quando Hugo fez Skinner parar na frente da gamela de água, o irmão Robert e uma meia dúzia de outros homens se aproximavam a um passo nada moderado, os rostos furiosos.

Hugo sentiu que Finnula estava ficando em pânico, e, como se ela fosse um pônei nervoso, ele fez "shhhhhh" para ela.

— Você não entende — disse ela agitada. — Ele vai me matar!

— Ele não vai colocar a mão em você — garantiu-lhe Hugo.

Robert parou a mais ou menos uns 30 centímetros da gamela, e, olhando furioso para Hugo com olhos cinza estreitos que eram a cópia dos da irmã, resmungou:

— É este o cretino, Fairchild?

Do meio do grupo de cunhados saiu Matthew Fairchild, segurando nervosamente um chapéu desbotado nas mãos.

— Sim, Robert — gaguejou. — Foi dele que falei para você.

— Tire as mãos da minha irmã, senhor — falou Robert rispidamente. — E desça da montaria. Tenho um assunto para acertar com você.

— Robert! — gritou Finnula, todo o medo esquecido quando se apressou para defender Hugo. — Como você ousa falar assim com o Sr. Hugh! Peça desculpas imediatamente!

— Não vou me desculpar coisa nenhuma — declarou Robert, as mãos enormes fechadas em punhos nas laterais do corpo. — O nome dele não é Hugh e não tem nenhum senhor por aqui. Vai tirar as mãos da minha irmã, homem, ou eu mesmo vou ter que tirá-la daí?

Hugo não estava mais achando graça. A presença de Matthew Fairchild só podia significar uma coisa: que seu criado Evan tinha contado o que tinha visto no celeiro da fazenda... mas o beijo roubado de Hugo tinha sido interpretado pelos protetores de Finnula como algo consideravelmente mais sério. Ele percebeu que Robert tinha todo o direito de estar furioso com ele, embora a provocação fosse mal interpretada.

— O que você disse? O nome dele não é Hugh? — A voz de Finnula estava repleta de escárnio. — Você não sabe do que está falando. O nome dele é Hugh Fitzwilliam, e ele é um cavaleiro que acabou de voltar das Cruzadas. Mora em Caterbury.

— Não é, Finnula — resmungou um homem quase tão grande quanto Robert, mas um pouco mais corpulento. Pela riqueza das vestimentas, Hugo julgou que este deveria ser o xerife De Brissac, o homem que Finnula tanto temia. No entanto, ele parecia ter certa preocupação com a garota, pois, quando olhou para ela, a boca dele formou uma expressão séria em meio a uma barba negra e cerrada, embora cuidadosamente aparada. — Por que você não desce daí, Finnula, e deixa suas irmãs a levarem para dentro?

Hugo viu Finnula erguer a cabeça. Havia cinco mulheres reunidas na entrada da casa, todas coroadas por cabelos vermelho-fogo, exceto uma, que usava tranças de um dourado pálido. Esta ele julgou ser Mellana, porque estava chorando compulsivamente e resmungando:

— A culpa é minha! Oh, Finn, você me perdoa?

— Não vão me levar a lugar algum — anunciou Finnula com teimosia, afundando as mãos na crina de Skinner — até alguém me dizer o que está acontecendo.

Hugo inclinou-se para falar ao ouvido dela:

— Finnula, é melhor você fazer o que o xerife está dizendo. É um assunto para ser resolvido entre homens. Vá para dentro com suas irmãs.

— Não há assunto para ser resolvido — declarou Finnula, irritada. O olhar cinza varreu o grupo de homens até aterrissar no que ela procurava. — Matthew Fairchild, que histórias você anda espalhando sobre mim?

— Nada além da verdade, senhora — insistiu o fazendeiro, nervoso. — Meu garoto Evan viu tudo.

— Seu garoto Evan não viu nada — disse ela com desdém e de forma um tanto corajosa, considerando que estava contando uma grande mentira.

— Nada! Ele disse que viu este homem beijando você — declarou Robert, cutucando Hugo com um dedo furioso — e que depois você bateu nele, tentando fugir dos seus braços. Mas, quando Evan levou Matthew para o lado de fora alguns segundos depois, você já tinha ido embora, levada à força por este cretino.

— Esse é o bando de mentiras mais ridículo que já ouvi em toda a minha vida — ela escarneceu. — É verdade que nos beijamos, mas não foi contra a minha vontade, e quanto a ser levada...

— Finnula — disse o xerife calmamente. — Fui a Caterbury de manhã. Nunca existiu nenhum Sr. Hugh Fitzwilliam por lá. Não existe nenhuma família Fitzwilliam a quilômetros de distância.

Hugo sentiu, mais do que ouviu, Finnula arfar. Tinha ficado imóvel como uma estátua na sela na frente dele. Isso, ele sabia, era ruim. Muito, muito ruim.

Para ele.

— Agora, seja uma boa garota — continuou o xerife — e desça daí para que possamos falar em particular com esse homem.

Hugo cutucou Finnula gentilmente.

— Faça o que ele está pedindo, querida. Explico tudo para você depois, mas, agora, vá para junto das suas irmãs.

O rosto de Finnula expressava tanta tristeza que Hugo teve vontade de agarrá-la em seu peito e confortá-la.

Mas ele não estava completamente certo de que nesse momento em particular tal gesto seria bem-vindo. A mão de Finnula tinha ido parar no cabo da faca de sua cintura. Dividida entre duas ordens, ela hesitou, olhando primeiro para o irmão e depois para Hugo.

— Vá — insistiu ele. — Tudo vai ficar bem, prometo.

Revirando os olhos, Finnula passou a perna em volta do pescoço de Skinner e saltou no chão com leveza. Ainda nem tinha conseguido ficar de pé e Robert Crais já estava em cima dela, a fúria fazendo com que a agarrasse pelos ombros com brutalidade.

— Que loucura é essa? — perguntou ele, sacudindo a pequena garota em seus braços. — No que você estava pensando, sua estúpida, garota estúpida?

Estas foram, muito provavelmente, as últimas palavras que Robert Crais pronunciou. O que ele viu em seguida foi Finnula sendo puxada dos braços dele e uma lâmina de 60 centímetros sendo pressionada no seu pescoço. Hugo tinha puxado a espada e desmontado antes que qualquer um pudesse se mexer, a reação dele, de uma segunda natureza, aprimorada por uma década de guerra. Empurrando Finnula para trás de seu corpo, ficou entre o irmão e a irmã, a espada frouxa na mão, mas a expressão do rosto perigosa.

— Você pode despejar toda a culpa que quiser em cima de mim, irmão Robert — disse Hugo, a voz gélida em meio a sua calma mortal. — Mas não toque na garota. Ela é inocente de qualquer malfeito, e o único homem que pode colocar a mão nela sou eu.

— Que diabos é isso? — explodiu Robert com uma energia admirável para um homem que tinha uma lâmina apontada para si. — Ela é *minha* irmã!

— Ela vai ser *minha* esposa — informou-lhe Hugo.

Atrás dele, ele escutou Finnula respirar fundo em protesto, mas a única pessoa para quem tinha olhos neste momento era para o moleiro. Ele viu os olhos cinzentos do jovem se arregalarem de raiva e quase sentiu pena dele. Era algo terrível, ele imaginou, perder a irmã para um total estranho. Mas Hugo não conseguia enxergar o que o homem tenha feito para merecer um tratamento melhor. Afinal de contas, ele havia permitido que Finnula usasse aquelas malditas calças de couro, atraindo todo tipo de desastre. O irmão Robert tinha sorte de que nada mais perigoso tenha acontecido com ela.

— Ora, ora, ora. — O xerife De Brissac deu uma risada, juntando as mãos com palmadas ressoantes. — Isso já é completamente diferente. Estupro, afinal de contas, é crime. Mas casamento é causa de celebração. Guarde sua espada, jovem. Robert não vai encostar um dedo na garota... Vai, Robert?

Parecia que a única pessoa na qual Robert queria colocar as mãos era Hugo.

— Não vou tocar nela — disse ele. — Mas esse homem só casa com ela por cima do meu cadáver.

— Isso pode ser resolvido, sabe, Crais — falou Hugo, embainhando a espada.

— Eu... — começou Finnula, mas o xerife De Brissac interrompeu, colocando-se entre os dois homens e posicionando as mãos nos ombros de cada um:

— Palavras duras, palavras duras trocadas entre homens que podem um dia ser irmãos. Já eu acredito que existe uma maneira simples para lidar com essa situação.

Olhando para Finnula, o xerife sorriu.

— Agora, Finnula, por que você não nos conta o que aconteceu? Esse homem violentou você, querida?

Finnula sacudiu a cabeça.

— Não, mas...

— Ele a machucou de alguma forma?

— Não, mas eu...

— Muito bem, então. — O xerife De Brissac soltou o ombro do moleiro, mas manteve a mão no de Hugo. Hugo não se importou, porque estava começando a gostar deste corpulento homem da lei, que não permitiria que Finnula liberasse a raiva que Hugo podia ver claramente crescendo. Achou que podia entender por quê, embora parecesse perfeitamente ciente de quem andava caçando na floresta de Sua Senhoria, o xerife nunca tinha prendido a acusada. — Acredito que a única questão que permanece é a de quem o senhor é.

Hugo olhava fixamente para Finnula enquanto dizia, com dignidade:

— Sou Hugo Geoffrey Fitzstephen, sétimo conde de Stephensgate, recentemente saído da prisão no Acre para ser lorde da propriedade do meu falecido pai.

O silêncio gerado por essa declaração foi quebrado apenas por um grito de raiva, o qual, Hugo percebeu assustado, veio de Finnula.

Quando se virou para olhá-la, a última coisa que esperava era vê-la chorar de raiva. Mas foi exatamente isso o que aconteceu. A Bela Finn, que não tinha medo de homem algum ou de qualquer fera, estava soluçando furiosa, e quando Hugo a chamou e começou a andar em sua direção, ela virou-se e correu, rápida como um coelho, em direção às irmãs.

Aquelas matronas de cabelos ruivos a envolveram em seus braços, lançando-lhe um olhar coletivo de puro e intocado ódio, e bateram a porta da casa do moinho na cara dele.

O xerife De Brissac foi o primeiro a jogar a cabeça para trás e a dar risada. Foi acompanhado logo depois pelos cunhados de Finnula, depois por Matthew Fairchild e, finalmente, a mais genuína de todas, por Robert Crais. Hugo permaneceu no meio do jardim, encarando a porta firmemente fechada e desejando saber como diabos tinha acabado se tornando lorde de uma aldeia de lunáticos.

— Ah — gritou o xerife De Brissac, o primeiro a se recuperar da crise de riso. — Ah, mas isso foi engraçado.

Hugo olhou furioso para o homem mais velho.

— Ninguém acredita em mim?

— Ah, sim, meu senhor. Nós todos acreditamos em você. Quem mais você poderia ser? Não foi disso que achamos tanta graça.

Hugo tinha colocado os punhos nos quadris e olhava impassivelmente para os homens que gargalhavam.

— Bem, talvez você devesse me esclarecer então o que é exatamente tão engraçado.

— Bem, é o fato de você achar que vai se casar com Finnula. Você deveria saber. — A simples ideia quase levou o xerife ao limite novamente, mas ele deve ter percebido a expressão séria de Hugo, pois se controlou. — Peço-lhe perdão, meu senhor. Você realmente não sabe?

Hugo não conseguia se lembrar de ter sentido tanta raiva na vida. Precisou de um esforço quase sobre-humano para conseguir controlar a vontade de atravessar o jardim, chutar a porta e arrastar para fora a chorosa futura noiva.

— Realmente não sei — ele disse entre dentes cerrados.

— Bem, talvez o senhor saiba que Finnula já foi casada?

— Sim — Hugo disse, dando de ombros. — E o que tem?

— E ela não disse para você com quem se casou?

— Não disse.

— Não diria. Acho que foi o pior dia da vida dela. — Neste momento, todos os homens pararam de rir e encararam Hugo com uma larga variedade de expressões, do sorriso de satisfação de Robert Crais à pena cheia de ansiedade do fazendeiro Fairchild. Pena? Hugo queria socar alguma coisa.

— Então? — perguntou Hugo. — Você não vai me dizer com quem diabos ela foi casada?

O xerife De Brissac sentiu quase um pesar de ter de ser ele a dar a notícia.

— Com seu pai, meu senhor.

Capítulo Dez

Finnula estava deitada na cama que ela e Mellana tinham dividido por quase a vida inteira e franziu a testa. Tinha chorado por quase 15 minutos, as irmãs cacarejando em volta dela como galinhas. Mas Finnula nunca fora uma chorona, e não conseguia manter as lágrimas rolando por muito tempo.

Então, depois de ter enfrentado os paparicos de Brynn e rechaçado as represensões de Patricia, deixou que Camilla tirasse sua roupa — "Estas calças de couro são uma desgraça!" — e foi vestida novamente por Christina — "Você tem túnicas tão lindas, por que não as veste?". Ela levantou a cabeça de um travesseiro úmido e parou abruptamente de chorar. Deitada de barriga para baixo, alheia às rugas que estava fazendo em sua túnica verde-escuro, Finnula franziu a testa para a cabeceira da cama enquanto as irmãs conversavam ao seu redor.

— Foi uma safadeza o que ele fez com você, Finn — Christina dizia, passando uma escova pelos cabelos grossos da irmã caçula, sentada ao lado dela na cama de madeira. — Mas você não pode culpá-lo...

— Sim, como poderia saber sobre você e lorde Geoffrey? — Brynn suspirou. — Pobre homem...

— Pobre nada. — Patricia, que era a briguenta da família, não estava contente nem com Finnula nem com o conde. — Ele *teria* contado para ela se não estivesse tão encantado com a ideia de ser sequestrado por uma ruiva atraente...

— Patricia! — A sempre gentil Brynn ficou chocada. — Como pode dizer uma coisa dessas?

— Como? Porque é a verdade, sua boba.

— Mas ele é um conde!

— Oh, e condes não são homens? Acho que sabemos muito bem, pela experiência com o falecido lorde Geoffrey, que condes são primeiro homens, depois lordes...

— É ridículo achar que ele não contou para ela porque estava gostando de ser prisioneiro — disse Christina, dando um puxão implicante no cabelo de Finnula. — Totalmente ridículo.

Patricia tinha cruzado os braços sobre o peito.

— Ele obviamente gostou, ou teria escapado.

— Não conseguiria escapar — disse Brynn. — Era Finnula quem o prendia, lembre-se disso. Finn nunca deixaria um refém escapar. Foi exatamente por esse motivo que Mellana pediu isso para ela...

— Ah — lamentou Mellana do canto do quarto, para o qual tinha sido mandada por suas irmãs. — É tudo minha culpa!

— É verdade — respondeu Patricia de imediato, completamente sem compaixão pela segunda irmã mais nova. — A culpa é toda sua, Mel. Ninguém está negando isso. Imagine, gastar o dote inteiro em quinquilharias. Quem já viu uma coisa dessas? Tenho vergonha de admitir que sou sua parente. E fique sentada aí nesse canto até decidirmos o que vamos fazer com você.

Mellana lamentou um pouco mais, e Finnula olhou furiosa para ela. Ainda não tinha deixado escapar a razão por trás da urgente necessidade de repor o dote de Mellana, mas já tinha decidido que, se o pior viesse a acontecer, ela contaria.

— Ah, Finnula. — Brynn estava mordendo o lábio inferior preocupada. — Não sei como explicar, mas, Finnula, você e o conde não... quero dizer, nada... *impróprio*... aconteceu enquanto você estava viajando com ele, aconteceu?

Finnula somente franziu ainda mais a testa.

— Não seja boba, Brynn — advertiu Christina. — O conde nunca faria avanços impróprios com um de seus próprios vassalos.

— Faria, se pretendesse se casar com ela, como anunciou lá embaixo — disse Patricia secamente.

— Ele fez isso, Finn?

— Sim, Finn. Ele fez?

— Pode nos contar, Finn. Não vamos contar para Robert. Ele fez isso, querida?

Felizmente, Finnula foi poupada de ter de dar uma resposta por causa dos passos na escada do lado de fora. Camilla irrompeu no quarto, os lindos olhos brilhando. Como a fofoqueira do grupo, Camilla tinha sido mandada ao andar de baixo para espionar os homens e, pela expressão no rosto, tinha escutado muita coisa.

— Ah, Finn — gritou ela, correndo para a cama e pulando nela como uma criança cheia de caprichos, alheia ao corpo esticado de Finnula e à própria túnica de seda delicada e aos cabelos cuidadosamente penteados. — Vocês não vão acreditar na confusão que lorde Hugo está fazendo! Está pedindo que você seja levada lá para baixo imediatamente e ameaçando Robert com a prisão! Está divertido demais!

As outras irmãs de Finnula amontoaram-se ao redor da cama.

— O que ele disse?

— Ele ainda quer se casar com ela?

— Robert não pode negar-lhe...

— Como poderia se casar com a viúva do próprio pai?

— Diga o que você ouviu, Camilla!

— Sim, diga!

Camilla levantou as duas mãos, pedindo silêncio. Uma atriz nata, ela baixou a voz dramaticamente e sussurrou:

— Bem, quando cheguei à porta da sala na qual se reuniam, Bruce estava lá de pé, de guarda, e teve a ousadia de dizer: "Vá lá para cima com suas irmãs, mulher. Sua tagarelice não é necessária aqui." Ao que eu respondi...

— Ninguém se importa com o que Bruce tem a dizer — zombou Patricia e depois acrescentou, com um sorriso levemente envergonhado: — Perdão, Christina...

Christina fez um sinal de indiferença com a mão, e Camilla continuou:

— Bem, o xerife De Brissac estava dizendo a lorde Hugo sobre como o pai dele e Finnula se conheceram...

Finnula resmungou, levantou o travesseiro e o colocou sobre a cabeça.

— O xerife De Brissac estava contando para ele? — Brynn estava confusa. — Por que não era Robert quem estava contando?

— Robert não quer falar com ele. Somente olha furioso para ele por entre canecas...

— Canecas? — Brynn estava chocada. — Estão *bebendo* num momento desses?

— O próprio lorde Hugo pediu que um barril da cerveja de Mel fosse aberto. Você poderia, por favor, deixar que eu termine? — Camilla estava impaciente para terminar a performance. — Então, quando o xerife De Brissac descreveu como lorde Geoffrey encontrou Finnula nadando naquele dia na cachoeira de Saint Elias e como a espiou e ficou admirado com ela e a seguia por todo o caminho de volta até Stephensgate — Finnula gemeu novamente por debaixo do travesseiro —, lorde Hugo ficou com o rosto vermelho e depois chamou o próprio pai de "velho diabo", imagine. Depois o xerife De Brissac disse a ele como Robert fez tudo o que podia pensar para impedir que Finnula se casasse com o velho safado (palavras dele, não minhas), porque ela não fazia nada além de chorar com a perspectiva de tal casamento, mas como nada impediria o velho e como finalmente lorde Geoffrey emitiu um comando feudal, em pergaminho, nada mais nada menos, informando a Robert que se não desse a mão de Finnula, o moinho seria tomado...

Sob o travesseiro, Finnula soltou um gemido abafado, depois chutou os pés descalços contra a cama até Patricia abaixar-se impacientemente e segurar os dois tornozelos dela.

— Fique quieta, sua praga impaciente. Estamos escutando.

Finnula disse, as palavras mal inteligíveis, pois estava falando por debaixo do travesseiro de penas.

— Vocês não podem sair e me deixar sozinha?

— Não — retrucou Patricia. — Continue, Camilla.

— Bem, pode-se dizer que o lorde ficou bastante chocado ao ouvir que seu pai exerceu seus direitos feudais a esse respeito, pois cuspiu toda a cerveja, quase acertando a cara de Matthew Fairchild...

— Não! — Patricia ficou chocada com um comportamento tão rude.

— Foi, sim. Mas, quando se recuperou, o xerife De Brissac garantiu-lhe que era verdade, e que Finnula preparou-se para o casamento como quem se prepara para um funeral...

Finnula deu mais alguns chutes, e Camilla disse:

— Ah, sinto muito, Finn. Esqueci como você odeia ouvir sobre aquele dia. Mas isso é necessário neste momento, você sabe disso. De qualquer forma, o xerife De Brissac disse como Finnula e lorde Geoffrey se casaram, com a presença de toda a aldeia, e como depois houve uma festa no Grande Salão do solar, e depois Finnula e lorde Geoffrey subiram para a cama e então...

Finnula tirou o travesseiro da cabeça e sentou-se, a túnica retorcida, o que fazia com que uma parte maior do colo do que era apropriado ficasse exposta na gola do corpete.

— E o que lorde Hugo disse depois, Camilla? — perguntou Finnula, agarrando o pulso fino da irmã. — Quando o xerife lhe disse isso?

Camilla, contente por sua narração estar sendo apreciada por pelo menos um membro da extasiada audiência, ajeitou-se um pouco, acariciando os cachos ruivos e examinando um enorme anel de diamante que tinha ganhado de presente do marido vinicultor na semana anterior. Em seguida, vendo que as outras quatro irmãs também estavam assistindo em suspense, bateu palmas.

— Bem! O xerife De Brissac contou como Finnula começou a gritar do aposento, o cabelo caindo pelas costas parecendo pegar fogo, dizendo que lorde Geoffrey estava morto. Gostei da parte sobre o cabelo parecer fogo... Você precisava ver a cara de lorde Hugo nessa hora. Estava branca como neve, e a boca aberta. "Morto", ele repetiu, e o xerife De Brissac fez que sim com a cabeça. "Sim. Morto." E depois o xerife continuou a descrever como todo mundo subiu as escadas e lá estava o conde estirado no chão, morto como um animal, e Finnula histérica, jurando que não tinha encostado a mão nele, e como Reginald Laroche imediatamente acusou-a de envenenar o velho homem, e...

— *Mas o que ele disse?* — Finnula agarrou o pulso de Camilla novamente. — *Mas o que lorde Hugo disse em relação a isso?*

— Ele olhou para o xerife nos olhos e disse, naquela voz grossa dele... Ah, Finnula, ele é realmente muito bonito, esse seu lorde Hugo. E a voz dele é tão esplendorosa e grave que parece um trovão. Causa arrepios na minha nuca...

— *Deixe isso para lá agora. O que lorde Hugo disse?*

— Ele disse "Ninguém acreditaria que Finnula Crais fosse capaz de envenenar alguém, mesmo alguém tão odioso quanto meu pai", e o xerife De Brissac disse que ele sempre tinha acreditado na sua inocência e que tinha acontecido algo muito ruim...

— O que ele quis dizer com isso? — Finnula desejou saber.

— Ah, não sei. Mas o xerife disse a ele que nunca nenhum veneno foi encontrado e que ninguém mais morreu naquela noite, e todos comemos a mesma comida, então ele concluiu que a morte de Geoffrey foi por causas naturais, afinal de contas, o homem tinha quase 60 anos...

— E qual a idade do seu marido, Camilla? — perguntou Patricia de forma maliciosa.

Camilla olhou furiosa para ela.

— Que vergonha, Trish. Gregory tem apenas 50 anos...

— *O que lorde Hugo disse?* — Finnula sibilou entre dentes.

— Ah, bem, ele disse: "É claro que ninguém acreditaria realmente que Finnula teria feito uma coisa dessas." E o xerife disse que somente os Laroche acreditaram... Você se lembra de como a maldita Isabella estava nos chamando de vadias assassinas e outras coisas?

No canto do quarto, Mellana emitiu um ruído, e Camilla lançou-lhe um olhar depreciativo.

— Ah, Mel, não me importo se Isabella é sua amiga. Uma vadia mais cruel nunca existiu na face da terra. Lembra como o pai dela teve aquela crise de raiva quando o xerife não prendeu Finnula por assassinato? Mas, depois, quando o padre Edward decretou que o casamento estava anulado, dado que nunca foi consumado, Laroche parou de reclamar e foi o fim da história. Foi quando lorde Hugo disse algo curioso.

— O quê? — O rosto de Finnula tinha ficado branco como os lençóis abaixo dela. — E o que ele disse?

— Ele disse: "Você está querendo dizer que Finnula não teve o seu terço?" E o xerife disse: "O casamento nunca foi legal." E lorde Hugo disse: "O que significa que a propriedade inteira ficou para Laroche." E o xerife concordou, dizendo: "O senhor foi preso no Acre, meu lorde, e naquela época todos acreditavam que morreria por lá."

Patricia cutucou Finnula com o cotovelo, com força.

— Lorde Hugo acha que Reginald Laroche assassinou o pai dele e tentou fazer parecer que tinha sido você, assim você iria para a forca e ele ficaria com a propriedade. Note minhas palavras, haverá derramamento de sangue por causa disso.

Finnula olhou fixamente para a irmã, esfregando o local sensível na costela onde ela a tinha cutucado.

— Você me escutou?

— Escutei. Não me cutuque aqui. Está machucado.

— Lorde Hugo não conseguirá provar que Reginald Laroche tem algo a ver com a morte de lorde Geoffrey, Patricia, assim como o xerife De Brissac nunca conseguiu — disse Christina, sacudindo a cabeça. — Ah, Finn, esse assunto é desagradável...

— O que aconteceu depois? — perguntou Finnula para Camilla, tentando não deixar que sua ansiedade transparecesse.

— Bem, depois lorde Hugo disse mais alguma coisa que eu não entendi. "Então é por isso que eles a chamam de senhora", e o xerife riu e disse como Finnula levou a sério o juramento de que protegeria os vassalos de lorde Geoffrey, e lorde Hugo disse que era como se Finnula nunca tivesse deixado de exercer suas tarefas de castelã do solar Stephensgate, e que isso era uma coisa boa também, porque quando se casassem não seria uma mudança tão drástica para ela...

— *O quê?* — gritou Finnula.

— Foi exatamente o que Robert disse: "O quê?" E ele começou a se levantar da cadeira, gritando "Você não pode ainda ter a intenção de se casar com ela!", ao que Hugo respondeu, "Se ela me quiser", e então o xerife começou a rir novamente, e Robert irrompeu pela mesa, prestes a matar Sua Senhoria, mas Bruce o impediu, e o fez se lembrar de que era com o conde que estava falando, não com um menestrel qualquer que tinha pedido a mão da irmã em casamento...

No canto do quarto, Mellana soltou um gemido.

— E Robert disse que não se importava, que preferia ver Finnula morta a deixá-la se casar com outro Fitzstephen, pois ela não fez outra coisa a não ser chorar durante dias com a ideia de ter de se casar com o pai, e que ela já estava lá em cima chorando com a ideia de se casar com o filho. E depois, você não acreditaria, lorde Hugo ameaçou mandar Robert para a prisão por causa de sua falta de respeito! Até mesmo chamou nosso irmão de um pirralho intrometido e então começou a acusá-lo por deixar Finnula andar por aí de calças, ao que Robert respondeu "Se você acha que consegue cuidar melhor dela, seja bem-vindo!", e lorde Hugo disse, "Muito obrigado", e o xerife De Brissac imediatamente propôs um brinde à felicidade do casal!

Christina sacudiu Finnula excitadamente.

— Você ouviu isso, Finn? Ouviu?

Finnula fez que sim com a cabeça, meio tonta, depois se sentou na cama, sentindo-se fraca. Bem, é claro que ele tinha de dizer que queria se casar com ela, depois de tudo aquilo! Mas ele com certeza não estava sendo sincero. Só estava fazendo isso por uma questão de honra. E Finnula não se casaria com um homem simplesmente para aliviar seu senso de honra. Faria a coisa certa e lhe diria que não era necessário. Se estivesse grávida, simplesmente iria para algum lugar, para um convento talvez. Podia dizer para todo mundo que tinha ido para uma peregrinação purificar sua alma, embora realmente duvidasse de que alguém fosse acreditar nisso. E teria o bebê e o daria para algum casal sem filhos, depois voltaria imediatamente para casa.

Ah, sim, melhor isso do que um casamento sem amor...

— Finnula, qual o problema com você? — Brynn sacudiu-a suavemente para que saísse do seu devaneio. — Você não está feliz, querida? Você não gosta dele?

Finnula olhou para a irmã mais velha sobriamente.

— Brynn — disse ela. — Achei que ele fosse um estranho... um cavaleiro desafortunado de Caterbury, e agora descubro que é o filho do lorde Geoffrey? Como devo me sentir? — Honestamente, ela nunca teria ido para a cama com ele se soubesse disso! Olhe a confusão em que estava metida agora!

— Que diferença isso faz? — perguntou Camilla. — Ainda assim é o homem mais adorável que já vi...

— Homens não são adoráveis — escarneceu Patricia.

— Bem, bonito então. Ah, Finnula, pense como vai ser diferente ser a senhora do solar Stephensgate com lorde Hugo ao seu lado, em vez de com o pai dele. Ora, ele não é alguém a quem eu negaria um lugar na minha cama...

— Camilla, você é uma safada pior que Isabella Laroche — declarou Patricia.

— Finnula — disse Brynn, mordendo preocupada o lábio inferior. — Pense nisso. O disfarce dele foi tão abominável assim? A quem ele prejudicou? A ninguém. Ele parece amar você... — Ao que Finnula bufou. — Bem, gostar de você pelo menos. Por que mais ele brigaria para ter a sua mão?

Finnula não disse nada, somente olhou furiosa pela janela, que mostrava que o crepúsculo já tinha caído do lado de fora. Tinha lutado com tanto afinco para casar-se com ela porque a tinha desonrado, e só estava fazendo, como seu lorde, o que lhe devia. Não era nada além do que faria para qualquer servo.

— É verdade que se você se casar com ele, haverá sacrifícios — começou Brynn lentamente.

— Sim — concordou Patricia. — Nada de calças de couro.

— E de caçar — disse Camilla.

— Nada de desaparecer durante dias no lombo de Violeta — disse Christina.

Finnula tinha certeza de que tinha morrido um pouco, apenas ouvindo o que diziam.

— Mas pense no que vai ter em troca — gritou Camilla, os olhos cinzentos brilhando. — Pense nas joias e nos vestidos! Pense em como seria bom ter um monte de empregados para pentear o seu cabelo, preparar seu banho e sua comida! Ora, você será a mulher mais rica de Stephensgate...

— Isabella Laroche vai morrer de inveja — disse Patricia, com satisfação.

— Ah, você tem que se casar com ele, Finn — completou Camilla. — Você vai aprender a amá-lo, de verdade, vai aprender. Olhe para mim e Gregory.

Patricia resfolegou.

— Eu não consideraria nem um pouco que esse seria um casamento ideal.

— Mas é. Começou como um acordo de negócios. Gregory se apaixonou loucamente por mim, e concordei em me casar com ele se ele aceitasse algumas condições...

— Como o colar? — perguntou Patricia, acidamente.

— Ora, sim — respondeu Camilla, colocando uma das mãos no rubi e na pérola gigantescos no pescoço. — Esse é um deles. E, pouco a pouco, Finnula, comecei a apreciar Gregory por suas outras qualidades...

— Como o quê? — Patricia deu uma risada. — O homem é velho o suficiente para ser seu...

Um grito estrondoso interrompeu a discussão. Era a voz de Robert, e ele a estava chamando.

— Finnula! Finnula Crais, desça aqui imediatamente!

Finnula olhou para as irmãs com olhos arregalados.

— Ah, não — gritou. — Lorde Hugo deve ter ido embora. E agora Robert vai torcer o meu pescoço! Rápido, tenho de escapar pela janela.

Christina correu para a pequena janela e curvou-se para olhar para o jardim.

— Não, o cavalo de Sua Senhoria ainda está aqui.

— Ele deve querer sua resposta para a proposta do lorde Hugo — disse Brynn. — Ah, Finnula, você tem que ir lá.

Mas Finnula continuou sentada sobre o travesseiro, a expressão rebeldemente obstinada.

— Não vou. — Ela torceu o nariz.

— Ah, Finn!

Mas Finnula estava inflexível.

— Não vou colocar o pé fora deste quarto até o homem ter ido embora. Estou falando sério.

Brynn e Camilla trocaram olhares.

— Finnula. — A irmã mais velha hesitou. — Você tem certeza de que nada, hummm, *impróprio* aconteceu enquanto estava viajando com lorde Hugo?

Finnula encarou a irmã.

— Por que você está perguntando isso? — Perder a virgindade ficava aparente? Finnula não tinha notado mudança alguma na aparência de Mellana, e ela estava grávida!

— Bem, me parece que está irracionalmente irritada porque ele mentiu para você. Afinal de contas, ele não fez algo tão estranho assim. Talvez nunca diga às mulheres que é um conde, por medo de que, bem, de que gostem dele por causa de sua bolsa e não por quem ele é...

Isso parecia muito com algo que o convencido Sr. Hugh, ou lorde Hugo, como agora tinha de se referir a ele, faria. Que estúpido, como tinha sido cega e tola! Um homem e seu escudeiro, vindo das Cruzadas e seguindo para Stephensgate, *é claro* que ela deveria saber que não podia ser ninguém além do havia muito tempo ausente lorde Hugo. E depois ele tinha mudado o nome só um pouquinho, de Hugo Fitzstephen para Hugh Fitzwilliam, e mesmo assim ela não tinha desconfiado!

E a história do irmão dele, ninguém além do filho mais velho e mais amado do lorde Geoffrey. Era uma história muito conhecida na aldeia, e mesmo assim ela não tinha feito a associação! Ah, ele devia considerá-la a aldeã mais burra do condado. Tinha até notado algo de familiar nele na cachoeira, mas nunca se deu conta de que a familiaridade devia-se à leve semelhança com o pai.

Bem, ele lhe tinha mostrado como era uma donzela boba e ignorante, e ela o agradecia por isso. Na próxima vez que encontrasse um homem, seria muito mais desconfiada.

— Finnula! — gritou Robert, o timbre de sua voz quase sacudindo as vigas.

— É melhor você ir até lá — Finnula advertiu Brynn — e dizer que, embora eu esteja ciente da grande honra que o conde depositou em mim, não tenho intenção de me casar com ele, e que lorde Hugo pode ir para casa agora.

Brynn levantou-se relutantemente.

— Finnula, acho que você está cometendo um erro. Não deixe que o orgulho entre no caminho da sua felicidade...

— Obrigada pelo conselho — disse Finnula firmemente. — Mas minha felicidade está exatamente aqui, na casa do moinho.

Suspirando, Brynn saiu do quarto para passar a mensagem. Patricia, que estava andando de um lado para o outro no pequeno quarto, parou na frente de Mellana e disse friamente:

— Bem, espero que esteja feliz. No que estava pensando ao mandar Finnula numa missão tão ridícula? Capturar um homem por um resgate. Ah! Acho que você passou tempo demais na companhia daquela rameira da Isabella. Pretendo dizer a Robert que não deixe mais você vê-la. O que você tem a dizer quanto a isso?

— Não me importo. — Mellana chorava com a saia no rosto. — De qualquer forma, nunca mais quero vê-la.

— Ah, *agora* você recuperou a razão. Sabe, você teve sorte, Mellana, de Finnula ter sequestrado um homem com um senso de cavalheirismo. Imagine se ela tivesse sequestrado alguém como Reginald Laroche? Você acha que estaria recebendo propostas de casamento de um conde? Não, teria perdido sua virgindade e estaria grávida agora, provavelmente...

— Patricia! — gritou Finnula. — Deixe Mel em paz.

— Bem, você sabe que isso é verdade.

Mais um grito ressoou na casa, e dessa vez foi acompanhado por passos pesados na escada. Como o segundo andar da casa era principalmente um território das mulheres Crais, elas estavam desacostumadas a escutar passos masculinos nas escadas, e as cinco congelaram, os olhos na porta.

— Finnula!

Dessa vez, o estrondoso grito do nome de Finnula não vinha do irmão, Robert, mas de lorde Hugo... e ele parecia estar exatamente atrás da porta do quarto. Finnula trocou olhares espantados com as irmãs, mas não se mexeu.

— Finnula — resmungou lorde Hugo ameaçadoramente. — Você vai abrir a porta ou terei de derrubá-la?

Foi Mellana quem se levantou da cadeira do canto do quarto e correu até a porta, uma das mãos sobre a boca, os olhos arregalados de pavor. Quando ela abriu a pesada porta para revelar um muito irritado lorde Hugo, fez uma graciosa mesura e gaguejou incoerentemente:

— É tudo minha culpa. Veja, eu a fiz fazer isso. Ela não queria, mas eu chorei, e ela...

— Sim, você chora lindamente — observou lorde Hugo secamente. — E você está bastante certa, a culpa é toda sua, sua e desse Jack Mallory.

Mellana arfou, os olhos azuis movendo-se acusadoramente para Finnula, que estava sentada como uma estátua na cama.

— Você contou! — gritou Mellana. — Ah, Finn, como você foi capaz?

— Sim, ela realmente contou — disse Hugo, e Finnula não deixou de perceber a presunção do tom de voz dele. — E foi para sua sorte, ou você não estaria recebendo *isto* agora, junto com a minha bênção... — Lorde Hugo largou uma grande bolsa de moedas nas mãos que a espantada Mellana rapidamente estendeu. — Isto deve pagar seu dote e outras miudezas. Sugeri ao seu irmão Robert que encontre um lugar para seu marido no moinho, visto que trovar não é um trabalho nada estável, e Jack precisará de algo mais regular, com o bebê a caminho...

Mellana arfou novamente, e as narinas de Patricia dilataram-se.

— Mel! — gritou ela, injuriada.

— *Você...*

Mas lorde Hugo a interrompeu:

— Seu irmão Robert está esperando lá embaixo, Mellana, posso chamar você assim, pois logo nos tornaremos parentes? Irmão Robert gostaria de trocar algumas palavras com você.

Mellana estava assustada demais para começar a chorar novamente. Em vez disso, apertando contra o peito a bolsa de moedas que ele lhe tinha dado, saiu do quarto de cabeça baixa. Quando Hugo olhou para Finnula e viu sua expressão, disse suavemente:

— Não precisa ter medo. Robert me garantiu que nunca bateria numa mulher grávida.

Finnula imaginou que já tinha tido o máximo que podia aguentar. Descendo da cama, alheia ao corpete retorcido da túnica, ela gritou:
— Seu estúpido! Por que você contou tudo a Robert? Agora ele vai fazer o inferno da vida dela!
— Melhor a dela do que a sua, Finn. — Hugo olhou para Camilla e Patricia, que, como Christina, olhavam fixamente para ele como se fosse algo que tivesse acabado de surgir das profundezas de uma gamela de água ou caído dos céus. Finnula não conseguia entender completamente suas expressões. Mas Hugo conseguia, aparentemente.
— Se as senhoritas me derem licença — disse ele, acenando com a cabeça. — Finnula e eu temos algumas coisas que precisam ser conversadas em particular.
— Ah, é claro — disse Camilla, fazendo uma rápida mesura e apressando-se em direção à porta. — É claro, meu senhor!
— Por favor, nos dê a sua licença, meu senhor — falou Christina resfolegante, movendo-se menos graciosamente por causa da gravidez, mas não menos rapidamente.
Patricia foi a última irmã a sair, e ela parou com a mão na tira de couro que funcionava como maçaneta e olhou timidamente para lorde Hugo.
— Beije-a — foi o conselho secreto de Patricia. — Ela vai mudar de ideia.
E depois bateu a porta com firmeza.
Sozinha em seus aposentos com lorde Hugo, Finnula não conseguia deixar de sentir uma clara desvantagem. Tinha esquecido como esse homem era fisicamente intimidador. Ora, ele teve de se abaixar para não bater com a cabeça nas vigas de madeira do teto, de tão alto que era. A estrutura enorme parecia tomar mais espaço do quarto do que as cinco irmãs juntas.
O próprio Hugo parecia ciente de como estava desajeitado naquele quarto vibrantemente feminino, e olhou com sobrancelhas erguidas para o buquê de rosas secas penduradas nas vigas do teto e

para as cortinas, mas não disse nada. O olhar âmbar percorreu dos cabelos soltos aos pés descalços de Finnula, parando apenas na gola baixa do vestido, o qual, Finnula percebeu, tinha descido e estava revelando mais do que era apropriado.

Levantando rapidamente o braço para ajeitar o corpete da túnica, o rosto pegando fogo, Finnula disse subitamente:

— Achei que você já tivesse me visto o suficiente para ficar satisfeito por um dia.

O sorriso de Hugo foi lento e sugestivo.

— Mas aí é que está o problema, Finnula. Acho que nunca vou estar suficientemente satisfeito. É por isso que acho o casamento a resposta mais sábia...

— Casamento? — Finnula virou-se rapidamente, não desejava que ele visse o efeito que as palavras dele tiveram em seu rosto. — Já disse para você que nunca me casaria novamente. Ou você não estava escutando?

— E eu perguntaria por que uma donzela tão obstinada a evitar o casamento se comportaria como você se comportou nos últimos dias.

Finnula sentiu o calor no rosto, que só parecia aumentar, ao invés de diminuir, e evitou os olhos dele com ainda mais determinação.

— Não consegui evitar — disse ela.

— Não conseguiu evitar o quê? Fazer amor comigo?

— É — admitiu ela, envergonhada. — *Você não sabe, ninguém sabe.* Seu pai estava louco, completamente louco, e pensava que eu era sua mãe. O xerife De Brissac não lhe disse isso? Lorde Geoffrey nunca me chamou pelo meu nome, chamava-me de Marie. Não era esse o nome da sua mãe?

Quando Hugo assentiu com a cabeça, sem fala, Finnula disse:

— Não era a *mim* que ele amava de verdade, nem mesmo *me* conhecia. Mas em sua mente doente, eu era a Sra. Marie, e assim ele me considerava, e nada do que eu fizesse ou falasse o faria mudar de ideia...

— Finnula — disse ele, dando um passo na direção dela, mas ela levantou uma das mãos aberta para detê-lo.

— Sinto muito em dizer isso, mas eu senti naquela hora, e *ainda* sinto, que um milagre aconteceu para me salvar naquela noite. Assim que pisamos nos aposentos de Sua Senhoria, ele desabou no chão. Eu estava com tanto medo, não sabia o que fazer...

— Finnula, ouça-me. Nós vamos trancar aquele quarto. Você nunca mais precisa entrar nele novamente...

Mas Finnula falava como alguém aturdida, como se não o estivesse escutando.

— Eu fiquei perto dele enquanto ele agarrava o peito tentando respirar. Corri até o xerife De Brissac, rezando para que ele ainda não tivesse deixado o salão, mas, quando trouxe o xerife, lorde Geoffrey estava morto. — Finnula percebeu que tinha começado a chorar enquanto falava, e olhou bestificada para a solitária lágrima que caiu sobre a manga da túnica. — E depois eu fui acusada de *assassiná-lo*, e Reginald Laroche queria que eu fosse enforcada ali mesmo! Mas o xerife De Brissac não permitiria uma coisa dessas...

Dessa vez Hugo não deixaria que o interrompesse. Em um longo passo, ele estava do outro lado do quarto, ao lado dela. Agarrou-a nos braços, apertando-a em seu peito e murmurando em seus cabelos:

— Eu sei, eu sei; John me contou tudo. Mas podemos deixar isso para trás, não podemos? Podemos esquecer tudo isso e recomeçar. A primeira coisa que vou fazer quando chegar ao solar é demitir Laroche, e depois vou isolar os aposentos de meu pai. Ninguém mais vai entrar nele, muito menos você. Oh, Finnula, não chore...

Mas ela não conseguia evitar. Agarrou-se a ele, soluçando, e desprezando-se por isso. Como podia demonstrar tanta fraqueza diante dele? Seu orgulho já não tinha sido ferido o bastante? Tinha de se desgraçar na frente do homem? Enxugando os olhos na manga da roupa, tentou controlar-se e empurrou inutilmente o peito dele para que a soltasse.

Mas Hugo não a soltaria. Se fez alguma coisa, foi segurá-la com ainda mais força, dizendo:

— Ouça, Finnula. Não que nada vá mudar. Oh, você não vai mais viver aqui, mas o solar Stephensgate será seu, para você fazer com ele o que bem desejar. E também será responsável por meus vassalos. Eles já a consideram a senhora deles. Não seria melhor para você ser a Sra. Finnula de verdade? Você pode me ajudar a devolver o que lhes foi tão indevidamente roubado. Preciso da sua ajuda, sabe? Fiquei dez anos longe. Não posso confiar em Laroche. Preciso de alguém que me diga como as coisas devem ser feitas...

Finnula retorceu-se para se livrar dele.

— Pergunte a Robert. Ele pode dizer para você. E John de Brissac. Você não precisa de mim...

— Preciso. — Ele manteve as mãos firmes em volta da cintura dela. — Com certeza não sou o Sr. Hugh em nome, mas sou o mesmo homem sob esse novo título. Por que de repente você me odeia tanto?

— Porque — resmungou ela, contorcendo-se contra Hugo — você mentiu para mim!

— Isso foi antes de eu saber quem você era — explicou ele. — Além disso, você estava com uma faca no meu pescoço, lembra? Você não podia realmente esperar que eu dissesse a você que eu era um conde quando você me sequestrava como um cavaleiro. Comporte-se como uma mulher madura, Finnula.

— E você só concordou em se casar comigo porque meu irmão ameaçou matar você...

— Perdão, Finnula, mas acredito que era eu quem estava com a espada na mira do seu irmão, não o contrário. E, juro por Deus, pretendia ter você de qualquer jeito assim que você subiu em mim na cachoeira e anunciou que eu era seu prisioneiro. E como o casamento é a única maneira de eu ter você e continuar sendo respeitado por meus vassalos, que aconteça o casamento...

— Ah! — Finnula tentou arrumar um jeito de acotovelar a barriga dele. — Viu? Eu disse. Você não quer se casar comigo...

— Nenhum homem quer se casar, Finnula. Mas existem algumas mulheres que não podem ter de outro jeito. Então, é um sacrifício que aceitamos para alcançar o objetivo...

— Ooh! — Finnula estava tão irritada que o teria mordido se tivesse encontrado uma parte dele que não fosse tão dura e musculosa que a deixava com medo de quebrar os dentes. — Eu sabia! — gritou. — Bem, é bom que você saiba que existem algumas mulheres que também não se importam com o casamento! E eu sou uma delas! Estou dizendo para você exatamente agora que seria uma esposa deplorável. Não sei costurar, não sei limpar e sou um desastre na cozinha. Sairia de casa toda madrugada para caçar durante o dia inteiro e voltaria para casa à noite cheia de lama e cansada, e vou estar com uma aparência tão ruim que você não vai querer nem chegar perto de mim...

— Se é assim que você pensa, você é muito mais inocente do que me levou a acreditar a noite passada — disse Hugo e sorriu, e antes que ela pudesse tomar fôlego para mais uma torrente de ameaças, ele a beijou, como a irmã o tinha aconselhado.

Finnula contorceu-se no abraço dele, obstinada em deixar claro que, caso se casasse, estariam cometendo um terrível erro.

Mas era tão difícil lembrar-se de como estava zangada quando os lábios dele colaram nos dela... especialmente quando a primeira das mãos calosas e experientes mergulhou sob a gola larga do vestido, e depois a outra se fechou nas suas nádegas, trazendo-a para ainda mais perto até que, realmente, ela não tinha outra escolha a não ser envolver os braços em volta do pescoço dele, simplesmente por medo de perder o equilíbrio.

As coisas ficaram ainda piores quando ele abriu as pernas dela com um joelho, enfiando uma coxa dura como ferro contra a abertura onde suas pernas se uniam. E, embora Finnula tentasse resistir, não conseguiu controlar o suspiro e relaxar, sentindo a agradável onda de desejo que a atravessava sempre que ele a tocava ali. Que vergonha! A filha do sultão tinha ensinado para ele as artimanhas do diabo?

Depois disso, ela se entregou, e aproveitou-se disso por inteiro. Ele não tinha lutado como soldado durante os últimos dez anos para não saber o bastante para conquistar quaisquer vitórias que atravessassem seu caminho. Talvez esse poder que ele tinha sobre ela não fosse justo, mas ele não parecia sentir culpa alguma em relação a isso, não enquanto a tinha exatamente onde queria que ela estivesse. Deitando o corpo maleável de Finnula na cama e levantando sua saia, ele agora acariciava com a mão o que antes estava acariciando com a coxa, provocando leves murmúrios de prazer em Finnula, que, em alguma parte distante de sua mente, achava um pouco depravado da parte deles estarem fazendo amor no seu quarto de infância.

Mas não parecia importar onde eles estavam quando Hugo a queria e a fazia querê-lo também.

Antes que ela estivesse completamente ciente do que Hugo estava prestes a fazer, ele afundou a cabeça entre as pernas dela e a acariciou com a boca onde anteriormente havia acariciado com os dedos. A sensação daquela língua na sua área mais sensível tinha um efeito arrebatador sobre Finnula. Precisou agarrar a colcha sob os dedos simplesmente para ter algo a que se segurar enquanto a língua dele a enviava para infinitos e crescentes espirais de prazer orgástico. Ela estava esforçando-se ao máximo para não gritar — e alertar a família inteira sobre o que os dois estavam fazendo — quando de repente Hugo estava desamarrando as calças e aquela parte de que ela aprendera a gostar com grande apreço nos últimos tempos libertou-se dos confins de suas calças.

Ela arfou quando ele preencheu-a. Os impulsos repetidos logo a levaram para o limite do prazer mais uma vez, para aquele lugar onde ela só tinha estado com ele, embora dessa vez ela tenha tentado ficar em silêncio.

Quando Hugo também encontrou alívio, desmoronou sobre ela, e os dois formaram um monte úmido, respirando com dificuldade e quase sem conseguir enxergar um ao outro no quarto que escurecia. No entanto, os olhos verdes de Hugo buscaram os dela, e ele perguntou, ofegante:

— *Agora,* você casa comigo?

Ela mal conseguia falar, de tão seca que a garganta estava do exercício apaixonado.

— Não acho que tenha muita escolha — disse ela.

— Não. Obrigo você se for preciso. Em pergaminho.

Finnula pensou sobre isso.

— Não vou deixar de usar minhas calças — disse ela.

— Sim — disse ele ofegante. — Irá, nem que eu tenha de queimá-las.

— Você não ousaria!

— Sim. E eu quero minha esmeralda de volta.

Finnula olhou para o teto.

— Não sei onde está.

— Em volta do seu pescoço. Você acha que não posso sentir essa coisa contra meu corpo?

Finnula franziu a testa, percebendo que a casa estava estranhamente silenciosa.

— Você acha que nos escutaram? — desejou ela saber ansiosamente.

— Com você gemendo desse jeito? Provavelmente acharam que eu estava aqui matando você.

— Ou que *eu* estava matando *você...*

— Era você quem estava berrando "Ah, sim, por favor..."

Finnula bufou.

— Oh, não! Não estava. Tentei ficar tão quieta...

— Não conseguiu. Provavelmente a aldeia inteira ouviu você...

Finnula olhou para ele à luz do crepúsculo.

— Você fez isso de propósito, não fez?

— O quê? — perguntou ele inocentemente, pondo-se de pé e ajeitando as calças.

— Você sabe.

— Não, Finnula. Não sei. E agora sugiro que comece a fazer as malas porque só vou dar para você esta noite de folga. Amanhã nos casamos.

— Amanhã! — gritou ela, indignada, levantando as sobrancelhas.

— Sim, amanhã. E não tente fugir, porque posso tirar a sua pele se você me desobedecer.

— Achei que você tivesse contado a Robert...

— Disse para Robert que o único homem que vai colocar a mão em você de agora em diante sou eu. — Ele curvou-se e beijou os lábios de Finnula com intensidade. — Não disse que nunca daria umas palmadas em você se fosse tão imprudente a ponto de me desobedecer.

Finnula pensou sobre isso e decidiu que, afinal de contas, ser colocada sobre os joelhos de Hugo para levar umas palmadas não seria a pior coisa que já lhe tinha acontecido. No entanto, achava melhor não provocá-lo.

Capítulo Onze

Fazia dez anos que Hugo tinha visto sua casa pela última vez, se é que alguém podia chamar o solar Stephensgate de casa. Hugo não podia. A lembrança da traição do irmão ainda estava tão fresca na sua memória como se tivesse acontecido no dia anterior. E apesar de já ter falecido há muito tempo, como os pais, Hugo não conseguia evitar um tremor conforme se aproximava dos portões do solar.

Embora o sino da igreja da aldeia já tivesse soado as oito badaladas, ainda havia muita luz no céu. Estavam apenas na segunda semana de maio, mas o sol permanecia no horizonte do oeste bem depois das seis, e, sob a luz púrpura, Hugo conseguia discernir apenas as torres gêmeas que flanqueavam os muros de pedra em volta da estrutura que viera a ser conhecida como solar Stephensgate. Não era exatamente um castelo, pois faltavam o fosso, a ponte levadiça e os equipamentos usuais que se espera de uma estrutura bem fortificada. No entanto, era uma construção imponente que assomava sobre a aldeia de Stephensgate como uma ave de rapina.

Inteiramente de pedra, incluindo o telhado, feito de ardósia empilhada, e um muro de dois metros que circundava a casa e os estábulos adjacentes, a padaria e os depósitos, o solar Stephensgate foi construído como abrigo para o lorde de Stephensgate e seus favoritos durante os tempos de guerra, mas a única concessão a esse propósito eram as torres que flanqueavam a estrutura de dois andares. Finalizada por ameias intercaladas por merlões, atrás dos quais arqueiros podiam se agachar, as torres não tinham outra utilidade além da militar, e a única coisa que existia dentro delas eram escadas em espiral que davam na plataforma do telhado.

Como Stephensgate não via a guerra feudal havia mais de um século, as torres tinham caído em desuso antes da geração do pai de Hugo, e exceto quando Hugo ou o irmão, Henry, subiam aquelas escadas esculpidas na pedra para fazer alguma brincadeira, Hugo não se lembrava de ninguém entrando naquelas torres por qualquer razão.

E foi por isso que, quando ele e John de Brissac passaram pelos portões do solar e apearam, Hugo ficou surpreso ao ouvir uma voz gritando das ameias.

— Ei, você aí.

Olhando para cima, Hugo enrugou os olhos à meia-luz e viu o rosto de um garoto de cabelos loiros olhando para eles por entre os dois merlões.

— Olá — disse Hugo. Era uma noite calma, a quietude interrompida apenas pelo ocasional arrulho das pombas que se aninhavam, como faziam quando Hugo era garoto, entre as ardósias do telhado do solar. A voz dele soou artificialmente alta no silencioso jardim.

— Olá, Jamie — gritou o xerife De Brissac jovialmente. Ele tinha apeado, e a égua, aliviada do peso do imenso tamanho de seu mestre, dançou um pouco sobre as pedras. — Traga o velho Webster até aqui, por favor. Precisamos de alguém para guardar os cavalos.

A cabeça de Jamie não se mexeu.

— Quem é este que está com você? — perguntou ele. O garoto não devia ter mais de 9 ou 10 anos, Hugo julgou, mas tinha uma presença imperativa, mesmo a mais de 7 metros de altura.

— Este? — O xerife De Brissac deu risada. — É Sua Senhoria.

As sobrancelhas castanhas do garoto levantaram com interesse.

— Sério? Lorde Hugo?

— Ele mesmo.

O garoto olhou para Hugo mais um ou dois segundos, e depois a cabeça dourada desapareceu. Hugo lançou um olhar de leve divertimento para o xerife.

— Quem era aquele? — ele perguntou, retirando as luvas de montaria e largando-as sobre as pernas.

— Aquele? Era o Jamie.

— Quantos parasitas Laroche está permitindo que fiquem enfiados aqui? — Hugo olhou ao redor do jardim, impressionado como tão pouca coisa tinha mudado em dez anos. Os estábulos, a padaria... tudo estava igual. Um pouco mais sujo, talvez. Certamente não mais próspero. Mas, de modo particular, estranhamente, parecendo um lar.

— Ah — o xerife suspirou. — Todos os tipos, todos os tipos. Incluindo aquele seu escudeiro que veio na sua frente...

— Ah? Peter chegou aqui bem? — Hugo ficou surpreso. Não teria contado com o garoto nem para encontrar a ponte de Londres sem se meter em uma encrenca ou outra.

— Chegou ontem, contando uma história e tanto. Disse que o senhor foi pego por ladrões de estrada que mandariam notícias sobre seu resgate num futuro próximo. Laroche não sabia o que fazer dele e mandou-o para mim. Claro, quando o garoto colocou os olhos em mim, ficou quieto como um mexilhão.

Hugo riu para si mesmo.

— Finnula disse para ele que minha vida correria perigo se ele dissesse ao xerife alguma coisa sobre meu, hum, desaparecimento.

— Então, isso explica tudo. Ah, aqui está Webster.

O velho empregado, que cuidava dos estábulos de Stephensgate desde a geração do pai de lorde Geoffrey, caminhou desajeitadamente na direção deles, o olhar leitoso em Hugo.

— É o senhor?

— Sim, Webster. — O coração de Hugo palpitou com a inesperada emoção que sentiu ao ver o velho homem, ainda de pé, realizando as tarefas no solar, apesar do fato de ter ficado sem lorde por um ano. Um ano ou vinte anos, Hugo duvidava que Webster teria ido embora até ter certeza de que todas as suas belezas, como ele se referia a quase qualquer cavalo que não estivesse encilhado, fossem cuidadas.

— Bom ver você, velho homem — disse Hugo, caminhando e pegando o braço longo de Webster. — Bom ver você!

— É o senhor mesmo — disse Webster, aparentemente impassível. — Reconheceria seu aperto de mão em qualquer lugar. Nunca mediu a força que tem. Bem, então o senhor está de volta.

— Estou de volta — garantiu Hugo, soltando o braço dele. — Para ficar.

— Eu diria que já estava mais do que na hora. — Estreitando um olhar de desaprovação na direção de Hugo, ele balançou a cabeça. — Minhas belezas estavam começando a sofrer. Mas agora que o senhor está de volta, elas vão ficar bem.

Sem explicar mais detalhadamente, o velho homem virou-se e pegou as rédeas dos dois cavalos, caminhando desajeitadamente em direção à porta dos estábulos e sussurrando para Skinner. Hugo seguiu o empregado com o olhar, apertando os lábios e franzindo a testa em desaprovação.

— Acho que deveria ficar feliz por terem-no mantido aqui — ele disse ao xerife. — Deus sabe muito bem que poderiam tê-lo mandado embora, cego como ele é. Mas por que não contrataram um garoto para ajudá-lo...

— Mais uma boca para alimentar? — John de Brissac sorriu sob a barba escura. — Não o seu primo Laroche. Não, ele só continuou com o velho porque não conseguiu encontrar outra pessoa que trabalhasse tão bem por um valor tão baixo. O homem é devotado àqueles cavalos. E não custa ao seu intendente mais que o salário de uma ordenhadeira.

— Então é por isso? Deveria ter imaginado. E o garoto Jamie? — Hugo procurou pelo jardim a criança curiosa. — Ele não é um garoto de estábulo?

— Jamie? Não.

— Um dos filhos da dona Laver, certamente? A dona Laver ainda está na cozinha, não está?

— Sim, trabalhando para seu sustento, e na miséria. Não, Jamie não é dela, mas dá uma ajuda onde pode, embora, sem dúvida, atrapalhando mais do que ajudando. — O xerife De Brissac bateu as palmas das mãos, seu gesto favorito, Hugo percebeu, e esfregou-as. — Bem, agora, meu senhor, devemos bater ou simplesmente entrar?

Hugo percebeu que o xerife estava ansioso para começar os trabalhos, não por impaciência para voltar para casa — não, John disse-lhe, um tanto sem pena de si mesmo, não tinha esposa esperando-o em casa, somente uma mãe idosa que era conhecida por ser rabugenta —, mas porque a ação estava em curso.

Diferentemente do xerife, Hugo não estava ansioso para ver a cena que o esperava. Já tinha testemunhado a parte que lhe cabia de morte e violência, e só desejava uma vida doméstica calma, a qual certamente não seria garantida com a esposa escolhida, mas achava que talvez pudesse esperar conseguir isso quando ele e Finnula fossem avós. Cuidar dos vassalos, participar de um ou dois torneios e criar os filhos eram toda a agitação de que precisava para o que restava de sua vida.

Mas como o despejo de Laroche de sua casa era necessário para que alcançasse essa paz, Hugo aprumou os ombros e disse:

— Que vergonha, John. Por que eu deveria bater na porta da minha própria casa?

Assim sendo, curvou-se para abrir as pesadas portas, mas viu que a tranca de ferro moveu-se antes mesmo de ele tocá-la. Rangendo, as portas de carvalho se abriram, e um loiro familiar se enfiou entre os dois. Hugo agora percebeu que o rosto que o olhava era o mais imundo que já tinha visto.

Batendo na altura do quadril de Hugo, Jamie disse, com sua voz aguda.

— Bem, entrem. Não fiquem aí parados.

Hugo franziu a testa para o garoto.

— Sentindo-se bastante em casa aqui no solar Stephensgate, não, garoto?

— Não poderia ser diferente — disse Jamie. — Nasci aqui.

— Vamos? — Hugo passou pelo garoto e entrou no Grande Salão do solar, que não era nada além de uma vasta sala de jantar rodeada por uma galeria que orlava o segundo andar e permitia aos que se reuniam ali olhar e ver as cabeças dos que jantavam abaixo. O Grande Salão compreendia quase todo o andar principal do solar, mas apenas o centro retratava o teto de abóboda de uma catedral, onde havia pendurados dois ou três estandartes, deixados ali por conta de alguma batalha esquecida havia muito tempo.

No fundo do salão, oposta à porta, havia uma grande lareira, alta o bastante para aquecer a sala inteira ou, pelo menos, a maior parte dela. Na frente dessa lareira, na qual bramia um fogo quente demais para uma noite tão amena, duas cadeiras de encosto alto haviam sido colocadas. Numa, Hugo viu imediatamente, embora o garoto estivesse de costas para ele, estava seu escudeiro Peter. Na outra estava curvado um homem que Hugo concluiu que deveria ser o primo do pai, Reginald Laroche.

Ao barulho da entrada deles, Peter virou o rosto e soltou um grito contente:

— Ora, veja isso! — falou o escudeiro, a voz ecoando no vasto aposento. — Meu lorde!

Levantando-se com desequilíbrio, Peter cruzou o piso de pedras e cumprimentou Hugo e o xerife, o primeiro percebendo imediatamente que o garoto estava bêbado. Que idiota tinha aberto a adega para esse garoto presunçoso, Hugo podia imaginar muito bem, mas o garoto mal podia ficar de pé, de tão embriagado que estava. Ainda trajado com a túnica de veludo, o garoto tinha pelo menos tirado a cota de malha, embora tivesse substituído a capa forrada de arminho por uma nova corrente de ouro que Hugo nunca tinha visto antes. Esperava que Laroche não a tivesse dado para o garoto numa tentativa de ganhar sua lealdade. Hugo tinha certeza de que tal astúcia teria êxito, pois conhecia a vaidade de Peter. Enchendo o garoto de presentes e mantendo-o bêbado como um porco na lama, ele o ganharia com facilidade.

— Olhe, aqui está ele, senhor — disse Peter, apontando para Hugo, um sorriso ridículo e cheio de dentes no rosto juvenil. — Vejo que não foi necessário nenhum resgate. Deu um golpe nela, meu senhor? Lorde, queria estar na sua pele! Eu disse que ela era de primeira qualidade...

Hugo ignorou o garoto, o olhar desviando para o homem que também tinha se levantado e estava vindo na direção deles mais lentamente, mas com os braços bem abertos no velho gesto de boas-vindas.

— Mas não pode ser Hugo Fitzstephen — gritou Reginald Laroche. — Não o jovem rude que saiu daqui dez anos atrás, tão furioso. Amaldiçoou todos os que estavam na sala. Foi isso que o senhor fez, não foi? E, agora, olhe só. Duas vezes mais largo que o pai, e mais alto que as nossas torres, posso jurar. Que volta ao lar mais alegre, não é, John? Vejo que resgatou nosso lorde daqueles ladrões de estrada sobre quem Peter nos contou...

— Não tinha ladrão de estrada nenhum, Reginald — disse John, e sorriu, propositalmente usando a pronúncia inglesa do nome do intendente para irritá-lo, Hugo não tinha dúvidas. — Apenas um trabalho de nossa caçadorinha favorita.

A expressão do intendente ficou um pouco sombria com a menção a Finnula. Ele era um homem alto, embora não tão grande quanto Hugo, usava bigode e era magro, com cabelos negros ficando grisalhos na parte da frente. Hugo se lembrava dele como sempre presente nos tempos do pai, mais do que um membro da família, um conselheiro, um supervisor da propriedade, o melhor amigo de Geoffrey Fitzstephen. Um amigo que, se as suspeitas de Hugo fossem verdadeiras, poderia ter matado o velho para ter o controle sobre o solar e depois ter culpado a inocente noiva do falecido conde pelo crime.

— Ah — gritou Reginald, o desânimo em sua voz só um pouco disfarçado. — E seu escudeiro nos disse que eram degoladores!

— Ela disse que me mataria se eu contasse — Peter pronunciou com alegria. — Mas que jeito de morrer! Morreria feliz umas mil vezes por um único beijo dela...

O sorriso de Reginald pareceu congelar no rosto estreito.

— Ah, bem, estávamos esperando uma carta pedindo seu resgate, meu senhor, mas felizmente, em vez disso, o senhor está aqui. Felizmente, minha filha, Isabella, tenho certeza de que o senhor se lembra, tornou-se uma jovem desde que a viu pela última vez, arrumou os antigos aposentos de seu pai...

Hugo ergueu uma sobrancelha.

— Vocês não estavam usando, Reginald? — perguntou ele, seguindo o palpite do xerife.

— O quê, eu? Bem, sim, mas agora que temos o senhor de volta, é o adequado...

— Verdade.

Hugo viu como Laroche pretendia jogar. O primo leal, que se esforçou para manter o solar funcionando nos conformes depois da morte inesperada de Sua Senhoria, agora se alegrava em servir o herdeiro do falecido lorde. Laroche não podia fazer ideia de que Hugo já tinha sido informado sobre o estado de seus domínios e vassalos. John de Brissac não teria razão para dizer nada, e nenhuma outra pessoa ousaria. Exceto, é claro, a Bela Finn. Mas ela era a suspeita de matar lorde Geoffrey. Quem seria idiota o bastante para acreditar *nela*?

Batendo com suas luvas de montaria sobre as pernas e olhando ao redor com aparente indiferença, Hugo disse:

— O lugar parece bem, muito bem, Reginald. Fiquei feliz de ver Webster lá fora. Mas você deve achar que ele está lento demais nos últimos tempos. Nunca pensou em contratar alguém para ajudá-lo?

— Bem, as coisas não estão exatamente do mesmo jeito que estavam quando Vossa Senhoria partiu. Não, não mesmo, não mesmo. — O intendente sacudiu a cabeça, lamentando. — Seu pai vendeu a maior parte dos cavalos um pouco antes de morrer. Não via utilidade em manter um estábulo tão grande quando havia apenas ele, sabe...

— Estranho ele ter feito isso, não acha? — Hugo chicoteou as luvas num escudo preso à parede que continha o brasão dos Fitzstephen, com dois falcões e um cordeiro, e franziu a testa com a poeira produzida pelo gesto. — Considerando que estava se casando. Ele devia esperar que a esposa fosse usar pelo menos uma égua. E haveria as crianças...

Reginald hesitou, mas somente por um segundo.

— Ah, o xerife contou-lhe sobre o desastre, não contou? Sim, um dia sombrio na história da sua família, meu senhor. Uma espécie de loucura apoderou-se de seu pai naquelas infelizes semanas que levaram ao seu casamento malfadado com aquela pirralha... — O rosto do intendente ficou sombrio com a lembrança. Depois, com um suspiro, iluminou-se, como um homem que deseja colocar para trás um pensamento desagradável.

— Mas não adianta ficarmos remoendo aqueles dias tristes, não quando o senhor tem tantos dias felizes pela frente. Agora, temos de comemorar sua volta. Jamie. — O chamado ao menino loiro foi austero. — Corra e diga a dona Laver que Sua Senhoria voltou, e diga para ela preparar uma refeição digna de um conde. Diga que tem minha permissão para abater um dos leitões...

Jamie, que estivera observando os acontecimentos com olhos castanhos arregalados como maçãs silvestres, pareceu surpreso.

— Um dos porcos, senhor? A Srta. Isabella não vai gostar disso...

— Diga à Srta. Isabella que Sua Senhoria chegou. Ela vai entender. — Reginald falava lentamente, sibilando as palavras entre os dentes como alguém acostumado a ter suas ordens obedecidas sem questionamentos. O garoto saiu apressado, e o intendente virou-se com um suspiro.

— É tão difícil encontrar ajuda confiável nesses tempos — disse Reginald, balançando a cabeça.

— Posso imaginar que deve ser muito difícil. — Hugo cruzou os braços sobre o peito. — Especialmente quando você pretende pagar a eles um terço do que merecem.

— Senhor? — Reginald pareceu perplexo.

—Você me escutou. — Hugo virou o rosto para o escudeiro. — Peter, vá aos estábulos e dê uma ajuda a Webster com nossas montarias.

Peter estava tão bêbado que mal conseguia se levantar, mas ainda estava intratável como sempre.

— Ajudar Webster? — queixou-se o garoto. — Por quê? O velho pode cuidar dos dois cavalos. Além disso, há apenas três outros no estábulo...

— Faça o que estou dizendo! — bramiu Hugo, a voz retumbando pela sala.

Peter deu um salto, abaixou a cabeça e correu. Hugo nunca tinha visto o garoto se mover com tanta velocidade, e ficou contente porque, mesmo bêbado, o garoto era rápido.

— Meu senhor — disse Reginald, quando as imensas portas de carvalho fecharam-se depois que o escudeiro saiu correndo. — Algum problema? Perdoe-me de antemão, mas o senhor parece... descontente.

O xerife De Brissac, sempre disposto a apreciar uma boa piada, deu uma risada nessa hora, e Hugo descruzou os braços e começou a bater com as luvas na palma da mão direita, lentamente, metodicamente, mas com uma força que crescia conforme encarava o intendente.

— Honestamente, meu senhor — Reginald gaguejou com um sorriso falso. — Se é a venda dos cavalos de lorde Geoffrey que o preocupa, só posso dizer que as últimas semanas de vida de Sua Senhoria não foram das melhores. Parecia um homem possuído...

— Ou um homem cujo cérebro estava sendo lentamente destruído por veneno — Hugo disse, suavemente.

— Veneno, meu senhor? — O intendente ergueu as sobrancelhas negras, surpreso. — O senhor disse veneno? Sim, falaram de veneno na época da morte. Minha opinião era de que a pirralha com quem ele se casou tinha colocado alguma coisa em sua taça...

— Ah, não — disse Hugo com confiança. — O envenenamento começou muito antes do casamento. Foi o veneno que o deixou louco a ponto de querer se casar, em primeiro lugar.

— Mas, meu senhor — Reginald disse, lambendo os lábios finos com a ponta da língua rosada —, o senhor sabe do que está falando?

— Com certeza sei. — Hugo começou a caminhar em volta do intendente, ainda batendo com as luvas ritmicamente na palma da mão. — Na história da minha família, Sr. Laroche, não existem registros de loucura. Nem meu avô, nem o pai dele, nem o pai do pai dele ficaram loucos...

— Bem, existem muitas coisas que podem levar um homem à loucura — insistiu Reginald Laroche, virando-se para observar os passos de Hugo. — No caso de seu pai, foi a artimanha de uma jovem. Uma bruxa, alguns a acusaram assim, numa idade menos instruída...

— Não — disse Hugo sem tirar os olhos do intendente. — Finnula Crais não foi a causa da loucura do meu pai, mas um sintoma. A causa foi veneno, pura e simplesmente.

Reginald respirou fundo, o olhar voltando-se para o xerife.

— Você disse a ele o que eu disse depois da morte do ve..., quero dizer, do lorde Geoffrey? Que eu achei que a garota tinha colocado alguma coisa na bebida dele. Ah, lorde Hugo, o senhor deveria ter visto como ela o desprezava. Não suportava que ele tocasse nem na mão dela. Uma garota estranha, um tanto indigna de ser uma mulher. Você disse a ele, xerife, como também suspeitamos de que ela rouba a minha... a caça de Sua Senhoria? Uma assassina, uma ladra, talvez até mesmo uma feiticeira...

— Você joga muitas acusações aos pés de uma simples garota — observou Hugo, andando mais depressa agora.

— Uma simples garota, meu senhor? Ah, não, Finnula Crais não é uma simples garota. Ostenta sua feminilidade para todos verem em umas calças de couro, em vez de vestir-se como uma cristã temente a Deus...

— Já chega — Hugo ladrou, parando os passos exatamente na frente do intendente. — Não pronuncie outra palavra contra essa jovem. O que *vai* fazer é trazer os recibos das vendas dos cavalos do meu pai. Vai me trazer os livros contábeis e me explicar exatamente por que os impostos dos servos do meu pai aumentaram em um terço. Também vai me informar por que nesse inverno muitos deles teriam morrido se não fosse pela generosidade da mesma pessoa que você caluniou de forma insultante há alguns instantes.

Reginald Laroche já deveria estar esperando por uma cena dessas. Deve ter imaginado que se Hugo sobrevivesse às Cruzadas ele teria de prestar contas das ações que se seguiram à morte do lorde Geoffrey. Hugo não podia provar que o intendente tinha envenenado o pai, embora tivesse uma forte suspeita de que esta fosse a verdade.

Mas podia facilmente juntar provas de que Reginald Laroche era culpado de extorsão e desfalque, e era por essa razão que queria John Brissac ao lado enquanto fazia as acusações.

— Meu senhor — exclamou o intendente, surpreendendo Hugo com um sorriso, embora débil. — Meu senhor, o que é isso? Anda dando ouvidos às fofocas da aldeia? Estou surpreso. Nunca se deve julgar um homem antes de ouvi-lo com atenção...

— Ah! — O xerife De Brissac virou uma das cadeiras da lareira e posicionou-a para que pudesse observar Hugo e o primo. Abaixando o corpo volumoso na cadeira, ele deu risada, pegando o cálice de vinho abandonado por Peter. — Então nos deixe ouvir a sua versão dos fatos, Sr. Laroche. Provavelmente será uma história divertida. Sr. Hugo, não quer sentar comigo e aproveitar a performance?

— Vou ficar de pé, obrigada, John — disse Hugo, incapaz de segurar o sorriso para o óbvio divertimento do xerife com a situação.

— Bem, vamos escutar, Reginald — ele disse, cruzando os braços novamente. — Comece pelos cavalos.

— Bem, foi há tanto tempo que mal consigo lembrar, mas acho que me lembro de um deles ficar doente, e depois os outros, até que finalmente quase todos tiveram de ser sacrificados...

— Então o meu pai não os vendeu?

— Parece que eu estava enganado na minha explicação inicial, meu senhor...

— E o aumento dos impostos? Qual seria a desculpa para isso? — Hugo desejou saber, e não conseguiu evitar ficar impressionado quando o homem prontamente veio com um dilúvio.

— Sim, meu senhor, um dilúvio. O rio transbordou em junho passado, inundando quase toda a sua propriedade, destruindo mais de metade das plantações. Tive de aumentar os impostos, meu senhor, apenas para repor as plantações arruinadas e manter o estoque no solar para os meses de inverno...

Hugo olhou para o xerife De Brissac, que parecia pensativo.

— Sim, o rio transbordou em junho passado — concordou ele. — E realmente inundou um campo ou outro. Mas não me lembro de nada além de um campo de trigo destruído...

— Ah, senhor, o estrago foi muito mais severo que isso. Áreas inteiras de terra ficaram sob água durante dias...

— E foi por essa razão que você pediu tanto dinheiro para dar permissão ao casamento de Matthew Fairchild com Mavis Poole que ele teve de aceitar caridade para poder pagar? — O olhar de Hugo era severo.

— Matthew Fairchild? — Os olhos negros de Reginald Laroche estavam arregalados como os de um pássaro e assustados como um corvo numa armadilha. — Mavis Poole? Meu senhor, deve estar havendo algum engano. Esses nomes não me são familiares...

— A família de Mavis Poole cuida do mesmo pedaço de terra para os Fitzstephen há mais de cinquenta anos — Hugo informou-lhe de forma depreciativa. — E ainda assim você diz que o nome dela não lhe é familiar? Você foi o intendente do meu pai durante anos antes da morte dele. O que você fez que nem mesmo se familiarizou com o nome daqueles empregados para servir você?

Reginald gaguejou alguma resposta, mas Hugo interrompeu-o, furioso. Já tinha aguentado mais que o suficiente. Este homem, se não tinha assassinado lorde Geoffrey, tinha assassinado a memória dele ao permitir que seu povo morresse de fome. A raiva de Hugo alcançou o ponto de ebulição, e teve de sucumbir a ela por um instante, não importando o que acontecesse.

Com um resmungo de raiva reprimida, Hugo foi para cima do intendente, agarrando a túnica de veludo do homem com punhos de ferro. Levantando o homem apavorado do chão de pedra, o conde segurou Reginald Laroche acima dele, olhando furioso para o homem que choramingava, os olhos se tornando de um amarelo implacável.

— Eu podia esmagar você como um galho — disse Hugo ameaçadoramente. — Podia atirar você contra a parede e quebrar seu pescoço...

— Meu senhor... — O xerife De Brissac se levantou parcialmente de sua confortável cadeira, a expressão alarmada.

— Podia acusá-lo de crimes muito fáceis de serem provados — continuou Hugo, em uma voz sem inflexão, de alguém que tinha se irritado de forma inexprimível. — E com felicidade ver você apodrecer na prisão pelo resto de seus dias. Mas eu realmente prefiro atravessar você com minha espada e depois limpar o sangue da lâmina na sua lamentável carcaça.

— Meu senhor! — gritou o xerife, verdadeiramente prudente agora, o cálice de vinho esquecido. — Não!

— Mas, em vez disso — Hugo disse irritado, ainda mantendo o homem menor do que ele longe do chão com a força dos braços —, vou dizer o que você fez, pois você se faz de inocente com tanta convicção.

Colocando o primo de pé, Hugo puxou o homem mais velho para si, ainda agarrado à túnica.

— *Nada* — ele sibilou, tão suavemente que o xerife De Brissac teve de se curvar para entender as palavras. — Você não fez *nada* para a propriedade e para meu pai. Não se preocupou com a vida daqueles que meu pai jurou proteger e a quem, em troca, ele quis que você servisse. Sua única preocupação foi encher seus bolsos imundos com o ouro dos Fitzstephen. Bem, acaba hoje à noite.

Jogando o homem menor para longe dele, Hugo observou o intendente bater na parede, depois começar a escorregar, gemendo, o corpo curvado na posição de uma criança. Completamente sem compaixão pelo homem que tinha prejudicado tantas pessoas, Hugo entoou, sem emoção:

— Quero que me devolva todo centavo que roubou do meu povo até o fim do ano. Quero todos os pedaços de papel que mostrem todas as transações que você fez nas mãos do xerife De Brissac na primeira hora de amanhã. E quero você fora da minha casa antes do meio-dia de amanhã. Entendido?

Por um momento, Reginald Laroche parou de olhar para as mãos, e foi então que Hugo viu passar pelo rosto do primo alguma coisa que não era medo, nem agitação, mas ódio, tão puro e frio quanto o ódio mortal que Hugo tinha visto nos olhos dos sarracenos contra os quais lutava. Mas esse ódio era de alguma forma mais terrível, pois era natural ser desprezado pelos próprios inimigos.

Mas ser odiado dessa forma por alguém na própria casa — isso era diferente. Reginald Laroche desprezava Hugo, e provavelmente tinha desprezado o pai de Hugo antes. Como lorde Geoffrey não tinha visto aquele aparente desprezo nos olhos negros do primo, Hugo não conseguia entender.

Mas, assim que reconheceu esse ódio, ele imediatamente desapareceu. Conforme se levantava, as feições de Reginald Laroche disciplinaram-se em uma expressão de falsa ansiedade.

— Meu senhor, meu senhor — murmurou o intendente, limpando-se como se tivesse apenas caído acidentalmente, não sido jogado de corpo inteiro do outro lado da sala. — Tudo o que fiz na sua ausência foi para o bem do solar. De fato, a maior parte dos seus vassalos reclamou, mas o senhor deve saber que seu pai os deixou mal-acostumados. Ora, são os servos mais bem-tratados do condado, até mesmo o xerife vai concordar comigo...

— Eram — corrigiu-o John. — Eram os mais bem-tratados.

— Viu? Seu pai, que Deus proteja a alma dele, era um bom homem, mas não tinha tino para os negócios. Mostrarei com prazer qualquer papel que desejar ver, meu senhor. Está cansado da viagem e talvez seus ouvidos tenham dado atenção para lábios que são contra mim...

— Você não precisa pensar sobre isso — disse Hugo, balançando a cabeça em admiração. Na verdade, este homem estava pedindo para morrer se achava que podia fazê-lo mudar de ideia mesmo com a raiva mortal que estava sentindo. — Amanhã você vai embora, ou, por Deus, Laroche, você vai sentir a ponta da minha lâmina nas suas costas forçando você a sair.

— Pai?

Uma voz musical saltou na direção deles, e Hugo levantou o olhar para a escada no lado direito da sala. Lá, com uma das mãos delgadas sobre o corrimão de madeira polida, descendo as escadas, flutuava uma visão em púrpura. A pele pálida como creme complementada por um cabelo negro como ébano criavam a aparência de uma feminilidade tão delicada com a qual poucas mulheres podiam rivalizar. Isabella Laroche, de quem Hugo só se lembrava como uma garota desagradável de 10 anos de idade e que usava calças, tinha se tornado uma mulher realmente linda.

— Pai? — perguntou ela novamente com sua voz suave. — Qual o problema? — Então, notando a presença de Hugo, a garota colocou a mão sobre um bem desenvolvido seio e soltou um suspiro de admiração.

— Oh, lorde Hugo! — gritou ela, e em alguns passos rápidos e graciosos ela estava na frente dele, abaixando-se no piso de pedra em uma mesura que fez as enormes saias púrpura acumularem-se em volta dos pés de Hugo. — Oh! Parece um sonho! Ouvi aquele malandro do Jamie dizer que o senhor tinha finalmente voltado, mas não pude acreditar, a não ser que eu o visse com meus próprios olhos!

Erguendo-se da mesura, os olhos negros brilhando como ônix, Isabella sorriu beatificamente para ele. Hugo achou graça ao ver que os lábios desenhados com perfeição estavam com ruge, pois estavam artificialmente vermelhos, da cor das sementes da romã que Hugo às vezes comia no Egito.

— Oh, primo, como você está alto agora! Achei que fosse apenas um golpe da minha imaginação de garota lembrar de você alto assim, mas, depois de todo esse tempo, encontrar isso... Bem, você parece uma árvore, exatamente como quando eu era pequena. Ele está ótimo, não está, pai?

Reginald Laroche resmungou, não havia mais o oficioso tom servil em sua voz.

— Vá para a cozinha, Isabella, e veja como a dona Laver está se saindo com o preparo do jantar.

— Oh, pai, você não pode estar falando sério! Faz séculos que eu e primo Hugo nos vimos pela última vez. Temos tanto o que conversar — Isabella fez uma careta charmosa de desapontamento para o pai. — Afinal de contas, primo Hugo esteve pelo mundo todo. Quero ouvir tudo sobre isso e sobre os sarracenos que matou e as paisagens que viu. Você viu as pirâmides, lorde Hugo? Queria tanto vê-las. São realmente tudo isso que as pessoas dizem?

Hugo olhou para a criatura encantadora que o primo do pai tinha gerado e entendeu muito bem o desgosto que Finnula e as irmãs tinham pela garota. Linda e dissimulada, Isabella Laroche era, do seu jeito, ainda mais perigosa que o pai, e qualquer donzela que não soubesse disso ficaria com ciúme de sua beleza e posição social. Isabella parecia ter feito um enorme esforço esta noite, vestindo uma saia de seda e uma túnica com um decote que rivalizava com a de

Mellana em indecência, junto com várias joias de ouro que pesavam nos pulsos e dedos.

— Mas vejo que meu esquecido pai não lhe ofereceu nada para beber — Isabella falou amorosamente, pegando o braço de Hugo e apertando um peito pesado contra ele. — Deixe-me servir um cálice para o senhor...

O xerife De Brissac deu uma risada sincera para o tom sugestivo que a garota empregou, e ela lançou-lhe um olhar de irritação, as sobrancelhas delgadas baixando sobre o nariz delicado em uma expressão mal-humorada.

— Ah — disse ela categoricamente —, é você. Não o tinha visto aí. Bem, do que está rindo, posso saber?

— Ah, senhorita — suspirou o xerife —, se eu não a conheço, não sou eu quem deve lhe dizer.

— Isabella — disse Reginald imediatamente —, saia daqui.

— Pai! — A mulher sedutora de cabelos negros bateu com os pequenos pés cobertos por veludo no chão. — Você está sendo grosseiro com nosso hóspede!

— Lorde Hugo e eu estamos conversando sobre um assunto importante e que não diz respeito a você! Vá para a cozinha ver como a dona Laver está se saindo com o preparo do jantar...

— Na verdade, senhor — Hugo interrompeu —, vou jantar na casa do moinho esta noite. Então vocês e dona Laver não precisam se preocupar com meu jantar, embora tenha certeza de que o xerife, que passará a noite aqui para ajudar o senhor com a arrumação, apreciaria comer alguma coisa.

— Jantar na *casa do moinho*? — gritou Isabella, o tom horrorizado. Não tinha escutado o resto. — Por que jantará lá? Podemos preparar um jantar melhor do que o que terá na *casa do moinho*...

— Pode ser. — O xerife De Brissac deu risada. — Pode ser, senhorita. Mas não pode fornecer o tipo de companhia que Sua Senhoria tem tido nos últimos dias.

— O que isso quer dizer? — Isabella virou os olhos acusadores para Hugo. — Do que ele está falando, Vossa Senhoria?

Hugo, relutante em pronunciar o nome de Finnula, sobre quem tinham falado com liberdade demais para o seu gosto na recente conversa, somente deu de ombros de forma indiferente.

— Não se esqueça do que falei, senhor — disse ele, lançando um olhar implacável para o intendente. — Não pode passar de amanhã.

Hugo não precisou acrescentar "ou vai se arrepender". A ameaça estava lá, em sua voz, sem a necessidade de as palavras serem pronunciadas.

— Mas, meu senhor, eu lhe imploro...

Uma das mãos pesadas caiu sobre o ombro de Reginald Laroche, e o intendente virou-se irritado e viu-se olhando para o rosto largo e barbudo do xerife.

— Leve-me até seus livros contábeis, querido companheiro — ordenou John, com bastante satisfação. — E se puder achar um ou dois odres de vinho pelo caminho, melhor ainda.

— Mas... — disse Reginald para Hugo, que já tinha se virado e ia em direção às portas. — Meu lorde, espere...

Mas Hugo já estava do lado de fora, no ar frio da noite, antes de o intendente pronunciar outra palavra. Respirando fundo, Hugo encheu os pulmões de ar com perfume de pinheiros e madeira queimada, os sons das noites inglesas tão familiares a ele quanto a própria voz. Em algum lugar, um rouxinol gorjeava uma canção comovente e, ali perto, outro respondia. Então era disso que sentia falta nas noites frias do deserto, não de sua casa, de sua família, mas do bom interior da Inglaterra, do apupo de advertência de uma coruja marrom, do leve mugido da vaca leiteira no estábulo. Era por isso que tinha voltado para casa. E era isso que dividiria com Finnula, e com os filhos, se Deus quisesse.

Hugo olhou na direção dos estábulos, e estava prestes a ir lá chutar o escudeiro para que acordasse, concluindo que o jovem arrogante tinha desmaiado devido aos excessos, quando uma voz fina o deteve.

— Está indo embora, então?

O garoto loiro apareceu não se sabe de onde, e Hugo apertou os olhos para a túnica imunda do garoto e para as calças puídas, o rosto sujo e os olhos castanhos arregalados.

— Só por um tempinho — disse Hugo calmamente. — Estarei de volta depois que você dormir.

— Posso dormir a hora que eu quiser — assegurou-lhe Jamie. — Vou esperar pelo senhor.

Hugo levantou uma sobrancelha.

— Como você quiser, então.

Caminhando em direção aos estábulos, Hugo teve a clara impressão de que o garoto o seguia, e, quando se virou e pegou o garoto interrompendo o passo e fingindo estar interessado em um gato que estava andando ali perto, perguntou curiosamente:

— A quem você pertence, jovem?

— O quê, senhor? — O garoto engoliu em seco, tirando os olhos das costas do gato malhado. — Eu?

— Sim, você. De quem você é? Da dona Laver? Do Laroche?

— Ah, não, senhor — o garoto gritou, ficando com o corpo completamente ereto. — Sou seu.

Hugo balançou a cabeça, sem se impressionar. Alguma garota da cozinha tinha ficado grávida e jogado esse menino entre eles. Hugo pagaria para sustentar o garoto até o dia de sua morte. A não ser, é claro, que ele pudesse ser um aprendiz. O garoto parecia forte o bastante, embora inegavelmente sujo.

— Certo, então — disse Hugo, esfregando o queixo. Fazia tanto tempo que não se barbeava tão bem que ainda não estava totalmente acostumado. — Tem algo que pode fazer por mim enquanto eu estiver fora.

O garoto balançou a cabeça, entusiasmado.

— O quê, senhor?

— Pode ficar de olho no xerife De Brissac. Cuidar para que ele não cochile ou coisa assim antes de eu voltar. Sabe, garoto, estou fazendo o Sr. Laroche e a filha saírem daqui e não os quero fazendo nenhum jogo sujo comigo...

— Entendo, senhor — disse o garoto. — Não vou deixar que nada aconteça ao xerife. Ele é bom para mim, o xerife De Brissac. Ele me leva para pescar.

Hugo levantou as sobrancelhas, mas se segurou para não fazer um comentário. Em vez disso, jogou uma moeda para o garoto, que pegou com destreza.

— Muito bem, garoto — foi tudo o que disse, e depois seguiu em busca do escudeiro.

Capítulo Doze

O jantar na casa do moinho aquela noite foi árduo. A tradição do condado ditava que Hugo não podia se sentar perto da futura esposa, nem falar com ela até o casamento, e como foi a própria Finnula que o fez ir até lá, isso era frustrante, para dizer o mínimo.

A tradição do condado também ditava que Hugo, sendo o noivo, fosse sujeitado a inúmeras humilhações decretadas pela família de Finnula. Enquanto os cunhados de Hugo tinham reverência demais para fazer brincadeiras com ele, as esposas não hesitavam em implicar. Isso, adicionado ao desconforto com o que tinha acontecido com Laroche — tinha chegado tão perto de matar o homem, depois de renunciar solenemente à violência para sempre, que ainda conseguia sentir o tremor de ódio nas mãos —, fez de Hugo um convidado áspero, e ele não sorriu uma vez sequer durante todo o jantar, um fato que a impertinente Patricia ressaltou.

— Na verdade, para um noivo, o senhor está muito desanimado.

Hugo encarou a mulher de língua afiada — na verdade, olhos da mesma cor que os de Finnula, mas faltando o calor e o humor os quais estava tão acostumado a ver em suas íris cinza — e simplesmente disse:

— Quando ela for minha, fico alegre. Até lá, não ouso.

Patricia ficou com uma expressão dissimulada.

— Parece-me — disse ela maliciosamente — que é para Finnula quem você deveria estar dizendo isso, não para mim.

Hugo olhou para Finnula, que estava do outro lado da mesa cuja superfície era esbranquiçada de tantas esfregadas vigorosas. Ela estava protestando um tanto ardentemente por algo que o irmão tinha dito. Com o rosto corado, batia na mesa, insistindo em que a proibição papal às bestas tinha sido mal-interpretada desde o início. Que tipo de mulher era essa com quem se casaria cuja conversa consistia em técnicas de caçada e armas em vez de bebês e receitas de tortas?

Hugo sorriu pela primeira vez na noite inteira, de repente extraordinariamente feliz consigo mesmo. Exatamente o tipo de mulher com que gostaria de passar o resto da vida, o tipo que ela era. Que interesse ele tinha em bebês e tortas? Nenhum, nenhum mesmo.

Observou a brincadeira de Finnula com os cunhados e invejou aquela família. Embora houvesse o irritante Robert e a sem graça da Mellana para considerar, de uma maneira geral a família Crais era feliz, o tipo de família que Hugo sempre desejara ter. Se ele e Finnula conseguissem produzir uma família tão grande e barulhenta, morreria um homem realmente feliz.

Era perto da meia-noite quando o grupo bêbado e barulhento se separou, e Hugo, depois de uma tentativa de dar um beijo de boa-noite em Finnula, que foi afastada pelas risonhas irmãs, foi até seu cavalo. Ele montou e seguiu em direção ao solar, refletindo que, considerando o que o esperava por lá, não deveria ter bebido tanto. Ah, bem, amanhã estaria livre dos Laroche, substituindo-os por uma atraente mulher que já tinha provado ser uma esposa valiosa.

No entanto, não era uma artimanha da luz da lua ou da grande quantidade de cerveja que tinha consumido que evocava a imagem da exata pessoa que estava na frente dele. Finnula tinha dado algum jeito de escapar das irmãs e estava gesticulando para ele à sombra do grande carvalho atrás do qual ela tinha se escondido.

Hugo conduziu Skinner até ela e curvou-se para pegar as mãos que tinha esticado para ele.

— Pise na ponta da minha bota — sussurrou ele, e Finnula fez como ele comandou, sentando com facilidade na frente da sela, com a graça atlética de um gato.

— Boa-noite — Hugo disse, e sorriu, passando os braços fortes em volta da cintura dela e cheirando o pescoço dela sob a grande quantidade de cabelos esvoaçantes.

— Bom-dia, você quer dizer — disse a futura esposa de Hugo.

— Você não está se arriscando demais, fugindo assim para me encontrar? — quis saber Hugo, notando que ela ainda estava usando a túnica verde, mas, infelizmente, a gola não estava retorcida de forma tão interessante. — A ira das suas irmãs não irá desabar sobre nós se formos pegos?

— Não seja tolo — disse Finnula. À luz da lua, que era muito forte, Hugo percebeu que o lindo rosto de Finnula tinha ficado preocupado.

— O que foi? — perguntou ele, lamentando por dentro. Ele já tinha deitado com ela várias vezes hoje, e não tinha força física para fazê-lo novamente. No entanto, levá-la para a cama parecia ser o único jeito de mantê-la na linha.

— Eu só... — Finnula esticou o pescoço para olhar para ele, os olhos cinzentos arregalados e brilhando sob a luz da lua. — Só queria...

Hugo sorriu e acariciou os cabelos dela.

— Você queria o quê? Dizer novamente o quanto você não quer ser minha noiva?

Finnula franziu a testa.

— Pensei que talvez você pudesse ter reconsiderado.

— Casar comigo será tão custoso assim? — Hugo não conseguiu evitar não praguejar entre os dentes. — Na verdade, nunca encontrei uma donzela tão contrária ao casamento. Geralmente, é o único pensamento que passa pela cabeça de uma moça!

— Tenho muitos pensamentos em minha cabeça — Finnula disse, indignada. — E nenhum deles diz respeito a casamento.

— Não, mas aposto que uma boa quantidade deles diz respeito a coisas que só as mulheres casadas devem saber. — Ele franziu a testa. — Você precisa de um marido mais do que qualquer moça que conheci. É de admirar que tenha permanecido virgem por tanto tempo...

Finnula arfou e lutou contra ele.

— Realmente! O que você está dizendo? Que sou uma libertina?

— Você com certeza é. — Hugo deu risada, segurando-a com pulso firme. — Mas, felizmente, até agora eu fui o único homem a tê-la. E, tendo uma tendência ao cavalheirismo, pretendo fazer de você uma mulher honrada. Então, pense no lado bom... — Ele deu-lhe um beijo sincero, seguido de um tapa nas nádegas quando ela desceu irritada da sela. — E não faça travessuras entre hoje e o dia do casamento.

Bufando indignada, Finnula deu a volta para deixá-lo, mas Hugo curvou-se e encheu a mão com o vestido dela, detendo-a imediatamente. Ela olhou para ele, o rosto, mesmo sob o prateado da luz da lua, chamejante.

— O quê? — perguntou ela.

— Lembre-se, Finn. Você deu sua palavra.

Ela deu um sorriso.

— Eu sei — disse ela rispidamente, e puxou a cauda do vestido da mão dele. — Estarei lá.

Hugo deu risada e soltou-a, observando-a com satisfação atravessar o campo em direção à casa do moinho, onde ela deu uma batida vigorosa na porta. Pequena bruxa! Deus, como ela o fazia rir. Nenhuma outra mulher que conhecera o encantara tanto.

Hugo conseguiu manter o bom humor durante todo o caminho de volta ao solar, onde encontrou, para sua surpresa, os estábulos cheios de cavalos. Uma inspeção maior revelou que o Grande Salão estava repleto de homens que Hugo não reconhecia, todos reunidos em volta da mesa de jantar, na cabeceira da qual estava sentado John de Brissac, completamente bêbado e mantendo uma das mãos pesadas sobre o ombro do homem de expressão muito sombria, Reginald Laroche.

— Ah, Vossa Senhoria, finalmente! — O xerife De Brissac levantou-se cambaleante, a cadeira na qual estava sentado inclinando-se para trás. A voz grave retumbou no vasto salão: — Cavalheiros, levantem suas taças. Aqui está lorde Hugo Geoffrey Fitzstephen, sétimo conde de Stephensgate.

As pernas das cadeiras rasparam no chão de pedra quando cada homem se levantou, erguendo uma taça e olhando incisivamente na direção de Hugo. Hugo estava bêbado o bastante para cair na gargalhada.

— De Brissac? — Ele conseguiu dizer, entre zurros. — Que recepção é essa? Quem são esses homens?

Sorrindo um pouco autoconfiante, o xerife deu de ombros.

— Meus homens, é claro. Já faz um bom tempo que a adega de Stephensgate foi aberta...

Hugo ainda estava rindo quando um cálice foi enfiado na sua mão. Cada um dos delegados de John de Brissac — e parecia haver mais de vinte — levou a taça na direção de Hugo.

— Vida longa ao lorde Hugo Fitzstephen — o xerife declarou. — E muita felicidade com sua pequena noiva, a Bela Finnula.

— À Bela Finnula!

O grito vigoroso ecoou pelo salão, e depois os homens beberam, todos exceto Reginald Laroche, que não tinha se levantado com os outros e parecia, de verdade, não estar se sentindo bem. Quando Hugo esvaziou a própria taça, se aproximou de John de Brissac e perguntou pela saúde do intendente.

— O quê, ele? — O xerife olhou para o Sr. Laroche com desgosto. — Não está sentindo dor, acredite em mim. Mostrou-me os livros, de verdade, e os recibos que não queimou na grande lareira que o senhor deve ter notado quando entramos aqui mais cedo.

Reginald Laroche olhou para Hugo, e o ódio que queimava em seus olhos era palpável.

— Bem-vindo de volta, meu senhor — disse ele com desprezo, claramente a única pessoa sóbria na sala. — Posso ter sua licença para me retirar? Ainda precisamos fazer muita coisa se minha filha e eu tivermos de sair daqui antes do meio-dia de amanhã...

Hugo estava sentindo os efeitos do vinho além de toda a cerveja que tinha consumido, e fez um gesto de indiferença para o antigo intendente do pai.

— Vá embora — ele disse. Quando Laroche precipitou-se para obedecê-lo, Hugo curvou-se e pediu que alguns homens do xerife fossem designados para vigiar o homem, um pedido que De Brissac prontamente honrou, mandando três homens, armados com um odre de vinho, para ficarem de olho no antigo intendente.

Somente depois das duas da madrugada Hugo subiu para o segundo andar, onde havia os aposentos. Não estava exatamente cambaleando, mas teve de se apoiar com bastante força no corrimão. Abaixo dele, John de Brissac roncava na frente do fogo, assim como também fazia um bom número de seus homens. Hugo tinha encontrado o jovem Jamie aninhado sobre uma pilha de peles poeirentas num canto isolado da sala e colocou sua capa sobre o garoto para protegê-lo do frio da primavera. O solar estava silencioso e Hugo, guiado pela luz da tocha que tinha tirado do baluarte da parede, procurou uma cama onde pudesse deitar a cabeça que rodava.

O antigo aposento do pai estava fora de cogitação. Hugo não passaria a noite na cama onde lorde Geoffrey tinha morrido. O aposento do irmão também guardava lembranças amargas, pois tinha sido ali que exigiram repetidas vezes — não, que o importunaram — que ele fosse para o monastério. Hugo finalmente decidiu que o antigo quarto, um espaço de canto bem arejado, uma delícia no verão, mas impossível de aquecer no inverno, seria o apropriado até que pudesse fazer uma adição à casa.

Ele encontrou o quarto não muito diferente de como o tinha deixado dez anos atrás, a julgar pelas cortinas de veludo azul esfiapadas da cama e pelas peles de lobo danificadas espalhadas pelo lugar. O espaço precisava de ar, então Hugo abriu as persianas de madeira das duas janelas, nenhuma das quais tinha sido envidraçada, e respirou o ar fresco da noite inglesa por alguns minutos antes de tirar a roupa e as peles mofadas que cobriam a imensa cama.

Tinha acabado de apagar a tocha e entrar para baixo dos lençóis gelados quando escutou uma leve batida na porta. Hugo, irritado, resmungou:

— O que foi?

A porta se abriu, e um círculo de luz que só podia ser lançado por uma vela derramou-se por toda a parede, revelando uma tapeçaria que Hugo não tinha notado antes, mas que reconheceu como o ponto de costura de sua mãe.

— Quem está aí? — Hugo perguntou, sentando-se na cama e estreitando os olhos contra o brilho da chama da vela.

A mão fina que segurava a vela apareceu por trás da pesada porta, presa a um braço delgado coberto por uma manga de algum material transparente. A princípio, um Hugo confuso pensou que estivesse sendo visitado pelo belo fantasma de um ancestral havia muito falecido, mas depois lembrou que fantasmas não precisavam de velas. E, quando o visitante da madrugada entrou completamente no quarto, ele reconheceu-a, apesar do fato de o longo cabelo negro estar solto sobre os ombros e a maquiagem estar um pouco mais fraca.

— Lorde Hugo — sussurrou Isabella Laroche, os cílios negros tremeluzentes. — Ah, lorde Hugo, achei que o senhor nunca fosse vir para a cama. Tenho de falar com o senhor!

Hugo não conseguiu evitar o sorriso.

— Falar comigo? — Ele deu risada, assimilando a vestimenta da garota, que consistia num véu elegante de uma bata da mais fina seda, coberta por um vestido que devia ter sido feito com uma linha muito fina, por tudo o que conseguia esconder dos olhos. Isabella não estava vestida para conversas, mas para algo muito mais íntimo.

— Oh, primo Hugo — sussurrou Isabella, andando na direção da cama dele, a vela no alto. — Tenho tanto medo de que tenha havido algum mal-entendido...

— Certamente deve ter havido — ele disse, levantando uma sobrancelha para o jeito como o seio da garota levantava-se e caía dramaticamente sob a camisola. —Aparentemente, você errou o caminho e entrou no meu quarto por engano. É melhor voltar depressa para o seu quarto, prima, antes que o frio se apodere de você. Não está vestida para visitas.

Isabella ignorou a advertência e apoiou o joelho intrépido no colchão da cama, uma das mãos posicionada no peito de forma provocativa.

— Oh, lorde Hugo — ela clamou suavemente. — Meu pai me disse que o senhor ordenou que deixemos a casa antes do meio-dia de amanhã...

— Hoje, na verdade. — Hugo corrigiu-a secamente.

— Mas não posso acreditar que isso seja verdade! Meu senhor, aqui foi minha casa por mais da metade da minha vida. Com certeza deve haver algo que eu possa fazer para o senhor mudar de ideia?

Quando disse a palavra "algo", Isabella abaixou o traseiro sobre a cama e, apoiando-se sobre uma das mãos, ficou piscando os olhos para Hugo novamente. Hugo, que nunca tinha visto uma tentativa tão incapaz de sedução, escondeu um sorriso.

— Não, senhorita, não existe nada que possa fazer. Volte para o seu quarto agora, pois preciso de uma boa noite de descanso...

— Se não for ousado demais de minha parte sugerir isso — sussurrou Isabella, levantando o braço e passando um dedo em um dos braços morenos de Hugo —, posso ajudar a fazer com que sua noite de descanso seja realmente muito gostosa...

Novamente, Hugo não conseguiu reprimir um sorriso.

— Ah? E como você faria isso?

O dedo enredou-se no chumaço de pelos grossos do peito nu.

— Acho que nós dois sabemos, primo Hugo — Isabella sorriu sugestivamente, os lábios corados abrindo-se para revelar uma língua rosada e agitada. — Faz algum tempo que sou a castelã deste solar. Seria inestimável para você nesse assunto, assim como... em outros...

Hugo não precisou especular sobre o que ela queria dizer com outros, pois os olhos escuros desceram ousadamente para onde o lençol cobria seu colo. Imediatamente, Hugo já não estava mais achando graça. Desejou saber se o pai da garota a tinha feito fazer isso, e menosprezava o homem ainda mais por usar a filha desse jeito. Depois Hugo se lembrou do desprezo que Finnula e as irmãs tinham por ela, e desejou saber se o pai, na realidade, não tinha nada a ver com essa visita da madrugada.

— Srta. Laroche — disse ele cuidadosamente —, faz ideia de por que preciso tanto de uma boa noite de sono?

Ela fez que não com a cabeça, o cabelo negro caindo sobre o rosto numa onda de ébano.

— Amanhã vou me casar.

Isso fez com que o dedo dela parasse de desenhar pequenos círculos sobre o peito dele.

— Casar? — repetiu ela, num tom bem diferente do empregado anteriormente. — Mas o senhor acabou de voltar...

— Sim. Mas isso não muda nada. Amanhã eu me caso.

— Não acredito. — Isabella tirou a mão do peito dele. — Isso é uma mentira descarada. Com quem o senhor vai se casar?

Hugo sorriu.

— Com Finnula Crais.

— Finnula... — Isabella pulou da cama, o lindo rosto contorcido como se estivesse engasgada. — Finnula Crais? — berrou. — Você está louco? Finnula Crais foi casada com...

— Meu pai, eu sei. — Uma onda de cansaço apoderou-se de Hugo, e ele honestamente queria que a garota continuasse com a histeria em outro lugar. — Boa-noite, senhorita.

— Aquela bruxa! — Isabella xingou. — Aquela bruxa! Primeiro lorde Geoffrey, e agora você. Não entendo. Só pode ser bruxaria!

— Longe disso — Hugo disse friamente. — Agora, se você pudesse fazer a gentileza de...

Fechar a porta quando sair foi o que Hugo estava prestes a dizer, mas viu que as palavras eram desnecessárias quando a mulher enfurecida saiu do quarto, batendo a porta com força. Mais uma vez a escuridão tomou conta do aposento de Hugo, e ele suspirou e encostou-se nos travesseiros. Sinceramente esperava que Finnula não tivesse restrições em relação a usar seu arco contra adversários do sexo feminino, porque, a julgar pela expressão no rosto de Isabella Laroche, tal ação poderia muito bem vir a ser necessária.

Capítulo Treze

O dia tinha acabado de nascer no céu rosado do leste, fazendo os pássaros começarem sua cacofonia matinal na copa das árvores, quando Finnula saiu do quarto e desceu as escadas. Embora soubesse que a casa inteira já estava acordada, evitou o último degrau, que estava rangendo muito, e entrou na cozinha, onde espetou sua faca em um pedaço de pão preto e ficou comendo enquanto calçava as botas. Tinha acabado de dar um gole no resto da cerveja de um copo e estava enxugando os lábios com a manga da blusa quando a porta dos fundos se abriu e, para seu desânimo, Robert entrou.

— O que é isso? — disse ele animadamente, vendo que a irmã caçula estava de calças e com o coldre nas costas. — Vai caçar no dia do seu casamento? Não acredito, Finn.

Ela olhou fixamente para ele. O que estava fazendo acordado tão cedo? A comemoração da noite passada o deixou quase inconsciente. Tinha tomado mais de dois jarros de cerveja sozinho. Por que não estava prostrado na cama, gemendo?

Colocando no chão um pesado saco de farinha que estava carregando nas costas, Robert endireitou o corpo e olhou para a pequena trouxa que havia sobre o banco na altura da cintura de Finnula.

— Não está fugindo, está, Finnula? — Indo na direção dela, Robert esticou o braço para pegar a trouxa, mas Finnula tirou-a do alcance dele, segurando a bolsa de tecido no peito.

— E se eu estiver? — perguntou ela, irritada. — Você vai me impedir?

— Certamente vou tentar. — Robert sentou-se onde estivera a trouxa, próximo demais para o conforto de Finnula. Ela afastou um pouco o banco. — No que você está pensando, querida? Fugindo do lorde Hugo? Pensei que gostasse dele.

Finnula olhou furiosa para o chão.

— Eu gosto — ela admitiu.

— Então por que quer fugir? O homem machucou você de alguma maneira?

Finnula fez que não com a cabeça.

— Foi desonesto?

Novamente a resposta negativa.

— Roubou você?

Finnula pensou em confessar que Hugo na verdade tinha roubado a virgindade dela, mas lembrou-se de que era com Robert que estava falando, então achou mais inteligente permanecer em silêncio. Além disso, sua virgindade não tinha sido exatamente roubada. Ela a tinha, mais precisamente, entregado a Hugo, de um jeito que ainda fazia seu rosto corar quando se lembrava.

— Então, qual o problema? — Robert quis saber. — Ele me parece um bom homem. Sei que você não queria se casar com outro Fitzstephen, mas o filho é um camarada melhor que o pai, você não acha?

Finnula deu de ombros de forma mal-humorada.

— Então do que está fugindo? Deveria ser a mulher mais feliz do condado. Agarrou um marido rico e bonito. Mellana está que não se segura de tanta inveja.

Finnula levantou a cabeça e disse:

— Mas é só isso, Robert. Ele é rico e bonito. Podia ter qualquer mulher que desejasse. Então, por que *eu*?

— Por que você? — Robert olhou para a pequena irmã com um semblante arrependido. — O que você quer dizer com esse "por que eu"?

— Como eu disse. Por que eu? Não sou rica. Não sou bonita. Não tenho nada que poderia atrair um homem como lorde Hugo...

— Obviamente você tem alguma coisa — Robert interrompeu. — Ou o homem não estaria se casando com você.

— Não sei por que ele está se casando comigo — Finnula insistiu. — Exceto por dizer que não pode me ter de outra maneira.

As sobrancelhas de Robert levantaram com essa declaração.

— Ah — ele disse. — Então ele ama você.

— Ama a mim? Bah! — Finnula levantou-se do banco, arremessando violentamente sua trouxa num canto distante da cozinha. — Ainda estou para ouvir tal sentimento vindo dos lábios dele. Amor! Ele não sabe o significado dessa palavra.

Ela viu o irmão sorrir.

— Ah — Robert disse novamente, passando a mão sobre a boca para esconder a risada. — Então é isso?

— O que você está dizendo? — Finnula bateu com as botas no chão. — O que você quer dizer com "é isso"?

— Apenas que você está se preocupando com o que não deve — Robert disse. Ele esticou o corpo de modo que as costas encostassem no tampo da mesa. — Você quer que ele declare sua inegável devoção a você, que fique clamando o quanto precisa de você, como se fosse o maldito trovador de Mellana. Você quer que ele escreva versos exaltando sua beleza e cante músicas sobre amores não correspondidos...

— Pelo amor de Deus, Robert — disse Finnula com desdém. — Não é isso que eu quero, e você sabe disso. Um simples "eu amo você, Finnula" seria suficiente.

— Isso é o que vocês mulheres querem — Robert discordou com desânimo. — Você quer romance. Você quer bajulação. Bem, o único jeito de conseguir isso do lorde Hugo é fazendo seu papel.

Finnula, que estava caminhando pela cozinha com uma carranca no rosto, parou e encarou o irmão.

— Fazendo meu papel? Que papel?

— O papel da bela donzela — Robert disse, fazendo um gesto de indiferença. — O da dama de alta linhagem, de pele pálida e cílios que se agitam incontrolavelmente.

— O quê? — Finnula olhou para ele como se ele fosse louco. — Do que você está falando? O que têm meus cílios?

— Finnula, se você quer que ele cante músicas que exaltem sua beleza, você tem de estar bonita... ou, pelo menos, parecer uma *mulher*, pelo amor de Deus. Ficar atirando por aí nessas calças de couro não vai arrancar palavras de admiração dele. — Robert encarou-a de maneira crítica. — E por que você não faz alguma coisa com seu cabelo, em vez de mantê-lo preso num rabo de cavalo? — As mãos de Finnula foram defensivamente para a trança. — Não pode usá-lo solto, com algumas bugigangas nele? Mellana sabe como fazer...

— E olhe no que deu — Finnula observou, secamente.

— Exatamente, Finnula. Não sei por que você está com tanta pena de si mesma. Você tem seu homem. Se ele não é exatamente como você gostaria que fosse, depende de você mudá-lo. E, de qualquer jeito, parece que é nisso que vocês mulheres são mais talentosas.

Passando os dedos na trança, Finnula olhou fixamente para ele. Surpreendentemente, as palavras do irmão faziam algum sentido. Certamente não tinha agido muito como uma donzela que valia a pena ser adorada; mais como uma donzela precisando de umas boas chicotadas.

— Em vez de fugir — Robert disse, com um olhar para a bolsa dela, amarrotada no canto da cozinha ao lado da pilha de troncos —, por que você não fica e luta pelo que quer?

Finnula não teve resposta. Em vez disso, cruzou os braços sobre o peito. Curvando o quadril, olhou para o irmão com olhos semicerrados.

— Você sabia que eu tentaria fugir hoje de manhã, não sabia? — perguntou ela. — Foi por isso que acordou tão cedo. Você não tinha trabalho para fazer no moinho, tinha?

— Lorde Hugo me advertiu que você tentaria escapar — admitiu ele com um sorriso.

Finnula respirou fundo.

— O quê? Ele *disse* para você...

— Ele falou algo do tipo ontem à noite. — Robert esticou as pernas longas, cruzando-as nos tornozelos e parecendo, pela primeira vez, um homem com dor de cabeça.

Finnula bufou de desgosto.

— Bem, gostei disso! Depois de eu dar minha palavra!

— Muito boa essa sua palavra — Robert implicou. — Você tentou fugir apesar de ter prometido que não o faria.

Com os ombros baixos de desânimo, Finnula sentou-se no banco ao lado dele. Depois de um curto silêncio, durante o qual o irmão e a irmã examinavam as botas, ela perguntou, timidamente:

— Robert?

— Sim, Finn.

— Você me ajudaria?

— Com o quê, Finn?

— A ser mais... feminina.

Robert fez uma careta.

— Você não pode pedir para uma das meninas? Você tem cinco irmãs entre as quais escolher. Quatro já têm marido, então obviamente sabem o que estão fazendo. Por que pedir para mim?

— Porque —, Finnula se balançava para a frente e para trás, do mesmo jeito que fazia quando era pequena — porque confio mais em você. Por favor?

Robert suspirou.

— Finnula, minha cabeça parece que vai partir ao meio... — Ao ver a expressão desanimada da pequena irmã, ele suspirou. — Ah, tudo bem. Embora eu não consiga imaginar o que você acha que eu sei sobre essas coisas...

Mas, na verdade, Robert Crais tinha um bom conhecimento sobre esse tipo de coisa. Depois de conceder-lhe uma prorrogação de mais algumas horas de sono, Finnula consultou-o em relação aos cabelos — lisos ou cacheados? Presos ou soltos? As unhas estavam limpas o bastante? — e à roupa — a saia estava justa demais? A túnica, larga demais? Flores ou joias nos cabelos? —, e descobriu que, depois de 25 anos em uma casa cheia de mulheres, o irmão tinha acumulado uma vasta riqueza de opiniões sobre esses assuntos. Quando as irmãs estavam se escovando, passando óleo no corpo, se perfumando, se enfeitando e vestindo as irmãs menores, Robert inspecionou o resultado e descobriu, com pequenos ajustes aqui e ali, que Finnula estava aprovada.

— Não sei por que você não acha que está bonita — foi seu comentário quando Finnula, resplandecente em suas roupas de casamento, percorreu pela última vez o caminho do seu quarto em direção às escadas.

Olhando para si mesma com sobrancelhas levantadas em descrença, Finnula disse:

— O quê, eu? Mel é a mais bela da família, Robert.

Robert bufou, a dor de cabeça não tinha ido embora, e ele tinha sido forçado a tomar alguma bebida para acabar com a ressaca. Caneca na mão, ele andou ao redor de Finnula, examinando criticamente cada detalhe de sua roupa.

O vestido de noiva não era novo, embora tivesse sido usado apenas uma vez, havia quase um ano. Uma saia branca simples e do mais fino linho caía nela como uma luva. Sobre a saia, ela usava uma túnica de samito branco, com mangas tão largas e cheias que quase encostavam ao chão. Em volta da cintura havia um cinto de argolas de prata, o único ornamento, exceto por uma grinalda de flores silvestres frescas que tinha sido entrelaçada nos cachos ruivos esvoaçantes.

Para Robert, Finnula parecia a noiva corada do sonho de qualquer homem. Só estava na dúvida em relação a um único quesito, então pediu que ela levantasse a saia até o joelho, e, quando viu apenas pernas nuas, sem calças, relaxou.

— Bem, Finn. — Ele deu um soluço. — Você se superou. Nunca vi uma noiva tão linda.

Essa afirmação causou indignação entre as outras irmãs Crais que estavam reunidas na cozinha para ver os resultados do trabalho que os dois tiveram durante a manhã, mas Robert abafou os protestos.

— Ela tem o noivo mais rico — insistiu ele. — Isso faz dela a mais bonita. E agora, se meus ouvidos não me enganam, esse é o sino da igreja badalando as horas. Acho que a carruagem de Sua Senhoria está à espera.

As irmãs de Finnula a conduziram ao jardim, onde os maridos as esperavam com uma carruagem enfeitada com fitas e flores. Seguindo a tradição da aldeia, a carruagem era puxada por um pequeno burro branco, e embora Finnula tenha torcido o nariz por ter de se sentar num transporte tão indigno, acabou aceitando de má vontade, e o grupo alegre — com muitos já segurando canecas com a cerveja de Mel mesmo a caminho da igreja — seguiu para o púlpito.

Capítulo Quatorze

O som estridente que acordou Hugo um pouco antes do meio-dia não era, ele logo descobriu, o resultado de um latejar dentro do próprio crânio. Não, alguém estava batendo na porta do quarto, e a pulsação dentro de sua cabeça era resultado de muito vinho ou de muita cerveja — ou melhor, muito dos dois.

Deitado perfeitamente imóvel, Hugo olhava fixamente para as teias de aranha no dossel acima de sua cama quando berrou:

— Entre! — Ele imediatamente se arrependeu de gritar, mesmo antes de ver que o visitante não era nem atraente nem carregava algo comestível.

O garoto Jamie examinava o novo senhor com olhos bem arregalados conforme se aproximava da grande cama.

— Oi — ele disse cautelosamente. — O xerife De Brissac me mandou acordar o senhor. Disse que o senhor provavelmente não jogaria nada em cima de um garoto pequeno como eu.

Hugo, olhando ameaçadoramente para o garoto com olhos inchados, disse:

— O xerife está certo. Agora, por que ele mandou você me acordar?

— O Sr. Laroche e a filha estão partindo — disse o garoto amavelmente. — O xerife achou que talvez o senhor fosse querer dizer adeus.

Hugo gemeu. A última coisa de que precisava era mais uma cena como a da noite passada envolvendo a garota Laroche. Mas tinha um dever a cumprir como lorde de um solar e então, com a cabeça latejando, as juntas estalando em protesto, se levantou da cama e conseguiu achar umas calças e uma túnica para cobrir a nudez.

Tudo isso foi observado pelo garoto Jamie que, Hugo percebeu, estava exatamente como no dia anterior e parecia nunca ter visto um pedaço de sabão na vida. Também parecia não ter nada de importante para fazer a não ser ficar olhando para Hugo se lavando, e isso era irritante.

— A quem você pertence, pequeno? — Hugo perguntou, olhando para o pirralho enquanto se barbeava.

— Ora, eu já disse. Ao senhor, lorde Hugo — o garoto respondeu imediatamente.

Hugo revirou os olhos.

— Mas que função você exerce aqui no solar? — Hugo insistiu. — Você ajuda a dona Laver na cozinha? Dá uma ajuda ao velho Webster com os cavalos? O quê?

— Tudo isso — o garoto deu de ombros. — Não há nada que não tenham me pedido para fazer, a não ser ajudar a Srta. Isabella com a toalete.

— Ah — Hugo sorriu. — Imagino que não.

Terminada a toalete, o conde apertou o cinto, verificando se a espada estava presa, caso fosse preciso parecer intimidador. Depois desceu as escadas para ver o primo ir embora.

No pátio dos estábulos, Hugo encontrou Reginald Laroche e a filha curvados sobre o banco de uma rústica carruagem. A parte de trás da carruagem estava cheia de bugigangas que talvez pertencessem ou não originalmente aos Laroche. Na verdade, Hugo viu uma tapeçaria que achava que tinha pertencido a sua mãe. Mas estava com muita ressaca para discutir, e, depois de verificar que pelo menos os cavalos que puxavam o veículo não eram os seus, bateu na anca de um e sufocou uma risada.

— Então — ele disse aos Laroche. — Já sabem para onde vão? Porque vou esperar por tudo o que vocês me devem até o fim do ano...

— Eu sei — resmungou o antigo intendente. A aparência do homem era péssima, exatamente como Hugo se sentia. Olheiras circundavam os olhos, e parecia que o cabelo não via escova havia um bom tempo. — Eu disse ao xerife De Brissac.

O xerife, que estava de pé com os dedos enfiados no cinto, abriu os olhos inchados por falta de uma noite de sono e bebida demais e disse:

— Sim. Ele tem uma irmã em Leesbury. Parece que é casada com um primo do... De quem, Laroche?

Reginald Laroche olhou para Hugo de forma amarga.

— Primo da dama de companhia favorita da rainha. O rei saberá dessa injúria, primo Hugo. Fique certo disso.

— Ah — Hugo sorriu. — E sem dúvida quando souber disso o rei vai ficar do seu lado? Acho que não, senhor...

O xerife deu risada.

— De qualquer forma, teremos como encontrá-lo se precisarmos. Mas não precisaremos, estou certo, Laroche? Porque você vai fazer os pagamentos à Sua Senhoria de forma oportuna, ou então irá para a cadeia...

— Ouvirão falar de mim — disse Laroche rispidamente. — Garanto a vocês.

Ao lado dele, Isabella levantou a cabeça com a touca, e Hugo viu que o rosto estava borrado de lágrimas, os lindos olhos negros vermelhos de chorar. Estava sem dúvida vestida com as roupas mais velhas, e não era mais a beleza vibrante da noite anterior; estava mais para Fat Maude.

— Vai ouvir falar de nós — gritou para Hugo, de forma um tanto veemente. — Homem vil, terrível!

Hugo levantou uma sobrancelha. Não o chamavam de homem vil e terrível desde... bem, provavelmente desde a última vez que viu Finnula. Agora bastante acostumado a ser insultado por jovens mulheres, somente bateu os calcanhares e fez uma mesura implicante.

— Senhorita — ele disse. — Desejo-lhe o melhor. Se posso lhe dar este conselho...

— Não pode — Isabella disse rispidamente.

— ...largue seu pai na primeira oportunidade. Case com um homem honesto, se é que você vai conseguir achar um, e use seus talentos e sua beleza para o bem, não para o mal.

Isabella enrugou os lábios como se fosse cuspir, e Hugo saiu rapidamente da mira do tiro.

— Ah — gritou o xerife De Brissac, saindo do seu entorpecimento com uma risada. — Ela tem gênio forte, essa aí!

— Com certeza — Hugo concordou, olhando para a mancha brilhante que tinha acabado de aterrissar a centímetros de seus pés.

Reginald Laroche chicoteou os cavalos e a carroça deu uma guinada, fazendo alguns objetos de trás do veículo tilintarem de forma funesta. Isabella gritou para que o pai parasse os cavalos para arrumar melhor o que estava ameaçando quebrar-se, mas Laroche ignorou-a. A indigna procissão desapareceu através dos portões do solar, e, no momento em que isso aconteceu, um viva eclodiu de toda a área da cozinha.

Hugo olhou ao redor e viu a dona Laver e o idoso homem da estrebaria lado a lado observando a partida dos Laroche com sorrisos de satisfação nos rostos.

— Bons ventos os levem! — gritou a dona Laver.

— Não voltem tão cedo — provocou Webster.

Hugo, as sobrancelhas erguidas ao máximo, olhou para o xerife.

— Noto que não existe amor entre os empregados e o primo do meu pai — ele observou.

— Diminuía seus salários sempre que tinha uma chance — o xerife disse suavemente. — É de admirar que tenham ficado por tanto tempo. Acho que esperavam por você, meu senhor.

— E serão recompensados — declarou Hugo, e, fazendo jus à promessa, chamou o antigo homem da estrebaria e a cozinheira um pouco mais jovem e, agradecendo pelos serviços leais, derramou uma pequena fortuna que tirou de uma bolsa da cintura nas palmas das mãos que os tinha feito abrir.

Dona Laver transbordou de gratidão, mas Webster apenas sorriu e passou a mão no cabelo.

— Sabia que seria assim, meu lorde, assim que o vi no campo ontem à noite — disse ele, através de gengivas desdentadas. — Eu disse a seu escudeiro: "Ele não vai deixar aquele francês se aproveitar dele como o pai deixou, preste atenção no que digo." E o senhor não deixou. Deus o abençoe, meu lorde!

— Vou pedir a bênção de vocês novamente mais tarde — Hugo disse. — Pretendo trazer minha noiva para cá daqui a pouco e vou precisar de vocês para deixá-la à vontade.

— Sua noiva! — gritou a dona Laver, batendo palmas. Ela já tinha enfiado as moedas de ouro que ele lhe dera dentro dos bolsos do avental. — Que dia realmente feliz! Então preciso voltar ao trabalho imediatamente, se é de uma festa de casamento que precisamos. Posso ter a sua licença, meu lorde, para chamar minhas sobrinhas para me ajudar?

— Chame quantos parentes a senhora achar necessário, dona Laver — Hugo disse, acenando com a mão. — Não precisaremos apenas de uma festa de casamento, mas desta casa inteira arejada, se quisermos viver com conforto. Faça alguma coisa em relação à poeira, por favor. E às teias de aranha. E aos ratos...

— E aos odres de vinho vazios — o xerife acrescentou de forma pensativa.

A dona Laver bateu palmas novamente de tão animada que estava e saiu murmurando sobre tapetes, bolo de sementes e lençóis.

O velho Webster saiu desajeitadamente, e ocorreu a Hugo que havia um membro da casa faltando. Mas só teve de olhar para a direita e depois para a esquerda e lá estava Jamie, o rosto sujo piscando para ele.

— E onde está meu fiel escudeiro esta manhã? — perguntou Hugo.

— Está dormindo na banheira — foi a resposta animada do garoto. — Bebeu um barril de vinho ontem à noite e roncou tanto que acordou até os cachorros.

Sorrindo, Hugo passou uma das mãos nos longos cabelos e percebeu que o xerife De Brissac estava fazendo sinal para que seus homens montassem.

— Com sua licença, meu senhor, vamos escoltá-lo até a igreja e depois alguns irão descansar — John de Brissac disse, com um bocejo tão forte que nem se preocupou em abafar. — Só dormi uma ou duas horas a noite passada, de olho no seu homem e outras coisas.

— Mas você vai voltar mais tarde para mais outras coisas — Hugo insistiu. — Se ainda houver vinho na adega, espero beber à saúde da nova senhora de Stephensgate.

— O senhor não poderia me deixar fora dessa. — O xerife sorriu.

E assim foi que Hugo chegou a seu casamento sob escolta armada, um escudeiro de ressaca ao lado e uma pulsação dolorida sob o olho direito. No entanto, a dor de cabeça diminuiu um pouco quando avistou sua noiva esperando-o calmamente na igreja, parecendo ainda mais angelical do que na noite de tempestade na hospedaria quando ele tinha jurado a si mesmo que ela seria sua.

Na verdade, se não fosse por um brilho familiar de rebeldia naqueles olhos cinzentos, Hugo teria achado que havia alguma diabrura em ação, pois a garota que o encontrou no altar era ainda mais bonita que a Finnula Crais de que se lembrava. Parecia tão feminina, até mesmo refinada, no vestido branco imaculado que era difícil imaginar que essa moça encantadora já tinha encostado uma faca em seu pescoço. Ela repetiu os votos em uma voz suave, raramente olhando na direção de Hugo, e ele foi levado a acreditar que uma das irmãs intrometidas a tinha pegado e a enchido de mentiras sobre como uma esposa respeitável deveria se comportar. Tinha certeza absoluta de que à noite ela seria sua Finnula novamente. Desejou saber se ela estava usando as calças de couro sob o vestido de noiva, e ficou ansioso pelo momento em que ficariam sozinhos e poderia descobrir por si mesmo.

Quando foram declarados marido e mulher, a pequena igreja de Stephensgate estava lotada como Hugo nunca a tinha visto, entupida não apenas com os incontáveis parentes de Finnula, mas pelos próprios vassalos, que de algum jeito tinham ouvido falar dos iminentes votos nupciais e apareceram em bandos para desejar felicidades ao casal. Havia tantas pessoas presentes que nem todos conseguiram sentar nos bancos da igreja e amontoaram-se no corredor e até mesmo no jardim. Quando Hugo, como ordenado pelo padre Edward, curvou-se para beijar a noiva, os aplausos ecoaram a ponto de sacudir as vigas do teto.

E então o conde e sua noiva foram pegos por uma onda de pessoas desejando-lhes felicidade, pessoas que se empurravam com sinceros parabéns, e por fim Hugo foi forçado a berrar um convite a todos os presentes para que fossem jantar no solar, simplesmente para abrir caminho e poder sair da igreja.

Do lado de fora, sob o ar suave da primavera, Finnula parecia estar ainda mais adorável. Mas como Hugo tinha esperado, a usual aspereza não estava completamente escondida sob aquele exterior virtuoso.

— No que você pode estar pensando, convidando todas essas pessoas para jantar? — perguntou ela enquanto ele a colocava na sela a sua frente. — A dona Laver não deve estar esperando...

— Ela está, meu amor — disse Hugo, passando um braço em volta da cintura estreita de Finnula. Ela corou encantadoramente com esse contato, como se os dois nunca tivessem se beijado antes. Hugo não conseguiu evitar o sorriso, antecipando uma noite de núpcias interessante. — E se você puder convencer Mellana a nos fornecer um barril ou dois de cerveja, será maravilhoso...

Finnula enrugou a testa sombriamente com a menção do nome da irmã. O convite de Hugo tinha servido para esvaziar a igreja, mas um aparecimento tardio chamou a atenção de Robert Crais e dos cunhados. Notícias sobre o casamento de Hugo não tinham chegado apenas aos ouvidos dos vassalos de Hugo, mas também às aldeias distantes, trazendo parasitas improváveis, como caixeiros-viajantes, na esperança de realizarem algumas vendas, e vários trovadores errantes; um deles veio a ser ninguém menos que Jack Mallory.

Quando estavam agradecendo ao padre Edward por ter concordado em conduzir a cerimônia tão em cima da hora — um ato pelo qual Hugo fez questão de recompensar generosamente a Igreja —, um sussurro no meio da multidão foi o que primeiro alertou Robert sobre a presença de Jack Mallory. Embora possa ter pensado de forma diferente, a sorte estava ao lado de Jack Mallory aquele dia, pois o xerife estava presente. John de Brissac sozinho evitou que o trovador fosse assassinado imediatamente pelo irmão enraivecido de sua amante. O trovador não foi cumprimentado com aplausos e moedas, como ditavam as regras, mas com socos e chutes.

O xerife De Brissac apartou a briga antes que Mallory sofresse muitas contusões, mas não houve como acalmar a histérica Mellana.

— Assassino! — ela gritou para o irmão, atirando os braços em volta do semiconsciente menestrel. — Olhe o que você fez! Seu lindo rosto! Ah, Jack, seu rosto!

Robert, esfregando as mãos, olhou para sua obra com satisfação.

— Ele não está morto — ele disse, e não havia arrependimento em sua voz. — Não ainda. Mas quando estiver trabalhando para mim no moinho, vai desejar que esteja.

— Oh, seu bruto, seu bruto! — Mellana gemeu. Ela afundou a cabeça dourada no pescoço de Jack Mallory e compôs uma imagem muito bonita no jardim da igreja, com as saias resplandecentes espalhadas sobre o chão e o corpo do amante nos braços.

— Devo entender com isso que logo haverá outro casamento na família Crais? — Padre Edward se aproximou para perguntar, animadamente antecipando uma caixa cheia de doações.

— O senhor pode apostar a sua sobrepeliz, padre — foi a resposta áspera de Robert. — Assim que o noivo voltar a si, vamos precisar de seu missal aberto novamente.

— Ah — disse o padre, e fez o sinal da cruz sobre o corpo inerte do trovador, esperando apressar a recuperação do indivíduo, pois o padre Edward estava ansioso para não perder nenhuma parte da festança no solar.

Finnula, que tinha investido contra Hugo, ansiosa para bater no trovador junto com o irmão, reclamou amargamente durante todo o caminho até o solar, insistindo em que não queria ter machucado tanto Mallory — só alguns chutes. Hugo, no entanto, não participou da disputa, pois tinha renunciado à violência. Além disso, secretamente nutria um sentimento de gratidão pelo trovador, que, engravidando Mellana, tinha sido a razão por trás do seu sequestro. Hugo só podia agradecer ao homem que tinha trazido um prêmio tão inesperado e já tinha decidido recompensar o menestrel de alguma maneira, assim que ele recobrasse os sentidos.

Quando chegaram ao solar, no entanto, Finnula tinha praticamente esquecido seu ressentimento. Era difícil ficar chateada quando estava sacudindo pela estrada nos braços de um novo marido, especialmente quando as patas da montaria de Hugo estavam rodeadas pelas crianças da aldeia e por sobrinhos e sobrinhas da própria Finnula segurando guirlandas e cantando. Somente quando Hugo virou-se na sela para enxotar alguns deles — tinham a intenção de humilhar a nobre montaria de Hugo emaranhando flores silvestres na crina e no rabo —, ele percebeu que também estavam sendo seguidos pelo maior e mais feio cachorro que Hugo já tinha visto.

— O que — gritou Hugo, notando que nenhuma das crianças estava particularmente com medo da besta — é *isso*?

Finnula virou-se para trás casualmente.

— Aquilo? Aquilo é um cachorro.
— Estou vendo que é um cachorro. Por que ele está seguindo você?
— É meu cachorro de caça, Gros Louis — disse Finnula com severidade —, e é claro que vai comigo para o solar. Minhas irmãs não gostavam muito dele e o faziam dormir no celeiro, mas eu esperava que você, por ser um homem do mundo, tivesse uma mente mais aberta. Ele gosta tanto de dormir comigo.
— Dane-se que ele goste. Não vou dividir minha cama com esta besta — Hugo olhou para o animal ofegante com desconforto. — Onde ele estava quando você saiu na sua andança para me sequestrar?
— Não podia levá-lo — disse Finnula com inflexões horrorizadas. — Teria atrapalhado. É um cachorro de caça. Sente um cheiro e o segue. Não poderia usá-lo de jeito nenhum quando eu não sabia quem estava seguindo.
— Ele tem de vir com a gente agora? — Hugo reclamou. — Não poderia vir amanhã, com o restante de suas coisas?
— Ele não vai atrapalhar — disse Finnula suavemente. — Você mal vai notar que ele está por perto.
Revirando os olhos, Hugo cedeu, imaginando que mais tarde teria sua vingança — se a dona Laver tivesse conseguido arejar o solar, em todo caso.

No entanto, não precisava se preocupar com a habilidade da dona Laver em cumprir todas as tarefas que lhe foram designadas. Quando chegaram ao solar Stephensgate, o cheiro delicioso de porco assado estava no ar, todas as venezianas da estrutura de pedra tinham sido abertas e guirlandas de flores estavam espalhadas em cada arco e porta. Mesmo Finnula, tão relutante em voltar para o lugar amaldiçoado, sorriu quando viu os rostos alegres dos vassalos, aos quais tinha ajudado a atravessar o frio do inverno, reunidos nas grandes e sobrecarregadas mesas no Grande Salão. Gritos de "Senhora Finnula!" e de "Bela Finnula!" enchiam o ar enquanto copos eram levantados para um brinde à jovem esposa do novo conde de Stephensgate.

Foram Matthew Fairchild e a esposa que colocaram os cálices nas mãos do noivo e da noiva, e Hugo agradecidamente esvaziou o seu, sentindo a tensão da discussão com os Laroche desaparecer. Sentados em cadeiras ornadas com flores na cabeceira de umas das mesas, ele e Finnula foram sujeitados a todas as humilhações tradicionalmente conferidas aos recém-casados. Piadas indecentes à custa da supostamente virgem noiva e ainda mais sujas sobre a performance antecipada de Hugo naquela noite foram inventadas.

Finnula, para surpresa de Hugo, encarou as brincadeiras com humor, e não fez mais que levantar a faca do jantar de forma ameaçadora quando algumas almas corajosas sugeriram que um ano antes ela estivera sentada na mesma plataforma com o pai de Hugo. Quando sua família chegou trazendo com eles Jack Mallory, que piscava confusamente, ela sorriu de forma bastante meiga para o mais novo cunhado e não disse nenhuma palavra em relação ao jeito como ele tinha tratado Mellana.

A dança começou ao cair da noite, e, nesse ponto da festa, Hugo soube depois, 12 porcos já tinham sido assados, trinta odres de vinho e dez barris de cerveja já tinham sido abertos. Hugo, que estava fora do país pelos últimos dez anos, não fazia a mínima ideia de como dançar a complicada dança escocesa, e Finnula, a princípio, depreciou a atividade, pois era a rabeca de Jack Mallory que tocava para os noivos. Mas, depois de uma considerável pressão exercida pelos vassalos, Hugo foi forçado a se juntar aos foliões, e Finnula provou ser uma professora de dança paciente, que não parecia se importar que pisassem nos dedos de seus pés vez ou outra.

Era quase meia-noite quando as irmãs de Finnula vieram até ela e, dando risadinhas, a levaram aos aposentos de Hugo, explicando que tinham de "prepará-la" para a noite de núpcias. Hugo, apesar do enorme tamanho — e um título respeitável —, foi levado nos ombros de mais ou menos uma meia dúzia de homens e carregado na direção oposta. Somente quando ofereceu pagar aos homens uma generosa recompensa se mudassem de ideia eles deram a volta em direção ao aposento do lorde em vez de o largarem no meio da floresta, como ditava o costume.

Lá, ele encontrou Finnula vestida somente com uma camisola que era cada centímetro tão transparente e reveladora quanto a que Isabella Laroche estava usando na noite anterior. As irmãs estavam tirando pétalas de flores murchas do cabelo dela, e a admiração quando viram Hugo voltar tão cedo da floresta foi grande, mas elas rapidamente deixaram o casal sozinho, só ficando um pouco do lado de fora da porta do quarto, batendo em potes e dando risadinhas. Nesse momento, o xerife De Brissac, fazendo o que Hugo lhe tinha instruído mais cedo naquela noite, gritou que quem deixasse Sua Senhoria e sua esposa em paz ganharia um odre de vinho. Os passos de retirada dos foliões, na pressa para garantir um odre de vinho, pareceram um trovão.

Finalmente sozinho com a esposa, Hugo olhou ao redor do aposento e viu que a dona Laver tinha se superado. O quarto ventilado tinha sido transformado num recanto nupcial, com as cortinas e os lençóis da cama lavados, as teias de aranha varridas e flores em todos os cantos. Um fogo animado estalava na lareira, embora a noite estivesse amena, e os candelabros de parede queimavam brilhantemente. O único item fora do lugar era o cachorro de Finnula, estirado na frente da lareira como um grande tapete de pelo, sentindo-se nitidamente em casa. Hugo preferiu fazer vista grossa a isso, vendo que os dentes do cão eram tão grandes quanto os de Skinner, e ele não gostava de imaginá-los presos no seu traseiro.

— Bem — disse Hugo, sentando-se na cama — Não foi tão ruim assim, foi?

Finnula olhou para ele como se ele tivesse ficado louco e não disse nada.

— Em todo caso — Hugo deu de ombros, defensivamente — você não está morta, está? — Nunca tinha conhecido uma mulher tão teimosa. Ele tinha casado com ela e tudo o que recebia pela preocupação era um dar de ombros.

Finnula acrescentou ao repertório um revirar de olhos. Em seguida, olhando ao redor do quarto, perguntou, em um tom curiosamente acanhado para uma mulher tão habilidosa com uma faca:

— Era aqui que você dormia quando criança?

Hugo gemeu e curvou-se para tirar as botas.

— Sim. É terrivelmente frio no inverno. Talvez o quarto do meu irmão seja mais confortável. Ainda não tive tempo de dar uma olhada.

— Um deles deve imediatamente ir para Jamie — disse Finnula, passando uma escova nos cabelos.

— Jamie? — Hugo, de pés descalços, começou a tirar a túnica. — Aquele pirralho? O que ele fez para merecer uma cama num quarto do solar?

Fazendo uma pausa na escovação, Finnula olhou para ele.

— Ora! — ela declarou. — Gosto que seja assim! Acho que nossos filhos, se tivermos algum, o que eu sinceramente duvido, vão merecer um quarto também, não?

— Do que você está falando? — Hugo perguntou, tirando as calças. A dúvida dela em relação a sua capacidade de gerar uma prole deverá, ele pensou com orgulho, acabar com um olhar para a enorme protuberância entre suas pernas.

Finnula largou a escova, encarando-o. Hugo não achava que esse olhar fixo era resultado do desejo em relação à sua bela forma masculina, mas um olhar de medo, embora por que ela deveria temer ir para a cama com ele, quando já tinha feito isso com tanto prazer e várias vezes nos últimos dois dias, ele não conseguia imaginar.

— Hugo — disse Finnula lentamente, e ele percebeu, com uma onda de prazer, que foi a primeira vez que ela chamou-o pelo seu primeiro nome. No entanto, ela disse isso como se a palavra soasse estranha nos lábios. — Você não sabe quem é Jamie?

— Não. — Hugo deu um puxão irritado nos lençóis, depois foi para debaixo deles, pensando em como era bom ser tratado como um verdadeiro estranho pela própria mulher.

— Hugo — disse Finnula, mordendo o lábio inferior. — Jamie é seu filho.

Capítulo Quinze

— Meu o *quê?*
Finnula deu um salto quando a voz de Hugo estrondou pelo solar. Nunca tinha escutado um berro assim na vida.
— Meu o *quê?* — Hugo vociferou novamente.
Ele tirou os lençóis do corpo, revelando-se, grande e moreno em toda a sua gloriosa nudez. Mas parecia alheio a essa nudez quando caminhou até ela, que estava apoiada no peitoril da janela. Antes que Hugo pudesse colocar uma das mãos em Finnula — se de fato fosse essa sua intenção —, Gros Louis levantou-se e rosnou na frente da dona, os pelos da nuca arrepiando-se como os espinhos de um ouriço.
— Meus Deus, Finnula — gritou Hugo, recuando apressadamente. — Acalme-o!
— Sente-se, Gros Louis — Finnula disse, e o cachorro sentou-se sobre as ancas, mas não tirou os olhos de Hugo. Nem parou de rosnar.
— Acho que agora entendo um pouco melhor como você conseguiu se manter virgem por tanto tempo, meu amor — Hugo ressaltou secamente —, apesar de perambular por aí naquelas calças.

— Ele achou que você fosse me bater — disse Finnula, coçando carinhosamente a parte de trás das orelhas do cachorro.

Hugo sorriu expressivamente.

— Bater em você? Preciso bater em alguém por não ter me contado isso. Por que ninguém se preocupou em contar para mim o pequeno detalhe de que eu tenho um filho? Como você, por exemplo? Ou você estava guardando isso para nossa noite de núpcias?

— Achei difícil acreditar que você não tenha se dado conta disso sozinho, e imediatamente. Ele é igual a você.

— É difícil de ver, embaixo de toda aquela sujeira. — Hugo caminhava de um lado para o outro do quarto, tão rápido quanto um lobo enjaulado que Finnula uma vez viu em Leesbury. — O garoto então tem uns 10 anos de idade?

— Exatamente.

Hugo parou de caminhar repentinamente, e focou os inescrutáveis olhos âmbar em Finnula de forma tão direta que chegou a ser desconcertante.

— E a mãe seria...?

Finnula levantou-se do peitoril da janela e caminhou até a cama. As sobrancelhas estavam unidas de irritação, e ela se esqueceu completamente dos conselhos que Robert lhe tinha dado sobre agir com mais feminilidade diante do marido.

— Você se esquece tão rápido assim de suas amantes? — ela disse com um tom de desprezo. — Gostaria de saber quanto tempo vai levar para eu ser esquecida! — Ela sabia que soava como uma esposa petulante, mas não conseguia segurar a língua. O que havia com os homens que levavam uma mulher para a cama e dez anos depois esqueciam o nome? Finnula nunca esqueceria Hugo, mesmo que vivesse até os 100 anos de idade.

— Minha amante? — Hugo repetiu. — Eu tinha 15 anos! Não tinha amante naquela época. — Depois sorriu de um jeito descarado. — Mas *você*, eu não ousaria esquecer, está muito bem munida.

Finnula, levantando os lençóis do lado oposto da cama, olhou furiosa para ele. Ele parecia estar brincando, mas não podia ter certeza. Este homem com quem tinha se casado era muito estranho. Não conseguia de jeito nenhum entender como tinha decidido se casar com ela. Exceto, ela imaginava, para evitar um escândalo.

— Bem, me diga — Hugo disse. — Quem é essa mulher que supostamente engravidei?

— Não há suposição nisso — foi a resposta ácida de Finnula. Ela entrou debaixo dos lençóis e olhou para ele, impassivelmente encarando aquele corpo nu e desejando saber como deveria ser ter aquela coisa enorme pendurada entre as pernas. Talvez, se tivesse um, também fosse ser incapaz de se lembrar dos nomes das mulheres em quem o tinha enfiado.

— Seu próprio pai reconheceu Jamie como neto — Finnula continuou, envolvendo os joelhos com os braços e sentando-se na enorme cama. — Foi somente porque Maggie morreu no parto que o garoto foi largado por aí...

— Maggie — disse Hugo, as sobrancelhas se contraindo. — O nome dela era Maggie?

Irritado porque ele parecia ainda não lembrar, Finnula disse:

— Sim, *Maggie*. Não sei a história toda, eu tinha 7 anos naquela época, mas você supostamente fornicou com ela no estábulo das vacas leiteiras...

— No estábulo das vacas leiteiras — Hugo repetiu. E então, mais alto, ele gritou:

— Não *Maggie*. Não a *ordenhadeira*.

Finnula olhava para ele calmamente.

— Sim, Maggie, a ordenhadeira. Está começando a recordar agora?

Essa notícia pareceu desconcertar Hugo, e ele sentou-se na beira da cama, alheio ao fato de que tinha quase pisado na pata dianteira de Gros Louis.

— Maggie — repetiu Hugo, como alguém que revive uma lembrança. — Maggie, a ordenhadeira. Ah, doce Maggie...

Finnula não achou que fosse passar a noite de núpcias conversando sobre os antigos amores do marido, mas como sua outra noite de núpcias tinha sido ainda mais desagradável, imaginava que devia agradecer por as coisas não estarem piores. Puxando a pele de lobo, pois a brisa estava balançando as persianas e o quarto tinha esfriado um pouco, encolheu-se sob ela, piscando sonolentamente para a luz do candelabro.

— Maggie — o marido murmurou novamente, e se Maggie ainda estivesse viva, Finnula a furaria prazerosamente com uma flecha da aljava.

— Sim — ela disse com irritação. — Agora, apague a vela dos candelabros, por favor? Estou cansada e quero dormir.

Hugo virou-se como se estivesse surpreso e olhou para trás, por sobre o ombro nu. Ela tentou manter o rosto impassível, mas alguma coisa que Hugo viu nela o fez sorrir de um jeito completamente irritante.

— Está com ciúme, meu amor? — ele perguntou, esticando a mão para tocar nas pernas debaixo das cobertas.

— Com certeza, não — Finnula desdenhou dele, chutando a mão que a tinha tocado. — Você se considera um pouco importante demais, meu lorde.

— Ah, é?

Havia algo distintamente sensual no sorriso dele que Finnula preferiu ignorar, virando-se para bater no travesseiro para que ficasse mais arredondado.

— Não adianta me olhar desse jeito — ela informou bruscamente. — E como não vou desmaiar com a visão de seu corpo nu, você também pode colocar uma roupa para dormir...

— Você está uma moça muito correta agora, não? — Hugo esticou o longo torso na cama ao lado dela, os olhos reluzindo um dourado enervante sob a luz que vinha da lareira. — Uma moça um tanto afetada, agora que se casou.

Finnula deu de ombros.

— Eu disse que você se arrependeria de se casar comigo.

— Oh, sim, já estou me arrependendo. — Hugo levantou a pele de lobo e olhou por baixo dela. — E dormindo de roupas também! Que inusitado! Tenho de dizer que preferia o que você estava usando na cama aquela noite na estalagem...

— Aquela noite foi um erro... — Finnula disse asperamente, sentando-se.

— Oh, com certeza. E um erro muito grave.

— ...e não é tarde demais para consertá-lo. — Finnula continuou como se ele não tivesse falado.

— Não é tarde demais? — Hugo sorriu ironicamente. — Como assim? Se me lembro bem, padre Edward nos declarou marido e mulher...

— Mas o casamento ainda não foi consumado — Finnula apressou-se para explicar —, e ainda pode ser anulado...

Uma única sobrancelha levantada desceu para unir-se a outra apressadamente.

— Sei — ele disse, e a voz grossa não continha mais ironia.

Finnula olhou para ele, incerta, esperando que não o tivesse irritado demais. Ele deveria, se fosse realmente uma espécie de homem, estar mais do que feliz por ela estar lhe oferecendo novamente uma saída para esse casamento ridículo. Ele já tinha dito para ela que nenhum homem desejava ficar preso a uma mulher. Aqui estava ela, generosamente concordando em libertá-lo das indesejáveis algemas. Mas não! A julgar por sua expressão, ele não estava nada satisfeito.

E, no entanto, como se ela não tivesse dito uma palavra, ele esticou o braço, aparentemente inconsciente, e pegou uma pétala de flor murcha que estava presa em um cacho dos longos cabelos. Finnula olhou para os dedos longos e calosos de Hugo gentilmente tirando a pétala branca do comprimento do cacho, as juntas dos dedos roçando um dos os seios durante o movimento. O mamilo rebelde ficou ereto com esse contato, colando-se insistentemente ao fino material da camisola. Finnula olhou para ele, mordiscando o lábio inferior. Que vergonha! Ela era assim tão devassa que o mais simples toque a deixava em chamas?

Tinha certeza absoluta da resposta a essa pergunta.

Se Hugo notou a reação do corpo dela ao toque, não disse nada. Em vez disso, retirando a pétala dos esvoaçantes cachos ruivos, segurou a folha frágil e examinou-a sob a luz do fogo.

— E você ficaria livre desse casamento — ele disse, olhando para a flor, não para ela — porque você me despreza e me insulta?

— Não, não é isso — Finnula disse, esforçando-se para manter a voz estável e baixa. — Gosto de você... bastante.

— Você gosta de mim? — O olhar amarelo-âmbar voltou-se para ela, e Finnula ficou desconfortavelmente ciente dele. Como ele estava de costas para o fogo, ela não conseguia decifrar muito bem a expressão dele. — Gosta? Então por que essa insistência em anular o que eu gastei tanto tempo, e dinheiro, para organizar? — Quando Finnula, frustrada, não formulou uma resposta com o devido entusiasmo, Hugo continuou: — É por causa do garoto?

Finnula hesitou.

— Não...

— É por causa da mãe dele? — Hugo curvou-se e capturou outra pétala entre o polegar e o indicador. Libertando-se de uma madeixa de cabelos sedosos, a parte de trás da mão roçou no outro seio, e seu mamilo reagiu tão sensivelmente quanto o primeiro. — Você não compreende o quanto eu sinto pelo que aconteceu com ela? Maggie era doce... mas era mais velha que eu uns bons cinco anos, e não vou dizer que não sabia o que estava fazendo. Mais do que sabia... Mas sinto por não ter estado aqui para garantir que tenha sido mais bem-cuidada... ela e o garoto... mas você deve lembrar que minha família tentou me mandar para um monastério.

Ele estava tendo um pouco mais de trabalho para remover essa pétala do que tinha tido com a anterior... Os dedos grossos trabalhavam com uma destreza surpreendente, mas, ocasionalmente, Finnula sentia o suave calor da mão dele no pescoço, ou penosamente perto do lóbulo da orelha. Ela engoliu em seco, a boca ficando de repente sem saliva.

— Sim — ela disse, e a voz estava estranhamente seca. — Mas você deixou bem claro que não se importa com quantas mulheres foi para a cama...

— Isso foi antes — Hugo disse, levando a madeixa de cabelo para mais perto dele, evidentemente para melhor examinar a folha enredada. — E eu tenho sorte de, com exceção da pobre Maggie, ninguém ter sido prejudicado pelas minhas aventuras amorosas. Mas agora que tenho uma esposa, devo me manter fiel a ela, como o padre me instruiu há menos de 12 horas.

Finnula bufou, embora fosse difícil manter-se calma quando ele estava tão perto, mexendo nos cachos, a luz do fogo fazendo o corpo ficar cor de bronze. O tapete de cabelos dourados que cobria o peito, e que depois se afilava em direção à barriga lisa, era particularmente estonteante.

— Uma esposa que não traz fortuna nem propriedade? — Finnula balançou a cabeça. — Uma mulher que não sabe cozinhar nem costurar? De verdade, o senhor esteve por tempo demais longe da Inglaterra e perdeu qualquer senso prático. Uma esposa dessas é quase inútil...

— Inútil? — Os dedos que Hugo estava passando pelos cabelos dela de repente afundaram para fechar-se sobre um dos pequenos seios de Finnula. Arfando com esse repentino contato, Finnula ergueu olhos assustados para os do marido.

— Acho que a grande quantidade de pessoas que vieram ao nosso casamento hoje prova como você já foi útil para muitos deles, Finnula — Hugo disse, os dedos massageando a pele macia. — Especialmente com o arco. Não, posso pensar em muitas coisas em que você é muito útil...

Depois de dizer isso, ele abaixou o rosto e, através do fino tecido da camisola, delicadamente sentiu os mamilos rígidos dela com a língua. Finnula, sentindo-se de repente com bastante calor, empurrou o cobertor, expondo as longas pernas nuas da coxa para baixo, pois a barra da roupa tinha se retorcido em volta dos quadris.

Notando esse fato, Hugo não perdeu tempo em deslizar a mão livre por entre aquelas coxas brancas e delgadas antes que Finnula, o rosto em chamas, pudesse ajeitar-se. Em seguida, quando ela fez um movimento como se fosse livrar-se dele, Hugo levantou-se de repente e baixou o corpo pesado sobre o dela, efetivamente bloqueando todas as rotas de fuga.

— Não, madame — ele disse, os olhos de âmbar risonhos brilhando para ela. — Devo dizer que a senhora também é bem útil em outras coisas que não necessitam de um arco...

Finnula esforçou-se para manter o controle, mas a introdução de uma coxa musculosa entre suas pernas mais uma vez fez qualquer pensamento racional tornar-se impossível. O corpo de Hugo estava pesando sobre o dela, e era um peso que ela acolhia com prazer, porque o corpo era instantaneamente lembrado do prazer recebido em um passado recente. Antes que pudesse se conter, os braços já estavam em volta do pescoço dele, as pernas estendidas para melhor acomodá-lo entre elas. Deus, como ela o queria. Afinal, talvez até fosse bom que ficassem casados...

E então os lábios de Hugo estavam sobre os dela, e toda a habilidade de pensar abandonou-a. Ela fechou os olhos, sentindo uma onda de calor familiar entre as pernas conforme Hugo insinuava, primeiro um, depois o outro dedo dentro dela. Instintivamente, ela arqueou a pélvis contra ele, e teve a satisfação de vê-lo gemer.

— Ainda não, meu amor — ele sussurrou sofregamente, a boca colada na dela. — Ainda não.

As mãos dele moveram-se em direção ao decote da camisola dela. Os olhos de Finnula abriram-se quando escutou o tecido se rasgar. Ofegante, enquanto ele rasgava a camisola bem no meio e com tanta facilidade que parecia que era feita de papel, Finnula gritou:

— Hugo! Você está louco?

Agora que a pele cremosa, os seios de mamilos intumescidos e o retalho sedoso de pelos ruivos entre as pernas foram revelados, Hugo sorriu, eminentemente satisfeito.

— E outra coisa. Que isso sirva de lição para você, amor. — Ele deu risada. — Não vista nada quando vier para a cama comigo, ou todas as suas camisolas, por mais lindas que sejam, terão um destino semelhante.

Finnula olhou para ele, imaginando que tinha se casado com um bárbaro, e estava prestes a declarar seus sentimentos sobre isso quando, do nada, os lábios que minutos antes tinham devastado sua boca de repente caíram sobre um mamilo rosado. As palavras agressivas que estavam nos lábios de Finnula tornaram-se um gemido de prazer quando a boca de Hugo, quente sobre sua pele macia, queimou uma trilha de beijos em direção a sua barriga branca e lisinha e depois começou a descer ainda mais, até que a língua dele tocou os cachos avermelhados na junção de suas pernas. Isso definitivamente não era algo que as irmãs tinham mencionado que os maridos praticavam — e as irmãs Crais tinham sido bem profundas na educação sexual de Finnula enquanto a vestiam naquela manhã. Mas era algo com que Finnula estava absolutamente certa de que poderia se acostumar.

Somente quando os gemidos excitaram nele um desejo similar Hugo levantou-se, afastando os dedos que estavam grudados nos cabelos, e enfiou-se no calor estreito que ele estivera beijando momentos antes, finalmente tornando-os marido e mulher de verdade e acabando com qualquer esperança de anulação. Finnula gritou de um prazer sem palavras quando ele recuou e penetrou nela de novo, dessa vez mais profundamente.

Quando o alívio veio, desabou sobre os dois simultaneamente, balançando Hugo para a frente repetidas vezes e empurrando Finnula para o travesseiro com a força dos movimentos. Gritando roucamente enquanto onda após onda de prazer a revolvia, Finnula nem sequer escutou o urro triunfante de Hugo quando desabou sobre ela.

Somente quando os dois finalmente ficaram imóveis, os corações palpitando um contra o outro, a respiração ofegante, ficaram cientes do som das vozes do lado de fora das janelas do quarto. Hugo tirou a cabeça do pescoço suado de Finnula.

— Que diabos...?

Então, quando ficou claro que as vozes eram dos convidados, e que estavam festejando e gritando palavras de estímulo, Finnula sentiu-se enrubescer.

— Meu Deus, Hugo! Devem ter escutado você! — ela sussurrou.

— A *mim*? — Hugo pareceu estar claramente se divertindo, e nem um pouco envergonhado. — Não era eu quem estava gritando.

— Eu não gritei! — exclamou Finnula, chocada. Depois, duvidosamente, sussurrou: — Gritei?

Hugo apenas riu e, saindo de cima dela, esticou o braço para pegar a pele de lobo. Pegou a pele e colocou sobre a nudez de Finnula, como se com isso pudesse protegê-la do mundo. Depois, colocou as calças e, descalço, seguiu até uma das janelas com as persianas abertas.

Finnula apoiou-se em um cotovelo, olhando-o curiosamente.

— O que você está fazendo? — ela perguntou para o homem que agora era, para o bem ou para o mal, seu marido em todos os sentidos da palavra.

— Livrando-me deles — ele resmungou, balançando na mão alguma coisa que tilintava. — Não terei uma audiência na minha noite de núpcias... mesmo que seja tarde demais. — Em seguida, gritando para a multidão abaixo, lançou um punhado de moedas no chão. — Peguem isso, seus cruéis. E vão embora!

Gritos de apreciação encontraram a chuva de moedas, e Hugo ainda estava rindo quando fechou as persianas. Finnula sentou-se novamente nos travesseiros, sonolentamente admirando o belo perfil do marido. Talvez o casamento com um homem desses não fosse tão ruim, ela pensou. Talvez ele pudesse ser ensinado...

E quando Hugo, depois de apagar as velas dos candelabros da parede e novamente tirar as calças, entrou debaixo da pele de lobo e a puxou para perto dele, ela soube, com uma certeza sonolenta, que não havia outro lugar onde poderia estar. Caiu no sono com o rosto sobre o ombro dele, ninada pelo subir e descer regular do peito largo de Hugo.

Capítulo Dezesseis

Quando Hugo acordou na manhã seguinte, foi só porque viu a esposa saindo pela beira da cama, tomando um cuidado tão penoso para não acordá-lo, que ficou óbvio que ela não pretendia fazer nada de bom. Hugo imediatamente virou-se sobre as pontas dos cabelos dela que pendiam na cama e, fingindo estar adormecido, puxou-a de volta para os braços. Finnula não protestou, o que o levou a acreditar que o que quer que estivesse prestes a fazer poderia esperar... pelo menos até ele pôr em dia mais algumas horas do tão necessitado sono.

Quando Hugo acordou novamente, era quase meio-dia e Finnula estava visivelmente fora da cama. No entanto, não tinha ido para muito longe. Podia escutar sua voz rouca no jardim abaixo das janelas, vociferando ordens à maneira de alguém bastante acostumado a fazer isso. Hugo não tinha a mínima ideia do que ela poderia estar fazendo, e não tinha muita certeza de que queria saber. Mas mesmo assim levantou-se e, depois de umas boas espreguiçadas e de água no rosto — nunca lhe tinha ocorrido que ter uma esposa tão jovem o poria tão fisicamente à prova —, abriu as persianas das janelas e apertou os olhos para as vívidas cores de primavera que o receberam... a vastidão do céu azul e límpido, a esmeralda da copa das árvores e a cor de cobre brilhante dos cabelos trançados da esposa.

Inicialmente, pensou que o efeito da forte luz do sol tivesse feito o jardim abaixo parecer cheio de móveis, em volta dos quais Finnula, seguida pelo cachorro metido a cavalo, Gros Louis, pavoneava-se — em suas calças de couro, ele notou com irritação. Mas depois de ter afastado completamente o sono dos olhos, ele viu que, de fato, a cama de dossel do pai estava no meio do jardim, com vários outros itens dos aposentos do falecido conde. Hugo reconheceu alguns escudos, o jarro de água do pai, até mesmo um urinol, tudo amontoado de qualquer jeito no centro do jardim. Enquanto estava olhando, o escudeiro, Peter, apareceu tropeçando na sua visão, cambaleando sob o peso da poltrona favorita do falecido conde.

— Muito bem, Peter — Finnula disse. — Coloque bem aqui, ao lado da cama.

— Sim, senhora. — E lá se foi a cadeira para o chão, com um estrondo e um barulho de madeira rachando que fez Hugo, dois andares acima, estremecer. — A senhora quer que eu traga aqui para baixo aquele baú que está no canto do quarto ao lado da janela?

— Sim, claro — Finnula respondeu, como se estivesse falando com uma criança particularmente burra... mas, se tratando de Peter, Hugo não achava que ela estava completamente errada. — Tudo, Peter. Quero que você traga tudo aqui para baixo.

— Sim, senhora — Peter virou-se, obedecendo as ordens de Sua Senhoria com um entusiasmo que nunca tinha demonstrado enquanto servia Hugo. Hugo, franzindo a testa, bateu os dedos no parapeito de pedra da janela e limpou a garganta.

— Sra. Finnula — gritou ele, alegremente.

O velho Webster apareceu naquele exato momento, arrastando uma tapeçaria esfarrapada às suas costas.

— Aqui está, senhora. Onde quer que eu coloque?

— Ah, pendure em qualquer lugar. — Protegendo os olhos com uma das mãos, Finnula levantou o pescoço para apertar os olhos para Hugo. — Bom-dia, meu senhor — ela gritou.

— Bom-dia, minha senhora. — Hugo cruzou os braços fortes sobre o peito. — Está um dia agradável, não?

— Muito — respondeu Finnula. — Pelo visto, dormiu bem.

— Como uma pedra, madame. Tão pesado, na verdade, que não me lembro de você dizer que viraria a casa de cabeça para baixo esta manhã.

— Não a casa inteira, meu senhor — disse Finnula, saindo rapidamente do caminho quando uma moça que Hugo não reconheceu passou por ela, os braços cheios de roupas do falecido pai. — Somente os aposentos de lorde Geoffrey.

Hugo balançou a cabeça.

— Estou vendo. E posso perguntar, madame, o que pretende fazer com os itens que tirou de lá?

Finnula, em um gesto que Hugo instantaneamente reconheceu como nervosismo, tirou algumas mechas de cabelos ruivos da testa.

— Queimar, meu senhor — gritou ela.

Hugo não deveria ter ficado surpreso. Sabendo o quanto ela desprezava o falecido conde, era um ato relativamente equilibrado. No entanto, o fato de ela não ter falado de antemão sobre o assunto era um tanto irritante.

— Entendo — Hugo disse, e não conseguiu esconder o descontentamento na voz. — Vou descer para conversar pessoalmente sobre essa fogueira.

Quando Hugo virou-se da janela, a voz rouca de Finnula chamou-o de volta.

— Posso sugerir, meu senhor — ela gritou para ele, um leve tom de ironia na voz —, que se vista antes de descer?

Rapidamente olhando para si mesmo, Hugo percebeu que estava se dirigindo à esposa — e, na verdade, aos empregados quase da casa inteira — nu. Sorrindo, ele afastou-se da janela, parcialmente consciente do grito de admiração que a visão do traseiro nu evocou em dona Laver lá em baixo. A cozinheira, cruzando o jardim para consultar a nova patroa sobre a refeição da tarde, teve de se sentar e ser abanada durante vários minutos antes de se recuperar do choque.

Hugo se barbeou e se vestiu em questão de minutos, uma habilidade que tinha adquirido durante as Cruzadas, onde ataques furtivos dos inimigos tornaram necessários toaletes rápidos. Passando uma das mãos pelo cabelo úmido, desceu as escadas apressado, observando que quase todos os sinais das festividades da noite anterior tinham desaparecido. Novas lamparinas tinham sido colocadas sobre as pedras, que foram empapadas com algo perfumado. As longas mesas não estavam mais lá, com exceção da que ele e Finnula compartilhariam nas refeições diárias. Como a temperatura estava agradável, nenhum fogo tinha sido aceso na enorme lareira. Em vez disso, todas as flores da noite anterior estavam empilhadas onde a lenha deveria estar, formando um arranjo atraente e de perfume agradável.

Hugo estava tão preocupado em chegar ao jardim, no qual Finnula tinha empilhado todos os pertences do pai, que não viu o obstáculo de 1,50m com o qual colidiu descendo as escadas.

— Ei, você! — gritou alguém segurando uma pilha de cortinas na base das escadas. — Olhe por onde anda!

Hugo, recuando com alegria, viu que quem estava segurando o material de brocado era ninguém menos que o filho, Jamie, completamente indignado por ter sido atropelado. Cambaleando, o garoto deu um puxão no gibão de Hugo e disse:

— Só porque sou pequeno não significa que não estou aqui. — E depois, com relutância, acrescentou: — Meu lorde.

Hugo olhou para o pequeno garoto aborrecido e desejou saber como não tinha percebido a semelhança antes. Embora a lembrança que tinha da mãe do garoto nunca fosse ser muito mais que turva, os próprios traços ele reconheceu muito bem. Especialmente, ele notou, os olhos castanho-claros.

— Bem, Jamie — disse ele, esticando o braço para ajudar o garoto a segurar a carga com mais firmeza. — Desculpe-me por isso. Está firme agora?

— Sim, está — admitiu Jamie. — Agora, se o senhor me dá licença, a Sra. Finnula quer todas essas coisas lá fora...

— Espere um minuto, Jamie — disse Hugo, empurrando o garoto para trás com uma das mãos sobre o pequeno ombro. — Acho que tem uma coisa que eu e você precisamos resolver.

Obedientemente, o garoto olhou para ele, esperando com a mais leve expressão de impaciência no rosto enquanto Hugo acomodava-se no último degrau da escada.

— Quando perguntei para você ontem — começou Hugo, hesitando — a quem você pertencia, Jamie, você disse...

— Ao senhor.

— Sim, exatamente. Você disse que pertencia a mim, e isso queria dizer, presumo, que seja o vassalo...

— Sim — disse Jamie. — E é o que sou. Como a dona Laver.

— Bem, sim, Jamie. — Hugo passou a mão no queixo. — Mas o que eu realmente quis dizer foi... Jamie, você sabe quem é seu pai?

— Acho que sim — declarou Jamie. — O senhor.

Hugo fez que sim com a cabeça, aliviado.

— Sim, isso mesmo. Eu. Agora, depois que estive longe por muito tempo, percebo que você talvez tenha tido dificuldades...

Jamie parecia estar ficando sem paciência.

— A Sra. Finnula vai tirar a minha pele se eu não voltar com essas cortinas.

— Bem, espere um momento. Vou com você e explico para, hum, a Sra. Finn. O que quero dizer, Jamie, é que, se existe alguma coisa de que você precise...

— Preciso levar isso à Sra. Finn antes que ela me mate — declarou Jamie.

— Sim. Bem. — Vendo que não havia sentido em insistir no assunto neste momento, Hugo levantou-se e, pegando as cortinas da mão do garoto, disse: — Deixe-me ajudar com isso.

O rosto de Jamie era o retrato da alegria.

— Ah! O senhor pega isso, e eu vou correndo pegar as outras! A Sra. Finn vai adorar!

Observando o garoto precipitar-se pelas escadas, Hugo balançou a cabeça. De algum jeito ou de outro, Hugo teria de incutir em Jamie que ele não era um dos servos. Embora Hugo não pudesse, por lealdade a Finnula, nomear o garoto o herdeiro, podia garantir que a criança fosse bem educada. O garoto teria de ser educado e instruído em algum lugar. Embora não pudesse imaginar que família o receberia, imundo como estava. Talvez Finnula, a quem o garoto parecia idolatrar, pudesse convencê-lo a tomar banho.

Segurando as cortinas nos braços, Hugo seguiu para os fundos da casa, cuidadosamente esquivando-se das apressadas arrumadeiras e lavadeiras de expressões frenéticas; e nenhuma delas percebeu sua presença, somente emitiram exclamações e saíram apressadas. Podia ouvir a dona Laver vociferando ordens para alguma ajudante de cozinha infeliz. Mas, se o aroma que vinha da cozinha fosse alguma indicação do que o esperava para o café da manhã, achava que a cozinheira dificilmente precisava repreender alguém.

Mas ele próprio precisava repreender alguém antes de quebrar o jejum. Assim, saiu para o jardim e encontrou a esposa dando instruções ao recém-contratado assistente do velho Webster para que trouxesse a carroça da fazenda, pois queria todos os móveis de Sua Senhoria levados para o campo do sul onde, ela docemente explicou, seriam incinerados. Finnula estava totalmente alheia à presença gigantesca de Hugo e só virou-se quando o homem da estrebaria, contendo a respiração, apontou sobre os ombros dela.

— Acho que Sua Senhoria quer falar com a senhora — disse o homem de aparência rústica.

Finnula virou-se, olhou para as cortinas nos braços de Hugo e exclamou:

— Ah, ótimo! Coloque aqui, por favor, meu senhor.

Hugo largou o material no chão, passou o braço em volta da cintura da esposa e prendeu-o ali.

— Finnula — disse ele entre os dentes —, você e eu precisamos conversar.

— Não agora — respondeu Finnula, contorcendo-se contra ele.

— Tenho coisas para fazer.

— Posso ver que você está trabalhando muito diligentemente esta manhã, meu amor. — O braço na sua cintura estava inflexível, e ela finalmente desistiu de soltar-se e olhou para ele, a expressão cautelosa, mas o queixo erguido com obstinação.

Vislumbrando a passageira rendição nos olhos cinzentos de Finnula, Hugo arrastou a esposa pelos braços para fora do campo de visão dos empregados, levando-a a uma parte distante do jardim, perto do poço. Assim que os pés tocaram na terra firme, Finnula, sorrateiramente, começou a ajeitar a roupa, colocando a barra da blusa branca de volta para dentro das calças e lançou olhares de suspeita na direção dele.

— Lá na casa do moinho você disse — começou, com arrogância — que o solar Stephensgate era meu e que eu poderia fazer o que bem entendesse...

— Mas queimar todos os pertences do meu pai? — Hugo olhou furioso para ela. — Você não quer saber sobre meus sentimentos em relação ao assunto?

— *Seus* sentimentos em relação ao assunto? — Finnula bateu o pé no chão, o rosto ficando rosado de raiva. Os olhos cinzentos normalmente serenos de repente soltaram fogo quando ela apertou um dedo no peito largo de Hugo. — Seu pai foi um miserável — ela enfatizou cada palavra com um cutucão — que permitiu que aquele *parasita* do Reginald Laroche sugasse todo o seu sangue, até que tudo o que sobrou foi uma casca meio louca. Seu pai deixou aquele homem roubar as pessoas, deixou as mesmas pessoas a quem jurou proteger morrerem de fome e depois, para piorar, fez eu me casar com ele contra a minha vontade, morreu e me deixou ser acusada pelo assassinato! — Recuperando o fôlego, Finnula colocou as mãos na cintura e olhou furiosa para ele. — E você fica aí protestando sobre *seus* sentimentos!

Hugo franziu a testa para a esposa rebelde. A maior parte de sua raiva, verdade seja dita, era fingida. Que diferença fazia um monte de móveis velhos? Mas não podia permitir que Finnula achasse que ela, não ele, era quem mandava no solar.

— E queimar todos os pertences do meu pai vai remediar os erros dele? — ele perguntou, com o que considerava uma rispidez intimidadora.

De forma não muito surpreendente, Finnula não pareceu nem um pouco intimidada.

— Queimar todos os pertences do lorde Geoffrey vai me fazer feliz — informou-lhe de forma mordaz. E depois acrescentou, com um olhar dissimulado para o velho Webster, que chegava cambaleante ao jardim, carregando a sela do falecido conde: — E também fará os súditos felizes. Sinto muito em dizer que não havia muito amor entre lorde Geoffrey e os vassalos. Você permitir que eles joguem alguma coisa dele numa enorme fogueira talvez possa ajudá-los a perdoar e a esquecer. Isso e o fato de você ter dispensado o Sr. Laroche vão fazer com que o aceitem melhor...

— Você acha isso, moça? — Hugo não conseguiu evitar o sorriso.

— E você se importa com o fato de meus súditos me aceitarem ou não?

Ela levantou o nariz.

— Com certeza, não. Mas vai facilitar meu papel de castelã..

Olhando para ele, Finnula de repente mordeu o lábio inferior e colocou uma das mãos finas no braço dele. Era tão raro Finnula tocá-lo por livre e espontânea vontade — pelo menos, sem uma faca na mão — que Hugo levantou as sobrancelhas, surpreso pelo gesto. Não fazia a mínima ideia do que tinha feito Finnula ficar de repente tão carinhosa, mas subitamente ela estava olhando para ele com algo quase como compaixão nos olhos.

— Sinto muito por difamar seu pai desse jeito, Hugo. Sei que no fim da vida ele estava... doente. Mas, mesmo antes disso, ele era terrível...

Hugo deu de ombros, achando graça.

— Eu mesmo disse para você que ele era terrível, lembra?

Ela apertou os olhos, e ele viu a ternura deixar o rosto dela.

— Ah, sim. Aquela história sobre como sua mãe e seu pai tentaram forçar você a entrar no monastério. — Ela riu brevemente, uma risada sem humor, e tirou a mão do braço dele. — Foi idiota de minha parte não ter me dado conta de quem você era de verdade. É uma história bastante conhecida por esses lados.

Hugo franziu a testa novamente. Então ela ainda estava aborrecida por causa de Hugh Fitzwilliam, não estava? Pelo amor de Deus, mas ele estava começando a odiar esse cavaleiro ficcional. Parecia inacreditável, mas de verdade achava que a garota teria preferido se casar com aquele cavaleiro despretensioso. O que teria de fazer para ganhar essa pequena ingrata? Verdade, ele possuía o corpo dela, mas o coração parecia pertencer a alguém que o próprio Hugo tinha inventado!

— Faça a sua fogueira, então — disse ele de forma descortês e entre os dentes cerrados. — Jogue minha própria cadeira nela se isso for deixar você feliz. Não me importo.

Virando-se, ele foi embora, e Finnula, para sua aflição, não fez esforço algum para impedi-lo. Ele sabia que estava sendo bobo, aborrecendo-se como se tivesse a mesma idade que Jamie, mas o incomodava o fato da esposa, que era tão expansiva na cama e entre os arbustos, pelo amor de Deus, conseguir ser tão fria em todas as outras situações. Não fora assim quando ele era o prisioneiro. Por que era agora quando era o marido?

Hugo entrou para tomar o café da manhã, e foi quando estava fazendo isso — não completamente sozinho, pois Gros Louis parecia ter desistido do ódio e lhe estava fazendo companhia com um osso aos pés, na cabeceira da longa mesa do Grande Salão — que Peter aproximou-se, o rosto suado e sujo devido aos esforços nos aposentos do falecido conde, para anunciar que John de Brissac estava esperando do lado de fora dos portões do solar para ter uma palavra com Sua Senhoria. Engolindo uma última garfada de carne de porco e ovos, Hugo levantou-se para seguir o escudeiro, que aproveitou a oportunidade para reclamar do tratamento dos últimos dias.

— Não saí de Londres para arrastar móveis — queixou-se Peter.

— Não estou acostumado a sujar minhas mãos fazendo serviço doméstico comum. Quando vou começar meus treinamentos para me tornar um cavaleiro, meu lorde? Não tenho nem a minha espada...

Hugo, que estava de mau humor, disse asperamente:

— Você tem uma cama decente onde dormir, não tem?

— Sim, meu lorde...

— Você não tinha três refeições ao dia, boas roupas, um cavalo só para você e uma cama decente quando estava em Londres, tinha?

— Não, meu lorde...

— Essas coisas são mais importantes que espadas.

— Mas pensei que eu fosse ser treinado para lutar. — Peter estava ofegante tentando acompanhar as longas passadas de Hugo pelo campo da estrebaria. — Pensei que fosse aprender a usar a espada para lutar contra o inimigo...

Hugo bufou.

— O inimigo não se ocupa com lutas de espadas, meu garoto. As armas dos inimigos são consideravelmente mais sofisticadas.

— Meu lorde?

— O inimigo usa olhares atraentes e quadris que cortam o ar...

— Meu lorde? — Peter estava compreensivelmente confuso. — O senhor está dizendo... O senhor está se referindo a uma mulher?

Nessa hora, Hugo já tinha chegado aos portões, e somente sacudiu os ombros.

— Dê o fora, garoto. Treino você outro dia. Por enquanto, faça o que sua patroa está mandando.

Peter, resmungando a meia-voz de forma sombria, aprumou os ombros e virou-se em direção à casa.

John de Brissac, ainda sobre sua montaria, ficou surpreso ao ver Hugo no jardim.

— Olá, meu lorde! — gritou ele, descendo do cavalo com uma rapidez impressionante para um homem tão pesado. — Não queria incomodá-lo. Pedi para o garoto verificar se o senhor ou sua esposa estavam recebendo visitas.

Hugo encostou-se a um dos torreões inúteis que protegiam a casa, apreciando a sensação do sol sobre o rosto.

— Acho que estamos — disse ele. — Pelo menos eu estou. Mas a Sra. Finnula está ocupada.

— Ah. — O xerife sorriu com sabedoria. — Recatada demais para mostrar o rosto depois de ontem à noite, hein? É assim com as lindas esposas.

Hugo bufou.

— Não exatamente, xerife. O recato não é uma virtude pela qual minha esposa parece ter muito apreço. No momento, está comandando uma equipe de trabalhadores para removerem todos os móveis dos aposentos do meu pai com a intenção de queimá-los numa grande fogueira na parte sul da campina esta noite.

— É mesmo? — Não havia como confundir a alegria na voz do xerife. — Boa garota! — Então, com um olhar precavido para Hugo, que estava com uma carranca, De Brissac acrescentou: — O que eu quis dizer foi que...

— Deixe pra lá, John. — Hugo fez um gesto com a mão dispensando as desculpas do homem. — Posso ver pelo entusiasmo que você acha uma boa ideia. Fiquei longe tempo demais para saber a diferença. Então você acha um plano sensato?

— Com certeza é um jeito de mostrar aos Matthew Fairchild desta comunidade que você pretende ser um líder diferente de seu pai — observou o xerife pensativamente.

— E todo o vinho e porco assado que servi ontem à noite não foi prova suficiente? — perguntou Hugo, com um traço de humor.

— Ah, bem, isso foi muito bom, mas uma fogueira... — O xerife deu risada, balançando a cabeça. — Será como desejar bons ventos aos porcos, se me perdoa o desrespeito a sua família, meu lorde.

Hugo, esfregando o maxilar, franziu a testa.

— Acho que entendo o que você está dizendo. Vai permitir a meus vassalos se sentirem como eu me senti ontem, quando fechei os portões para os Laroche.

— Exatamente! — Percebendo que Hugo ainda estava franzindo a testa, John de Brissac açoitou, com o chicote que tinha na mão, o chão ao lado e assobiou, um assobio baixo e longo. — Bem, olhando para o senhor eu não diria que é um homem recém-casado. Espero que este olhar preocupado seja fruto de uma dor de cabeça devido a muito vinho ontem à noite, não por causa de sua radiante e jovem esposa...

A testa de Hugo levantou-se bem levemente.

— Como você adivinhou?

Foi a vez de o xerife De Brissac bufar.

— O senhor esquece que foi a mim que ordenaram que fizesse a Bela Finn parar de caçar na sua propriedade. Era como dizer para um homem fazer o vento parar de ventar. Ah, sim, a Sra. Finnula e eu já tivemos muitas conversas...

— Ela não tem conversado muito comigo desde que descobriu quem realmente sou — resmungou Hugo. Ele relaxou o corpo sobre os tijolos aquecidos pelo sol, cruzando as pernas na altura dos tornozelos. — Diga-me, xerife. O que um homem, voltando para casa depois de uma longa ausência, deve fazer quando descobre que tem um filho de 10 anos com uma mulher de quem mal se lembra, que seus súditos o desprezam e que tem uma esposa que só admite "gostar bastante" dele, apesar do fato de ele ter feito dela uma mulher de verdade?

— Ah — resmungou John de Brissac. — Está pedindo a opinião de um solteiro sem filho e sem propriedade, meu senhor?

Hugo olhava fixamente para o chão de terra.

— Não tenho mais ninguém a quem perguntar.

O xerife fez um afago no cavalo.

— Seja gentil.

— Xerife? — Os olhos de Hugo ficaram quase dourados.

— Seja gentil — John de Brissac repetiu. — Seja gentil com o garoto. Seja gentil com os súditos. E gentil com sua mulher. Eles irão ceder. Todos eles. Esqueça isso. — Ele piscou furtivamente para Hugo. — Conheço todos eles muito bem. E não tem um que não vá apreciar o senhor no devido tempo.

Conforme falava, o xerife levantou a cabeça, distraído por um barulho acima deles. Olhando para os merlões que circundavam a borda da torre de tiro na qual estava apoiado, a expressão de Hugo de repente mudou, e ele vociferou uma advertência mesmo quando já se projetava à frente. Jogando o enorme peso contra Hugo, John de Brissac lançou o homem mais jovem para o chão. Hugo, pego de surpresa, tombou, o corpo largo do xerife desabando com força sobre o dele...

...mas não tão pesado quanto a lâmina de mais de 30 centímetros de rocha sólida que se encravou no chão exatamente onde Hugo estava segundos antes.

A égua de John de Brissac empinou-se com o susto quando a pedra se chocou contra o chão, lançando terra e grama para todos os lados. Os dois homens protegeram a cabeça conforme lascas soltas caíam sobre eles. Quando a breve chuva parou, Hugo levantou a cabeça e, arregalando os olhos para o projétil, o qual, se o xerife não tivesse agido tão rapidamente, indubitavelmente o teria matado, praguejou:

— Que diabos...?

John de Brissac já estava esforçando-se para se levantar, pegando a rédeas da égua rebelde.

— É um dos merlões, meu senhor. Alguém o empurrou...

— Empurraram coisa nenhuma — vociferou Hugo, levantando-se com dificuldade. A parte do corpo onde o xerife o tinha pressionado estava dolorida. — Aquelas torres sempre foram um perigo. Independentemente do que Finnula decidir sobre a decoração, eu vou derrubá-las...

— Não, meu lorde — disse o xerife, ofegante. Ele tinha capturado a égua e estava sussurrando em seu ouvido palavras para acalmá-la.
— Não acho que foi isso. Ouvi passos lá em cima, vindos exatamente de onde a pedra caiu. Alguém empurrou aquela pedra. Aposto minha vida nisso. — Com os olhos brilhando, De Brissac balançou a cabeça. — Meu lorde, alguém está tentando matá-lo.

Capítulo Dezessete

— Não seja ridículo.

Hugo, endireitando o corpo, apoiou-se num lado da torre. Como Finnula naquele dia, que agora parecia há tanto tempo, ele desejou saber se tinha machucado a costela. A barriga do xerife tinha um tamanho considerável, e ele a tinha jogado sobre Hugo, ansioso para evitar que ele fosse esmagado de outra maneira.

— Quem iria querer *me* matar? — Hugo deu risada, e depois se arrependeu quando a costela latejou. — Esse Laroche que todo mundo odeia?

— Aparentemente nem todo mundo. — O xerife tinha finalmente conseguido acalmar sua montaria e agora mantinha uma das mãos sobre os olhos, franzindo-os para a torre. — Aquele merlão não caiu. Alguém o soltou e depois o empurrou. Venha. O delinquente com certeza já deve ter escapado, mas talvez tenha deixado alguma pista. Com essas chuvas pesadas, talvez encontremos algumas pegadas.

Agora que o susto inicial tinha passado, Hugo viu-se balançando a cabeça de forma cética.

— Não é de admirar que você tenha sido nomeado xerife, John de Brissac. Você vê crime mesmo onde ele não foi cometido!

O xerife não disse nada. Com meia dúzia de passos, ele estava dentro dos portões procurando a porta que levava até a torre esquerda. Hugo, revirando os olhos, seguiu o investigador corpulento. O ceticismo foi afastado, no entanto, quando o xerife De Brissac encontrou a porta que levava às escadas da torre com as dobradiças rangendo. Não estava assim quando Hugo tinha passado ali minutos antes. Certamente teria notado.

— Estas torres não têm uso diário, têm? — questionou o xerife incisivamente quando se ajoelhou para examinar a lama aos pés da escada em caracol.

— Não — proferiu Hugo. — Não são seguras. As escadas estão bambas e não foram consertadas desde a época de meu avô. Meu irmão e eu costumávamos brincar aqui quando crianças, mas... — Ele empalideceu, lembrando-se do dia do retorno ao solar Stephensgate. Jamie não tinha gritado para ele exatamente desta torre?

Como se tivesse lido a mente de Hugo, o xerife ergueu a cabeça, deixando de lado a investigação da lama, e disse:

— Não foi o garoto. Um garoto como aquele não teria força para empurrar um merlão daquele. Uma pedra daquelas pesa tanto quanto eu. — Levantando-se, De Brissac limpou a poeira dos joelhos das calças. — Não, vejo as pegadas do garoto com bastante clareza, mas há outras aqui, todas misturadas. Diria que houve alguns visitantes a esta torre a noite passada, durante a festa. Venha. Vamos subir e ver o que há para ver.

A estreita escada de madeira estava ainda mais traiçoeira do que Hugo se lembrava. Tábuas inteiras estavam faltando, outras apodrecendo e envergando, e as paredes circulares estavam cobertas por teias de aranha e excrementos de passarinho. Rangendo em protesto conforme Hugo e o xerife a subiam, a escada ameaçava cair sob os pesos combinados. Foi com alívio que Hugo levantou o alçapão que levava até a plataforma dilapidada acima. Inspecionando as tábuas,

Hugo achou-as firmes o bastante para aguentar o peso e subiu pelo alçapão para ficar no topo da torre de vigília.

O xerife De Brissac, no entanto, não estava tão confiante. Manteve os enormes pés na escada e só passou a cabeça e os ombros pelo alçapão enquanto contorcia-se na instalação apodrecida.

— Sim — vociferou ele, apontando para a beira de pedra pontuda onde um merlão retangular tinha estado antes, o sétimo, numa série de oito. — Vê aquela pilha de cascalho ali? Alguém vinha trabalhando para soltar aquela pedra havia algum tempo.

Hugo ajoelhou-se para examinar a rocha pulverizada. Estava claro que alguém tinha passado horas arrancando a argamassa entre o merlão e a parede da torre. Era uma tarefa que só podia ser realizada com uma ferramenta de metal afiada e uma resolução incansável para completá-la. John de Brissac estava certo. O merlão não tinha caído por deterioração ou ruína natural. Alguém o tinha de forma intencional soltado... e empurrado.

— Lorde Hugo!

Hugo levantou o corpo e viu o escudeiro de pé no jardim dos estábulos abaixo, procurando por ele idiotamente. Quando Hugo resmungou, o garoto olhou para cima, contrariado.

— Lorde Hugo, o que o senhor está fazendo aí? Não é seguro, o senhor sabe. O Sr. Laroche me disse isso assim que cheguei...

— Laroche — murmurou Hugo, e o olhar que lançou para o xerife foi perspicaz. — Tinha me esquecido completamente do Sr. Laroche.

O xerife balançou a cabeça rapidamente.

— É melhor eu ir até Leesbury ver se o cavalheiro chegou à casa de sua irmã em segurança. Talvez algo tenha acontecido para detê-lo...

Hugo deu risada.

— Como uma oportunidade de matar o mais odiado inimigo?

— Lorde Hugo — gritou Peter lá embaixo —, a Sra. Finnula está aí com o senhor? Não consigo encontrá-la, e eu preciso saber o que ela quer que eu faça com os artigos de toalete de lorde Geoffrey...

O xerife De Brissac já tinha começado a descer a escada insegura, e Hugo abaixou a cabeça para segui-lo.

— Você tentou o jardim dos fundos? — disse ele, virando o rosto para trás. — Foi onde eu a vi pela última vez...

— Ela não está lá...

Hugo deu de ombros e saiu atrás do xerife apressado, abaixando a cabeça para desviar das teias de aranha e das fezes de morcego. Quando chegou ao fim da escada em caracol, o escudeiro falante estava lá esperando por ele, o queixo caído ao ver o merlão quebrado.

— Meu senhor — gaguejou o jovem, dando saltos insensatos devido à surpresa —, alguém tentou matar o senhor! Alguém está tentando matar meu lorde!

— Cale a boca, jovem insolente. — O xerife De Brissac estava irritado. Além disso, ainda estava com um pouco de dor de cabeça da festança da noite anterior. — Ninguém está tentando matar Sua Senhoria. Qualquer um é capaz de dizer que essas torres estão caindo aos pedaços.

Hugo lançou um olhar agradecido para o xerife.

— Isso mesmo, xerife. Peter, você está agitado demais. Por que não corre e vai procurar o velho Webster e dizer que ele mande alguém aqui para bloquear esta porta? Estas torres não são seguras, e não quero que Jamie quebre o pescoço brincando aqui em cima...

— Parece-me que é o próprio pescoço que o senhor deve proteger — disse Peter com alguma indignação. — Se o senhor não se importa que eu diga isto, só um idiota acreditaria que este merlão caiu sozinho...

— Você está me chamando de idiota, garoto? — Hugo virou-se, agigantando-se ameaçadoramente sobre o tutelado. O jovem deu um passo involuntário para trás, engolindo em seco.

— Não, meu lorde!

— Então saia daqui! — Hugo fez um gesto de dispensa com o braço. — Vá buscar o velho Webster. Ou melhor, traga um martelo e uns pregos e tranque esta porta você mesmo. Não tem sentido incomodar o velho quando você é suficientemente capaz de fazer isso.

O escudeiro sentiu-se contrariado.

— Mas eu estou ajudando a Sra. Finnula a remover as coisas de Vossa Senhoria...

Hugo não estava com humor para dar atenção à natureza sensível do escudeiro. Ele virou-se e berrou, sem nenhum arrependimento:

— Ande logo, garoto! E não quero ver sua cara branca novamente até que a tarefa esteja cumprida!

O rosto branco de Peter ficou ainda mais pálido, e sem mais uma palavra o garoto virou-se e correu para os estábulos, onde Webster guardava as ferramentas. O xerife De Brissac ainda estava rindo do acesso de raiva de Hugo quando Finn surgiu, saindo da casa, limpando as mãos num pedaço de pano.

— Por que toda essa gritaria? — perguntou ela, caminhando na direção deles. — Mal consigo ouvir meus pensamentos.

Hugo ainda estava soltando fumaça pelas ventas por causa da estupidez do protegido.

— Aquele maldito garoto, meu escudeiro. Ainda não escutei uma palavra inteligente saindo da boca dele em todo o tempo que o conheço.

Finnula sorriu. Não havia nem um pouco de carinho entre ela e o garoto que quase tinha quebrado suas costelas.

— Oh. — Ela estremeceu delicadamente. — Peter. — Depois, com um olhar irônico para o xerife, ela balançou a cabeça. — Bom-dia, Sr. De Brissac. Está me parecendo bem esta manhã. Devo confessar que isso me surpreende. Podia jurar que escutei o senhor rindo abaixo de nossa janela durante metade da noite.

O xerife, pela primeira vez desde que conhecera Hugo, ficou vermelho. Mexendo os pés enormes desajeitadamente, De Brissac curvou os ombros e disse, olhando fixamente para os próprios pés:

— Admito que talvez tenha bebido um pouco demais a noite passada. O vinho estava descendo tão suavemente. Foi muito generoso de Vossas Senhorias...

— Hunf — soltou Finnula enquanto terminava de limpar as mãos, mas estava claro que estava segurando o riso, para desconforto do xerife.

Ansioso para mudar de assunto, o xerife levantou a cabeça e disse avidamente:

— Talvez a senhora tenha visto alguém descer da torre mais cedo e possa, quem sabe...

Hugo imediatamente interrompeu o homem:

— Imagino que você já tenha tomado café da manhã, meu amor — ele disse, envolvendo com o braço a cintura da esposa. Ele ignorou as sobrancelhas levantadas de Finnula, fingindo não se lembrar da pequena desavença que tinham tido havia menos de uma hora. — Mas o que você me diz de compartilhar a refeição do meio-dia com o marido? Achei que talvez pudéssemos cavalgar até a casa do moinho para fazer uma visita à sua irmã. Afinal de contas, ela também é uma recém-casada.

Para seu alívio, Finnula sorriu lindamente frente a essa sugestão, todo o rancor esquecido.

— Ah! E eu posso dar as boas-vindas ao meu novo cunhado. Não tive oportunidade de fazer isso ontem.

— E eu cuido para que você leve presentes para eles, não armas — advertiu Hugo. Finnula franziu a testa de desapontamento, o que fez o xerife dar gargalhadas. — Mas você não vai fazer nenhuma visita social vestida assim — continuou, com uma severidade fingida. — Vá colocar os ornamentos. Você é a esposa de um conde agora e deve se vestir de acordo.

Finnula revirou os olhos, mas partiu obedientemente, atirando o pano com o qual estava limpando a mão em volta do pescoço delgado, como uma echarpe. Hugo olhou para o xerife a fim de agradecê-lo por ter se segurado e não falado sobre o merlão quebrado na frente da garota, mas viu que a atenção do xerife estava totalmente voltada para outra coisa. Seguindo o olhar do homem, Hugo rangeu os dentes. Era o traseiro de sua própria esposa que o xerife estava achando tão interessante. Mais razão ainda, Hugo decidiu, para as calças de couro fazerem companhia aos pertences do pai na fogueira daquela noite.

Enganchando um braço em volta do pescoço do xerife, Hugo tirou do homem a visão de Finnula, que se afastava.

— Venha, John — ele vociferou. — Preciso ver se vocês consumiram a cerveja da minha casa até a última gota a noite passada.

O xerife pareceu se dar conta e começou a tossir desconfortavelmente.

— Ah — ele disse. — Se depender da minha dor de cabeça, você vai encontrar todos os barris vazios.

— Infelizmente, a única explicação para a minha dor na costela é ter sido atingido por um xerife do tamanho de uma carroça.

A expressão do xerife De Brissac ficou séria.

— Meu lorde, é melhor encarar o fato de haver alguém bastante ansioso para vê-lo morto. Aconselharia o uso da precaução até que eu tenha tido a chance de fazer uma visita aos nossos amigos Laroche.

— Precaução — Hugo repetiu, balançando a cabeça. — Quando voltei do Egito achei que nunca mais fosse precisar desse tipo de precaução. — Levantando as duas mãos, Hugo fez um gesto que abrangia o jardim do estábulo inteiro e o céu límpido. — Esta é a minha casa. E, no entanto, parece que devo temer por minha vida na minha própria cama!

O xerife De Brissac estava pensativamente passando a mão na barba, e Hugo não percebeu quando os olhos do homem viraram uma vez mais na direção de Finnula.

— Não na sua cama, eu espero, meu senhor — o xerife disse. — O senhor não pode estar falando isso literalmente.

Hugo instantaneamente entendeu o que o xerife quis dizer e olhou para ele com um ar ameaçador.

— Com certeza, não — ele disse obstinadamente. — Foi apenas modo de dizer.

Mas ele também se viu olhando para a direção de onde Finnula tinha partido, perguntando-se se talvez fosse exatamente assim que alguém pretendia que ele pensasse.

Capítulo Dezoito

Finnula nunca aprovaria o relacionamento da irmã com Jack Mallory. Ele tinha sido estabelecido sem o conhecimento de ninguém, salvo dos dois participantes, que o conduziram em segredo. Mellana não era uma garota que mentia facilmente, então Jack deve ter insistido em manter isso escondido, o que levou as pessoas a acreditarem que as intenções dele, desde o início, não eram honradas.

Isso, acrescentado ao fato de que havia algo distintamente pouco confiável no rosto do homem, fez Finnula odiá-lo. Talvez fosse apenas o fato de a cabeça dele ser grande demais para o corpo pequeno e magro. Agora que tinha um marido de uma espécie tão refinada com quem compará-lo, Finnula achava que infelizmente faltava ao amante de Mellana tanto tônus muscular quanto pelos no corpo. Era doloroso para Finnula pensar que a irmã seria eternamente casada com um homem tão fisicamente inferior.

Mas não era apenas a estrutura física do músico que incomodava Finnula. Havia também a óbvia afeição por bugigangas, um amor que competia até mesmo com o de Mellana. O menestrel estava todo coberto por veludo e fitas. Havia sinos reluzentes sobre as botas, e os botões da jaqueta eram de bronze. Finnula viu até mesmo um anel no dedo mindinho! Que tipo de homem usava roupas tão frívolas? Ora, Hugo era um lorde, mas se vestia de forma bastante simples... notavelmente simples, considerando as joias e os materiais preciosos que tinha adquirido na Terra Santa. Se quisesse, Hugo poderia ultrapassar o rei em elegância. Então, o que havia com esse menestrel que usava roupas mais finas que um conde?

Finnula esforçou-se ao máximo para esconder o desgosto pelo amante da irmã, mas foi só por causa do marido. A caminho da casa do moinho, Hugo tinha pedido que ela se comportasse, e Finnula, aflita para diminuir a culpa que sentia por tê-lo chateado com a fogueira, tinha concordado. Estava se sentindo muito mal com o fato de ter se esquecido de consultar os sentimentos do próprio marido em relação a um assunto de tanta importância para a vida familiar. Estava tão acostumada a fazer exatamente o que queria, sempre que queria, que tinha sido como levar um soco quando percebeu que agora havia outra pessoa a quem era obrigada a consultar na hora de tomar decisões.

Contudo, não tinha sido fácil se controlar para não dar um golpe na cabeça de Jack Mallory. O quarto que até o dia anterior Finnula só tinha dividido com as irmãs era agora o abrigo dos noivos, e Jack Mallory vangloriou-se de ter jogado fora todas as rosas secas que Finnula tinha pendurado nas vigas do teto, alegando que elas o faziam espirrar. Além disso, o menestrel não parecia nem um pouco encantado com a ideia de ser um moleiro e zombava de Robert sempre que tinha oportunidade. O fato de o covarde ser prudente e zombar do cunhado apenas quando não havia a mínima chance de Robert vê-lo fazendo isso piorava ainda mais as coisas.

No entanto, Finnula sorriu graciosamente durante toda a refeição, respondendo calmamente a todas as perguntas impertinentes de Patricia sobre a noite de núpcias e o fato de que, com o vestido de samito cor de lavanda, ela parecia brilhar. Finnula não fazia ideia se isso era verdade, mas viu que o olhar de Hugo frequentemente perdia-se nela, e, embora a princípio não soubesse se era porque tinha comida presa nos dentes, finalmente chegou à conclusão de que realmente havia admiração em seu olhar. Era possível que ele realmente a achasse atraente?, ela desejou saber. Parecia inacreditável que algum homem pudesse notá-la quando havia uma beleza como Mellana na sala.

E, no entanto, até Jack Mallory, depois de várias canecas de cerveja, parecia estar sorrindo descuidadamente para ela com uma regularidade alarmante. Finnula, desconcertada por uma repentina vontade de enterrar o punho na barriga no menestrel, pediu licença e foi para fora da casa. Estava se esforçando muito, muito mesmo, para seguir os conselhos de Robert e se comportar como uma dama, na esperança de que Hugo viesse realmente a sentir alguma coisa por ela além de desejo sexual, mas estava achando realmente difícil. Como tinha vontade de furar as ancas daquele menestrel com apenas uma flecha de sua aljava! E como tinha saudade de suas calças. Mesmo agora estava tendo dificuldade com a barra do vestido, que parecia arrastar-se lamentavelmente na lama. E ali havia outra tentação! O gavião esquivo que vinha dizimando a população de galinhas de Mellana estava a apenas alguns metros, novamente no telhado de sapê do galinheiro. E ela não tinha trazido o arco e a aljava!

Em vez de deixar a oportunidade escapar, no entanto, Finnula passou uma calma meia hora observando a ave de rapina, decidindo voltar à casa do moinho sorrateiramente no dia seguinte especialmente para matar a peste. Isto é, o gavião, não Jack Mallory.

Exatamente quando estava planejando a morte do gavião, o escudeiro de Hugo, Peter, surgiu no jardim da casa do moinho, parecendo por tudo neste mundo ter sido convidado a fazer isso. Finnula, que ocasionalmente ainda sentia um pouco de dor no lado do corpo onde o garoto a tinha atingido, olhou para ele com desconfiança mas não disse nada, esperando que ele fosse embora sem notá-la.

Não teve essa sorte. Peter não apenas notou-a, como também a cumprimentou e, embora a saudação dela tivesse sido a mais fria possível, foi até ela com um sorriso no rosto.

— Minha senhora. — Ele a cumprimentou com a cabeça. — Que dia lindo, não?

Finnula deu de ombros. Não estava com espírito para jogar conversa fora. Peter, aparentemente reconhecendo isso, fez-lhe uma pergunta em relação às ordens domésticas que tinha deixado para os empregados aquela manhã, e Finnula respondeu de forma monossilábica, falando claramente para que não houvesse nenhum mal-entendido. Parecia-lhe estranho que Peter tivesse caminhado toda essa distância simplesmente para resolver um problema doméstico, e ela não conseguiu evitar olhar para ele com desconfiança.

Com a questão doméstica resolvida, Peter balançou a cabeça e depois, para espanto de Finnula, apoiou o traseiro na mesma cerca onde Finnula estava sentada. Finnula olhou furiosa para ele, mas o jovem não foi embora. Em vez disso, perguntou, em um tom de voz falsamente desinteressado, se ela tinha ouvido alguma coisa sobre os Laroche.

— Os Laroche? — O espanto de Finnula foi difícil de disfarçar. — Você... você não está falando de Reginald Laroche e de sua filha Isabella, está?

Peter afirmou que era com esses mesmos Laroche que estava preocupado.

— Porque me parece que eles foram lamentavelmente usados por Sua Senhoria — disse o garoto, em um tom trivial.

Finnula encarou o garoto, que, se a verdade fosse dita, era um ou dois anos mais velho que ela, e exclamou:

— Gostei disso! De fato, lamentavelmente usados! Aposto que foi Isabella que veio a você com essa lamentação.

Peter pareceu surpreso, mas tentou esconder a emoção.

— Não. Bem, e se tivesse sido? Ela é uma moça bastante acostumada ao que tem de melhor e de repente é expulsa da casa onde sempre viveu, para se virar como puder...

Finnula bufou, embora, agora que era a esposa de um conde, tal comportamento realmente devesse estar abaixo dela.

— Virar-se como puder? Mas isso é o que Isabella sabe fazer de melhor! Não se preocupe com Isabella, Peter. Ela é como um gato. Sempre vai conseguir dar um jeito.

Vendo que o garoto parecia não acreditar, Finnula franziu a testa. Que baboseira era essa? O garoto estava embriagado pela Isabella de cabelos de ébano? Por que veio até ela com essa lamentação? Não havia nada que pudesse fazer por Isabella. Nada que *faria* por essa garota presunçosa.

Mas Peter logo deixou claro que não só havia algo que Finnula pudesse fazer, como algo que *devia* fazer.

— A senhora não poderia ter uma conversa com Sua Senhoria? — quis saber Peter.

— Uma conversa? — Finnula desejava de coração ter permanecido dentro de casa. Até mesmo Jack Mallory era uma companhia melhor que essa. — Que tipo de conversa?

— Uma conversa em nome dos Laroche. Uma ou duas palavras gentis vindas da senhora talvez façam toda a diferença. Noto que lorde Hugo está zangado pelo que percebe como má administração da propriedade durante sua ausência, mas mesmo ele deve ver que havia circunstâncias em jogo que estavam além do controle do primo...

O olhar de Finnula ficou mais sério.

— Foi isso que Isabella disse para você?

— Sim. — O pescoço do garoto movia-se bruscamente conforme tentava segurar as lágrimas. A explanação de Isabella obviamente tinha mexido profundamente com ele. — Se você tivesse escutado como falava com doçura sobre todas as coisas que o pai fez para os vassalos de Sua Senhoria...

— Você se esquece, Peter — disse Finnula, friamente —, de que eu era um desses vassalos. E eu não me lembro do senhor Laroche fazendo nada para mim além de me acusar injustamente de um assassinato, de um crime pelo qual eu poderia ter sido enforcada se o xerife De Brissac não tivesse ficado do meu lado.

Isso pareceu deixar Peter sem fala por um momento. Ele olhou fixamente para Finnula, o pomo de adão ainda se movendo, e os olhos pálidos cheios de lágrimas reprimidas. Embora sua ignorância fosse de enlouquecer, Finnula não conseguia deixar de sentir pena do garoto, que estava obviamente enredado nos sofrimentos do primeiro amor. Com certeza não podia culpá-lo por ter se apaixonado tão imprudentemente por Isabella Laroche. Muitos homens mais fortes que ele também tinham feito isso.

— Peter — Finnula disse, do jeito mais gentil que conseguiu. Ela colocou a mão leve sobre o braço dele. — Não ouso falar uma palavra sobre os Laroche com o lorde Hugo. A simples menção ao nome deles faz seu rosto ficar vermelho de raiva...

— Mas ele com certeza vai escutar a senhora — exclamou Peter, desesperado. — Pois é óbvio que ele a adora...

Finnula tirou a mão do braço dele como se tivesse levado um choque.

— O que você disse? — murmurou ela, meio confusa. — Isso é uma bobagem.

— Não, minha senhora. Qualquer idiota pode ver que Sua Senhoria a ama. Os olhos dele, quando estão na senhora, ficam da cor do sol...

Finnula saltou rapidamente da cerca.

— Pare de conversa fiada. Você não sabe do que está falando.

— Sei, sim — insistiu Peter, mas algo na expressão dela deve tê-lo impedido de prosseguir. Afastando-se dela, o garoto murmurou: — Como desejar, então, minha senhora.

Finnula ficou tão corada de vergonha que podia sentir o calor no rosto. Como aquele garoto imprudente ousava falar mentiras tão ultrajantes? E o fato de que por um momento tinha sido tola o bastante para acreditar nelas... Ah, não se perdoaria facilmente por isso. Lorde Hugo, apaixonado por ela? Ele a conhecia havia menos de uma semana. Uma coisa dessas não era possível... Além disso, ele nunca tinha dito uma palavra sobre nutrir qualquer tipo de afeição por ela, nem mesmo nos momentos mais íntimos.

O escudeiro, talvez percebendo sua falta de tranquilidade, não continuou com o assunto. Em vez disso, agradeceu a Finnula por ter-lhe concedido esse tempo e perguntou, de forma bastante educada, se ele podia incomodar uma das irmãs para tomar um gole de cerveja e molhar a garganta antes de voltar ao solar, pois o sol estava alto e o dia, quente. Finnula indicou para o garoto a direção apropriada e depois voltou para casa. Parecia que ela estava destinada a atormentar-se por onde quer que andasse, e achou que seria mais seguro permanecer ao lado do marido por enquanto.

Dentro de casa, enquanto Mellana o olhava com olhos de admiração, Jack Mallory cantava uma música de amor, piegas demais na opinião de Finnula. Quatro das irmãs — Camilla tinha voltado para casa com o marido vinicultor — e a noiva de Robert, Rosamund, estavam sentadas aos pés do menestrel, aparentemente enfeitiçadas pela performance do músico. Até mesmo Patricia, normalmente tão criteriosa, olhou irritada quando Finnula bateu a porta, e pediu que ela fizesse silêncio.

Bufando de forma nada adequada para uma dama, Finnula saiu de mansinho da sala e encontrou o marido com Robert na cozinha, para onde os dois tinham se dirigido a fim de escapar dos tons melodiosos do menestrel. Não havia sinal de Peter, o que Finnula não achou nada estranho. Quando o jovem escutou a voz do senhor, invariavelmente correu na direção oposta.

— Ah, aqui está você. — Hugo sorriu para Finnula e moveu-se para abrir lugar no banco macio que dividia com Robert. — Foi um esforço valente.

Finnula sentou-se, olhando para ele, incerta.

— O que você está dizendo?

— Nós dois vimos como você chegou perto de dar um soco nele durante a refeição — disse Robert, com um sorriso carinhoso para a irmã mais nova. — E, no entanto, você se segurou. Vejo que o casamento já começou a melhorar seu comportamento.

Finnula olhou para os dois. Quando pensava que estavam falando de Peter, era na verdade de Jack Mallory de quem falavam.

Ela deu de ombros desconfortavelmente. Adoraria dar um soco nos dois jovens sem o marido saber, e ela perguntou-se, culpada, se aquele sentimento era inteiramente apropriado à esposa de um conde. Levantando os olhos para Hugo, que estava conversando afavelmente com o irmão sobre a época do ano mais vantajosa para se plantar trigo, ela checou a cor dos olhos dele. Estavam verdes. É claro que Peter tinha falado tolices no jardim, mas não fazia mal certificar-se disso.

A lúgubre melodia de Jack Mallory atingiu o triste desfecho, no qual a dama atira-se no rio em vez de viver sem o amado, e Hugo, ouvindo a irmã de Finnula implorar por outra canção de amor, levantou-se apressadamente e anunciou que precisavam ir embora. Robert levantou-se com um tremor, dizendo que preferia vê-los indo até os cavalos a ter de aguentar mais uma música de Jack Mallory.

Hugo e Finnula, que não esperavam ficar muito tempo na casa do moinho, tinham prendido as montarias perto da gamela de água, e Robert acompanhou-os até os cavalos, explicando com grande animação as mudanças que pretendia fazer na casa assim que estivesse casado, a mais importante delas sendo a construção de um chalé separado para Mellana e o marido de olhar entorpecido, para que assim as canções melancólicas de Jack Mallory não precisassem ser ouvidas por todos, e sim apenas por aqueles que tivessem interesse.

Ajudando Finnula a montar no lombo de Violeta — o vestido de samito, embora adorável, não era nada confortável para se subir e descer de selas —, Hugo achou graça da antipatia do jovem em relação ao mais novo cunhado, mais contente do que nunca com o fato de o menestrel ter aparecido num momento tão propício no dia anterior. Todos os maiores ressentimentos de Robert estavam focados no desafortunado músico, em vez de em Hugo, que tinha, na verdade, cometido o maior dos pecados ao roubar a pérola mais exótica da família Crais.

A pérola, tendo assobiado para Gros Louis, que veio correndo, olhava para ele, impaciente para ir embora.

— Porque — disse Finnula, com uma timidez pouco característica — tenho uma surpresa para você no solar.

Sabendo perfeitamente bem que a garota não tinha dinheiro e, assim, não podia ter comprado nada, Hugo concluiu que a surpresa era de natureza romântica. Fin tinha, afinal de contas, passado a tarde com as irmãs mais velhas, e, embora estivesse convencido de que o que Finnula não sabia sobre a arte de fazer amor podia caber num dedal, ele supôs que Fat Maude tinha mencionado uma coisa ou outra para alguma das garotas no mercado. Rindo para si mesmo, Hugo subiu animadamente na sela, dando um chute encorajador em Skinner com os calcanhares.

Mas Skinner, em vez de entrar em um trote vigoroso, como era o costume, relinchou espalhafatosamente e, para grande surpresa de Hugo, empinou-se com força suficiente para fazer, se Hugo fosse um cavaleiro menos experiente, com que ele se estatelasse no gramado.

— Ah, garoto! — ele gritou para o corcel rebelde. — Calma!

Mas Skinner não tinha se empinado por susto. Hugo nunca tinha visto o cavalo assustar-se, nem mesmo com escorpiões ou sarracenos enfurecidos vindo na direção deles empunhando cimitarras. O cavalo, ainda relinchando desesperadamente como Hugo nunca tinha visto, pinoteou com as patas traseiras, tentando arremessar Hugo. Hugo prendeu-se ao cavalo com os joelhos, olhando-o furiosamente para descobrir a fonte da aflição do normalmente calmo cavalo, enquanto Gros Louis latia freneticamente, fazendo alarde. Foi Finnula, assistindo horrorizada sobre a tranquila Violeta, que gritou:

— Hugo, pule! Pule!

Hugo lançou um olhar fulminante para a esposa. Todas as irmãs, assim como Rosamund, a filha do prefeito, tinham corrido para fora da casa quando escutaram o primeiro relincho de Skinner. Que o diabo o carregasse se fosse fazer papel de bobo saltando da própria montaria na frente da aldeia inteira.

Mas Robert, saindo correndo de perto dos cascos voadores de Skinner, reforçou o grito da irmã:

— Pule, meu lorde! Ele quer que o senhor desça, isso está claro!

Skinner, que Hugo já fazia tempo acreditava entender a linguagem humana, pareceu reforçar essa afirmação empinando-se ainda mais violentamente que antes, e Hugo, com resignação, desceu da sela. Ele colocou os pés na grama, mas foi forçado a rolar o corpo sob as patas golpeantes do cavalo, e, quando se levantou, estava coberto, pela segunda vez no dia, por pedaços de grama e terra.

Assim que Hugo saiu do lombo de Skinner, ele se acalmou e, aparentemente um pouco envergonhado, trotou pelo jardim, resfolegando indignado e arremessando a cabeça para trás. Gros Louis também se acalmou imediatamente e voltou sua atenção para uma árvore, onde se encostou para fazer xixi.

Hugo, os olhos no cavalo, não percebeu o delgado projétil que vinha na direção dele no instante em que ficou mais uma vez de pé.

— Ah! — gritou Finnula, colidindo nele com quase a mesma força que o xerife mais cedo, mas Finnula era muito mais leve e agradável. — Ah, Hugo, está tudo bem?

Surpreso pela emoção que tremia na voz da garota, Hugo deu risada, ajeitando alguns fios soltos nos cabelos brilhantes dela.

— Sem a menor sombra de dúvida. — Ele piscou para ela. — Seria necessário mais que o temperamento de Skinner para me matar, amor.

O rosto de Finnula tinha ficado pálido, apesar do sol.

— O que havia com ele? Parece que ficou louco!

Robert tinha corrido atrás do corcel saltitante e, apesar dos apelos de medo de Rosamund para que ficasse longe da terrível fera, estava passando mãos experientes para cima e para baixo nas patas curvadas de Skinner.

— Não consigo ver nada de errado com ele, meu lorde — o moleiro disse, erguendo o corpo e balançando a cabeça. — Nada. Realmente, é como se o animal tivesse ficado louco.

— Louco, não — disse Hugo com seriedade. — Não Skinner. Nunca tive uma montaria tão sã.

— Então, o que houve? — Os olhos cinza de Finnula o encaravam, preocupados. — O que pode tê-lo atormentado?

Hugo tirou os olhos do rosto preocupado da esposa, embora tenha apertado as mãos em seu braço delgado.

— Olhe embaixo da sela, por favor, Robert, e me diga o que você vê ali.

Robert fez o que lhe foi ordenado, e a forte inspiração de ar foi audível a todos.

— Meu Deus! — gritou ele, arrancando alguma coisa das costas do corcel. — Olhe isto!

A expressão de Hugo ficou ainda mais séria. Finnula, olhando para o rosto do marido, sentiu um calafrio. Ficou muito satisfeita por aquele olhar não ter sido direcionado a ela.

— Um espinho, é isso? — perguntou ele.

— Isso mesmo — exclamou Robert, admirado, segurando um pequeno e sangrento cardo. — Foi colocado entre o manto da sela e o pobre lombo da montaria. Penetrou nele com força quando o senhor sentou-se...

Finnula tirou os braços do pescoço do marido e colocou os punhos na cintura. Estava começando a entender por que o marido andava tão soturno.

— Mas como um cardo foi parar debaixo de sua sela enquanto você estava jantando? Os cavalos nunca saíram de perto do tronco da cerca onde os atamos, e não há cardo ali...

— Alguém colocou ali de propósito!

A voz rouca soou do grupo amontoado de espectadores à porta da casa do moinho, e Christina moveu a barriga de grávida para permitir que Peter saísse para o jardim. Vendo a expressão do jovem, Finnula sentiu o coração apertar. Certamente o escudeiro acabaria com a bota de Hugo sobre o traseiro antes do fim do dia.

— Alguém colocou ali de propósito, escute — berrou Peter, e as pessoas somente piscaram para ele. — Foi como de manhã, meu lorde, com o merlão. Alguém está tentando matar o senhor!

Finnula encarou Hugo de forma incrédula.

— Que merlão? Do que ele está falando?

Hugo não disse nada, mas, se em algum momento seus olhos ficaram da cor do sol, foi naquele. Finnula nunca tinha visto um olhar tão mortífero, e ficou feliz por estar direcionado para o escudeiro, não para ela.

— Um merlão de uma das torres de vigília foi empurrado sobre lorde Hugo essa manhã mesmo — declarou Peter. — Ele o teria matado também se não fosse o xerife a tirá-lo do...

— Fique quieto, maldito vira-lata — vociferou Hugo, e à porta da casa do moinho, Rosamund ficou boquiaberta, pois não estava acostumada a linguagem grosseira. Em apenas dois passos, Hugo tinha a cabeça do garoto presa em um braço forte, tornando impossível que continuasse a falar. — Você vai calar a sua boca e mantê-la fechada até eu levar você de volta ao solar Stephensgate, onde eu pretendo fazer um buraco nessa sua pele insolente!

— Hugo! — Finnula estava furiosa. Ela correu na direção dele, inconsciente de que a longa bainha do vestido arrastava no chão, e olhou diretamente para o marido enraivecido. — Solte o garoto imediatamente! Quero ouvir o que ele tem a dizer.

— Ele não tem nada a dizer — declarou Hugo, sem afrouxar o braço do garoto que se engasgava. — É um desavergonhado que precisa aprender uma lição sobre como se comportar na frente das damas...

— Solte-o imediatamente! — Finnula voou em cima do marido como um pardal insatisfeito. — No que você pode estar pensando? Como pode esconder uma coisa dessas de mim? Tem alguém tentando matar você? Foi isso o que ele disse?

Hugo, tentando diminuir a aflição da esposa, afrouxou a chave de braço que dava no jovem. Peter, em consequência, saiu cambaleante, agarrando o pescoço dolorido e ganindo de forma aflitiva até cair miseravelmente aos pés da muito surpresa Rosamund.

— Ninguém — disse Hugo ofegante, esfregando as mãos nas calças — está tentando me matar, Finnula. Fique calma. Garanto a você que pretendo viver por muito tempo, para atormentá-la com as lembranças da felicidade que você poderia ter tido com o Sr. Hugh.

Finnula não achou essa brincadeira de bom gosto e arrebitou o nariz, caminhando obstinadamente até Violeta, onde esperou, impaciente, para que mais uma vez a ajudassem com a sela, incapaz de montar sozinha por causa da saia justa do vestido. Hugo, rindo da sua indignação, seguiu-a e recebeu, pelos esforços de cavalheirismo, um chute bem forte no plexo solar assim que a esposa sentou-se. Isso só o fez rir mais e perguntar-se sobre a surpresa que o esperava em casa. Tinha de alguma forma achado que isso seria um anticlímax e tanto, considerando o dia que teve.

Lorde Hugo e sua nova dama estavam completamente fora do campo de audição quando Peter finalmente se levantou e, esfregando ressentidamente o pescoço dolorido, olhou para eles com uma expressão que certamente teria alarmado Finnula se ela a tivesse visto. Seu irmão, Robert, em um ataque de mau humor, tinha arrastado Jack Mallory para o moinho, dizendo que o cunhado podia cantar tão facilmente carregando sacos de farinha quanto acomodado na frente da lareira. Mellana ofendeu-se amargamente, e as irmãs correram para dentro de casa a fim de confortá-la. Somente Rosamund, olhando para o escudeiro sofredor, ficou ali, e sua aflição compassiva por ver o pobre garoto sendo tão maltratado foi tocante.

— Oh, senhor — sussurrou ela, curvando-se para colocar uma das mãos brancas e delgadas sobre o ombro do jovem — Tem alguma coisa que eu possa fazer?

— Não é comigo que a senhora precisa se preocupar — disse Peter, bravamente.

Rosamund ficou perplexa.

— Desculpe?

— É meu lorde quem está correndo perigo. E ele é teimoso e se recusa a ver isso!

Rosamund mordeu o carnudo lábio inferior.

— Senhor? O que disse?

— A senhora viu a ameaça que acabou de ser feita à vida de Sua Senhoria, não viu?

— Você quer dizer... — As sobrancelhas delgadas de Rosamund se aproximaram. — Você está se referindo ao espinho sob a sela?

— Alguém colocou aquele cardo ali, exatamente como alguém, hoje de manhã, tentou acertar a cabeça de Sua Senhoria com uma pedra pesada. Alguém está tentando matar lorde Hugo.

— Mas quem iria querer matar lorde Hugo? — desejou saber Rosamund, ofegante. — Um homem tão honrado e elegante com certeza não tem inimigos...

— Sim, mas esse inimigo é a última pessoa, eu acho, de quem Sua Senhoria desconfiaria.

Rosamund, olhando para o rosto do escudeiro, leu alguma coisa em sua expressão que fez com que ela tirasse a mão do ombro dele e erguesse o corpo.

— Ah, não — disse ela com a voz entrecortada. — Com certeza, não!

— Temo que sim — disse Peter de forma queixosa. — De verdade, eu gostaria que não fosse isso, mas ela tem tanto motivo quanto oportunidade...

— Não posso acreditar que tenha sido ela! Foi isso que disseram quando lorde Geoffrey... — Quando viu em Peter uma expressão de quem já sabia. — Não! Você acha... Você acha que ela realmente matou lorde Geoffrey e que agora também está tentando assassinar o filho dele?

Peter pareceu pesaroso.

— Gostaria muito de que esse não fosse o caso, Sra. Rosamund, mas temo muito...

— Mas por quê? — Rosamund estava nitidamente horrorizada. — Por que ela iria querer matar lorde Hugo?

— Ela não é como as outras mulheres, senhora — Peter disse, lentamente. — Ora, eu a vi brandir uma faca para Sua Senhoria. Eu a vi atá-lo com tanta facilidade como se ele fosse um porco...

— Mas matar o próprio marido!

— Finnula Crais não é normal e não podemos esperar que tenha emoções de uma mulher normal. — Peter balançou a cabeça. — Não, Sra. Rosamund. Eu diria que Finnula Crais é uma mulher muito perigosa. Muito perigosa mesmo.

Rosamund, olhando para ele, engoliu em seco.

— É verdade que ela tem a melhor mira de Shropshire...

— ...e também é verdade que ela se ressente por estar casada, pois a impede de caçar...

— ...e eu a vi sair da sala depois da refeição, sozinha. Ela pode muito bem ter colocado aquele cardo embaixo da sela de lorde Hugo!

— ...e não havia como achá-la quando o merlão caiu hoje de manhã...

— Oh! — Rosamund levou as duas mãos ao rosto. — Isso é terrível!

— Mas o que pode ser feito? — Peter olhou para as mãos. — O xerife nunca vai prendê-la. Qualquer idiota pode ver que ele é encantado por ela... Eu temo pela vida de meu lorde, senhora.

— Sim — disse Rosamund suavemente. — Vi a parcialidade do xerife De Brissac em relação a Finnula. Ele a admira bastante, acho.

Peter deu um suspiro profundo.

— Então, tudo está perdido.

Mas Rosamund, que tinha passado o ano inteiro convencendo o pai a permitir que se casasse com Robert Crais, um homem de nível social inferior e preso a seis irmãs, não era garota de desistir com facilidade.

— Não — disse ela. — *Não* está tudo perdido. Deixe comigo, senhor.

— Com a senhora? — A surpresa de Peter foi grande. — Mas é apenas uma donzela. Como a senhora pode impedi-la?

— Espere — Rosamund disse com sinceridade. — Espere para ver.

E Peter, massageando o pescoço dolorido, estava preparado para fazer exatamente isso.

Capítulo Dezenove

A surpresa de Finnula não era do tipo que Hugo estava esperando... pelo menos, não exatamente.

Quando voltaram ao solar, foram encontrados pela dona Laver no jardim do estábulo, que dissimuladamente informou a Sua Senhoria que tudo estava em ordem. Hugo não estava com humor para segredos, embora tenha se recusado a responder qualquer uma das perguntas de Finnula em relação às afirmações de Peter na casa do moinho e resmungou que ela fizesse o que bem entendesse, mas que ele pretendia tomar um banho, pois estava se sentindo sujo e suado por conta da cavalgada.

Finnula apenas levantou o nariz, então Hugo entrou em casa sozinho e, depois de vociferar ordens para que água quente fosse levada aos aposentos, foi às pressas para o quarto.

Mas, quando ele entrou no quarto de infância, descobriu que, assim como os aposentos do pai, estava totalmente sem móveis. Tudo havia sido levado, das roupas ao tapete de pele de urso que havia esticado no chão. Até mesmo os baús que tinha mandado vir antes dele do Cairo, os baús dos quais apenas ele tinha a chave e que continham uma fortuna em joias e tecidos, não estavam lá. Se estivessem do lado de fora esperando serem parte da maldita fogueira de Finnula...

O berro de Hugo poderia ter derrubado o telhado do solar Stephensgate se fosse uma construção menos sólida. Como era de esperar, todos os empregados vieram correndo, menos a esposa, cujo nome o marido tinha gritado.

— Onde — Hugo rosnou para a dona Laver, que olhou para ele com mais serenidade do que os outros empregados, pois estava bastante acostumada aos ataques de cólera do pai, lorde Geoffrey — estão as minhas coisas?

— Bem, com sua esposa, eu imagino — foi a resposta tímida de dona Laver.

— E onde está a minha esposa? — Hugo perguntou.

— Nos aposentos do lorde, eu acho, onde uma dama respeitável estaria.

Hugo achou que fosse sofrer um ataque apoplético se ninguém lhe desse uma resposta direta. Percebendo isso, a dona Laver sorriu e disse gentilmente:

— A Sra. Finnula levou todas as suas coisas para os aposentos de seu pai, meu senhor. Foi muito generoso, eu achei, considerando o que aconteceu na última vez em que ela esteve lá. Mas ela achou que o senhor fosse ficar contente...

Hugo virou-se antes que as últimas palavras estivessem fora da boca da cozinheira. Os aposentos do pai ficavam a uma boa distância no corredor, mas ele alcançou a pesada porta de metal em algumas passadas e, levantando um punho para bater nela, percebeu que, afinal de contas, agora era o próprio quarto e colocou a mão sobre a maçaneta.

Sua cama estava num lugar diferente do que a do pai estivera, de frente para a série de janelas na parte sul do quarto, a lareira no lado oposto. Os baús que tinham chegado do Cairo antes dele estavam dispostos organizadamente em um canto. O tapete de pele de urso, esticado no piso na frente da lareira e Gros Louis já se sentindo em casa ali. O rabo do cachorro balançou uma ou duas vezes com a entrada de Hugo. No centro do quarto, Finnula estava tirando o samito cor de lavanda e vestindo algo menos pomposo, mas não as calças de couro, Hugo percebeu aliviado.

— Foi você que escutei berrando antes? — perguntou Finnula, passando o vestido lavanda pela cabeça e concedendo a Hugo um vislumbre tentador dos tornozelos e batatas da perna torneadas quando a saia que usava por baixo do samito subiu um pouco. — Você precisa ficar berrando meu nome assim pela casa? É embaraçoso, sabe.

— Achei... — Hugo interrompeu o que dizia, observando-a se abaixar para pegar um vestido amarelo do próprio baú. A esmeralda que ele lhe tinha dado cintilou no cordão de seda entre os seios. — Achei que você tivesse colocado as minhas coisas na pilha para a fogueira.

— É mesmo? — Finnula estava extremamente concentrada na difícil tarefa de dar os laços no vestido. — Eu disse que você foi um idiota em se casar comigo. Não disse que *eu* era uma idiota. Por que eu jogaria as suas coisas fora? Era o lorde Geoffrey quem eu não podia suportar.

Hugo atravessou o quarto para ficar ao lado dela.

— E você tirou as coisas dele para dar espaço para as minhas?

— Você disse que o quarto fica ventoso no inverno. E era pequeno demais para os seus pertences, sem contar com a adição dos meus. Achei melhor mudar para cá. — Finnula levantou o vestido para soltá-lo sobre a cabeça, mas Hugo esticou o braço, agarrando a delicada peça de roupa em uma das mãos antes que ela cobrisse Finnula.

Finnula olhou para ele inquisidoramente.

— Meu senhor? Qual o problema com o vestido?

Com um sorriso libertino, Hugo atirou o vestido para trás.

— Nada que não possa ser remediado por você não usá-lo.

Curvando um braço, Hugo pegou a esposa pela cintura e puxou-a para si. Finnula, sentindo o calor do corpo dele através da musselina de sua saia, olhou para ele, os olhos cinza contendo uma expressão de quem se divertia.

— Você pediu um banho — ela lembrou Hugo.

— Não há razão para eu tomar banho sozinho. — Ele sorriu para ela. — Há alguma objeção, minha senhora?

Finnula, na verdade, caiu na risada.

— Nenhuma mesmo, meu senhor.

Capítulo Vinte

Se a aldeia de Stephensgate inteira tinha aparecido no casamento de Hugo com Finnula, então a população inteira de Shropshire juntou-se para a fogueira na noite seguinte. Ou, pelo menos, foi assim que pareceu a Hugo. Ficou surpreso com o número de pessoas que desejavam testemunhar a destruição dos pertences de seu pai e um pouco envergonhado por tantas pessoas nutrirem tanto contentamento pelo falecimento do conde. Centenas de pessoas, das quais muito poucas ele reconhecia, seguiram para a campina do sul logo depois do anoitecer — todo mundo, do pai de Rosamund, o prefeito da aldeia, a Fat Maude, a prostituta, que cumprimentou Hugo com um piscar de olhos lascivo, apesar da idade avançada.

Não demorou muito para que o vassalo que cuidava do campo aparecesse ao alcance de Sua Senhoria para reclamar que a grama estava sendo toda pisada e questionar o que o rebanho comeria até o fim do verão.

Hugo proveu a subsistência para as perdas do pastor de forma bem mais generosa que a necessária, porque, graças à agradável tarde que tinha passado na companhia de Finnula, estava com disposição para ser grato a todos. É verdade, a nova esposa tinha algumas sutilezas de caráter irritantes, como uma independência de dar raiva e uma tendência à obstinação. Mas em todos os outros aspectos ela era exatamente o que Hugo sempre buscara em uma mulher e que nunca tinha encontrado, até agora. E ela era divertida no banho também.

Como a comemoração do casamento não tinha esgotado completamente a reserva de vinho e cerveja do solar Stephensgate, Finnula instruiu dona Laver e as sobrinhas para que garantissem que todos os que estivessem presentes na fogueira recebessem um copo, e os espíritos, em todos os sentidos da palavra, estavam exaltados. No crepúsculo púrpura, o ar, repleto do perfume das flores da primavera, ficou logo com cheiro de cerveja derramada também.

— É um bando turbulento esse que o senhor reuniu aqui, meu lorde — observou o xerife De Brissac com o próprio copo firmemente agarrado por um punho coberto por uma luva. — Parece que a Sra. Finnula estava certa em acreditar que queimar as coisas de seu pai aqueceria mais do que mãos.

Hugo resmungou de modo a não se comprometer, embora já tivesse percebido muito tempo antes que o plano de Finnula tinha mérito.

— Ouvi dizer que houve uma segunda tentativa de acabar com a sua vida — foi a observação do xerife.

— Maldita baboseira — disse Hugo com raiva. — Um ouriço embaixo da sela de minha montaria, é tudo. Nada que pudesse ameaçar a minha vida.

— Ah, eu não diria isso. Já vi muitos homens bons perderem a vida caindo de um cavalo.

— Bem, eu não caí.

— Não, mas alguém queria que o senhor caísse. — A voz grave do xerife De Brissac perdeu o tom provocativo e ficou séria. — Temo pelo senhor. Alguém o quer morto, e não vai descansar até que esse objetivo seja alcançado.

— Não fale mais disso — disse Hugo quando viu que a esposa se aproximava. — Não quero assustar Finnula.

Os olhos do xerife seguiram a figura delicada da nova senhora de Stephensgate.

— Sinto dizer isso, meu lorde, mas escutei o nome dela sendo associado à culpa por trás dessas travessuras de mau gosto.

— Quem quer que tenha dito isso que vá para o inferno — declarou Hugo, com uma fúria repentina. A mão foi para a bainha do cinto. — E eu serei mais do que obrigado a apressar sua viagem.

— Essa não é a solução, meu lorde — criticou De Brissac. — Não são os fofoqueiros que devemos castigar, mas o homem que está tentando matar o senhor...

— E eu lhe digo que essa pessoa não existe. Agora fique quieto sobre esse assunto.

Finnula, os cabelos ruivos soltos sobre os ombros, aproximou-se com um sorriso tímido nos lábios e um jarro de vinho nas mãos. Hugo não pôde deixar de notar que ela ainda agia de forma estranhamente complacente, com lampejos de sua franqueza anterior invadindo essa nova fachada feminina apenas ocasionalmente. Achava que tinha de agradecer às intrometidas irmãs de Finnula e desejou saber por mais quanto tempo teria de aguentar isso.

— Xerife, acho que o copo está vazio — disse a esposa em tom satisfeito, olhando na direção de Hugo para ver se ele tinha registrado como ela estava se comportando docilmente. — Permita-me que o sirva.

Com as sobrancelhas levantadas em surpresa, o xerife De Brissac levantou a taça vazia, e Finnula, que parecia não querer fazer mais nada na vida além de encher as taças dos homens, serviu-lhe uma dose generosa de vinho.

— Pronto — disse com satisfação quando o copo estava cheio e, virando olhos cinza suaves para Hugo, perguntou: — E o senhor? Também precisa de mais vinho? Porque, se não me falha a memória, acredito que tenha se esforçado arduamente essa tarde.

Hugo sorriu. Apesar dos enfeites de boa moça, a túnica cor de ferrugem que usava sobre uma saia dourada, Finnula ainda era, sob aquilo tudo, a Bela Finn, e não havia conselho das irmãs que fosse curá-la disso.

Hugo achava inacreditável que a caçadora que usava calças também pudesse ficar tão estonteantemente feminina quando queria. Embora o corpete justo do vestido deixasse alguma coisa para sua imaginação, a saia era grande o bastante para esconder tudo que as calças não escondiam, um fato que Hugo achava imensamente satisfatório. Agora que era dele, Hugo não queria nenhum outro homem apreciando a visão de suas pernas esguias.

E era por isso que planejava eliminar a fonte dessa ansiedade.

— Sim — disse ele, os olhos claros tão verdes quanto a esmeralda que ela usava sob o vestido. — Um pouco de vinho seria muito bom para aliviar minha garganta seca.

O sorriso de Finnula foi tão malicioso quanto o dele quando ela se curvou para encher o copo. Quando o recipiente estava cheio, Hugo colocou um braço em volta da cintura dela e virou-se para a grande multidão que tinha se reunido em volta da enorme pira feita dos pertences do pai.

— Minha boa gente de Stephensgate — gritou ele erguendo a taça. Não precisou dizer mais nada para chamar a atenção dos vassalos. Todos os olhos estavam voltados para o novo conde, e a multidão silenciou para escutar o que lorde Hugo tinha a dizer. — Ontem — falou com a voz grave — todos vocês foram testemunhas de meu casamento. — Aplausos acompanhados de urros e alguns assovios de interesse. Quando silenciaram novamente, Hugo continuou: — Esta noite, tenho o prazer de tê-los comigo em mais este momento de importância histórica. Porque hoje à noite termina a sua vassalagem ao meu pai e ao seu intendente, Reginald Laroche, e começam meus deveres como lorde...

Mais aplausos, aos quais Hugo levantou uma das mãos para pedir silêncio.

— E, como meu primeiro ato oficial como conde de Stephensgate, declaro que todos os tributos atrasados sejam esquecidos.

Uma gritaria tão grande eclodiu com esse anúncio que só depois de vários minutos Hugo conseguiu retomar a atenção da audiência. Finnula, ao seu lado, olhou para ele tão maravilhada que se curvou e beijou-a profundamente, e, quando ele levantou a cabeça de novo, a multidão tinha ficado quieta o bastante para que pudesse continuar.

— Pediria que todos vocês se juntassem a mim agora para colocarmos a memória de meu pai para descansar — disse Hugo em um tom mais melancólico. — O fato de lorde Geoffrey não ter sido o tipo de homem do qual um filho se orgulharia me deixa triste, e eu — nesse momento, os olhos procuraram por Jamie na multidão, que, embora um pouco mais limpo do que antes, ainda parecia muito pouco com o filho de um conde, assemelhando-se mais a um criador de porcos — só posso esperar que meus filhos, assim como todos vocês, tenham razão para nutrir sentimentos diferentes em relação aos novos senhores de Stephensgate...

Retirando o braço da cintura da esposa, Hugo fez um gesto para Peter, que estava ali por perto com uma tocha acesa levantada. Peter correu e entregou a tocha nas mãos de seu senhor. Virando-se para Finnula, Hugo fez uma mesura e ofereceu-lhe a parte de baixo do cabo em chamas.

— Minha senhora — disse ele, em uma voz que apenas ela ouvisse —, você fará as honras, é claro.

O sorriso de Finnula foi, acima de todas as coisas, tímido, e ele não achava que era fingimento.

— Obrigada — sussurrou ela roucamente.

Pegando a tocha com cuidado, ela se aproximou da pilha de móveis e roupas, que mais cedo tinham sido embebidas de óleo para apressar o grande incêndio.

Só precisou de um simples toque da tocha para inflamar a grande torre. Finnula encarou as primeiras lambidas da chama laranja como alguém enfeitiçada, e, quando não se afastou do repentino e ensurdecedor inferno, Hugo aproximou-se e conduziu-a para trás.

Finnula não foi a única a ser conquistada pela visão das chamas. O povo, que tinha tão estridentemente aplaudido Hugo a cada frase, ficou soturnamente imóvel à medida que o fogo crescia, engolindo objetos aparentemente inofensivos, uma cadeira, um banco, com uma intensidade selvagem. A madeira estalava e crepitava em protesto conforme queimava, mas esse era o único som audível na campina. Se não estivesse vendo com os próprios olhos, Hugo nunca poderia ter suspeitado que um grupo tão grande de pessoas poderia permanecer tão quieto.

No entanto, não demorou muito para o encanto ser quebrado. Do nada, Jamie apareceu correndo e arremessou ao fogo, com um grunhido, um cinto grosso de couro.

— Aqui! — gritou o garoto com uma satisfação evidente conforme as chamas engoliam a tira. — Que bons ventos o levem!

O xerife De Brissac, sorrindo com a veemência do garoto, percebeu o olhar questionador de Hugo e explicou:

— Esse é o cinto com que seu pai costumava bater nele quando ele se comportava mal.

Horrorizado, Hugo observou dezenas de outras pessoas, inspiradas pela atitude de Jamie, aproximarem-se para jogar ao fogo as próprias lembranças pessoais do falecido conde. Viu uma camiseta de crina de cavalo começar a arder em chamas, um colar de metal preso a uma corrente ficando vermelho com o calor do fogo, um bloco de madeira que parecia ter vindo de uma prisão começando a virar cinza. Pedacinhos de pergaminho, cujas marcações os donos, sem dúvida alguma, nunca tinham sido capazes de ler, voavam de mãos maltratadas pelo trabalho em direção às chamas. Ele sabia que essas eram as cobranças dos tributos que o pai e Reginald Laroche tinham apresentado para estes camponeses analfabetos. Hugo nunca gostara do pai, nunca nutrira por ele qualquer tipo de respeito, mas, ao ver aqueles pedaços de pergaminho, sentiu, não pela primeira vez, vergonha do homem que o tinha gerado. Felizmente o calor do fogo escondeu o rosto corado.

Depois, repentinamente, o silêncio foi quebrado. Aplausos emergiram quando alguém atirou uma trouxa repleta de palha ao fogo. Um rosto tinha sido cruelmente desenhado no saco que imitava a cabeça de um boneco, e Hugo reconheceu o bigode curvado de Reginald Laroche. Em algum lugar, a rabeca de Jack Mallory veio à vida, e uma música espirituosa juntou-se às risadas que havia no ar.

Virando-se para a esposa, em cujos ombros apoiava os braços, Hugo perguntou, hesitante:

— Você acha... está melhor agora então, você não acha?

Finnula lançou um rápido olhar para o rosto de Hugo antes de desviá-lo para outra direção.

— Sim, melhor, eu acho.

Hugo sentiu um pouco de tristeza transparecer no sorriso dela. O senso de humor rapidamente seguiu-se, e ele perguntou, de forma divertida:

— Então você acha que devemos acrescentar outra lembrança do passado ao fogo?

Quando o olhar dela encontrou o dele, foi com desconfiança.

— Que lembrança? — perguntou ela com ar suspeito.

Sem dar uma palavra, Hugo colocou a mão no bolso da jaqueta e tirou uma trouxa bem amassada. Finnula olhou para aquilo com uma crescente agitação, até que Hugo abriu-a, revelando suas calças de couro. Então ela soltou um grito de raiva.

— Você só irá queimá-las por cima do meu cadáver — declarou ela. — Devolva-me imediatamente!

Rindo de sua indignação, Hugo segurou com facilidade as calças fora do alcance de Finnula, simplesmente levantando os braços.

— Não — implicou ele. — Elas também simbolizam um tempo que passou. O tempo de donzela acabou, está na hora de você encarar este fato.

— O que vou usar para cavalgar? — perguntou Finnula, batendo com o pé no chão. — O que vou vestir quando estiver caçando?

— Você vai vestir uma roupa adequada para a esposa de um conde — disse Hugo firmemente.

Finnula estava tão zangada que parecia pronta para arrancar os olhos dele. O rosto estava quase tão quente quanto o fogo. Essa era a sua Finnula, como a tinha conhecido. A pretensa gentileza tinha desaparecido. O sorriso de prazer de Hugo alargou-se quando percebeu que a Bela Finn estava de volta.

— Como você ousa? — ela disse enraivecida, cuspindo fogo pelas ventas. — Como ousa pegar o que é meu? Só vestia o que era mais confortável para caçar e cavalgar! Por que um homem pode usar o que quer, mas uma mulher tem que se cobrir da cabeça aos pés? — perguntou ela.

Sinceramente, Hugo não tinha resposta para isso... Na verdade, ele começou a duvidar de que o plano fosse realmente eficaz. Mas não ousava dar para trás agora.

— Não. Eu trouxe comigo do Egito seda suficiente para montar o guarda-roupa de uma rainha. Você pode contratar costureiras para fazer todas as túnicas e saias que quiser, porém nada mais de calças.

— Danem-se as suas sedas! O que me importam roupas finas? Eu só quero o que é meu. Agora, me devolva!

Hugo, com uma sacudida final de cabeça, e antes que pudesse mudar de ideia, atirou a roupa ofensiva bem no meio do fogo. Finnula soltou um grito agudo capaz de acordar os mortos. De fato, muitos rostos se viraram, sem dúvida alguma esperando ver uma bruxa, não a senhora de Stephensgate lutando com um temperamento genioso.

— Oh! — gritou Finnula furiosamente enquanto as amadas calças de couro eram envolvidas pelas chamas. — Oh! Seu... Seu... — Finnula parecia não conseguir encontrar uma palavra agressiva o suficiente para demonstrar a raiva que sentia. Avançando em Hugo como uma mulher escandalosa, ela disse com veemência: — Canalha!

Depois disso, deu meia-volta e foi embora zangada. John de Brissac, que observou com interesse tudo o que tinha se passado entre marido e mulher, suspirou.

— Meu lorde — ele disse sacudindo a cabeça. — O senhor é um homem mais corajoso do que eu. Somente alguns poucos se desentenderam com a Bela Finn e saíram ilesos. Os Laroche, por exemplo... até a sua volta.

Hugo tentou dar uma risada, embora, na verdade, não estivesse se sentindo tão feliz como gostaria de estar observando as calças de couro queimar.

— Ela não é tão feroz quanto levou todos a acreditarem — disse ele com uma convicção na qual não acreditava de verdade. — Ora, já vi garotas mais ferozes...

Ele teria falado mais, entretanto, neste momento, um ruído familiar o distraiu. Ele olhou abruptamente para cima, as reações instintivas afiadas pelos anos de guerra.

Ele viu o projétil antes que o atingisse, antes de ouvir o grito de advertência do xerife De Brissac. A seta pontiaguda surgiu das chamas da fogueira como um raio, e, embora ele tenha levantado um braço para proteger-se, a flecha cravou-se num ombro com força suficiente para derrubá-lo.

— Meu senhor!

O xerife De Brissac foi imediatamente para o lado dele, com uma meia dúzia de outros espectadores atordoados. Hugo, com as costas na grama, piscou os olhos para os rostos preocupados e achou irônico o fato de, após uma década de batalhas em países estrangeiros, ser finalmente abatido em sua própria campina de ovelhas. Ele abriu os lábios para verbalizar isso, mas John de Brissac fez um gesto para que ficasse calado.

— Meu lorde, não tente falar — insistiu o xerife, levantando a cabeça de Hugo e deslizando o próprio manto sob ela para servir como travesseiro improvisado. Virando o rosto, John gritou: — Você aí. Corra e traga a Sra. Finnula, imediatamente. E, você, traga o padre Edward!

Hugo sorriu, embora agora estivesse sentindo uma dor que martelava em suas têmporas.

— Padre Edward, xerife? — gracejou. — Com certeza não é tão grave para isso...

— Eu disse para o senhor ficar quieto — o xerife disse bruscamente. — Onde está a Sra. Finnula?

— Imagino que não esteja longe, xerife — um de seus delegados garantiu-lhe.

— Então traga ela aqui, pelo amor de Deus.

— Tem certeza de que não deveria ser o senhor a buscá-la? — O delegado apontou para a seta no ombro de Hugo, que estava com o pescoço duro demais para se virar para olhar. — Veja a cor da ponta.

Hugo viu a expressão do xerife... E ficou pálido.

— O que é isso, John? — Hugo esforçou-se para se levantar pelos cotovelos, mas mãos ansiosas o empurraram para o chão novamente, e, além disso, ele sentia como se todos os membros tivessem virado pedra. — O quê? O que é que tem a ponta?

Quando o xerife disse apenas:

— Alguém, qualquer um, traga um boticário...

Hugo esticou o braço e, agarrando De Brissac pela túnica, trouxe a cabeça do homem em direção à sua.

— Diga-me — ele disse, irritado. — Diga-me ou juro que arranco seu coração.

— A ponta — sussurrou John. — É violeta e branca.

— E daí?

— As pontas das flechas da Sra. Finnula são todas tingidas de violeta.

Hugo, apesar da dor, quase teve uma crise de riso.

— Você não pode estar falando sério. Ela nunca... Você não pode achar que Finnula...

— Eu não acho nada disso. Eu lhe imploro, meu lorde, fique imóvel, o senhor está perdendo sangue...

Hugo sabia que estava seriamente machucado, mais do que jamais estivera. Tinha perdido toda a visão periférica e só conseguia ver o que estava a sua frente, o que, infelizmente, era o rosto de John de Brissac. No entanto, ainda estava consciente e só levou um instante para entender o motivo por trás da severa expressão do xerife.

— Não permita — disse Hugo, os dedos apertando a túnica de John. — Não permita que a peguem...

— Não, não se preocupe, meu lorde. — A voz de John era tranquilizante. — Eu vou garantir que isso não aconteça. Ela não será ferida.

— As pessoas vão achar...

— Eu sei o que elas vão achar. Deixe comigo. Isso é minha culpa. Fui detido hoje na cidade por um serviço e não tive tempo de ir até Leesbury ver como está Laroche. Vou cuidar de tudo. Descanse em paz, meu senhor...

Hugo não precisava nem um pouco desse tipo de estímulo. As pálpebras tinham ficado tão pesadas que não conseguiu mais levantá-las, e sentiu como se estivesse afundando profundamente na turfa abaixo dele.

— Hugo!

A entonação amedrontada fez a voz parecer quase irreconhecível, mas Hugo, contudo, sabia quem falava. A última coisa que viu antes que a escuridão o tomasse foi o rosto de Finnula, branco de medo, mesmo sob o brilho do fogo, mas linda, tão linda quanto a primeira vez que a tinha visto.

— Hugo! Ah! Não! — Ela caiu de joelhos ao seu lado, as mãos agarrando as dele. — Hugo!

Ele tentou com muito esforço dizer-lhe alguma coisa — não sabia o quê —, mas sua língua, assim como os membros, não respondia. Então as pálpebras se fecharam, e ele não soube de mais nada.

Capítulo Vinte e Um

Finnula viu a cabeça de Hugo pender frouxa para um lado e soltou um grito de dor que parecia ter sido arrancado das profundezas de sua alma.

— Ah, não! — gritou, desesperadamente agarrando-se aos dedos do marido. — Não, Hugo, não!

— Minha querida. — As mãos do xerife De Brissac estavam pesadas sobre os ombros dela. — Minha querida, não há nada que possa fazer, deixe para aqueles que podem ajudá-lo...

Finnula lutou para se livrar das mãos fortes do xerife e só parou de se contorcer rebeldemente quando o irmão Robert abriu caminho na multidão perplexa e, com o rosto ficando pálido ao ver Hugo no chão, a pegou pelo braço. Neste momento, o boticário da aldeia já tinha passado no meio do tumulto. Finnula observou quase prendendo a respiração quando o homem curvou-se sobre o marido inconsciente e examinou o machucado com um olhar crítico.

— Está cravada profundamente. — O velho Gregor levantou o corpo e suspirou depois de uma pausa, que para Finnula foi assustadora. — Mas não acertou o coração.

— Ele vai sobreviver? — perguntou calmamente o xerife, porque Finnula tinha enterrado o rosto no ombro do irmão com um soluço.

— Só Deus pode dizer com certeza — foi a resposta altamente insatisfatória de Gregor. Finnula, nos braços de Robert, começou a chorar de raiva enquanto o boticário preparava o paciente para ser levado de volta ao solar.

— O que aconteceu? — perguntou ela em meio a lágrimas, com as mãos fechadas em punho. — Quem pode ter feito isso?

— Não vamos falar disso esta noite, minha senhora — disse o xerife De Brissac com seriedade. — O importante agora é que ele seja levado para dentro de casa e tenha chance de se recuperar...

— O importante agora é que a pessoa que fez isso seja descoberta! — declarou alguém no meio da multidão de espectadores que tinha se reunido em volta do conde caído. Todos os olhares se voltaram para a pessoa que falava, e ela pavoneou-se. Finnula ficou surpresa ao ver, em meio a lágrimas, que não era ninguém menos que o escudeiro do marido, Peter.

— Sim — concordou ela, a voz trêmula de emoção. — Peter está certo. Precisamos descobrir quem fez isso...

— Acho que é bastante óbvio — interrompeu Peter rudemente. Finnula foi pega de surpresa, mas sentiu as mãos do irmão apertarem seus ombros.

— O que você está dizendo, garoto? — perguntou Robert com irritação. — Você ousa...

— Sim, eu ouso — disse Peter com escárnio. — Ouso acusar sua preciosa irmã de tentar assassinar lorde Hugo!

Num segundo, Robert tinha soltado Finnula e partido para cima do jovem. Apenas os rápidos movimentos do xerife De Brissac impediram que acontecesse mais uma tentativa de assassinato na frente de seus olhos. Mas mesmo enquanto o xerife separava os dois homens, uma outra pessoa fez uma acusação:

— O garoto está falando a verdade!

Finnula arfou. O pai de Rosamund, Miles Hillyard, o prefeito de Stephensgate, estava de pé sob o brilho vermelho da fogueira, o rosto cheio de rugas repleto de ódio.

— Sim — gritou Hillyard. — A verdade! Minha filha me contou o que aconteceu essa tarde. Duas tentativas de acabar com a vida de Sua Senhoria ocorreram hoje antes desta, e Finnula Crais teve oportunidade nas duas vezes...

— Isso é loucura! — declarou Robert. O bramido da fogueira era nada comparado ao bramido da voz do moleiro. —Você não sabe do que está falando. Minha irmã não tentaria matar o marido assim...

— É mesmo? — O prefeito tinha um ar presunçoso. — E lorde Geoffrey? Ela não foi casada com o falecido conde e ele não morreu misteriosamente na noite de núpcias?

— Sim — gritou uma voz estridente, e a irmã de Finnula, Patricia, seguida imediatamente por Christina e Mellana, abriu caminho na multidão até estar na frente dos acusadores da irmã. — Ele morreu. Mas não porque nossa Finn o tenha matado!

— Ninguém nunca provou que lorde Geoffrey tenha sido assassinado — esbravejou Robert.

— Ninguém nunca provou que lorde Geoffrey morrera de... de... — Mellana olhou para Robert, pedindo ajuda. — Como se chama?

— Causas não naturais. E isso foi uma questão completamente diferente! Que motivo teria Finnula para matar lorde Hugo? Olhe para ela, velho idiota. Qualquer um pode ver que ela o ama.

Se Miles Hillyard não apreciava ser chamado de velho idiota pelo futuro genro ou se estava simplesmente aborrecido por ter suas declarações criticadas, ele prestou menos atenção a Robert Crais e às irmãs do que alguém prestaria a um ninho de pardais.

— Xerife De Brissac — disse o prefeito bem alto —, exijo que você prenda esta garota por suspeita de tentativa de assassinato...

Houve um grito coletivo sufocado, rapidamente seguido de vários gritos de indignação e protesto. Finnula, no entanto, estava alheia a tudo isso. As mãos estavam presas à boca, o olhar não deixava o corpo inerte do marido. *Se ele morrer*, ela pensou. *Se Hugo morrer...*

Matthew Fairchild avançou aos empurrões para o lado de Robert e gritou:

— Olhe aqui! Você não pode prender a Sra. Finn! Qualquer imbecil pode ver que a flecha não foi lançada por ela...

— Ah, qualquer imbecil pode dizer isso, é? — Miles Hillyard parecia decididamente irritado. Ele era um homem rico, e que não aceitava críticas. — Você poderia me fazer o favor de me dizer como então, afinal eu devo ser um imbecil.

— Com prazer. — Matthew fez um gesto para o corpo de lorde Hugo quando ele estava sendo colocado sobre uma das liteiras que tinham transportado a cerveja do solar até onde estavam. — Se a Sra. Finn quisesse que ele morresse, não teria usado uma flecha da própria aljava. Seria uma clara evidência de sua culpa!

Peter, ficando ombro a ombro com Hillyard, deu uma breve risada.

— É exatamente isso que ela *queria* que vocês pensassem...

— Finnula é a criatura mais gentil que eu conheço — Patricia declarou firmemente. — Seria mais fácil ela cortar o próprio braço a machucar um homem...

— Gentil! — disse Peter com escárnio. — Vou mostrar para você como ela é gentil! Ela me prendeu numa armadilha de árvore. Quase não escapo com vida!

— Você sabe muito bem que ela só fez isso porque estava tentando capturar lorde Hugo — Mellana repreendeu-o, sacudindo o dedo. — Ela não conseguiria amarrá-lo direito com você por perto...

— Mellana — disse Patricia rispidamente. — Você não está ajudando.

— E ela nunca teria feito uma coisa dessas — insistiu Mellana, ignorando o tom de advertência na voz de Patricia —, se eu não tivesse pedido para ela. Finnula é a irmã mais adorável e mais leal que alguém pode ter.

— Adorável! — Peter sacudiu a cabeça, incrédulo. — Então quer dizer que foi adorável quando a escutei xingar Sua Senhoria com o mais vil dos linguajares exatamente antes de ele ser atingido? Ela o chamou de canalha!

A multidão murmurou frente a essa verdade. Todos tinham escutado o xingamento estridente de Finnula, embora ninguém soubesse o motivo do surto. Finnula não fez nada para se defender. Não estava nem mesmo ciente do que estava acontecendo a sua volta. *Se Hugo morrer*, era tudo o que ela conseguia pensar. *Se Hugo morrer...*

— Posso *provar* que não foi Finnula que lançou essa flecha — Mellana insistiu firmemente.

O xerife De Brissac, que estava observando os acontecimentos com uma aparente ansiedade, balançou a cabeça de forma divertida.

— Vá em frente, então.

— Se Finnula quisesse realmente matar o marido — a garota loira disse, com uma ênfase cuidadosa —, não teria errado o alvo.

O prefeito bufou, exasperado.

— Você está cega, madame? Ela não errou! Ela o acertou!

Patricia, vendo finalmente sentido no que Mellana dizia, gritou:

— Mas ela não acertou o coração. Você não está vendo? Finnula tem a melhor mira de Shropshire. Não teria errado um alvo tão fácil, a tão curta distância...

— Bah! — Hillyard lançou as mãos para o ar. — Isso é loucura! Xerife De Brissac, você vai prender essa garota ou eu mesmo terei de prendê-la?

John de Brissac respirou fundo, o olhar encontrando o de Finnula. Ela abaixou as mãos que estavam presas à boca. As chamas da fogueira já não estavam tão altas agora, mas, sob o brilho laranja, ela ainda conseguia ver o corpo do marido sendo carregado em direção à casa.

Toda a sua atenção estava focada no lento subir e descer daquele imenso peito largo. *Se Hugo morrer... Se Hugo morrer...*

Ela também morreria. E não porque seria enforcada se fosse considerada culpada pelo assassinato.

— Tenho que ir com ele — murmurou ela, começando a seguir o corpo de Hugo, mas o xerife levantou um braço apressado, fechando o caminho.

— Não, Finnula — disse ele, em uma voz surpreendentemente suave para um homem tão grande. — Deixe Gregor cuidar dele. Não há nada que você possa fazer...

Finnula balançou a cabeça, completamente atordoada de ansiedade pelo marido.

— Não, não. Você não está entendendo. Tenho que ir com ele. Sou a esposa dele.

—Você não pode ir, Finnula. — O xerife De Brissac pegou a capa que tinha colocado sob a cabeça de Hugo e, sacudindo-a, colocou-a sobre os ombros de Finnula. Ela pareceu totalmente inconsciente do gesto e continuou olhando fixamente para a liteira.

— Eu tenho que ir — repetiu ela, mas quando deu um passo na direção do solar, Peter saltou na sua frente, o rosto retorcido de malícia.

— Fique onde está, assassina! — gritou ele. — Xerife, o senhor não pode perder esta mulher de vista! Ela vai fugir e se esconder na floresta, um lugar que conhece melhor do que ninguém...

Chocada, Finnula afastou-se do escudeiro, até que sentiu as mãos do xerife De Brissac nos ombros. Depois ficou imóvel, encarando os acusadores com olhos arregalados. O ruído em seus ouvidos não era o som das chamas atrás dela, mas parecia vindo de dentro da própria cabeça de forma muito vívida, conforme se lembrava de uma cena não muito diferente dessa que acontecera quase exatamente um ano antes.

— A Sra. Finnula não vai a lugar algum, garoto — ressoou o xerife De Brissac. Ela estava tão perto dele que podia sentir o estrondo vibratório da voz dele nas suas costas. — Não, graças à sua imprudência...

— Imprudência! — O senhor prefeito ofendeu-se com o tom do xerife. —John, não há imprudência neste caso. A garota nunca foi muito certa da cabeça, qualquer um pode dizer isso para você. Que tipo de mulher se veste de maneira tão escandalosa? Que tipo de mulher passa os dias caçando em vez de costurando?

— Já comeu carne caçada por minha irmã muitas vezes, senhor prefeito — lembrou-o Patricia com um sorriso irônico.

Robert aproximou-se deles, os punhos fechados de forma impotente.
— Isso é loucura — gritou ele. — Não vou permitir isso. Alguém aqui atirou em lorde Hugo, mas não foi a minha irmã! Agora, nenhum de vocês vai fazer nada para encontrar o verdadeiro assassino?
— Não há necessidade de procurar mais — disse o prefeito Hillyard rispidamente. — A garota é obviamente culpada. Já era para a termos visto ser enforcada um ano atrás, quando ela envenenou lorde Geoffrey...
A multidão murmurou.
— Não há nada de óbvio! — declarou Robert. — Alguém aqui *viu* minha irmã puxando um arco esta noite? Alguém pode identificar com certeza a minha irmã como a pessoa que atirou em lorde Hugo?
A multidão ficou em silêncio, todos exceto Peter, o escudeiro. Ele deu um passo para a frente com o desafio.
— Alguém aqui pode dizer que viu *alguém* puxar um arco esta noite?
Mas Robert não tinha terminado:
— Minha irmã não está com nenhuma aljava nem tem um arco que possa ser encontrado. Quem pode dizer de onde veio a flecha que atingiu lorde Hugo? As portas do solar Stephensgate não estão trancadas. Qualquer um pode ter entrado lá e pegado uma das flechas da minha irmã...
— Sim, qualquer um — concordou Peter. — Mas quem melhor que a própria Sra. Finnula?
— Essa discussão é inútil — declarou o prefeito Hillyard. Ele apontou para Finnula, que estava com as mãos na cintura, o rosto virado na direção do solar. — Para a prisão! A garota deve ser julgada. Se lorde Hugo morrer, ela será acusada de assassinato. Se ele sobreviver, por tentativa de assassinato. Por qualquer um dos crimes, ela será enforcada...
O xerife De Brissac deu um passo para a frente ao ouvir isso, movendo o corpo volumoso para bloquear Finnula da visão do prefeito.

— Isso — esbravejou ameaçadoramente — será suficiente, senhor prefeito. Vou levar Sua Senhoria para a minha própria casa...
— Para a sua casa? — O prefeito deu uma risada rápida e sem humor. — Com que propósito? Ela deve ser trancafiada na prisão da aldeia, como qualquer criminoso...
— Ela é a esposa do conde de Stephensgate — lembrou o xerife De Brissac ao prefeito. — A prisão não é lugar para uma dama.
— Não é lugar para mulheres que matam os próprios maridos? — O prefeito Hillyard tinha ficado com o rosto vermelho de impaciência. — Xerife, você está me desapontando. Você também caiu nos feitiços da bruxa! Finnula Crais é uma ameaça, um gavião em busca de suas presas...
O xerife De Brissac levantou uma das mãos, impaciente.
— Você perdeu a cabeça, Miles — disse calmamente.
Agora foi Patricia que se aproximou e, com os olhos queimando de raiva, caiu em cima do prefeito:
— Eu sei que não lhe agrada o fato de sua filha se casar com meu irmão, senhor — ela sussurrou ameaçadoramente. — Eu sei que você queria que Rosamund se casasse com um homem mais rico ou, pelo menos, com um homem com uma melhor posição social na aldeia. Que conveniente para você que lorde Hugo tenha sido atingido e, aparentemente, com o arco da minha irmã...
Os olhos do prefeito Hillyard estreitaram-se.
— O que disse, senhora?
— Preciso repetir? Porque eu faria isso com prazer, só que mais alto, para que todas as pessoas vissem como você renunciou ao bom caráter para se livrar de um genro com tais relações...
O prefeito negou com veemência, mas John de Brissac interrompeu, esgotado:
— Eu sou o xerife deste condado — lembrou a todos. — Designado pelo próprio rei. O senhor prefeito não faz as leis aqui. Ele obedece a elas, como qualquer outro temente a Deus. E eu sei que a Sra. Finnula não deve ser levada para nenhuma prisão.

Miles Hillyard parecia pronto para argumentar, mas fechou a boca com um estalido audível quando os cunhados de Finnula, acompanhados por meia dúzia de vassalos do lorde Hugo, leais à mulher que tinha ajudado suas famílias durante o longo inverno, abriram caminho na multidão e andaram em direção a ele. Cruzando os braços extremamente fortes do trabalho duro na terra sobre peitorais musculosos de anos carregando farinha e puxando gado, os camponeses olharam furiosos para o corpulento prefeito, enquanto o marido de Patricia o empurrava com um dedo indignado.

— Miles — disse ele tranquilamente. — Você nunca mais coloca os pés no meu bar.

O prefeito gaguejou alguma coisa, mas foi interrompido:

— E a senhora não vai para nenhuma prisão maldita e infestada de ratos — um dos camponeses anunciou, e os outros concordaram, empregando linguagens dos mais variados graus de obscenidade.

O prefeito Hillyard, cujo rosto vermelho tinha se esbranquiçado com a visão dos camponeses troncudos, levantou as duas mãos com as palmas abertas.

— Que assim seja — gritou ele. — Que assim seja. Mas se lorde Hugo morrer e ela escapar, a culpa é de vocês, não minha.

Finnula, agarrada à capa do xerife, observou a discussão sobre sua culpa tão desinteressada quanto se fosse sobre alguma outra mulher, e não ela. Toda a concentração estava no solar, que ela podia ver a distância. Ela apertou os olhos quando os candelabros dos aposentos de Hugo foram acesos e ofereceu uma oração para que Hugo fosse poupado de muito sofrimento. *Se ele morrer*, ela pensou, repetidas vezes, *eu também morro*.

A irmã Patricia, com uma expressão extremamente irritada, virou-se para Finnula e sibilou:

— O que há de errado com você, Finn? Onde está o ânimo? Estas pessoas estão falando coisas sobre você e, no entanto, você fica aí muda como uma estátua. Diga a eles que você não matou ninguém. *Diga a eles!*

Mas Finnula, que nunca tivera problemas para encontrar as palavras, não conseguia pronunciar um único som, nem mesmo para salvar a própria vida. As luzes das janelas dos aposentos do lorde tremeluziam, mas ela não viu nenhum outro movimento lá dentro. Quando o xerife De Brissac finalmente se aproximou, a expressão tão envergonhada como se tivesse sido ele que a tivesse acusado, ela levantou os olhos cinza cheios de lágrimas e balançou a cabeça em silêncio ao ser informada que estava presa. O xerife parecia tão incomodado pelo silêncio dela quanto as irmãs, e ordenou para que sua montaria fosse trazida com uma aspereza incomum.

— Ah, Finnula — disse Mellana, com as mãos no peito, fungando miseravelmente. — Sinto muito por você estar sendo presa novamente! E é tudo minha culpa. Se eu não tivesse pedido para você capturar um homem para mim por um resgate, nada disso...

— Mellana — disse Patricia rispidamente. — Cale a boca.

Brynn, tímida demais para participar de uma discussão sobre a prisão de Finnula, falou pela primeira vez. Colocando mãos gentis sobre o braço da irmã mais nova, ela sussurrou:

— Finnula, minha querida, me diga o que posso fazer por você. É claro que posso cuidar de lorde Hugo, mas o que mais? Há alguma coisa que eu possa levar para você enquanto você estiver na casa do xerife?

Finnula ainda estava completamente incapaz de falar. Ela viu que a montaria do xerife De Brissac já tinha sido trazida e que ele e seu irmão estavam de pé ao lado da égua, esperando pacientemente que ela terminasse de se despedir. Obedientemente, começou a andar na direção deles, ignorando as mãos apertadas das irmãs.

— Isto não ficará assim — disse Robert rangendo os dentes, lançando um olhar para o sorridente escudeiro de lorde Hugo, que, como o prefeito, estava se parabenizando por um trabalho bem-feito, e depois para a trêmula e pálida irmã.

— Não tenha medo, moleiro Crais — murmurou o xerife De Brissac. — A verdade aparecerá. E é melhor que sua irmã fique comigo. Quem quer que esteja tentando matar lorde Hugo não irá parar até que esteja realmente morto, e é provável que também fique feliz em dar fim a Sua Senhoria. Ela vai ficar mais segura na minha casa do que aqui no solar.

Robert concordou, e acrescentou:

— Eu temo por lorde Hugo... Sempre achei que tivesse sido Reginald Laroche quem matou lorde Geoffrey, mas agora me parece que o inimigo veste o sorriso de um amigo.

—Vou posicionar homens do lado de fora do solar de lorde Hugo — disse o xerife enfaticamente. — Não será permitida a entrada de ninguém, salvo a do boticário. A não ser que o inimigo seja um fantasma e possa atravessar as paredes, o conde ficará seguro o bastante até se recuperar...

Os dois homens ficaram em silêncio enquanto Finnula, pálida como o fantasma ao qual o xerife estava se referindo, aproximava-se, quatro das irmãs indo atrás dela ansiosamente. A multidão de espectadores diminuiu consideravelmente desde que lorde Hugo foi atingido pela flecha; mães preocupadas arrastaram os filhos para casa para dormir e fora da linha de fogo de setas perdidas. Mas muitos dos maridos permaneceram e agora, sombriamente, observavam a prisão da mulher à qual muitos deles deviam, se não as vidas, uma boa quantidade de carne de veado de primeira qualidade.

O prefeito, com as mãos na cintura sob a luz avermelhada da fogueira que já tinha se apagado quase completamente, gritou:

—Você vai precisar de uma corda, hein, John? Peter, meu garoto, vá correndo buscar um pedaço...

— Não será necessário, Miles. — O xerife De Brissac montou na sua sela, depois se curvou sobre a égua para oferecer ajuda à sua bela prisioneira. — Pise na ponta da minha bota, minha querida. — Finnula fez o que ele disse, levantando a saia com uma das mãos e agarrando os grandes dedos dele com a outra. — Isso mesmo — disse o xerife com satisfação, enquanto ela saltava habilmente à sua frente na sela. — Exatamente como da última vez, não?

O sorriso triste com o qual Finnula acolheu a pequena piada logo desapareceu totalmente quando a voz do prefeito Hillyard anunciou:

— Xerife! Quando você prendeu Fat Maude na semana passada por aquela exibição indecente de nudez na frente do Raposa e Lebre, não a convidou para sentar com você na sela!

— Não — respondeu o xerife De Brissac brandamente. — Não convidei. Winnie não teria sido capaz de aguentar o peso de Maude Quando a multidão de espectadores deu risada, John de Brissac curvou-se, passando por Finnula para fazer um carinho afetuoso no pescoço da égua.

— Xerife. — O prefeito franziu a testa. — Sua prisioneira deveria ter os pulsos devidamente atados e ser forçada a seguir você e o cavalo a pé...

— Ah, pai! — Pela primeira vez, Rosamund, que tinha ficado muda testemunhando os acontecimentos, falou. — Com certeza precauções como essas são desnecessárias!

— Desnecessárias? A garota é uma assassina! O que vai impedi-la de enfiar uma faca no coração do xerife, hein? Ela já está destinada a ser enforcada por um assassinato. Que diferença faz mais um?

— Pai!

— Na verdade, filha, foi *você* quem me implorou para fazer com que ela fosse presa. — O prefeito Hillyard balançou a cabeça. — E agora fica do lado dela?

— Pai!

Rosamund virou os olhos cheios d'água para o noivo, mas Robert estava prestando muita atenção na conversa deles e disse bruscamente:

— Não, não interrompa seu pai, Rosamund. Quero muito que ele termine o que tem a dizer.

— Bem. — O prefeito tossiu, lisonjeado por alguém finalmente escutá-lo. — Quando Rosamund voltou da casa do moinho essa tarde com histórias absurdas de um merlão que caiu e de um ouriço debaixo de uma sela, não consegui saber no que acreditar. Mas devo dizer que não estou nem um pouco admirado com o rumo dos acontecimentos desta noite... Especialmente levando em consideração o evidente desprezo que sua irmã sempre nutriu por tudo aquilo que nós, homens, estimamos no belo sexo.

— Sei — disse Robert e, virando-se para Rosamund, abaixou a cabeça friamente. — Senhorita, só posso dizer que, considerando seu comportamento hoje, você deseja ficar livre do nosso noivado...

Rosamund arfou:

— O quê? Robert, não!

— Você está livre, e só posso lhe desejar uma vida longa e muita felicidade. — Olhando furioso para o pai de sua ex-noiva, Robert tirou os olhos de Rosamund. — Certamente, você deixou mais do que claro que a minha felicidade não importa para você.

Depois disso, Robert caminhou na direção do solar, enquanto as irmãs observavam, atordoadas, a mulher com quem ele ia se casar desabar em lágrimas.

— Ah, pai! — Rosamund chorava. — Ah! O que eu fiz?

— Cale-se, filha. Não se aflija. Foi bom ter se livrado desse sujeito. Ele não vale nem metade do que você merece. Agora, xerife — continuou o prefeito, como se não tivessem sido interrompidos —, sobre a sua prisioneira. Você não acha apropriado atar pelo menos os pulsos?

O xerife De Brissac não estava disposto a servir de instrumento aos caprichos do senhor prefeito. Ele respondeu:

— E você, Miles, não acha apropriado estar cumprindo os próprios deveres como prefeito? Por favor, permita que eu trate meus prisioneiros como achar adequado.

Bufando indignado, o prefeito Hillyard sacudiu um dedo indicador para o homem a cavalo.

— Vou recorrer ao rei, John. Espere para ver. Sua parcialidade com essa garota será sua ruína... Espere, aonde você está indo? Volte aqui. Não me escutou? Eu disse para voltar aqui!

John de Brissac finalizou a discussão simplesmente indo embora, e Finnula curvou-se com tristeza na frente de sua sela.

Capítulo Vinte e Dois

Quando o homem que se dizia ser seu pai foi atingido por uma flecha de ponta violeta, Jamie tinha fugido e se escondido, sabendo que a culpa era sua.

Era culpa de Jamie porque ele sabia do perigo. Tinha visto a pessoa que havia empurrado o merlão, sabia que alguém estava tentando machucar lorde Hugo. Devia ter contado ao xerife, que já o tinha levado para pescar. Devia ter pelo menos contado à Sra. Finn, que nunca reclamava que ele não tomava banho e ainda o ensinava a puxar o arco. Devia ter contado ao próprio pai.

Mas não tinha contado para ninguém. Em vez disso, tinha se escondido como um bebê debaixo da mesa onde guardavam os barris de cerveja. E, quando se sentiu corajoso o bastante para aparecer, tanto o xerife quanto a Sra. Finnula já tinham ido embora, deixando-o sem *ninguém* para contar o que sabia. Ele não era melhor que o gato malhado que bebia o leite do balde até a última gota. Não tinha feito nada para impedir que machucassem seu pai.

Até agora.

Agora o pai estava deitado na grande cama dos aposentos de lorde Geoffrey e um velho pairava sobre ele, fazendo coisas estranhas. O velho tinha dito a dona Laver que lorde Hugo não morreria. E foi nesse momento que Jamie pegou a espada que estava pendurada em um dos pés da cama.

Pendurando a pesada arma nas costas, Jamie envergou o corpo sob a sombra na frente da porta do quarto do pai, com a intenção de denunciar a pessoa que queria ver lorde Hugo morto. Ele era pequeno demais para levantar a espada contra qualquer um, mas, mesmo assim, iria segurá-la. Podia fazer alguém tropeçar. Podia usá-la para bater nas pernas de alguém. Podia impedir que machucassem ainda mais o pai. Logo o xerife e a Sra. Finn estariam de volta, e então Jamie lhes contaria o que sabia. Enquanto isso, protegeria o pai. Mantê-lo-ia seguro.

Ninguém viu Jamie nas sombras. Ninguém nunca via Jamie, a não ser que ele quisesse ser visto. Isso porque Jamie tinha aprendido, havia muito tempo, que o único jeito de evitar a raiva de lorde Geoffrey era não ser visto por ele. E então, tinha aprendido a desaparecer, a se misturar nas sombras, a ficar silencioso como uma alma penada. Também se fundia com as paredes. Não ser muito limpo ajudava, é claro. Ninguém notava a pele branca porque ela estava sempre coberta de sujeira.

Depois que lorde Geoffrey morreu, em vez de parar de se esconder, começou a se esconder do Sr. Laroche e da filha. Embora o intendente nunca tivesse batido nele, foi só porque nunca tinha conseguido alcançá-lo. Com a Srta. Isabella a história tinha sido diferente. Ela era rápida, tinha unhas longas que cortavam a pele de Jamie. Segurando-o pelo braço, a Srta. Isabella batia nele com as costas da escova de cabelo. Quando a Sra. Finn a pegou fazendo isso, ameaçou bater com a escova na Srta. Isabella. A Srta. Isabella continuou a bater em Jamie depois disso, mas só dentro de casa, onde não havia chance de a Sra. Finn vê-la.

Arqueado na sombra com a grande espada do pai, Jamie esperou confiante pelo xerife. Agora que sabia que lorde Hugo não morreria, não estava com tanto medo. Desde a volta de lorde Hugo, não bateram em Jamie sequer uma vez. Ninguém tinha sequer *ameaçado* bater nele. Não queria que lorde Hugo morresse. E era por isso que estava tão envergonhado por não ter contado o que tinha visto.

Mas agora contaria. Protegeria a vida do pai e contaria o que tinha visto. E depois tudo ficaria bem.

Dentro do quarto do pai, o velho ainda estava fazendo coisas misteriosas em lorde Hugo. A dona Laver o ajudava, segurando uma bacia de água quente e dizendo coisas do tipo "Ah! Você deveria mesmo fazer isso agora, Gregor?" e "Mas e se colocasse isso desse jeito, Gregor?".

O velho somente resmungava como resposta. O velho Gregor não gostava de mulheres. Jamie era forçado a concordar com ele nesse quesito. Com algumas exceções, as mulheres eram uma contínua fonte de discórdia na vida de Jamie.

Quando escutou passos na escada, Jamie se afundou ainda mais nas sombras, mas segurou a espada do pai com bastante firmeza. Esperava que fosse o xerife ou mesmo a Sra. Finn, mas viu que não era nenhum dos dois. Era o garoto Peter, aquele que lorde Hugo tinha trazido de Londres para o solar. Peter era muito convencido. Embora ainda não tivesse batido em Jamie, este achava que era porque Peter se sentia muito superior a ele. Jamie não gostava muito das túnicas de veludo e do sotaque londrino de Peter. Teria gostado mais do garoto mais velho se ele não tivesse reclamado tanto nos primeiros dias depois de sua chegada.

Peter, chegando ao topo da escada com suas botas extravagantes, viu que a porta do quarto do lorde Hugo estava aberta e seguiu em direção a ela.

Empunhando a espada acima da cabeça, Jamie deixou que o peso carregasse a lâmina para a frente até que, com um som metálico ressoante, ela bateu nas pedras do chão exatamente na frente da porta do quarto e apenas a centímetros dos dedos de Peter.

O garoto mais velho olhou para o chão, espantado.

— Que diabos você acha que está fazendo? — Peter perguntou com uma voz sufocada. — Podia ter cortado meu pé fora!

Jamie apenas olhou furioso para ele.

— Você não vai entrar no quarto do meu pai — disse ele firmemente.

— Seu *pai*! — Peter deu risada. — Gostei disso! Lorde Hugo, *seu* pai?

Dona Laver, escutando o tumulto no corredor, saiu alvoroçada do quarto.

— O que é isso agora? O que é isso? — Ao ver Jamie com a espada de lorde Hugo, ela enrugou a testa. — Qual é o problema com vocês dois, brincando enquanto lorde Hugo está à beira da morte? Jamie, me dê isso...

Com um puxão, a dona Laver pegou a pesada espada de Jamie e, olhando furiosa para Peter, disse:

— Sinto vergonha de vocês. Você, Peter, deveria se comportar melhor. Deveria estar dando o exemplo para o mais jovem. Agora, fiquem quietos e deixem o velho Gregor fazer o trabalho.

A dona Laver não bateu a porta de madeira com violência porque estava preocupada demais em não fazer barulho para o paciente, mas fechou a porta com firmeza. Jamie encarou a porta e desejou saber o que faria agora.

— O que você estava fazendo com a espada do lorde Hugo? — Encostado à parede, Peter cruzou os braços e olhou fixamente para Jamie. — Você achou que eu tentaria machucá-lo?

Jamie apertou os lábios para evitar falar. Peter percebeu e fez a seguinte observação:

— Sou bem maior que você, garoto. Posso fazer você falar se eu quiser.

Jamie começou a se esquivar para o lado, sabendo que, se conseguisse se encolher nas sombras, seria capaz de desaparecer novamente. Sabia que deveria mentir, mas mentir não era algo que sabia fazer bem. Era muito melhor em se esconder.

— Que história é essa de lorde Hugo ser seu pai? — Peter estava sorrindo, mas Jamie sabia muito bem que não podia baixar a guarda por causa de um sorriso. A Srta. Isabella também sorria muito, e depois ia direto pegar a escova.

— Lorde Hugo sabe que você é filho dele? — perguntou o rapaz mais velho. Quando Jamie não respondeu, ele deu risada. — Posso imaginar que ele não tenha gostado muito disso, voltar para casa e descobrir o filho bastardo correndo por aí quase como um selvagem, coberto de terra e sabe-se lá mais o quê. Então, diga-me. Ele chamou você de filho?

Ocorreu a Jamie que bater no filho de um conde, mesmo um filho bastardo, não era algo para se achar muita graça. Se admitir que lorde Hugo tinha de fato o chamado de filho fosse poupá-lo de uma surra, então Jamie confessaria prontamente.

— Sim — disse ele, a voz grossa pela falta de uso. — Sim, lorde Hugo me chamou de filho...

— É mesmo? — Peter sorriu, o rosto sombreado pela luz do candelabro da parede. — Então, se lorde Hugo morrer, você é o herdeiro?

Jamie não sabia do que o garoto mais velho estava falando. Em vez disso, reavaliou sua posição, e decidiu que era provável que fosse levar uma surra de qualquer maneira, filho de conde ou não. Continuou a se esquivar para o lado.

— E então? Responda, garoto. Lorde Hugo disse para você alguma coisa sobre herança? — Peter coçou o queixo. Mais cedo, Jamie tinha notado que o escudeiro fazia isso com frequência, embora não houvesse pelos crescendo ali. — Não... não, ele teria tido muitos filhos legítimos com aquela vadia de cabelos vermelhos. Não haveria necessidade de reconhecer você. Mas não podemos correr nenhum risco...

Jamie virou-se e começou a correr. Não sabia o que o tinha feito, somente que alguma coisa no tom da voz do garoto mais velho fez os pelos da nuca se arrepiarem.

Peter saiu atrás dele, dando risada.

Capítulo Vinte e Três

Somente quando estavam afastados por uma boa distância, e bem longe dos ouvidos do prefeito, a senhora de Stephensgate desabou a soluçar compulsivamente com o rosto apoiado nas mãos. Com o que teria sido uma falta de jeito cômica se o gesto não fosse tão patético, o xerife levantou uma das mãos para acariciar os ombros trêmulos de Finnula, de um jeito não muito diferente do que normalmente usava para acariciar a égua Winnie. Se não estivesse tão arrasada, Finnula teria dado risada.

— Calma, calma — murmurou John de Brissac de forma reconfortante. — As coisas não estão tão más assim. Você não pode deixar o prefeito Hillyard chateá-la desse jeito. Afinal de contas, lorde Hugo ainda está vivo.

— Mas por quanto tempo? — Finnula soluçou.

— Como aquele velho ermitão disse, só Deus pode dizer. Mas ele é um homem forte e jovem. Provavelmente tem alguns bons anos pela frente se você não acabar com a energia dele.

Finnula chorou com ainda mais intensidade com a lembrança de seu comportamento depois do marido atirar suas calças no fogo.

— Ah! — Ela fungou, esfregando o rosto molhado com as costas da mão. — Xinguei-o de cada nome!

— De fato você o xingou. Para sorte do pretenso assassino. Você certamente *parecia* estar brava o bastante para matá-lo.

— Estava — confessou Finnula. Depois arfou, contorcendo-se na sela para olhar para o homem de barba. Estava escuro na estrada por onde andavam e a lua recém-surgida estava parcialmente escondida pelas folhagens densas dos galhos das árvores que margeavam a estrada sulcada pelas rodas. No entanto, ela conseguia enxergar muito bem o rosto do xerife.

— Mas você não pode achar que eu faria uma coisa dessas! — Ela chorava. — Matar meu marido por umas calças? Ah, com certeza que não!

— Não acho nada disso. — Ela viu o sorriso do xerife à luz pálida da lua. — Mas alguém no meio daquela gente realmente queria lorde Hugo realmente morto.

— Não posso imaginar quem poderia ser. — Finnula suspirou. Tinha se recuperado um pouco, e sentou-se mais ereta na sela. — Quem poderia odiar tanto Hugo a ponto de querer matá-lo? — ela desejou saber. — Só faz alguns dias que ele voltou a Stephensgate...

— Acho que faço uma boa ideia de quem pode estar por trás disso tudo — o xerife disse. — Mas o estranho é que ele não estava presente hoje à noite para acusá-la novamente, como fez um ano atrás.

— Você está falando de Reginald Laroche? — Finnula sacudiu a cabeça. — Mas por que ele iria querer matar Hugo? Por tê-lo forçado a deixar o solar?

— Isso já é razão suficiente.

— Mas o que mais ele esperava que Hugo fosse fazer? O Sr. Laroche trapaceou e roubou lorde Geoffrey, talvez até o tenha matado...

— É verdade. E lorde Hugo o humilhou e o ameaçou por ter feito isso.

— Mas isso não é razão suficiente para matar um homem!

— Homens foram mortos por razões muito mais tolas — observou o xerife De Brissac.
— Mas...
— É possível que o Sr. Laroche acredite que, com lorde Hugo fora do caminho, ele herdaria o título...
— Mas isso seria impossível — disse Finnula, as lágrimas esquecidas. — Tem o Jamie...
— Lorde Hugo declarou Jamie o herdeiro? Acho que não. Laroche tem mais direito ao título...
Finnula suspirou.
— Isso seria um crime!
— Seria muito conveniente para Reginald Laroche, que devotou tantos anos para a propriedade e tem tantos amigos na corte...
— Tem?
Finnula ficou surpresa. Não conseguia imaginar Reginald Laroche tendo algum tipo de amigo, particularmente amigos poderosos. Mas depois imaginou que amigos poderosos eram o único tipo que ele toleraria.
— É verdade. A irmã dele, com quem foi morar em Leesbury, é casada com o primo da dama de companhia favorita da rainha...
O ânimo de Finnula tinha retornado com força suficiente para permitir que ela bufasse sarcasticamente com essa pequena informação.
— Não desdenhe, minha senhora — advertiu o xerife. — São conexões como essas que ajudam a pessoa a receber favores do rei...
— Qualquer rei que preterisse lorde Hugo em favor de Reginald Laroche seria um idiota — declarou Finnula, com emoção.
O xerife, ela sentiu mais do que viu, pois a noite estava realmente escura, sorriu.
— Ah, minha querida. Você nunca será uma esposa apropriada para um conde, a não ser que coloque um freio na sua língua...
Finnula franziu a testa, envergonhada. Sempre a lembrariam de como era uma esposa inapropriada? Era injusto, lamentavelmente

injusto. Aqui estava ela, presa por um crime que não cometeu, enquanto o marido, que alguém estava tentando matar, definhava inconsciente a quilômetros de distância. Duas semanas atrás, o maior medo era que o xerife a prendesse por caçar em propriedade alheia. Agora estava sendo acusada de tentativa de assassinato, e o mesmo homem que a tinha prendido estava tentando ajudá-la a descobrir a identidade do verdadeiro assassino. Era difícil saber se era a criatura mais sortuda do mundo ou a menos.

— Você tem que deter Laroche, John — proferiu, usando o primeiro nome do xerife inconscientemente. — Ele não vai descansar enquanto não tiver o que quer. Já matou uma vez... Ah, Hugo está correndo muito perigo! Se ao menos você me soltasse! Encontraria Reginald Laroche em um piscar de olhos...

— Lorde Hugo não é a única pessoa que corre perigo por causa de Reginald Laroche, minha querida. — O xerife De Brissac deu um risinho. — O que é a principal razão por você estar presa sem haver uma única testemunha para confirmar que você atirou uma flecha. A última coisa que esta comunidade precisa é de você por aí em busca do inimigo do seu marido...

— Mas...

— Pare! Eu mesmo vou encontrar o Sr. Laroche amanhã. Tenho certeza de que posso fazer isso sem a sua ajuda, Finnula. Então teremos a verdade.

— E hoje à noite... hoje à noite você vai voltar ao solar Stephensgate e ficar com Hugo e garantir que ele... — A garganta dela fechou, conforme as lágrimas ameaçavam rolar mais uma vez. — ...garantir que ele...

— Vou fazer exatamente isso, minha querida. — Novamente, John de Brissac acariciou desajeitadamente o ombro de Finnula. — Não vou me afastar do leito dele.

Finnula, aliviada, de repente começou a sentir os efeitos do dia extremamente longo e difícil. Relaxou o corpo na sela mais uma vez, agradecida por poder se escorar nos braços de John de Brissac.

Conforme Winnie arrastava-se pela estrada escura em direção à casa do xerife, que ficava fora da propriedade de Stephensgate, Finnula escutava distraidamente os sapos coaxarem e os grilos cricrilarem no meio da floresta que margeava a estrada, sons reconfortantes que sempre a faziam se lembrar de casa. É claro, o lar não era mais a casa do moinho, mas os sons da noite permaneciam os mesmos, quer estivesse dormindo no quarto do sótão com a irmã, quer num quarto nobre com o marido.

E então ela escutou algo que fez sua espinha arrepiar e levantou o corpo temerosamente. O barulho não era nem de sapo nem de grilo, e não tinha vindo nem do xerife nem da montaria. Virando o pescoço para trás, a princípio ela não viu nada.

Sentindo a tensão repentina de Finnula, o xerife De Brissac perguntou calmamente:

— Qual é o problema?

— Não sei — sussurrou ela. — Sinto como se alguém estivesse nos seguindo. Acho que escutei uma respiração...

O xerife De Brissac freou a montaria, e, como se o medo de Finnula fosse contagioso, levou uma das mãos ao cabo de sua espada.

— Quem está aí? — gritou ele na escuridão. — Revele-se ou sinta minha lâmina...

A respiração pesada continuou. Finnula sentiu como se o coração tivesse parado de bater, de tanto medo que estava. Reginald Laroche os tinha seguido desde o solar com a intenção de despachar a esposa assim como o marido? Ou havia algum espectro do mal esperando-os nas sombras? Finnula não acreditava em fantasmas... não muito. Mas considerando os acontecimentos do dia, não a surpreenderia muito se um saltasse da escuridão...

A lua, que tinha se escondido atrás de uma nuvem, de repente derramou-se sobre eles, e, sob sua luz prateada, Finnula viu que estavam sendo seguidos, não por Reginald Laroche ou por algum fantasma, mas por seu próprio cachorro.

— Gros Louis! — Ela estava tão aliviada que começou a chorar mais uma vez, mesmo enquanto ria. — Ah! É o Gros Louis!

O cachorro, extremamente ofegante do esforço para acompanhar o ritmo da égua do xerife, saltava feliz pela estrada, contente de ouvi-la chamar seu nome. O xerife De Brissac olhou para a fera saltitante e tirou a mão da espada.

— A senhora tem muitos defensores leais — ele observou brincando, com um toque de alívio. — Se me lembro bem, este animal nos seguiu até em casa da última vez que você foi presa.

Finnula sorriu ternamente com a lembrança.

— E sua mãe prendeu-o na cozinha, onde ele comeu toda a manteiga.

Para Gros Louis, ela falou amorosamente:

— Que cachorro mais lindo! Ah, xerife, ele pode ficar comigo novamente?

O xerife De Brissac deu de ombros filosoficamente. Não estava acostumado a permitir que os prisioneiros levassem para a cadeia os animais de estimação, mas também não estava acostumado a levar os prisioneiros para casa, junto da sua mãe. E madame Clarisse de Brissac não ficaria contente com a sua prisioneira nem com o animal de estimação.

Durante a longa viagem para casa, o xerife De Brissac decidiu que o melhor a fazer seria deixar Finnula com sua mãe o mais rápido possível, depois voltar ao solar a toda pressa. Os benefícios dessa ação seriam duplos: primeiro poderia ficar de olho na vítima e garantir que não houvesse mais tentativas de assassiná-la. Segundo, não teria de ouvir as reclamações de madame De Brissac sobre Finnula e o cachorro.

Essa decisão animou-lhe o espírito durante todo o caminho até a porta da frente de sua casa. Mas, quando a porta se abriu, ele começou a ter uma segunda opinião sobre a sensatez de deixar sua prisioneira sozinha com sua mãe. Embora entre os dois Reginald Laroche fosse mais perigoso, era bem possível que madame De Brissac também tivesse a mente de um assassino. Mas sua arma preferida era a língua: ela aborrecia ao extremo qualquer um que estivesse por perto com suas incessantes reclamações. De modo geral, John de Brissac considerava as flechas objetos mortais mais eficientes.

Capítulo Vinte e Quatro

Quando lorde Hugo finalmente recobrou a consciência, o sol já estava alto no céu, entrando pelas janelas arqueadas e deixando o quarto quente demais.

Virando o rosto, que sentia como se estivesse estofado com lã de ovelha, Hugo viu que o fogo da lareira estava aceso, aumentando o calor desconfortável do quarto. Além disso, peles de lobo tinham sido amontoadas sobre ele até que parecesse que uma matilha inteira desses animais selvagens tivesse se deitado sobre seu peito.

Hugo tentou levantar os braços para empurrar os cobertores, mas estava tão fraco que não conseguia fechar a mão. Ele desejou saber que diabos tinham feito com ele. O ombro latejava de dor, mas era a cabeça o que mais doía. A boca estava seca como se tivesse andado comendo areia e havia uma dor aguda atrás dos olhos. A pior ressaca que tivera no Egito não tinha sido tão forte assim.

— Ah, o senhor está acordado!

Não havia como confundir a voz estrondosa. Hugo estremeceu com o barulho, reverberando dentro de sua cabeça fragilizada.

— De Brissac — murmurou entre dentes. Ele fechou os olhos contra o brilho do sol. — Tire essas malditas peles de cima de mim antes que eu sufoque.

— Claro, meu lorde, claro.

Hugo respirou aliviado quando as pesadas peles foram removidas. Coberto apenas por um lençol, ele arriscou abrir um olho e encontrou sua inteira linha de visão preenchida pelo rosto barbudo e os ombros largos do xerife. Abaixou a pálpebra com um tremor.

— Onde está minha esposa? — perguntou Hugo, irritado. — O que é isso que eu acordo e encontro *você* ao meu leito e não ela?

— Não se lembra, meu lorde? — A voz de John de Brissac era alta demais para Hugo suportá-la. Ele gemeu e tentou enfiar a cabeça mais profundamente nos travesseiros. — Ah, é verdade. Talvez o senhor não estivesse consciente nessa hora. O senhor ficou inconsciente por quase dois dias. Temíamos muito pelo senhor, dona Laver e eu.

Hugo falou entre dentes:

— Onde... está... minha... esposa?

— Em segurança. Em grande segurança. Não precisa temer por ela. Bem, exceto talvez por sua disposição, que não parece melhor por conta de uma inatividade forçada. Minha mãe, é verdade, encontrou muitas ocupações para ela na casa, mas a Sra. Finnula é o tipo de pessoa que tem sede de espaços abertos...

Hugo abriu os dois olhos com essa declaração e fixou um olhar incrédulo no xerife.

— Sua *mãe*? Por que a minha esposa está fazendo companhia para a sua mãe e não está aqui, velando por mim?

— Porque ela está presa, é claro.

— Presa? — Hugo ficou tão surpreso que esqueceu completamente a dor e o desconforto. Esforçando-se para sentar, descobriu que os membros, embora fracos e lentos para obedecer, pelo menos ainda funcionavam. — Presa? Foi o que você disse? Por qual crime?

— Por tentar assassinar você. — O xerife De Brissac ergueu um cálice. — Um gole, meu lorde, para refrescar sua garganta ressecada?

Hugo, com uma agilidade surpreendente para um homem tão gravemente ferido, golpeou o cálice na mão do xerife, fazendo a água escorrer pelo chão. O copo de metal caiu no chão e tilintou nas pedras da lareira.

— Vá se danar — xingou Hugo. — Pare de fazer joguinhos comigo. Diga-me o que aconteceu, homem, não me poupe. Você disse que Finnula foi presa?

Parecendo um pouco acanhado, o xerife De Brissac curvou-se para recuperar o cálice.

— Sim.

Hugo estava furioso.

— Se você a tiver colocado naquela choupana decrépita que chama de prisão, juro por Deus, mato você...

— Não, meu lorde. Sua esposa está retida na minha própria casa, com ninguém além de minha mãe como carcereira, embora, verdade seja dita, uma guarda menos formidável seja difícil de achar...

— Você *prendeu* Finnula? Droga, homem, você sabe que não foi ela que atirou em mim!

— Eu sei, meu lorde. — John encheu o copo de Hugo com uma jarra da mesa de cabeceira e lhe entregou. — Não fui eu quem a acusou, mas o senhor prefeito. E, depois de considerar a questão, julguei que o mais sábio a fazer seria tirá-la daqui, caso quem quer que tenha tentado matar o senhor decida derramar o ódio sobre sua esposa.

Hugo, segurando o cálice cheio de água na mão, cujo tremor não conseguia controlar, simplesmente disse:

— O senhor prefeito morrerá.

— Não, meu lorde. Não pode matar um homem por defender suas convicções.

— É mesmo? — Hugo deu um gole na água e sentiu-a descer fresca e agradável pela garganta dolorida. — Quando suas convicções envolvem minha esposa, acredito que eu possa.

— Então eu teria de prender o senhor também, meu lorde. E quanto ao senhor, eu não teria receio de trancar na jaula, não me importam os ratos.

Hugo bebeu a água novamente, depois, desanimado por descobrir que o simples ato de levar o cálice aos lábios o deixava exausto, entregou o copo ao xerife e deitou-se sobre os travesseiros.

— E quando eu me recusar a dar queixa contra ela — disse ele — você irá soltá-la?

— Não, meu lorde. Não vou. — Sem pedir permissão, o xerife De Brissac abaixou o enorme corpo na cama ao lado de Hugo. O solavanco enviou dores agudas pelo braço esquerdo de Hugo, mas ele estava tão atento à conversa que não prestou muita atenção. — É melhor a Sra. Finnula ficar onde está agora.

Percebendo a expressão séria no rosto normalmente jovial do xerife, Hugo disse:

— Você não me contou tudo. Exijo saber agora.

O xerife De Brissac suspirou.

— Nós achamos, eu e a sua senhora, que o culpado por trás do atentado à sua vida não é ninguém mais ninguém menos que Reginald Laroche...

— É claro — pronunciou Hugo. — Devia ter pensado nisso antes. A última coisa que ele disse para mim é que eu ainda ouviria falar dele...

— E de fato o senhor ouviu. Porque agora acredito que sua intenção foi matá-lo e depois ver sua esposa enforcada pelo crime.

— Ele morre. — Hugo deu de ombros, depois instantaneamente se arrependeu do gesto quando a dor lançou-se pelo peito, irradiando em ondas a partir da ferida no ombro.

— Não é tão simples assim, meu lorde. O senhor tem de encontrá-lo para matá-lo, e parece que ele desapareceu desta terra...

O sorriso de Hugo foi sarcástico.

— O quê? O homem não está com a irmã em Leesbury? — Ele soou falsamente espantado. — E eu que imaginei que ele fosse esperar lá tranquilamente para que você o prendesse!

John sorriu.

— Fui um idiota em achar que ele partiria em silêncio. A irmã em Leesbury disse que faz uma semana que não ouve falar nem de Laroche nem de sua filha. Aonde quer que pretendessem ir depois que o senhor os expulsou, não era para lá.

— Então Laroche está em liberdade, enquanto minha esposa sofre a acusação de crimes cometidos por ele. — O sorriso de Hugo desapareceu. — Não admitirei isso, John. Assim que eu estiver bom novamente, eu mesmo irei à caça desse cachorro indecente e cortarei a garganta dele.

— Sim — concordou John de forma incontestável. — Mas o senhor não irá encontrá-lo. Já procurei em todas as hospedarias, em todos os celeiros, em todos os campos entre Stephensgate e Leesbury, e não encontrei nada que pudesse me apontar a direção tomada por Laroche e sua cria. Estou dizendo a verdade, meu lorde, ele desapareceu.

Hugo franziu a testa.

— Não é difícil para um homem se esconder sob tais condições, mas temos de pensar na filha. A Srta. Isabella não é uma jovem que se conformaria em se esconder em um estábulo ou em um alpendre fétido. Imagino que onde quer que estejam, ela insistiria em certo grau de conforto.

— Mas eu investiguei quase todas as casas do interior e ninguém os viu...

— Ninguém nunca reconheceu isso, mas o homem viveu aqui por anos e anos, com certeza tem alguns amigos.

— Um amigo que vale por muitos. — John suspirou.

Hugo fixou o olhar nele, cheio de apreensão.

— Não gosto de seu tom, John. O que você ainda não me contou? Que amigo me desertou e foi com os Laroche?

— Nenhum amigo, espero, e não é surpresa para ninguém. Mas nenhum de nós viu o escudeiro Peter desde que o senhor foi atingido.

Hugo não tinha previsto isso. Peter indo para o lado do mal? Parecia pouco provável, considerando a relativa pobreza do inimigo. O

garoto gostava demais de riqueza. Reclamou sem parar dos desconfortos da estrada durante a viagem de Londres. Por que um garoto assim deixaria o solar para o desconforto de viver se escondendo?
— Tem certeza? — Hugo perguntou hesitantemente. — Tem certeza absoluta? Acho estranho...
— Eu também achava, e foi por isso que procurei no quarto onde o garoto estava dormindo. Levou tudo, incluindo o cavalo. Foi embora, e acho que provavelmente não volta.
— Voltou para Londres — disse Hugo com convicção. — Sim. Sentia falta da cidade...
— Não, meu lorde. — O xerife fixou os olhos levemente castanhos no rosto de Hugo, e havia algo quase compassivo no olhar. — Não para Londres.

Hugo, que não conseguia se lembrar de ter sido alvo de pena em toda a vida, viu que não apreciava muito o sentimento. Irritado, foi ríspido com o xerife:

— O que você quer dizer com ele não foi para Londres? Para onde mais o garoto iria? Não tinha nada, nada que eu não lhe tivesse dado, incluindo o ordenado. Ele não se preocupava muito em esconder a insatisfação. É bem provável que tenha juntado as coisas e voltado para casa...

— E o senhor não acha estranho ele ter feito isso exatamente depois de o senhor ter sido atingido pela flecha? — A voz do xerife era gentil. — O senhor não acha estranho que não tenha ficado nem mesmo um dia a mais para saber se o senhor sobreviveria ou não? E depois de ter acusado sua esposa publicamente de ter atirado no senhor...

Hugo estreitou os olhos.

— O que você disse, De Brissac? Ele ousou...

— Acho que o garoto não era o pequeno inocente que o senhor gostaria de acreditar — interrompeu o xerife, calmamente.

Hugo já estava sacudindo a cabeça, incrédulo.

— Mas *por quê*? Por que meu escudeiro iria me querer morto? Não ganharia nada com o meu falecimento...

— Não, mas sua amante ganharia.

— Sua... — A voz de Hugo falhou, depois cresceu com uma única palavra. — *Isabella*?

— Essa é a única explicação em que posso pensar — disse De Brissac com suavidade. — Laroche não tem nada, nada que pudesse tentar um jovem tão tolo e arrogante. Exceto, é claro, sua graciosa filha. Um garoto como Peter faria de tudo para ganhar a aprovação de uma mulher como ela. Até mesmo tentar assassinar o próprio senhor para que o pai dela pudesse herdar... — Hugo começou a balançar a cabeça, negando em silêncio, o que foi rejeitado pelo xerife com um gesto de mão impaciente.

— *Sim*, meu lorde. Pense nisso. Quando Finnula o sequestrou, o senhor mandou o garoto na frente, sem dúvida para se livrar de sua presença irritante. Ele ficou na companhia dos Laroche por pouco tempo antes de o senhor chegar, mas foi o suficiente. Sua lealdade foi facilmente comprada, possivelmente porque Laroche lhe deu comida e vinho, mais provavelmente porque Isabella o seduziu...

— Seduziu aquele garoto? — falou Hugo abruptamente. — Não ela. Ela o consideraria aquém de seus prodigiosos talentos.

— Não quando os prodigiosos talentos foram rejeitados pelo senhor. — O xerife sacudiu um dedo indicador sabido. — Ela não tentou, hum, ganhar sua simpatia, meu lorde?

Hugo encarou o xerife, pela primeira vez percebendo que sob a barba cerrada e a barriga grande de John de Brissac se escondia um astuto observador do comportamento humano, um homem que realmente se encaixava muito bem no seu ofício. Lentamente, lembrando-se da cena que tinha presenciado assim que entrara no solar, Peter bêbado usando um novo cordão de ouro, balançou a cabeça.

— Sim. Ela veio até mim — admitiu ele. — Na noite anterior a meu casamento...

— E, quando o senhor, hum, informou-lhe que não estava interessado, ela então voltou-se para o garoto. Embora provavelmente já estivesse trabalhando nele bem antes de se aproximar do senhor...

— Mas eu ainda assim não entendo por quê — declarou Hugo. — Que vantagem ela poderia esperar tirar dele? Meu *escudeiro*? Ele não tem *nada*!

— Não. Na verdade, Peter tinha algo que Isabella e o pai queriam muito. Tinha sua confiança. Podia se locomover no solar à vontade, sem gerar comentários. Era o peão perfeito no jogo assassino dos dois.

Hugo franziu a testa.

— Você está dizendo...

— Sim. Não foi Reginald Laroche que empurrou aquele merlão ou que colocou o ouriço sob a sua sela, ou que atirou aquela flecha. Foi seu escudeiro, Peter.

— É claro. — Os dedos de Hugo fecharam-se em punhos de raiva, mas ele estava tão fraco que não conseguiu levantá-los dos lençóis. — Vou matá-lo. Vou encontrá-lo e depois vou matá-lo...

— Sim — o xerife concordou calmamente. — O senhor não vê? O garoto seria um escravo bem-disposto nas mãos de uma maquinadora como Isabella. Ela pede para ele matá-lo, mas para ter certeza de que pareça que foi Finnula quem o matou, mata dois coelhos numa cajadada só, foi o que tentou fazer. O senhor morto, sua esposa enforcada por assassinato e Reginald Laroche se torna o novo conde de Stephensgate. Porque eles devem ter imaginado que o senhor ainda não teve tempo para escrever um testamento num pergaminho. Então, a corte terá de ater-se ao testamento de seu pai, o que coloca Laroche como herdeiro caso o senhor não voltasse das Cruzadas. — Balançando a cabeça, John deu uma risadinha. — Ah! Que diabo ardiloso. Laroche tem mais bolas certeiras do que eu imaginava.

— Bolas que vou cortar fora quando colocar minhas mãos nele. — Hugo agora estava furioso. Era possível sentir a raiva correndo nas veias, e não podia ficar nem mais um segundo na cama. Puxou os lençóis e viu que estava nu. — Droga! — gritou ele. — Quem tirou minhas roupas?

— Acho que a dona Laver. Mas aonde acha que está indo, meu lorde?

— Encontrar o cretino do Laroche e furá-lo — respondeu Hugo um pouco surpreso, como se a resposta fosse óbvia para qualquer idiota. No entanto, John de Brissac deu risada.

— Então é para onde o senhor vai? E como o senhor espera encontrá-lo, quando nem eu nem todos os meus homens tivemos essa sorte?

— Nem você nem os homens têm a motivação que eu tenho; quero minha esposa de volta.

— Colocando a sua vida em risco, meu lorde? Porque, se o senhor continuar se debatendo desse jeito, com certeza abrirá a ferida novamente.

— Não sei do que você está falando, De Brissac. — Hugo de fato tinha de admitir que, ao colocar as pernas para fora da cama, sentiu-se um pouco tonto. Mas já tinha se ferido mais gravemente no Acre e tinha se recuperado em menos tempo.

— O velho Gregor disse a dona Laver que o senhor deveria ficar na cama por uma semana — ressaltou John, observando a dificuldade de Hugo para se levantar. — O senhor perdeu uma quantidade considerável de sangue, entendeu? Quando desenterraram a ponta da flecha.

— E você gosta disso, não gosta, velho safado? — perguntou Hugo, com uma risadinha sem humor. — Você espera que eu fique uma semana de cama enquanto você tem a minha esposa por uma semana trancada na sua casa? De jeito nenhum. Pegue uma túnica e umas calças daquele baú ali.

John de Brissac pareceu ofendido.

— Quero que o senhor saiba que sua esposa está sendo adequadamente acompanhada pela minha mãe a cada minuto de sua estada em minha casa...

— Não tenho dúvidas quanto a isso — Hugo falou rispidamente. — Madame De Brissac provavelmente deseja ter uma nora exatamente como ela.

— O quê? Uma nora que não sabe costurar, que não sabe limpar e que gosta da comida já pronta? — O xerife deu risada. — O senhor não conhece minha mãe. Ela considera sua esposa perfeitamente inútil. Se a tivesse levado para casa como *minha* noiva, minha mãe a teria expulsado de casa na manhã seguinte.

— Ela poderia até tentar — Hugo resmungou. — Mas Finnula tem muita habilidade com objetos pontudos, você sabe... — Hugo teria dito mais coisas, mas nesse momento a tonteira que o estava incomodando tornou-se algo consideravelmente mais sério. A visão ficou preta e ele descobriu-se incapaz de ficar sentado por um segundo a mais. Deitando-se no colchão, gemeu conforme a dor de cabeça, que tinha diminuído um pouco desde que acordara, voltava com toda a força. A dor era de tal intensidade que o cegou.

O xerife De Brissac não ficou nem um pouco alarmado com a repentina recaída do paciente. Ele deu uma risadinha e, pegando as peles de lobo, colocou-as de volta sobre o corpo nu de lorde Hugo.

— Bem feito — disse ele. — Acusou-me de desejar sua esposa! Como eu disse antes, não se pode matar um homem por suas convicções, somente por suas ações. E eu nunca encostaria a mão em Finnula. Como se ela não fosse arrancá-la se eu tentasse.

Hugo somente gemeu miseravelmente. O xerife balançou a cabeça, completamente indiferente.

— Descanse, meu amigo — sugeriu. — E deixe tudo comigo. Vou encontrar Laroche, sua esposa vai voltar para o senhor e tudo será como deve ser.

— O garoto — gemeu Hugo, levantando a mão apática.

— Peter? Sim, ele também. Vou encontrar os dois o mais breve possível, não se preocupe.

— Não. — Com um tremendo esforço, Hugo esticou um braço e conseguiu fechar os dedos na manga da jaqueta de couro do xerife.

De Brissac olhou para ele, bestificado. — Não esse garoto — disse Hugo irritado. — O outro.

De Brissac piscou, confuso.

— Que outro garoto, meu lorde?

— Meu... filho.

Pela primeira vez, o xerife pareceu um pouco inseguro.

— Jamie — murmurou ele. — Sim. Jamie.

— Onde ele está? — quis saber Hugo. — Alguém está olhando por ele? Ele também deve estar em perigo...

— Jamie — murmurou o xerife mais uma vez, e ficou claro pela expressão acometida no rosto barbudo e redondo que fazia tempo que ninguém pensava no garoto.

Hugo soltou a manga do xerife e deitou-se no travesseiro, xingando a própria fraqueza.

— Encontre-o — bramiu Hugo entre dentes, furioso. — Agora.

Capítulo Vinte e Cinco

Durante os três dias em que esteve como prisioneira na casa de John de Brissac, Finnula recebeu instruções praticamente ininterruptas sobre as artes próprias de uma dona de casa. Tinha sido forçada por madame De Brissac a realizar tarefas que as irmãs sempre faziam com prazer, deixando Finnula livre para caçar. O horror de madame De Brissac com o fato de Finnula ser despreparada para realizar até mesmo as mais simples tarefas de casa, como bater manteiga e tecer um fio, tinha sido um choque muito profundo, quase igual ao fato de Finnula recusar-se a cobrir os brilhantes cabelos com uma touca, embora fosse casada havia quase uma semana. Madame De Brissac se inflava eloquentemente para falar do assunto em toda oportunidade que tinha, o que, como Finnula não podia sair de sua vista, acontecia aproximadamente a cada cinco minutos, do amanhecer ao cair da noite. Finnula tinha sido forçada, ao menos para calar a boca da mulher, a cumprir com o plano que madame De Brissac tinha de tornar a Sra. de Stephensgate uma perfeita castelã.

Ao fim do terceiro dia de encarceramento, Finnula tinha aprendido a fazer queijo e manteiga, a sovar um pão razoavelmente, a remendar qualquer rasgo numa peça de roupa, a usar uma roca e a trabalhar num tear. Também recebeu orientações sobre como instruir os servos de uma casa e passou horas laboriosas aprendendo a memorizar uma única passagem do livro de oração de madame De Brissac, uma passagem que discorria profundamente sobre a falta de juízo de Eva no Jardim do Éden e como as mulheres eram as únicas responsáveis pela ruína da humanidade.

Finnula aguentou essas privações só porque sabia que teria de escolher entre a chatice de madame De Brissac ou a prisão. Embora não temesse nem ratos nem piolhos, levando tudo em consideração, não gostava de espaços pequenos e fechados. Mesmo pretendendo nunca mais tocar numa roca quando ficasse livre da casa de John de Brissac, achava que a passagem do livro de oração poderia provar-se uma arma valiosa na próxima vez que decidisse implicar com uma das irmãs, que eram visitas frequentes, embora descrentes, ao chalé do xerife.

Nenhuma delas jamais tinha visto a irmã mais nova aguentar um tratamento tão duro de forma tão doce. Patricia até mesmo sussurrou que Finnula era uma boba de não tentar escapar e ofereceu os próprios serviços numa tentativa de que Finnula aceitasse, mas ela declinou.

No entanto, apesar da docilidade, Finnula não conseguia admitir sentir outra coisa que não tristeza durante o encarceramento. Tentava dizer a si mesma que era porque já tinha sido acusada injustamente de um crime que não cometeu. Até mesmo disse a Brynn, que a questionou preocupadamente sobre sua palidez, que era o efeito de estar tanto tempo dentro de casa. Ela não disse a ninguém que sua infelicidade devia-se à preocupação com o marido. Tomava o cuidado de, embora chorasse toda noite antes de dormir — porque, mesmo depois de estar casada por um tempo tão curto, não conseguia dormir sem os braços de Hugo em volta do corpo —, chorar baixinho para que o xerife De Brissac e sua mãe não a escutassem. Ela não dizia a ninguém, e achava que ninguém desconfiava, o quanto sentia falta do marido e o quanto se preocupava e rezava por ele.

Mas John de Brissac não podia deixar de perceber o fato de que, toda noite quando voltava para casa depois de vigiar lorde Hugo, Finnula esperava por ele perto da porta do chalé, suportando, exausta, a crítica de sua mãe em relação a sua impaciência por notícias sobre a recuperação do marido. Via como ela tinha ficado pálida em apenas alguns dias, e, embora fingisse não notar isso para poupar-lhe o constrangimento, estava perfeitamente ciente de que soluçava no travesseiro todas as noites.

Esse fato, mais do que todas as queixas e ameaças de lorde Hugo, era o que mais afligia a consciência de John de Brissac. As lágrimas secretas de Finnula eram a razão por trás de ele manter os homens totalmente ocupados na busca frenética pelos Laroche, do pedido ao rei por reforços, das frequentes crises de mau humor e, até mesmo, de ter golpeado o rosto do prefeito com sua luva. A tristeza e a preocupação da garota eram como uma camisa de crina de cavalo que ficava pinicando, e foi por essa razão que ele voltou para casa, na quarta noite da prisão de Finnula, com o coração ainda mais apertado que o normal. Finnula percebeu o desapontamento dele imediatamente e recuou, com medo de escutar mais notícias ruins. Madame De Brissac, no entanto, não percebeu nem um pouco a reticência do filho e voou até ele como uma gralha-azul rabugenta.

— E o que você acha que essa desmiolada fez o dia inteiro? — perguntou ela, apontando um dedo roliço de forma acusadora para Finnula, que, usando um vestido simples que as irmãs lhe tinham trazido, estava sentada em silêncio na frente da lareira, separando fios. — Nada. Nada exceto fofocar com aquelas irmãs que não são nem um pouco adequadas. Parece que a mais bonita, aquela que ficou grávida do trovador, não conseguiu segurá-lo, mesmo tendo casado com ele havia apenas uma semana. Ele desapareceu uma noite dessas, levando todo o dinheiro que lorde Hugo lhe deu, a rabeca e a mula, Kate. Aparentemente a vida honesta de um moleiro era enfadonha demais, então ele foi embora sem dizer uma palavra. E a Sra. Mellana derramou muitas lágrimas, mesmo estando melhor sem ele...

O xerife De Brissac, que tirava as botas, exausto, levantou os olhos para Finnula, embora não pudesse dizer que estivesse particularmente surpreso.

— É mesmo? — perguntou ele.

Finnula tirou os olhos dos fios brilhosos que segurava e assentiu com a cabeça, a expressão séria.

— É verdade, sinto dizer. Acho que não veremos Jack Mallory novamente. Ou, se o virmos, será na ponta da espada do meu irmão, pois ele provavelmente o matará...

— Disso não tenho dúvida. — John voltou a atenção para suas botas. — Há outra pessoa desaparecida — ele resmungou.

Finnula o escutou e levantou a cabeça de forma abrupta.

— Outra pessoa? Quem mais desapareceu? Sei que vocês estão procurando os Laroche e o garoto Peter, mas quem mais?

Madame De Brissac era tão indiferente ao fato de Finnula ser casada com o conde de Stephensgate como era ao fato de o sol se pôr no oeste. Para ela, Finnula sempre seria a mera filha de um moleiro, mesmo casando-se com o próprio rei. Ela nunca seria do mesmo nível do filho.

— Como ousa falar com o xerife com esse tom atrevido, desavergonhado, jovem senhora? — perguntou. — Baixe os olhos e não abra a boca, a não ser que lhe dirijam a palavra primeiro. Não reconhece que está entre seus superiores?

John de Brissac lançou um olhar aflito para a mãe e perguntou se havia cerveja na casa. Quando madame De Brissac respondeu afirmativamente, ele perguntou se ela não podia ir pegar um copo, e, quando madame De Brissac indagou acidamente por que Finnula não podia pegar, em vez da mãe de idade avançada, John de Brissac arremessou uma das botas que segurava com muita força na parede, fazendo a velha mulher sair gritando da sala.

O efeito que essa ação causou, além de fazer com que o xerife se livrasse da mãe ranzinza, foi tirar um sorriso do rosto de Finnula, que fazia dias que tinha vontade de atirar alguma coisa na direção de madame De Brissac.

— Você errou — salientou ela.

— Eu sei — resmungou o xerife. — Nem todos têm seu talento.

Finnula estremeceu com a lembrança do motivo pelo qual era hóspede na casa dele, e John imediatamente quis bater em si mesmo por essa mancada.

— O que eu quis dizer foi... — disse ele, mas Finnula levantou uma das mãos, cansada.

— Eu sei o que você quis dizer. Agora me diga o que você não podia dizer na frente de sua mãe. Hugo está... — Ela engoliu em seco, depois continuou bravamente: — Hugo está pior?

— Não, não. — Aborrecido consigo mesmo, John atravessou a sala e sentou-se num banco na frente da lareira. — Ouça, Finnula. Não é por lorde Hugo que temo, mas por Jamie.

— Jamie? — ela repetiu. — O que tem Jamie?

— Ninguém o viu ou ouviu falar dele desde a noite... desde a noite em que seu marido foi atingido. Lorde Hugo teme que talvez algum mal lhe tenha acontecido...

— Algum *mal*? — Finnula levantou-se tão rapidamente que as bolas de linha que estavam em seu colo saíram rolando, quicando pela sala. — Hugo não teme o mal, mas o assassinato! Assassinaram Jamie, xerife? Você acha que alguém o machucou?

John de Brissac deu um suspiro pesado.

— Temo que tenha acontecido isso. Em toda a sua vida, o garoto nunca ficou tanto tempo longe de casa. Meu medo, e também o de lorde Hugo, é que talvez o escudeiro Peter o tenha levado quando partiu...

— Mas Jamie não sairia do solar com ele — disse Finnula firmemente —, exceto à força.

— Eu sei. E é por isso que redobrei meus esforços para descobrir onde os Laroche estão se escondendo, mas até agora foi tudo em vão. Não há sinal, nem mesmo uma indicação de seu paradeiro...

Com ansiedade, Finnula virou-se e atravessou a sala rapidamente; a saia longa chicoteava o ar, produzindo um ruído perto das pernas. Na luz enviesada do sol poente, que entrava na sala pela janela virada para oeste, John podia ver que a expressão dela era de extrema concentração, a mesma que fazia quando tinha uma presa em vista.

— Que medidas os homens tomaram para procurar por Jamie? — indagou depois de uma pausa.

John hesitou, depois respondeu com uma honestidade brutal:

— Eles varreram o rio. Roçaram todas as macegas da floresta, procuraram em cada monte de feno...

— Então você acha que ele provavelmente está morto. — A voz dela era fria.

— ...Sim.

— E você usou os cães de caça?

— Sim. — Levantando-se abruptamente, o xerife enfiou a mão no bolso e tirou da jaqueta o que pareceu a Finnula ser um pedaço de tecido. Depois reconheceu que era a túnica que Jamie normalmente usava. O tecido estava imundo, provavelmente nunca tinha sido lavado. E, nesse caso em particular, isso era uma bênção.

— Eles farejaram isso — disse o xerife, segurando a pequena camisa entre as mãos grandes e peludas. — Mas nunca foram além da floresta, antes de desistirem confusos...

Finnula aproximou-se e puxou a roupa dos dedos dele, inspecionando-a de perto.

— Gros Louis poderia rastreá-lo mais longe que isso — disse ela categoricamente.

— Com certeza poderia. Mas você sabe que o cachorro não farejaria ninguém além de você, Finnula.

Finnula mordeu o lábio inferior, sem coragem de olhar para o xerife.

— E você não... e você não permitiria que eu...

— Nem pense nisso. — Abruptamente, o xerife pegou a pequena túnica das mãos de Finnula e a enfiou de volta no bolso. — O que você me pede é impossível. Até que eu tenha uma confissão de Reginald Laroche e de seu escudeiro, não posso permitir que você coloque os pés do lado de fora dessa porta. — Ao ver a expressão cabisbaixa de Finnula, John de Brissac suspirou. — Não olhe para mim desse jeito. Você sabe que Miles Hillyard não quer outra coisa a não ser ver você enforcada.

Finnula fez uma careta.

— Não consigo entender por que ele me odeia tanto. Comia com prazer a carne de veado que eu levei para ele durante todo o inverno.

— O prefeito Hillyard só odeia parecer um tolo, e o fato de ninguém ter sido preso pelo assassinato de lorde Geoffrey fez com que realmente parecesse um. Ele pretende garantir que dessa vez alguém pague pelo crime. Quer seja você ou outra pessoa, não importa, mas tem que ser *alguém*. Isso não é um rancor pessoal contra você, Finnula, embora pareça ser conveniente o fato de a filha não ser mais a noiva de um homem de posição inferior, como seu irmão Robert.

— Sim — Finnula concordou tranquilamente. Passando a mão pensativamente pelo consolo de pedra da lareira, ela suspirou.

Escutando o leve ruído, o xerife De Brissac desviou os olhos da inspeção que fazia nas próprias unhas e limpou a garganta.

— O que foi, Finn? — perguntou, não sem alguma apreensão. Finnula tinha uma expressão que ele não reconhecia, e achava que já tinha visto todos os tipos de humor da garota.

— Reginald Laroche só quer uma coisa — disse Finnula em um tom casual. — E o que ele quer é ver lorde Hugo morto e ser empossado como conde de Stephensgate.

— Sim, é isso — John admitiu dando de ombros. — E o que tem?

— Então, para ele conseguir o que quer — Finnula disse —, lorde Hugo tem de morrer. E, quando ele morrer, o Sr. Laroche vai se apresentar.

— Sim. Mas Hugo não está morto, Finnula, e se depender de mim e de meus homens, ninguém vai conseguir se aproximar dele o bastante para machucá-lo.

— Mas vamos supor — Finnula disse — que lorde Hugo não tenha se recuperado. Vamos supor, só supor, que lorde Hugo fosse morrer hoje à noite...

O xerife De Brissac olhou para a garota, horrorizado.

— Você sabe o que está dizendo? Você está sugerindo...

— Que anunciemos publicamente que lorde Hugo morreu e que vou ser enforcada pelo assassinato — concluiu Finnula em poucas palavras.

— Mas...

— Essas notícias vão fazer Laroche sair do esconderijo muito antes de qualquer esforço de nossa parte para encontrá-lo.

— Mas isso seria uma mentira!

Finnula estava impaciente.

— É claro que seria uma mentira! Você acha que estou dizendo que deveríamos matar de verdade meu marido? Você não pensa?

Surpreso com a pergunta de Finnula, o xerife só conseguiu balbuciar silenciosamente, enquanto ela caminhava pela sala esquematizando o plano.

— Seria simples convencer o mundo de que lorde Hugo morreu. Mantenha-o escondido e não deixe nem a dona Laver saber que ele ainda está vivo. Podemos encomendar o caixão e planejar um belo funeral. Espalhamos que lorde Hugo morreu do ferimento e que eu serei enforcada. Os Laroche voltarão com Peter. Você imediatamente os interroga, e, quando a verdade vier à tona, porque o garoto Peter vai se rachar como um ovo, eu lhe garanto, você os prende por sequestro e tentativa de assassinato. É muito difícil de entender? — Ela lançou-lhe um olhar de desdém, lembrando-se de todas as vezes que ele ameaçara prendê-la por motivos muito menos relevantes do que assassinato.

O xerife De Brissac balançou a cabeça.

— Mas seu marido irá concordar? Ele era um soldado, lembre-se, muito antes de ser um conde. Um homem de sua natureza se fingir de morto... Ele não vai gostar...

— Prefere que o filho morra? — Finnula não conseguiu disfarçar a aspereza. — Acho que não. Explique a ele como eu expliquei para você. E ele vai concordar com o plano imediatamente.

O xerife De Brissac levou a mão à barba e esfregou-a, obviamente perdido em pensamentos. Para Finnula, a pausa foi pavorosa. Sabia que o plano tinha mérito; na verdade, era o único jeito em que podia pensar para conseguir capturar um homem com a inteligência de Reginald Laroche. Ela gostava de John de Brissac, muito mesmo, apesar de ele tê-la prendido e a sujeitado a sua terrível mãe.

Mas não tinha certeza de que ele concordaria com o plano. Se não concordasse, Reginald Laroche permaneceria para sempre um homem livre, e para sempre representaria uma ameaça a ela e a Hugo e, se fosse da vontade de Deus, aos filhos que pudessem vir a ter.

De repente John de Brissac levantou a cabeça e, lançando um olhar penetrante para Finnula, a balançou.

— Sim — disse ele.

Ela levantou as sobrancelhas.

— Sim?

— Sim. Vou fazer isso. Vou falar com lorde Hugo na primeira hora de amanhã.

Finnula, que estava de chinelo, bateu com o pé no chão.

— Vai ser tarde demais! Você tem que falar com ele hoje à noite!

O xerife surpreendeu-se.

— Hoje à noite? Para quê?

— Quanto mais tempo demorarmos, maiores serão as chances de Jamie ser morto. É possível que eles ainda o estejam mantendo vivo, John!

— Não, Finnula — disse o xerife, a tristeza palpável na voz. — Acho muito difícil...

— Mas é possível, não é?

— É possível, eu acho, mas...

— Então ele tem que morrer hoje à noite! Diga a ele. Diga a Hugo que esta noite ele tem que fingir que está morto e que notícias do falecimento têm que ser divulgadas na primeira hora da manhã...

Admirado com a veemência da garota, John levantou as duas mãos abertas e disse:

— Muito bem. Muito bem, minha senhora. Será como está dizendo. Irei imediatamente. Só pegue as minhas botas, se puder fazer essa gentileza...

Finnula atendeu ao pedido com prazer e, quando o xerife estava abaixado calçando as botas, enfiou uma das mãos, rápida como um raio, no bolso dele e pegou a túnica esfarrapada de Jamie, enfiando-a rapidamente dentro da manga larga do vestido. Quando John de Brissac levantou-se, gritou para a mãe que estava saindo e foi pisando forte até a porta do chalé, parando apenas para lançar um último e longo olhar para a senhora de Stephensgate.

— Acha que isso vai dar certo? — foi tudo o que ele perguntou, com um olhar tão animado que Finnula o teria beijado se não estivesse casada com outro e se o rosto dele não fosse coberto por uma barba cerrada.

— Acho que sim — disse ela, sentindo um momentâneo sentimento de culpa.

— Que bom. — O xerife virou-se e foi embora em meio ao crepúsculo violeta. E Finnula, encostada ao batente da porta, respirou, contente por notar que não havia nuvens no céu nem sinal de chuva. Seria uma ótima noite para caça.

Capítulo Vinte e Seis

Finnula só esperou o cair da noite, que abraçava a terra em uma longa sombra azul e emprestava-lhe a proteção de que precisava para fugir. Não achava necessário adiar a jornada até que o xerife e sua mãe tivessem se retirado para dormir. Se fizesse isso, perderia horas, um tempo valioso que seria mais bem aproveitado procurando por Jamie. Assim que decidiu ir, Finnula não podia esperar.

Como não tinha calças, vestiu a túnica mais escura que tinha, a azul-escuro com detalhes em prateado claro, e uma saia cinza que, embora de cor suave, ficava quase toda escondida pela túnica. Renunciando a uma touca em favor da confiável trança, estava pronta para partir imediatamente e abriu as persianas da janela para sair da casa pelo telhado de sapê do fumeiro.

Gros Louis a viu imediatamente. Tinha sido banido para o jardim, pois madame De Brissac não conseguia aturar nem mesmo vê-lo depois do desastre com a manteiga no ano anterior. Cachorro bem treinado, não latiu, mas esperou contente abanando o rabo até que Finnula estivesse segura no chão. Depois levantou as patas da frente, colocando-as nos ombros dela, e lambeu-lhe o rosto até que ela se afastasse.

Ela não tinha faca, não tinha arco nem flechas, não tinha aljava, não tinha provisões, caso fossem forçados a passar a noite ao relento, não tinha um tostão para comprar nada. Tudo o que tinha era a pesada esmeralda escondida entre os seios, e disso ela não se desfaria nem por todo o dinheiro no mundo. No entanto, só estava nervosa por causa do xerife, pois com certeza ele a puniria quando fosse a público que ela tinha escapado.

Mas, se conseguisse encontrar Jamie antes do amanhecer, como esperava, talvez sua ausência das paredes do chalé De Brissac nunca fosse descoberta. Porque voltaria para a prisão assim que estivesse satisfeita em relação a Jamie e lá esperaria a punição. Era o honrado a ser feito.

Saindo sorrateiramente do jardim, Finnula caminhou tão silenciosamente quanto uma alma penada em chinelos de veludo. Gros Louis não se aguentava de felicidade frente a perspectiva de uma caçada inesperada, e se movimentava tão bem quanto era esperado de um cachorro nervoso de entusiasmo. Eles evitaram a estrada, é claro, e prenderam-se às trilhas transversais pela floresta, seguindo em direção ao solar Stephensgate. Ainda não havia lua para guiá-los, mas Finnula conhecia tão bem essas terras quanto conhecia as palmas das mãos, e eles progrediram com rapidez, apesar do terreno irregular, das sarças espinhentas e dos ocasionais córregos.

Quando chegaram à propriedade do solar, a lua já tinha aparecido e, embora ainda emaranhada nas copas das árvores no horizonte, a luz prateada era tanto uma dádiva quanto uma desvantagem: embora Finnula pudesse enxergar melhor, também podia ser vista mais facilmente, e isso era, acima de tudo, algo que queria evitar.

Mas, embora sua intenção fosse contornar os limites da propriedade na qual o solar estava situado, estava completamente despreparada para a atração hipnótica que a presença de Hugo tinha sobre ela. Um único olhar mostrou-lhe que uma vela queimava na janela do quarto do conde, e ela foi atraída para lá. Sentia-se uma idiota perdida de amor, pois precisou se sacudir e tirar os olhos da janela para agir de acordo com o plano.

Virou as costas para o solar e caminhou até o lugar onde o xerife De Brissac tinha explicado que o cheiro de Jamie tinha sido perdido pelos próprios cães de caça. Tirando a túnica imunda do garoto de dentro da manga do vestido, Finnula apresentou-a a Gros Louis, que a cheirou curiosamente.

Palavras não eram necessárias entre uma caçadora e o cão de caça. O cachorro já acompanhara Finnula em muitas caçadas de depois da meia-noite para não saber o que ela queria ele fizesse. Levando o focinho na direção do chão, o cachorro farejou a grama fresca da primavera, cheirando folhas secas e esterco de ovelha. Em seguida, com as orelhas pesadas se levantando, mas o focinho ainda no chão, começou a se movimentar, trotando rapidamente dentro da densa escuridão da floresta.

E Finnula, levantando a aba do vestido, seguiu-o.

Capítulo Vinte e Sete

— Não farei isso de jeito nenhum!

Hugo estava sentado. Sentia-se mais forte agora, a cada hora que passava sentia-se melhor, desde que tinha mandado embora aquele maldito velho e seus cataplasmas fedidos. Hugo não sabia o que havia neles e também não se importava. Tudo o que sabia é que estavam extraindo sua força exatamente do mesmo jeito que sanguessugas extraíam o sangue. Estava convencido de que a única coisa que o impediu de morrer foi a forte determinação em matar Reginald Laroche antes disso.

— Meu lorde — disse o xerife De Brissac com uma paciência forçada. — É o único jeito...

— Encontre outro, então. — Hugo sentiu vontade de arremessar algo, e a única coisa que havia à mão era uma jarra de água ao lado da cama. Então lançou-a com irritação na parede do outro lado do quarto, na qual a jarra de barro se espatifou de forma satisfatória. A água desenhou um arco escuro nas pedras da parede. — Não vou me fingir de morto! — berrou Hugo. — Se você não pode encontrar meu filho, eu mesmo vou procurar por ele. Dona Laver! Dona Laver, traga minha espada!

O xerife De Brissac suspirou. Não tinha esperado que lorde Hugo fosse concordar com o plano de Finnula. A falha mortal do plano era depender que um homem de ação fosse forçado a permanecer inativo por um período significativo de tempo. Hugo nunca concordaria com isso. John sentiu-se um idiota até mesmo de sugeri-lo.

Então, com uma sensação de pavor, o xerife desejou saber por que Finnula, que com certeza conhecia o marido melhor que ele, tinha considerado tal modo de ação viável. Certamente lhe ocorreu que Hugo diria não. Devia saber que o marido não era um homem que permitiria que outros agissem enquanto esperava.

Quando ouviu as batidas na porta, o xerife De Brissac foi a única pessoa que não se surpreendeu. Virou-se lentamente, os dedos esfregando a barba, já tentando determinar um modo de ação, dados os novos acontecimentos.

— Xerife! — Um dos delegados de De Brissac, um bom homem, embora jovem, irrompeu no quarto de Hugo, ofegante por ter cavalgado por uma boa distância. — Xerife! É a Sra. Finnula, senhor. Sua boa mãe... sua boa mãe disse que ela fugiu!

Lorde Hugo já não estava mais sentado na cama, estava de pé ao lado dela, os olhos castanhos reluzindo um verde mais verde que a pedra que o xerife tinha vislumbrado em volta do pescoço de Finnula.

— O quê? — sussurrou Hugo, mas no quarto o sussurro pareceu tão alto quanto qualquer grito. — *O quê?*

John de Brissac tirou a mão da barba e enfiou-a dentro do bolso da jaqueta de couro. A túnica do garoto tinha sumido, como tinha previsto antes mesmo de procurá-la. A rebeldezinha. A rebeldezinha maquinadora.

— O que você está dizendo? A Sra. Finnula fugiu? — perguntou Hugo, não mais sussurrando. — O que ele está querendo dizer, John? Onde está minha esposa? *Onde está minha esposa?*

John de Brissac apontou para a janela.

— Lá fora, meu lorde — disse ele, gesticulando em direção à paisagem escura que rodeava o solar. — Lá fora.

Capítulo Vinte e Oito

Ela encontrou-o bem antes do raiar do dia. Ele não tinha ido muito longe. Finnula e Gros Louis tinham caminhado apenas por algumas horas. Não que o caminho tivesse sido fácil. Não havia trilha. Apenas sarças grossas, que prendiam e rasgavam as longas saias e as mãos, e pelas quais Gros Louis, que tinha pelo curto, deslizava tão facilmente quanto um peixe dentro d'água. Ele perdeu o rastro algumas vezes, mas nesse momento Finnula tinha encontrado o que nenhum dos homens do xerife tinha conseguido ver: o caminho marcado por galhos quebrados e vegetação rasteira amassada. Pessoas estiveram ali antes dela, muitas delas, e não fizeram esforço algum para esconder os vestígios de sua passagem. A essa altura, no interior da mata, nada havia além de sarças e lobos, as duas coisas assiduamente evitadas por caçadores e coletores de frutas. Reginald Laroche evidentemente sabia disso, e usou esse conhecimento em seu proveito.

A lua ainda não tinha aparecido quando o cachorro soltou-se e ganiu suavemente. Colocando uma das mãos na cabeça larga da fera, Finnula ajoelhou-se ao lado dele, examinando a escuridão para onde Gros Louis a tinha levado.

Ela não estava surpresa com o fato de os homens do xerife não os terem encontrado. Essa caverna não era muito conhecida. Lembrava-se dela de sua infância como o lugar onde tinham sido advertidos para não brincarem. Os rumores eram de que uma criança tinha se perdido para sempre dentro dela. O fato de lobos viverem ali durante os meses de inverno rigoroso não era rumor. Era por isso que era chamada de Caverna do Lobo. Mas não eram lobos que ocupavam a caverna esta noite ou, pelo menos, não da variedade de quatro patas. A formação rochosa tinha sido transformada por mãos humanas em um lugar quase tão confortável quanto o solar Stephensgate. Um fogo brilhante dançava na borda da rocha logo do lado de fora da entrada da caverna, lançando uma luz dourada ao redor da pequena clareira. Com essa claridade, Finnula reconheceu o cavalo de Reginald Laroche e também o do escudeiro Peter pastando tranquilamente em um lado da clareira. Uma cortina fora pendurada na boca da caverna para barrar o vento que balançava a roupa lavada e estendida numa linha esticada entre duas árvores próximas. Finnula reconheceu uma das túnicas curtas de Isabella Laroche e imaginou que devia ser ela quem estava dormindo atrás da cortina de veludo junto com o pai. Aparentemente, o escudeiro Peter havia sido designado para ficar de vigia, mas estava vigiando muito pouco, cochilando bem confortavelmente num tapete ao lado do fogo. Ao lado dele, Finnula viu com alívio, Jamie dormia. E parecia estar muito vivo. Não se dariam ao trabalho de amarrar os pulsos e os tornozelos de um garoto morto.

Agora que os tinha encontrado, Finnula estava quase certa de como proceder. É claro que voltaria e alertaria o xerife. Sem dúvida alguma esse era o melhor plano, pois não tinha faca nem aljava. Teria sido tentador tocaiar o escudeiro e soltar Jamie...

O que tinha certeza de que poderia fazer sem acordar nenhum dos Laroche.

Mas não desarmada.

Agitada como estava pela longa caminhada, agitada e hesitante em desistir tão cedo da recém-recuperada liberdade, ela precisava voltar. Era difícil acreditar que desde que capturara Hugo não ficava sozinha ao ar livre. Certamente não tinha apostado perder sua liberdade ao privá-lo da dele. Mellana chorou dizendo que era a responsável pela situação difícil de Finnula, mas Finnula só culpava a si mesma. Tinha feito um falso juízo da personalidade de Hugo naquele dia na estalagem. Ele não era um homem que ela pudesse controlar.

Talvez fosse por isso que ela tivesse se apaixonado tão desesperadamente.

No entanto, foi Gros Louis que de repente mudou o rumo dos acontecimentos. O cachorro, tão excitado pela longa trilha quanto a dona, viu por acaso um coelho a alguns metros de distância e reagiu com puro instinto. Com um rosnado grave, o cachorro lançou-se ao coelho, um ato que alertou um dos cavalos, fazendo-o levantar a cabeça com um relincho agudo. O barulho acordou o escudeiro e fez Finnula esconder-se rapidamente, correndo um gravíssimo risco de ser descoberta.

— O que... — Peter estava de pé, sem dúvida sentindo-se culpado por ter caído no sono durante a vigília. Examinando a escuridão, viu a grande cabeça cinza de Gros Louis debatendo-se para a frente e para trás conforme quebrava o pescoço do coelho. Inspirando com força, de modo que até Finnula pôde escutar, Peter gritou: — Meu Deus!

Para aflição de Finnula, Laroche saiu cambaleante de trás da cortina de veludo, rapidamente ajeitando a túnica, que aparentemente tinha subido durante a noite, enquanto balançava uma espada desembainhada na outra mão.

— O que é isso? — gritou ele. — O xerife?

— Não. — Peter apontou com o dedo trêmulo. — É um lobo, senhor, o maior lobo que eu já vi!

— Droga — praguejou o intendente, os olhos arregalados para o focinho ensanguentado de Gros Louis. — Então não fique aí parado, garoto. Pegue alguma coisa para atirar nele.

— O quê, atirar alguma coisa naquilo? — Peter estava amedrontado. — Para depois ele vir aqui e enfiar aqueles dentes em mim?

Resmungando, Laroche abaixou-se e encontrou uma pedra do tamanho de um punho. Finnula arfou quando ele lançou-a em Gros Louis, mas ela não precisava ter se preocupado com o cão de caça. Reginald Laroche não teria acertado um pato num barril, de tão ruim que era sua mira. A pedra passou inofensivamente pela cabeça de Gros Louis, que, ocupado devorando sua presa, nem mesmo notou a ofensiva.

— Ah! — Isabella Laroche saiu de trás da cortina esfregando os olhos de forma charmosa. — Ah, o que é isso? O que há de errado?

— Um lobo — informou Peter com uma voz que Finnula ainda não o tinha escutado usar antes. Era mais grave que o tom usual, e Finnula imaginou que ele achava que assim devia parecer mais valente. — Mas não tenha medo, senhorita. Não vou deixar que ele a machuque.

No entanto, Isabella não parecia nem um pouco assustada. Colocou para trás umas mechas dos cabelos longos e soltos e aproximou-se dos limites da entrada da rocha. Embora estivesse dormindo numa caverna, usava uma de suas camisolas transparentes. A roupa de dormir, amarrada rente à cintura, não fazia nada para esconder as curvas do corpo voluptuoso, Finnula notou. Assim que o olhar focou Gros Louis, Isabella bufou.

— Isso não é um lobo — disse ela, virando-se para voltar para a caverna. — Isso é o cachorro de Finnula Crais.

Finnula, agachada no meio das sarças, afundou o rosto nas mãos em desespero.

— O quê? — Tanto Laroche quanto Peter viraram-se para encarar Isabella, que piscou para eles como se fossem tolos.

— Vocês me escutaram — ela disse. — Esse é o cachorro medonho de Finnula Crais. Acho que o reconheceria. Ela nunca vai a lugar algum sem ele. Por que vocês não se livram dele? Coisa asquerosa.

Finnula levantou a cabeça a tempo de ver Isabella virar-se para voltar para a cama, sem suspeitar nem um pouco do efeito que suas palavras tiveram sobre o pai e Peter. Os dois homens olharam um para o outro e depois para o cachorro.

— Se o cachorro está por perto — disse Reginald Laroche em um tom que fez Finnula se arrepiar de cima a baixo —, então a dona deve estar logo atrás?

— Mas isso é impossível — Peter disse com escárnio. — Finnula Crais está na prisão!

— E o cachorro dela está passeando nesta direção por acaso? — À luz do fogo, Finnula viu de relance os dentes amarelos de Laroche reluzindo sob o bigode escuro. — Não. Ela está por perto, posso sentir. A qualquer momento posso esperar uma flecha traçando a escuridão...

Peter olhou rapidamente para trás, como se antecipasse uma lança no traseiro.

— É mesmo, senhor? Mas não pode ser! Tomamos tanto cuidado...

Laroche estalou os dedos para que Peter ficasse em silêncio. O olhar sombrio percorreu a floresta na qual Finnula se escondia. Ela sentiu aqueles olhos pararem nela e depois continuarem a ser mover agitadamente. Ele não a tinha visto. Não ainda. Mas sabia que ela estava lá.

Ah, sim. Ele sabia que ela estava lá.

O próximo movimento confirmou isso. Curvando-se, o intendente agarrou Jamie pelo braço, içando o garoto com brutalidade para que ficasse de pé. Com uma crueldade que Finnula não acreditaria que ele tinha se não tivesse visto com os próprios olhos, Laroche pressionou a lâmina da espada no pescoço do garoto. Jamie, tonto, tanto de medo quanto por sido ter acordado tão abruptamente, choramingou. Laroche gritou na escuridão:

— Apareça, minha senhora. Sei que está aí. Apareça ou o garoto morre.

Os dedos de Finnula fecharam-se com tanta força que as unhas quase rasgaram a pele das palmas das mãos. O enjoo a tomou. O suor começou a escorrer de sua testa, e a brisa da noite, que na verdade estava bem quente, para ela ficou fria como gelo. Sabendo que não tinha alternativa, levantou-se de seu esconderijo protegido e apareceu furtivamente na luz da clareira, alheia aos espinhos que se prendiam no tecido da saia. Conforme se aproximava da borda da pedra, viu uma variedade de expressões cruzarem os rostos daqueles que estavam a sua frente. Laroche estava triunfante, Peter, incrédulo, Isabella, zangada, e Jamie caiu no choro.

— Não! — gritou ele, lutando penosamente nos braços de Laroche. — Não, minha senhora! Volte! Volte!

Finnula não deu a mínima atenção para o garoto. Caminhou até que estivesse diretamente sob a expressão sorridente de Reginald Laroche, e, depois de olhar rapidamente para Jamie e ver que ele, embora arranhado, estava essencialmente ileso, levantou o rosto para encarar o intendente.

— Ah — Laroche gritou com alegria. — Olhe o que temos aqui, Isabella! A senhora de Stephensgate percorreu toda essa distância para nos fazer uma visita!

Isabella lançou um olhar cortante para Finnula.

— Mate-a, pai.

— Ah, minha filha sanguinária. — Laroche deu risada. — A senhora tem que perdoá-la. Isabella tem um temperamento e tanto, a senhora sabe.

Finnula manteve presença de espírito suficiente para dizer, bastante calma, embora através de lábios brancos de medo:

— Gros Louis, vá para casa. Vá para casa. — Antes que alguém pudesse se mover, o grande cachorro saiu galopante, a língua cor-de-rosa balançando. Finnula observou com satisfação o cachorro desaparecer no meio das espessas samambaias, e só viu a mão que baixou sobre ela quando já era tarde demais.

O golpe atingiu em cheio um lado do rosto e fez com que cambaleasse. Teria caído se uma certa mão forte não a tivesse segurado pelo braço para colocá-la de pé. Tonta, com o lado esquerdo do rosto pegando fogo, Finnula levantou a cabeça e viu um Reginald Laroche furioso olhando para ela de cima do afloramento da rocha.

Antes que o homem pudesse dizer uma palavra, Finnula foi mais rápida e vociferou:

— O xerife e os homens estão me seguindo, estarão aqui daqui a pouco. É melhor você nos soltar imediatamente.

— Minha querida. — Reginald Laroche soltou Jamie, que colidiu nas pedras. Agora segurando Finnula com mãos firmes, agachou-se para encará-la. — Você é uma mentirosinha terrível. O que faço com você?

— Mate-a, pai — sugeriu Isabella novamente.

— Ela realmente morrerá. — Laroche esticou o braço, ergueu uma fina mecha de cabelos vermelhos que tinha escapado da trança de Finnula e posicionou-a pelo rosto dela como se fosse um fio de sangue. Examinando o cacho ruivo, o intendente disse, a respiração quente no rosto de Finnula: — Esse sempre foi o plano. Ou pelo menos foi o que decidimos no dia em que o idiota do meu primo Geoffrey se casou com você, minha querida. Mas depois de ele morrer de forma tão conveniente, antes que pudesse engravidá-la, acreditávamos estar em segurança. — Laroche suspirou, soltando uma rajada de vento. — Então nosso adorado rei teve de ir resgatar os bravos cavaleiros e depois você mesma sequestrou Hugo... Embora eu duvide que fazendo isso você esperasse se tornar a castelã do solar Stephensgate mais uma vez. O que eu podia fazer, então, a não ser utilizar o mesmo plano que tinha funcionado tão bem antes? É claro, dessa vez foi mais difícil. Como eu tinha sido banido do solar, não podia usar veneno como antes...

Finnula ouviu esse discurso com crescente pavor. Não estaria escutando essa franca confissão, ela sabia, se não fosse absolutamente certo de que não permitiriam que fosse viver tempo bastante para poder repeti-la. Essa suspeita foi confirmada quando Isabella interrompeu o pai de forma impaciente:

— Mate-a *agora*, pai — insistiu Isabella. — Não perca tempo com discursos elegantes. Mate-a e vamos para a cama! Estou *tão* cansada.

Peter pareceu mais do que apenas surpreso com a veemência de Isabella.

— Matá-la, a sangue-frio?

Isabella revirou os olhos.

— O que você disse, garoto? Você estava bastante disposto a matar lorde Hugo e deixá-la ser enforcada por isso. Por que perder a oportunidade de matá-la você mesmo?

— Mas... — No brilho do fogo, era evidente que Peter estava corado. Era possível, Finnula pensou, que estivesse começando a ter outra opinião sobre a amante? — Mas matar uma mulher... e um garoto. Isso é errado. Não é muito cortês. Quando começamos com isso juntos, o senhor não disse nada sobre matar mulheres e crianças...

— Idiota — Isabella proferiu. — Mate-a agora, pai, e enterre o corpo. Ninguém vai encontrá-la nesta mata tão distante. As pessoas vão achar que ela fugiu para escapar do enforcamento pelo assassinato do marido...

— Mas lorde Hugo ainda está vivo — desabafou Peter. — Eles não vão enforcá-la, pois o conde ainda está vivo!

— Tentei tanto esquecer isso — resmungou Laroche. — Se você tivesse feito a sua parte direito, garoto, ele estaria bem morto agora. Estou começando a achar que, no fim das contas, você não mirou para matá-lo...

— Eu já disse, pai! — gritou Isabella. — Leve-me de volta para casa amanhã de manhã para eu terminar com Sua Senhoria. Será simples. Ninguém suspeita de mim. Se Hugo está realmente tão mal quanto dizem, só precisarei de alguns minutos para sufocá-lo com o próprio travesseiro...

Finnula não podia mais suportar. Sentia uma raiva mortal dentro dela, mas, além disso, era inútil. Desarmada, não podia fazer nada para se salvar ou salvar qualquer outra pessoa. Então disse, a voz trêmula, de raiva, não de medo:

— Mate-me, se for capaz. E Hugo também, se conseguir. O que eu duvido. Mas poupe Jamie. É apenas uma criança. Você não vai ganhar nada o matando.

— Nada? — Laroche puxou a mecha de cabelo que segurava. — Jamie é herdeiro do seu marido, minha querida. Para que meu plano dê certo, não pode haver nenhum herdeiro além de mim.

— Ele não é legítimo. — Finnula deu de ombros, com uma indiferença fingida. — Hugo não se importa nem um pouco com ele. A criança nunca vai ser herdeira. Solte-o. Ele vai fugir e nunca mais vai mostrar a cara no solar Stephensgate. Todo mundo vai achar que está morto. — Ela não ousava olhar para o rosto de Jamie enquanto falava e esperava que o garoto soubesse que estava mentindo para salvá-lo.

Laroche riu, mas levemente.

— Você implora de forma tão eloquente por uma vida que não é sua. Confesso que não estou tão interessado assim na morte do garoto quanto estou na sua. O direito dele é muito mais precário que qualquer cria que *você* possa vir a parir. No entanto, é necessário matar vocês dois para assegurar o que deve ser meu. — Laroche balançou a cabeça como se para si mesmo e ergueu o corpo. — Sim. Então terá de ser assim. Peter, pegue um pedaço daquela corda que usamos para impedir que o garoto fugisse. Vamos despachar a Sra. Finnula imediatamente, do mesmo jeito que o carrasco faria se ela enfrentasse um julgamento.

Finnula encarou-o, pega completamente de surpresa. Não imaginava que eles fossem matá-la com tanta rapidez e frieza. Ela afligia-se mais por matar um veado do que esse homem por matar uma mulher. Então soube que Jamie tinha menos chance de sobreviver no cativeiro que um leitão gordo. O rosto de Isabella de repente cobriu o campo de visão, conforme a garota mais velha a examinava, olhando-a perversamente.

— Idiotinha. — Ela riu de Finnula com desdém. — E pensar que meu pai ia deixar que um dos bastardos de seu marido ficasse livre! Ele já o teria matado há muito tempo, se não fosse o escudeiro patético de seu marido fazer um estardalhaço por causa disso.

Finnula lançou um olhar para Peter para ver como ele tinha reagido a esta afirmação. Ele não olhou para ela.

— Foi por isso que lorde Hugo teve de se casar com você? — perguntou Isabella. — Porque você está carregando um outro filho bastardo? Idiota! Agora você será enforcada e o garoto vai morrer. E eu terei meu lugar como castelã do solar Stephensgate. E serei uma senhora muito mais adequada do que *você* jamais conseguiu ser. — Ela sorriu com desdém. — Com o cabelo laranja, aquelas calças de couro e o comportamento selvagem!

Isabella deveria saber que não se deve insultar uma pessoa que não tem absolutamente nada a perder. Ou ao menos deveria ter esperado os pulsos de Finnula serem amarrados antes de insultá-la. Porque Isabella encontrou um punho vindo em sua direção e não conseguiu ser ágil o bastante para desviar dele. As juntas de Finnula colidiram solidamente com o nariz de Isabella, fazendo um barulho de osso rachando que quase abafou o ruído de samambaias sendo esmagadas na floresta logo além da clareira onde se localizava a caverna. Os cavalos relincharam e Finnula recuou o punho latejante, escutando o latido de Gros Louis e alguém berrando seu nome com uma voz que ela conhecia muito bem.

— Finnula!

Com o queixo caído em descrença, Finnula virou-se no momento em que Skinner, carregando um pálido mas muito resoluto Hugo, saltou na clareira.

Capítulo Vinte e Nove

Não houve agrado, insistência ou ameaça da parte de John de Brissac que tivesse qualquer tipo de efeito sobre a decisão de Hugo de ajudar na busca de sua esposa. O conde de Stephensgate estava vestido e montado em seu cavalo antes mesmo de o xerife convocar os homens. Impaciente para estar a caminho, Hugo não esperou pela comitiva do xerife e seguiu pelas matas armado apenas com sua espada e sua determinação implacável de sacudir Finnula por sua tolice quando colocasse as mãos nela.

Não que a culpasse por entrar em ação quando tudo a sua volta parecia chafurdar em confusão. Durante os dias que tinha passado na cama, tinha ficado claro como um homem como Reginald Laroche conseguira abusar do poder por tanto tempo sem uma única pessoa para levantar-se e dizer não. Era preciso apenas um homem, apenas um, para declarar que alguma coisa não estava certa, e outros o seguiriam.

Mas Finnula tinha sido a única a discordar em uma aldeia de mais de cem habitantes, e, por ser uma mulher, a discordância não significava nada... ou melhor, taxavam-na de excêntrica. E, quando chegou a hora de culpar alguém por alguma coisa, a discordância anterior era agora usada como prova contra ela.

Mas os prefeitos Hillyards e os Reginalds Laroches da vida eram exatamente os tipos de pessoas contra quem Hugo tinha lutado durante a vida inteira, de uma forma ou de outra. O momento para desertar sua espada e viver em paz ainda não tinha chegado.

Mas, quando entrou na floresta escura na qual, de acordo com o xerife De Brissac, o cheiro de Jamie fora sentido pela última vez, foi subitamente imbuído de uma certeza sobre a localização do garoto. Ele tinha ido para a Caverna do Lobo, aquele lugar desolado, o único que os garotos da aldeia eram proibidos de explorar. Hugo e o irmão tinham muitas vezes subido naquelas pedras monstruosas, mas nunca juntaram coragem para realmente entrar na caverna escura. É claro... se os Laroche estavam buscando um esconderijo em algum lugar numa área onde ninguém pensaria em procurar, a Caverna do Lobo era o lugar mais lógico.

E certamente Finnula conhecia essas matas bem o bastante para ter imaginado isso. Assim como Hugo, ela não precisaria nem da luz da lua nem de uma tocha para encontrar o caminho até aquele lugar.

Mas ela tinha Gros Louis para guiá-la de forma infalível. E, quando Hugo viu a fera gigante vindo como um raio na direção dele, sob a luz rosada que anuncia a alvorada, latindo alarmado, o coração quase explodiu de um medo repentino. Por que o cachorro estava sozinho e por que estava correndo *da* dona? A não ser, é claro, que ela lhe tivesse dado ordens para fazer isso...

Hugo gritou um comando e o cachorro deteve-se olhando para ele com a cara que aparentava bem mais inteligência do que Hugo já tinha creditado a um animal antes. Com o rabo abanando energicamente, Gros Louis virou-se e começou a correr de volta para a direção de onde tinha vindo, sem sequer olhar para trás para assegurar-se de que Hugo o seguia. Hugo achou esse fato, mais do que qualquer outro, peculiar, e esporeou Skinner para um galope que, embora a vegetação fosse baixa e o solo irregular, era de uma lerdeza que foi enlouquecedora para o lorde.

Hugo não conseguia imaginar o que encontraria quando chegasse à clareira na qual se situava a caverna. Certamente esperava encontrar Finnula, embora não ousasse imaginar em que estado. Mas, quando Skinner abriu caminho pelos últimos pinheiros e sarças, irrompeu sobre participantes de quem não suspeitava. Parecia para Hugo uma cena vinda diretamente de uma tragédia grega, banhada pela luz lavanda do recente amanhecer. Ele só conseguiu ficar boquiaberto.

Sobre a beira da pedra que levava até a entrada da caverna, Isabella estava agachada segurando o nariz, do qual sangue em abundância escorria. Punhos em riste, acima dela estava ninguém mais ninguém menos que Finnula, o cabelo vermelho esvoaçante em volta da cabeça como uma auréola. De cabeça baixa depois dela estava o escudeiro e pretenso assassino de Hugo, Peter, parecendo exatamente como se tivesse levado um chute no peito, e, não muito longe dele, segurando um pedaço de corda amarrado em um nó semelhante ao de uma forca, estava um muito perplexo Reginald Laroche. Caído a alguns metros de distância, havia um pequeno volume que Hugo só podia concluir que fosse o garoto Jamie.

Todas as cinco pessoas olhavam embasbacadas para Hugo, que, com a espada já desembainhada havia algum tempo, olhava para eles com a lâmina no ar, incerto de quem deveria derrubar primeiro. Deveria ter desconfiado que Finnula, mesmo desarmada, já estaria no domínio da situação. Agora sentia um ridículo e quase irresistível desejo de cair na gargalhada.

No entanto, o impulso morreu imediatamente quando Laroche, o primeiro a se recuperar do susto, saltou no afloramento e colocou o braço em volta do pescoço delgado de Finnula, arrastando-a para ele.

— Boa-noite, lorde Hugo — disse o homem mais velho com ironia, a ponta da adaga coberta de pedras preciosas apontada para a cavidade do pescoço de Finnula. — Que surpresa agradável. Se soubéssemos que você nos faria uma visita, teríamos colocado nossa melhor vestimenta, não é, Isabella?

Isabella apenas gemeu, tentando inutilmente estancar o sangue que escorria do nariz com a barra da camisola.

— Hugo — disse Finnula, a voz esganiçada pela pressão que Laroche exercia sobre seu pescoço. — Hugo, o que você está fazendo aqui? Você não deveria estar fora da cama. Você não está bem!

Hugo sorriu para a bronca que levou da esposa. Já fazia algum tempo que ela o censurara pela última vez.

— Estou bem o suficiente — respondeu Hugo brandamente. — E o xerife e os homens me seguiram. Estarão aqui daqui a pouco.

— Exatamente o que a sua esposa falou — disse Laroche, rindo. — Vocês dois são uma dupla de mentirosos. Merecem um ao outro. Que comovente vocês morrerem juntos!

Hugo limpou a garganta.

— Como eu estava dizendo, o xerife e os homens estarão aqui daqui a pouco e, sem dúvida alguma, prenderão você, Laroche, o que me privará do prazer de poder eu mesmo cortar a sua garganta. Então eu sugiro que você solte minha esposa e pegue uma espada, porque pretendo matar você agora.

— Você acha que sou idiota, primo? — Laroche apertou o braço em Finnula, e ela não conseguia mais falar. No entanto, os olhos cinzentos falavam toneladas conforme brilhavam furiosamente à luz do fogo. — Eu sei que existem poucos mais habilidosos que você com a espada. Você é um bom espadachim, assim como esta daqui é uma boa atiradora...

— Você acha? Mesmo com o ombro machucado do lado que seguro a espada? — Hugo virou-se para que a atadura sob a blusa branca ficasse evidente. — Olhe, o sangue continua ensopando o curativo. Sou um homem ferido, Laroche, e mesmo assim você é covarde o bastante para fugir da luta?

— Não vou lutar com você, ferido ou não. Sei que você não vai ousar colocar a mão em mim enquanto eu estiver segurando uma carga tão preciosa. Então peço sua permissão para despachá-la...
— Lute com ele, pai — implorou Isabella com dedos ensopados de sangue. — Lute com ele, sim. Ele me insultou muito gravemente! Peter vai ajudar você, não vai, Peter?
Peter, ainda tentando recuperar o fôlego por ter aparentemente levado um chute de Finnula no peito, disse ofegante:
— Não.
Isabella lançou-lhe um olhar surpreso, os olhos escuros arregalados de assombro.
— O quê?
— Eu disse "não". — Peter, para surpresa de Hugo, estava olhando furioso para Laroche. — Solte-a, senhor. Isso já foi longe demais.
Laroche virou o corpo para encarar o garoto.
— O quê? — disse ele sem pensar, inconscientemente imitando a filha. — Você perdeu a cabeça?
— Não. — Peter sacudiu a cabeça, e quando o cabelo loiro caiu sobre um olho, ele afastou a mecha do rosto impacientemente. — Acabei de pensar. Isso não está certo. Nada disso está certo. Eu acreditei no senhor quando me disse que lorde Hugo era apenas um segundo filho mal-educado, que por meio de pura sorte chegou ao título de conde. Acreditei no senhor quando disse que seria um lorde de Stephensgate muito melhor do que ele poderia ser, com a superproteção que dava aos camponeses e a mulher totalmente inadequada que tomou por esposa. Mas sei que lorde Hugo não mataria uma mulher a sangue-frio. E sei que lorde Hugo não assassinaria uma criança. Em seu primo, senhor, eu encontrei um homem realmente refinado e um verdadeiro cavalheiro e, para minha vergonha, não reconheci isso antes. — Para Hugo, Peter disse, os olhos brilhando pelas lágrimas que reprimia: — Meu lorde, cometi um grande erro. Não tenho palavras para expressar meu arrependimento.

— Acho bom — grunhiu Hugo. Ele tirou os pés do estribo e desceu de sua montaria, retraindo-se quando a ação sacudiu o ombro machucado. — Porque eu pretendo dar uma surra em você, jovem, quase até a morte, pelo que você fez com a minha esposa.

— Com sua esposa? — Peter ficou de boca aberta. — Mas eu tentei convencê-los a poupar a vida dela, meu senhor! O que fiz com sua esposa?

— Uma razão é você ter quase quebrado a costela dela no dia em que a conhecemos — explicou Hugo calmamente. — Mas eu o teria perdoado por isso se depois você não tivesse agido de forma a fazer com que ela fosse culpada por crimes cometidos por você.

Peter abaixou a cabeça de vergonha.

— Muito bem, então, meu senhor. Esperarei sua punição.

— Com certeza. — Hugo tirou as luvas de montaria lentamente, como se o movimento lhe causasse dor. — Levei você para a minha casa, para o meu lar, e em troca você só me dá o desprezo. Seu pai, que era meu amigo, ficaria triste ao ouvir isso.

— Felizmente o meu pai está morto — Peter murmurou.

Hugo balançou a cabeça.

— Felizmente mesmo. Como você vai desejar estar quando eu colocar minhas mãos em você. Agora, primo, escolha sua arma.

A surpresa de Reginald Laroche com a deserção de Peter foi tão grande que o braço perceptivelmente se afrouxou em volta do pescoço de Finnula, que imediatamente aproveitou a oportunidade para enfiar um dos cotovelos com toda a força no esôfago de Reginald e então livrar-se completamente dos braços do homem enquanto ele contorcia-se de dor. Jogando-se em cima de Jamie, ela agarrou o garoto e saltou com ele do afloramento de rocha.

Mas ele pareceu não apreciar muito essa tentativa de resgate quando ela aterrissou sobre ele.

— Ah, Jamie — gritou Finnula quando os corpos colidiram um no outro sobre a turfa macia. — Você está bem?

— Não sei — resmungou o garoto, piscando para ela. — Você poderia me desamarrar?

— Você está louca? — perguntou Hugo para a esposa, apressando-se para ficar na frente deles como proteção. — De verdade?

— Não, mas eu acho que você está — disse ela irritada, conforme se esforçava na escuridão para desatar as cordas que prendiam o garoto. — Você está ferido, seu primo, desesperado, e você pretende lutar com ele? *Não...*

— Obrigado, meu amor — interrompeu Hugo com paciência, sem tirar os olhos de Laroche, que ainda estava indeciso sobre o afloramento de rocha, tentando se recompor do golpe de Finnula. — Mas preciso me vingar.

— Vingança! — A voz rouca de Finnula estava cheia de desdém. — Ele não vale a pena, Hugo! Deixe-o para o xerife!

— Ele matou meu pai — disse Hugo. — E teria matado você se eu não tivesse chegado a tempo.

— O que você disse, primo? — Reginald Laroche, o fôlego finalmente recuperado, saltou do muro de rocha para encarar Hugo, o bigode preto contraindo-se. — Você me desafia pelo título de Stephensgate?

— Sim — disse Hugo, flexionando a espada, experimentando sua força, que parecia boa o bastante. — Você ganha, Laroche, e o título é seu.

— Hugo. — Finnula estava horrorizada.

Mas Hugo sabia que esse era o único incentivo com o qual poderia convencer o primo a um duelo honrado. O desejo de ver o sangue do velho escorrer era tão grande que ele quase vacilou.

Mas o homem só lhe causara problemas desde que colocara os pés em Shropshire, e Hugo finalmente teria paz.

Depois de um momento de hesitação, Laroche sorriu, mostrando os dentes.

— Vocês são minhas testemunhas — declarou ele, virando-se para a filha e Peter. — Vocês ouviram o que ele disse. Se ele perder, o título é meu.

— Mate-o, pai — disse Isabella de forma venenosa. — E quando você tiver terminado, mate a vadia com quem ele se casou também.

— Lançando um rápido olhar para Peter, acrescentou: — E não seria ruim matar esse traidor também.

Reginald Laroche sorriu, parecendo contente com a natureza sanguinária da filha, e puxou sua espada.

— Então venha, primo — provocou ele. — Vamos ver quem de fato será o próximo conde de Stephensgate.

Hugo, ouvindo uns ruídos na mata atrás dele, que indicavam que o xerife De Brissac e os homens estavam a caminho, estava aliviado por ter a oportunidade de matar Laroche antes da chegada deles. Com um sorriso confidente para Finnula, cujo rosto estava pálido na luz do amanhecer, que aumentava de forma gradual, ele andou para a frente, pronto para interceptar o ataque do primo.

Sorrindo, Reginald Laroche segurou a espada no ar e armou-se com a postura de um esgrimista. Hugo encarou-o como se estivesse olhando para alguém demente. Hugo não era um esgrimista. Era um lutador. Sua lâmina era pesada, e ele a movia com um propósito. Não havia dissimulação na técnica de Hugo, não havia desvio de golpe. Dar estocadas era tudo o que sabia, e assim ele o fez, agressivamente.

Mas o oponente não era um soldado. Reginald Laroche tinha aprendido a manejar a espada em alguma corte francesa distante. O velho era mais leve que Hugo em seus movimentos, e mais rápido também. Isso ficou bastante evidente quando Hugo, irritado com os movimentos para frente e para trás de Laroche nas pontas dos pés, manejou a lâmina em um arco que tinha a intenção de cortar a cabeça do oponente. Laroche desviou-se do golpe com facilidade e riu triunfantemente conforme se afastava ileso de Hugo.

— Ficando cansado, primo? — implicou Reginald.

— Cansado de olhar você saltitando feito um boneco — grunhiu Hugo em resposta. — Por que você não fica parado, Laroche?

— Para você me atravessar com a sua lâmina? Acho que não.

Finnula, depois de ter soltado Jamie, ficou do outro lado da clareira observando, agitada e ansiosa.

— Tome cuidado, Hugo — dizia ela ocasionalmente quando a lâmina de Laroche brandia perto demais da cabeça do marido. Podia ver que Hugo já estava cansado, que lhe estava ficando cada vez mais difícil levantar a espada pesada. Idiota! No que ele estava pensando quando ameaçou alguém na sua condição? Seria bem feito se o matassem.

E, no entanto, as habilidades de Reginald Laroche com uma arma não eram nada se comparadas às de Hugo, mesmo farto de guerra como estava. Se o conde de Stephensgate não estivesse com aquele machucado no braço que segurava a espada, teria derrubado o homem mais velho com um único golpe... ou pelo menos era isso que ele dizia a si mesmo. Desse jeito, o duelo durou tempo suficiente para o xerife De Brissac e os homens abrirem caminho na mata e chegarem à clareira fazendo um tumulto considerável.

— O que está havendo aqui? — perguntou John de Brissac, quando o som de metal tilintando enchia o ar da manhã tão pesadamente quanto o orvalho.

— Bem, xerife — respondeu Finnula. — Hugo perdeu a cabeça e disse que vai abrir mão do título se o primo ganhar...

O xerife De Brissac apeou, exausto, juntando as rédeas de Winnie e segurando-as frouxamente numa das mãos, coberta pela luva.

— Já deveria saber que se havia alguém que pudesse encontrá-lo, seria você, Finnula. Você deveria ter sido solta imediatamente para seguir a trilha imunda de Laroche...

— Por favor, xerife! Eles vão se matar!

— Estou bem certo de que essa é a questão, minha querida. Embora, em nome da lei — ele suspirou, — eles tenham de ser impedidos.

— Ah! — Finnula arfou quando Laroche, bramindo a espada com força, fez sua lâmina retinir na de Hugo, que a levantou no momento exato para evitar ser atingido. — Xerife, faça alguma coisa! Eles têm de ser detidos!

— E, no entanto — disse o xerife De Brissac, observando os dois homens partindo um para cima do outro —, não roubaria de seu marido a oportunidade de vingar a sua honra.

— O quê? — Finnula levantou o braço para agarrar o do xerife. — Ah, John, não! Hugo não se importa com a minha honra. Não, você tem de detê-los...

Mas o xerife estava irredutível, e Finnula só podia olhar, cheia de temor, enquanto o marido participava de um duelo de espadas de gato e rato. Tinha certeza de que como tinha acabado de sair de uma cama, ainda em convalescença, Hugo era um homem mais fraco, mas parecia que em força os dois eram iguais... até que, de repente, Laroche começou a esmorecer. Finnula observou, ainda sem ousar ter esperanças, quando Hugo, com um golpe que indicava que ele só estava guardando energia durante a luta, pressionou o adversário contra a beira do afloramento de rocha onde estava Isabella.

— Diga-me, *primo* — perguntou Hugo com desdém, cuidadosamente rasgando com sua lâmina a túnica de Laroche, mas sem deixar marca sobre o peito liso. — Foi você quem envenenou o meu pai?

Laroche estava muito ofegante para responder, mas Hugo não pareceu notar. A lâmina dele movia-se entre os dois lados do rosto magro de Laroche, deixando leves marcas vermelhas por conta do peso, o que enfatizava a palidez do homem.

— Foi você ou a vaca da sua filha? Afinal de contas, veneno é uma arma de mulher. Foi você quem o matou? — Hugo continuou a golpear Laroche, até que o homem ficasse encurralado de costas para a parede da rocha, levantando a espada de forma debilitada. Mas, em seguida, em vez de largar a própria espada em vitória, Hugo aproximou-se dele e agarrou a beira de sua túnica com uma das mãos, trazendo o homem para mais perto até que o rosto ficasse a apenas alguns centímetros do dele.

— Admita que você matou meu pai — vociferou Hugo de forma ameaçadora. — Admita, homem.

Laroche sabia que estava derrotado e que não tinha nada a perder. Ele deu risada, um ruído assustador que fez Jamie enfiar o rosto na saia de Finnula, e ela, por sua vez, olhou para o xerife de forma suplicante.

— Sim, eu matei o velho — disse Reginald Laroche com escárnio.

— E colocou a culpa na mulher que eu amo? — A voz de Hugo estava mortalmente calma.

— Sim. — Laroche deu risada. — Como teria sido culpada por sua morte se aquele escudeiro estúpido fosse mais competente com um arco e flecha.

Um barulho retumbante soou nos ouvidos de Hugo, e a visão dele ficou embaçada. O rosto tinha ficado vermelho de raiva. Finnula viu isso, viu os ombros largos tremerem pelo esforço que ele fazia para não desmembrar o primo. Livrando-se de Jamie, que a agarrava com força, ela correu na direção dele, colocando dedos suaves sobre os membros trêmulos do marido.

— Não, Hugo — ela disse calmamente. — Não, não o mate. Os dias de matança chegaram ao fim. Deixe que outros o julguem.

Hugo virou um olhar cintilante para Finnula, e ela viu que os olhos castanhos estavam dourados agora, e não verdes, como estiveram segundos atrás. Os lábios se partiram e ele resmungou:

— Por quê?

— Por quê? — repetiu ela. — Por que o quê?

O esforço que ele fazia para falar era óbvio.

— Por que eu não devo matá-lo?

Finnula não conseguia de jeito nenhum pensar numa razão pela qual Hugo não devesse matar o homem, exceto que, apesar de toda a sua habilidade com o arco e a flecha, ela abominava violência e derramamento de sangue e não podia suportar ver nem mesmo esse homem que odiava morrer na frente dela e pelas mãos do marido. Não depois do que ela o tinha escutado dizer, que, embora não tivesse certeza de que acreditava no que escutara, era que ele a amava. Com as lágrimas se acumulando sob os cílios, Finnula sussurrou:

— Não sei. Apenas não faça isso. Venha para casa comigo. Venha para casa comigo e me ame como eu amo você.

Ela sentiu o tremor dos músculos dele diminuir aos poucos, e, depois, imediatamente, ele soltou Laroche e envolveu com aqueles dedos fortes os ombros dela como se agora estivesse confiando na força da esposa para segurá-lo. Ela só estava parcialmente consciente de que o xerife De Brissac tinha vindo na direção deles para ocupar-se do prisioneiro — o *novo* prisioneiro —, porque toda a sua atenção estava voltada para o marido. Fazia muito tempo que tinha estado nos braços dele pela última vez. Foi confortada pela rigidez do peito dele sob o rosto quando ele puxou-a para ele, e a força musculosa dos braços fechou-se em volta dela.

Quando ele levantou o queixo dela para encará-la, Finnula viu que os olhos de Hugo estavam dourados como o sol que nascia no horizonte. Mas, em vez da plena confiança que estava acostumada a ver entre eles, viu incerteza. Quando ele não a beijou, ela perguntou-se se talvez não o tivesse escutado corretamente. Não era ela que ele amava? Tinha se apressado, tirado conclusões precipitadas?

Envergonhada, começou a tentar se desprender dos braços dele, mas, para sua surpresa, Hugo avidamente agarrou-a de volta, embora a expressão preocupada ainda não tivesse abandonado os olhos.

— Vo-você... — gaguejou ele, como alguém que escolhe as palavras com um cuidado especial. — Então você... me perdoa?

Finrula olhou para ele, confusa. Havia quase uma semana de barba crescida sobre o maxilar, e ele estava um pouco parecido como no dia em que o tinha conhecido, quando ele era apenas um prisioneiro para Mellana.

— Perdoar você? — repetiu ela. — Pelo quê?

— Por ter queimado suas calças.

Finnula não conseguiu segurar a risada.

— Eu perdoo você — disse ela. — Você me perdoa?

— Pelo quê? — perguntou Hugo, confuso.

— Por sequestrar você — exclamou ela.

— Ah, isso — disse Hugo, apertando os braços em volta dela. — Não há nada para perdoar. Aqueles dias em que fui o prisioneiro foram os mais agradáveis que já tive. O meu maior desejo é voltar à cachoeira de Saint Elias para nadar novamente.

Ela o silenciou com um beijo, embora fosse difícil fazer isso de forma adequada ao mesmo tempo que ria tanto.

Capítulo Trinta

Na verdade, embora tenha prontamente se vestido com calças novas, Finnula não pôde usá-las por muito tempo.

Em escassos seis meses, já tinha engordado muito com a gravidez para entrar até mesmo nas velhas saias. As irmãs rapidamente emprestaram-lhe as delas, principalmente uma Mellana ainda guiada pela culpa. A irmã deu à luz um menino e rapidamente voltou à velha forma... embora Jack Mallory nunca tenha voltado a Stephensgate para apreciá-la.

Para a surpresa de ninguém além de Mellana, no entanto, a admiração do xerife De Brissac pela sua cintura, quando em boa forma ou não, era grande, e quando não estava bebendo com Hugo no Grande Salão do solar, John de Brissac podia invariavelmente ser encontrado na casa do moinho, ajudando Mellana com o filho e as galinhas. Acreditavam que, assim que madame De Brissac falecesse — o que, graças a uma preocupante crise de gota, seria em breve —, o xerife pediria a mão de Mellana, algo que nunca ousaria fazer enquanto a mãe estivesse viva.

E muitos achavam também, incluindo Finnula, que Mellana talvez fosse aceitar, e com alegria.

Finnula estava determinada a não permitir que a maternidade atrapalhasse suas tarefas como senhora de Stephensgate, e, apesar do tamanho deselegante da barriga, entregou pessoalmente a cada um dos vassalos de Hugo um pernil de veado pelo feriado de São Miguel Arcanjo. Especulações correram à solta sobre se na verdade a própria Bela Finn tinha caçado a carne, mas, como todos tinham se acostumado a ver o conde e sua senhora vagando pelo campo em busca de caça, concluíram que tinha sido ela, pois sabiam que ela era de longe quem tinha a melhor pontaria.

Hugo, graças em grande parte à esposa, provou-se um conde popular e querido. Ele viu que, assim que o aborrecimento com o julgamento do primo e o subsequente enforcamento tornaram-se passado, ele realmente conseguiu levar a existência tranquila que sempre quis. Estava particularmente contente com o fato de que, por meio de alguma brecha, o escudeiro Peter e a Srta. Isabella conseguiram escapar dos homens do xerife e, presumidamente, fugiram para a Escócia, onde estavam sem dúvida vivendo em grande desconforto... Mas, como Hugo ressaltou para Finnula em uma ocasião, pelo menos estavam *vivos*.

Finnula fingiu que não sabia que Hugo tinha subornado os homens do xerife para permitir que a dupla escapasse, pois estava muito orgulhosa do marido por não ter feito o que gostaria e matado todos eles.

Se soubessem disso, a feliz domesticidade do líder teria estarrecido aqueles homens que Hugo comandou durante a última Cruzada. O pouco que realmente viram disso, quando logo antes do Natal um grupo deles apareceu no solar Stephensgate, veio como um golpe. Finnula estava no Grande Salão com a dona Laver lubrificando um de seus arcos quando um novo garoto de estrebaria entrou apressado para anunciar a chegada de cinco desconhecidos.

— E parece que eles vieram direto da Terra Santa, minha senhora — exclamou ele. — Os rostos estão bronzeados como couro e vestem cotas de malha reluzentes!

— Bem — disse Finnula dando de ombros. — Então os deixe entrar.

Os homens que entraram poderiam ser cavaleiros, mas, a julgar somente por suas maneiras, seria muito difícil chamar os mesmos de homens educados. Irromperam na sala ruidosamente, fazendo uma trilha de neve e rindo estrondosamente, já claramente bêbados, vindos de um turno na taberna. Ao verem Finnula perto da lareira, pararam sobressaltados e recobraram as boas maneiras, e dona Laver, lançando-lhes um olhar desaprovador, ordenou acidamente para que chamassem o senhor.

— Ei, você aí, senhorita bonita — pronunciou de forma pouco inteligível um dos cavaleiros que olhava maliciosamente para Finnula. A barba castanha era exatamente tão cheia quanto a que Hugo tinha quando colocou os olhos nele pela primeira vez. — Este seria o solar Stephensgate?

Finnula respondeu calmamente:

— Seria e é.

Sorrindo de forma apreciativa para esta resposta impertinente, o cavaleiro soltou uma gargalhada.

— Atrevida! E haveria um Hugo Fitzstephen morando aqui, Srta. Abusada?

— Haveria — Finnula respondeu. — Ele deve estar chegando daqui a pouco. Querem sentar e esperar por ele? Posso trazer uma cerveja enquanto vocês esperam, ou vinho se preferirem.

Os homens somente olharam para ela, então um deles finalmente caiu na gargalhada e disse, ainda rindo:

— Vou esvaziar um copo se você se sentar aqui do meu lado, mocinha, e deixar-me olhar esses olhos prateados.

Dona Laver respirou fundo.

— Senhor! Não compreende...

— Compreendo que esta aqui é a mocinha mais atraente que eu vejo em seis meses — declarou o cavaleiro de barba castanha, e, antes que qualquer um se desse conta do que ele estava prestes a fazer, pegou Finnula pela cintura, que ainda era fina, exceto onde a barriga tinha crescido, e deu um beijo molhado e áspero no rosto macio dela.

A reação de Finnula foi instintiva. Ela agarrou a adaga ornada com pedras preciosas que tinha no cinto e, rápida como um gato, colocou sua ponta no pescoço do cavaleiro, exatamente onde estava sua pulsação.

O homem congelou, o braço ainda em volta dela, e Finnula viu o pomo de adão movimentar-se conforme ele engolia em seco.

— Tente isso novamente, senhor — disse Finnula no mesmo tom delicado que tinha empregado antes —, e eu vou encher aquele copo com o buraco que eu fizer no seu pescoço.

Ela interrompeu-se quando o familiar barulho das solas das botas de Hugo preencheu o Grande Salão.

— Finnula — berrou ele, batendo com os pés no chão para se livrar da neve. — Ouvi dizer que temos visitas, é isso? — Entrando no Grande Salão, com um Jamie limpo e bem-vestido trotando atrás dele, Hugo estava distraído demais tirando as luvas forradas de pelo para perceber o grupo de homens, repentinamente sóbrios. — Seu irmão manda lembranças, meu amor. Se eu não estiver enganado, você o verá se casando na próxima primavera. Rosamund foi lhe fazer uma visita enquanto eu estava lá, dizendo que ia ver Mellana, mas, se eu conheço as mulheres, vai ter aquela aliança de noivado de volta ao dedo antes da Páscoa...

Hugo parou num sobressalto quando viu os homens na frente do fogo.

— Diabos! — praguejou ele levemente. — Se meus olhos não me enganam...

Ele ficou sem voz quando percebeu o jeito altamente suspeito com que a esposa estava sendo segurada por um daqueles homens.

Quando viu a faca cintilando na mão dela, um leve sorriso espalhou-se pelo rosto barbeado.

— Bem, cavalheiros — disse ele, dando risada. — Vejo que já conheceram minha esposa

Este livro foi composto na tipologia Horley Old Style MT Std,
em corpo 12/16, e impresso em papel off-white 80g/m²
no Sistema Cameron da Divisão Gráfica
da Distribuidora Record.